LES MENTEUSES

Pretty Little Secrets

Déjà parus

1. *Confidences*
2. *Secrets*
3. *Rumeurs*
4. *Révélations*
5. *Vengeances*
6. *Dangers*
7. *Représailles*
8. *Aveux*

Les Menteuses

PRETTY LITTLE SECRETS

SARA SHEPARD

Traduit de l'anglais (États-Unis)
par Isabelle Troin

Fleuve Noir

Titre original :

Pretty Little Secrets

alloyentertainment

MIXTE
Issu de sources responsables
FSC® C003309

Fleuve Noir, une marque d'Univers Poche,
est un éditeur qui s'engage pour
la préservation de son environnement
et qui utilise du papier fabriqué à partir
de bois provenant de forêts gérées
de manière responsable.

Phot
ISBN

Pour K.

Tu vas t'amuser
Tu vas rigoler
Mais il ne faudra pas oublier
D'être sage toute l'année.

« Père Noël arrive ce soir »

Surveillance de fin d'année

Voici une jolie scène digne de figurer dans une boule à neige.

Nous sommes en décembre de l'année de 1re d'Hanna, d'Emily, d'Aria et de Spencer. La neige recouvre de son manteau blanc les pelouses parfaitement entretenues de Rosewood et saupoudre le toit des 4 × 4 de luxe. Des guirlandes électriques brillent derrière toutes les fenêtres, et des gamins aux joues rouges, pareils à des chérubins, planchent sur leur liste au père Noël. Toute la ville est en paix, et surtout nos jolies petites menteuses.

Maintenant que l'assassin d'Alison DiLaurentis croupit en prison et que « A » s'est tuée, les filles peuvent enfin se détendre. Elles ne se doutent absolument pas que je vais reprendre les opérations là où « A » les a abandonnées. Moi aussi, j'ai une liste de gens à récompenser ou à punir. Et devinez qui est en tête de la mauvaise colonne ? Bien vu : Hanna, Emily, Aria et Spencer.

Le moins qu'on puisse dire, c'est que nos petites menteuses n'ont pas été sages récemment ! Hanna a été surprise en train de piquer dans un magasin et elle a embouti la voiture de son ex. Emily a défié ses parents si souvent qu'ils ont fini par l'envoyer dans l'Iowa. Les activités extrascolaires auxquelles Aria se livrait avec son prof d'anglais ont provoqué le renvoi de celui-ci. Quant à Spencer, c'est peut-être la pire de toutes. Piquer le fiancé de sa sœur Melissa ne lui suffisait pas : il a fallu qu'elle lui vole également un vieux devoir d'économie et qu'elle la pousse dans l'escalier quand son aînée a découvert ce qu'elle avait fait. Tss tss.

Ces petites menteuses méritent de trouver du charbon dans leurs chaussettes de Noël… ou pire. Par chance, je suis là pour m'assurer qu'elles reçoivent leur dû.

Ce n'est qu'une question de temps avant qu'elles se salissent de nouveau les mains – surtout maintenant qu'elles pensent que « A » a disparu. Quelle sera leur prochaine bêtise ? Pour le savoir, il me suffira de jouer la discrétion et de les observer – de les observer jusqu'à ce que je sache exactement à quel genre de garces j'ai affaire. Je découvrirai tout ce qu'elles cachent.

Alors, je saurai comment les faire tomber de leur piédestal.

Commençons par… Hanna. Sa vie a été plutôt mouvementée ces derniers mois. Sa mère l'a abandonnée pour partir à Singapour. Son père, qu'elle ne voyait plus beaucoup depuis le divorce, est venu s'installer chez elle avec sa nouvelle fiancée et sa belle-fille exaspérante de perfection, Kate. Au moins Hanna a-t-elle un petit ami loyal et dévoué : Lucas. Enfin, loyal et dévoué… Il faut voir.

Que la surveillance commence !

« A »

LE JOLI PETIT SECRET D'HANNA

1

À LA MAISON POUR LES VACANCES

C'était un mercredi venteux de début décembre à Rosewood, une petite ville bucolique située à trente kilomètres de Philadelphie, en Pennsylvanie.

Pendant que beaucoup de résidents coupaient leur futur arbre de Noël à la pépinière du coin ou accrochaient des couronnes de pommes de pin sur la porte de leur maison, un camion de déménagement s'arrêta devant une demeure de type géorgien dont la boîte aux lettres portait le nom de MARIN. Trois hommes descendirent du véhicule et ouvrirent le hayon, révélant des dizaines de cartons.

Debout dans le jardin, Tom Marin, sa fiancée Isabel Randall et la fille de celle-ci, Kate, regardèrent les déménageurs transporter leurs affaires à l'intérieur. Hanna Marin, qui vivait là depuis l'âge de cinq ans, observait les allées et venues depuis le vestibule en se rongeant les ongles.

— Faites attention ! glapit Isabel à l'adresse du grand gaillard qui venait d'empoigner sans ménagement un carton. Il y a toute ma collection de poupées anciennes là-dedans !

— Ce carton-là va à l'étage, lança Kate nerveusement à

un autre déménageur. C'est celui où j'ai rangé mes sacs à main.

Hanna jeta un coup d'œil à sa presque demi-sœur. Kate était mince, avec de longs cheveux châtains brillants et de grands yeux bleus. Elle arborait un sac Chloé qu'Hanna n'avait vu que dans les pages de *Vogue* pour le moment. Quand elle lui avait demandé où elle l'avait acheté, Kate avait pépié que c'était un cadeau de Noël en avance et adressé un sourire plein de gratitude au père d'Hanna. *Grrrr...*

— Hanna? (M. Marin lui fourra entre les mains un petit carton marqué « FRAGILE ».) Tu veux bien monter ça dans la chambre de ta m... dans notre chambre?

— Pas de problème, marmonna Hanna, sautant sur cette opportunité de s'éloigner d'Isabel et de Kate – l'une d'elles portait un parfum qui lui donnait envie d'éternuer.

Elle monta l'escalier, son pinscher nain sur les talons. Quelques semaines plus tôt, juste avant Thanksgiving, sa mère, Ashley, lui avait annoncé avoir accepté une mutation à Singapour – et qu'Hanna ne pouvait pas l'accompagner. La nouvelle lui avait fait l'effet d'une bombe.

Hanna aurait bien voulu recommencer à zéro quelque part ailleurs. Elle venait de passer une année horrible. Le mystérieux « A » l'avait harcelée pendant des mois. Et en septembre, son ancienne meilleure amie, Alison DiLaurentis, qui avait disparu depuis trois ans, avait été retrouvée sous une dalle de béton derrière la maison où sa famille habitait à l'époque.

Le coupable s'était révélé être Ian Thomas, avec qui Ali sortait en secret et qui faisait craquer ses autres amies Spencer Hastings, Aria Montgomery et Emily Fields du temps où il était en terminale et elles en 5e. Le jeune homme avait tué Ali la nuit de la soirée-pyjama qu'elles avaient organisée pour fêter le début des grandes vacances.

La police venait tout juste de l'arrêter. Les filles étaient encore sous le choc.

Mais au lieu de quitter Rosewood où elle n'avait que de mauvais souvenirs, Hanna se retrouvait coincée ici avec son père et sa nouvelle famille – sa deuxième femme Isabel, une ancienne infirmière urgentiste qui n'était ni aussi jolie ni aussi intéressante qu'Ashley Marin, et sa parfaite belle-fille Kate, qui avait pris la place d'Hanna dans son cœur, en plus de la détester.

Hanna poussa la porte de la grande chambre laissée vide par le départ de sa mère. Une légère odeur d'antimites flottait dans l'air. Il restait quatre traces de pieds sur la moquette, à l'endroit où se dressait autrefois le lit danois moderne d'Ashley Marin.

Quand Hanna fit tomber par terre le carton « FRAGILE », un des rabats s'ouvrit, et la jeune fille aperçut une petite boîte bleue avec une étiquette-cadeau vierge. Se retournant pour s'assurer que personne ne pouvait la voir, elle souleva le couvercle. La boîte contenait un médaillon rond en or blanc, pavé de diamants en son centre.

Hanna prit une inspiration sifflante. C'était le médaillon Cartier qui avait appartenu à sa grand-mère – une femme que tout le monde, y compris les gens extérieurs à la famille, appelait Bubbe Marin. Bubbe l'avait porté religieusement de son vivant ; elle disait à qui voulait l'entendre qu'elle ne l'enlevait même pas pour prendre son bain.

Bubbe était morte peu de temps avant le divorce des parents d'Hanna, alors que celle-ci allait entrer en 5e. À l'époque, l'adolescente ne parlait déjà plus à son père. Elle ignorait ce qu'était devenu le médaillon et à qui sa grand-mère l'avait légué.

Mais à présent, elle savait.

Elle toucha l'étiquette-cadeau vierge et sentit la colère lui serrer la gorge. Son père allait sans doute l'offrir à Isabel ou à Kate pour Noël.

— Hanna ? appela une voix depuis le rez-de-chaussée.

Elle referma précipitamment la boîte et sortit dans le couloir. Son père se tenait au pied de l'escalier.

— La pizza est arrivée !

Une appétissante odeur de mozzarella chatouilla les narines d'Hanna. *Juste une demi-part*, décida la jeune fille. C'est vrai qu'elle avait eu un peu de mal à boutonner son jean Citizens le matin, mais c'était sans doute parce qu'elle l'avait laissé trop longtemps dans le sèche-linge.

Elle descendit l'escalier alors qu'Isabel portait le carton à pizza dans la cuisine. Tout le monde s'assit autour de la table – *sa* table –, et M. Marin distribua des assiettes et des couverts.

C'était bizarre de voir qu'il savait exactement dans quel placard et quel tiroir se trouvaient les choses. Et Isabel n'était pas censée être assise sur la chaise d'Ashley Marin ni utiliser ses serviettes en tissu de chez Crate & Barrel. Kate n'était pas non plus censée boire au gobelet en étain que la mère d'Hanna lui avait acheté lors d'un voyage à Montréal.

Hanna éternua. De nouveau ce fichu parfum. Personne ne lui dit « À tes souhaits ».

— Alors, quand dois-tu passer l'examen d'entrée pour l'Externat de Rosewood, Kate ? demanda M. Marin en prenant une part de pizza dans le carton ouvert.

Malheureusement, Kate allait fréquenter le même lycée qu'Hanna.

Elle mordit délicatement la croûte de son morceau de pizza.

— Après-demain. J'ai déjà révisé ma géométrie et mon vocabulaire.

Isabel eut un geste insouciant.

— Ce n'est pas le SAT[1]. Je suis sûre que tu réussiras sans problème.

— Ils seront ravis de t'avoir, acquiesça M. Marin. (Il se tourna vers Hanna.) Tu sais que Kate a gagné le Prix étudiant de la Renaissance, l'an dernier ? Elle a dépassé les autres concurrents dans toutes les matières.

Tu ne me l'as dit que huit millions de fois environ, voulut répliquer Hanna. Au lieu de quoi, elle se concentra sur sa pizza pour ne pas être obligée de répondre.

— Et elle avait des notes maximales à Barnbury, poursuivit Isabel, faisant allusion à l'ancien lycée de Kate à Annapolis. Barnbury est plus coté que l'Externat de Rosewood. Là-bas, au moins, les élèves ne harcèlent pas leurs camarades et ne les renversent pas en voiture.

Elle jeta un coup d'œil entendu à Hanna.

Machinalement, celle-ci attrapa un deuxième morceau de pizza et le fourra dans sa bouche. Ce n'était quand même pas sa faute si elle avait été harcelée par « A » pendant tout l'automne et si cette histoire avait terni la réputation, jusqu'alors immaculée, de l'Externat de Rosewood !

Kate se pencha en avant et dévisagea Hanna avec des yeux écarquillés. La jeune fille devina la question qui allait suivre.

— Ça a dû être affreux de découvrir que ta meilleure amie était… tu sais, dit-elle avec une sollicitude feinte. Comment tu te sens ?

Un léger sourire flottait sur ses lèvres. De toute évidence, ce qu'elle voulait vraiment savoir, c'était comment Hanna réagissait au fait que sa meilleure amie avait tenté de la tuer.

Hanna lança un regard désespéré à son père. Elle aurait

1. Le SAT est un test national d'admission dans les universités aux États-Unis. (Toutes les notes sont du traducteur.)

bien voulu qu'il mette un terme à cet interrogatoire, mais lui aussi la fixait d'un air soucieux.

— Je vais très bien, merci, grommela-t-elle sur un ton bourru.

Ce qui était faux. Elle avait des sentiments plus que mélangés à l'égard de Mona Vanderwaal, sa meilleure amie depuis la 4e, qui s'était révélée être « A » – la personne qui l'avait fait chanter avec ses secrets, qui l'avait embarrassée en public plus de fois qu'elle ne pouvait les compter et qui, oui, avait essayé de la renverser avec sa voiture.

Certains jours, en se réveillant, Hanna empoignait encore son téléphone pour envoyer un texto à Mona au sujet des chaussures qu'elle comptait porter au lycée. Puis elle se souvenait. Elle avait pleuré aux obsèques de Mona, ce qui lui avait valu les regards stupéfaits de ses camarades.

Elle savait qu'elle aurait dû la haïr de toute son âme, et une partie d'elle la haïssait effectivement. Mais l'autre partie ne pouvait pas oublier toutes les heures passées à dire du mal des autres filles de leur classe, à comploter pour améliorer leur cote de popularité ou à organiser des soirées fabuleuses. Avant toute cette histoire avec « A », Mona avait été pour Hanna une meilleure amie qu'Ali autrefois. Elles avaient une relation d'égale à égale – même si Hanna savait désormais que c'était un mensonge depuis le début.

Elle baissa les yeux vers son assiette vide. Deux croûtes de pizza rongées gisaient dans une flaque d'huile. Hanna ne se souvenait pas d'avoir englouti le reste. Son estomac émit un gargouillis peu élégant.

M. Marin s'essuya la bouche.

— Bon, eh bien, nous avons des tas de cartons à déballer. (Il toucha le bras de Kate.) Les filles, vous devriez faire une pause. Vous pourriez aller vous promener au nouveau centre commercial qui vient juste d'ouvrir. Comment s'appelle-t-il, déjà ?

— Devon Crest, répondit Hanna.

— Oooh, j'ai entendu dire qu'il était super, roucoula Isabel.

— En fait, j'y suis déjà allée, révéla Kate.

Sa mère parut surprise.

— Quand ?

— Euh... hier. (Kate tripota la breloque de son bracelet en argent David Yurman, qu'Isabel lui avait offert l'année précédente pour la féliciter d'avoir remporté un concours d'essais.) Vous étiez occupés.

— Tu pourrais y retourner avec Hanna. Ça vous permettrait de faire mieux connaissance. (Le regard de M. Marin fit la navette entre les deux filles.) Allez faire du shopping. Achetez-vous quelque chose de joli, et laissez-nous nous occuper des cartons. Qu'en dites-vous ?

Kate but une longue gorgée d'eau minérale à la bouteille.

— Ce serait vraiment super. Merci, Tom.

Hanna jeta un coup d'œil en biais à l'autre fille. Curieusement, elle avait l'air sincère. Se pouvait-il qu'elle ait changé depuis la dernière fois qu'Hanna l'avait vue – dans ce restaurant de Philadelphie où Kate l'avait accusée d'avoir volé du Percocet dans une clinique ?

Hanna avait renoué avec ses anciennes amies Emily, Aria et Spencer, mais aucune d'elles n'était très branchée mode, et Hanna avait besoin de quelqu'un pour remplacer Mona. Surtout depuis que ses anciennes amies et elle suivaient une thérapie de groupe consécutive à la découverte du corps d'Ali. Elle avait besoin de se changer les idées, d'oublier cette sordide histoire avec « A ».

— Je crois que j'ai un peu de temps libre aujourd'hui, concéda-t-elle.

— Génial. Alors, filez. (M. Marin se leva de table pour débarrasser les assiettes.) Izz ? Tu veux qu'on commence par quelle pièce ?

— Par la cuisine, répondit vivement Isabel. Il est hors de question que je boive encore là-dedans.

Le nez froncé, elle désigna un des mugs préférés d'Hanna, un gobelet en faïence que ses parents avaient acheté pendant un voyage en Toscane.

Tom et elle sortirent de la pièce en se demandant dans quel carton leurs verres à vin pouvaient bien être rangés.

Hanna se leva.

— On y va quand tu veux, dit-elle à Kate. Leur Nordstrom est bien ? Et c'est vrai qu'il y a un Uniqlo ? Leurs pulls en cachemire sont super, et ils coûtent trois fois rien.

Kate ricana.

— Par pitié, Hanna, dit-elle avec une expression venimeuse. J'ai dit à ton père que je t'accompagnerais là-bas pour qu'il me fiche la paix. Tu n'imaginais pas que j'irais où que ce soit avec toi ?

Et elle sortit à son tour, sa queue-de-cheval châtain se balançant derrière elle.

Hanna en resta bouche bée. Kate lui avait tendu un piège, et elle avait été assez bête pour se jeter tête baissée dans ses mâchoires d'acier.

Kate s'arrêta dans le couloir, appuya sur un des boutons de son téléphone et le colla contre son oreille.

— Salut, chuchota-t-elle. C'est moi.

Puis elle partit d'un rire de gorge. Elle n'était là que depuis deux jours et elle avait déjà un petit ami. Évidemment.

Hanna tordit sa serviette avec tant de force qu'elle fut surprise que le tissu ne se déchire pas. *Ça m'est complètement égal*. De toute façon, faire du shopping avec Kate ne l'aurait pas amusée du tout.

Soudain, elle entendit un léger ricanement tout près d'elle. D'instinct, elle jeta un coup d'œil par la fenêtre et crut voir un éclair blond se faufiler entre les arbres. Mais non, c'était impossible. « A » – Mona – avait disparu.

2

Youkiki

Quelques jours plus tard, Hanna était assise sur le confortable canapé en microfibres chez son petit ami Lucas Beattie, face au sapin de Noël croulant sous les guirlandes qui scintillaient légèrement. La télé diffusait une pub pour un nouvel appareil à abdominaux – « Faites-vous des tablettes de chocolat pour le nouvel an ! », clamait le vendeur d'une voix trop forte. Une boîte-cadeau contenant un assortiment de pop-corn au beurre, au fromage ou au caramel reposait sur le sol devant eux.

— Hier soir au dîner, c'était encore pire que d'habitude, geignit Hanna en enfournant une nouvelle poignée de pop-corn au fromage dans sa bouche. Mon père et Isabel n'ont parlé que du discours absolument fantastique que Kate avait fait pour la rentrée scolaire de 2de, l'an dernier. Kate ne disait rien mais n'arrêtait pas de sourire dans le genre « Je sais que je suis géniale ».

— Je suis désolé, Han. (Lucas but une gorgée de Mountain Dew à la bouteille.) Tu crois que vous ne pouvez vraiment pas devenir amies ?

— Aucune chance.

Hanna décida de ne pas raconter à Lucas que sa presque demi-sœur avait refusé d'aller au centre commercial avec elle. Elle s'en voulait encore de s'être fait berner par la lèche que Kate faisait auprès de son père.

— Je ne veux rien avoir à faire avec elle, reprit-elle. Et je crois que je suis allergique à son parfum – j'ai éternué à peu près cinq cents fois depuis son arrivée. Je te parie que je vais avoir des plaques rouges.

Elle se laissa tomber théâtralement contre les coussins et, d'un regard morne, fixa le calendrier de l'Avent Disney accroché à l'autre bout de la pièce.

Hanna avait grandi sans décorations de Noël. Sa famille était juive, et après le départ de son père, sa mère avait cessé de fêter Hanoukka. Mais Mme Beattie avait une passion pour les calendriers de l'Avent : il y en avait trois sur la porte du frigo, un autre en tissu avec une petite peluche dans chacune de ses vingt-quatre poches accroché à la rambarde de l'escalier, et un plus petit couvert de paillettes dans les toilettes.

Lucas passa un bras autour des épaules d'Hanna et lui caressa les cheveux. La jeune fille ferma les yeux en poussant un soupir. Elle se sentait un tout petit peu mieux.

Du temps où Hanna et Mona étaient les meilleures amies du monde et où elles régnaient ensemble sur l'Externat de Rosewood, Lucas n'était pas franchement en tête de la liste des garçons avec lesquels Hanna aurait aimé sortir. Il ne traînait pas avec les bonnes personnes ; il ne pratiquait aucun sport cool du genre football ou lacrosse ; il préférait les clubs parascolaires et les expéditions de scouts aux folles soirées du week-end. En 6e, Ali avait même lancé une rumeur prétendant qu'il était hermaphrodite, ce qui l'avait catalogué comme infréquentable à tout jamais. Plus récemment, Mona s'était moquée de sa relation avec Hanna, disant que ça risquait de faire chuter la cote de popularité des deux filles.

Mais Mona et Ali n'étaient plus là, et Lucas se révélait le meilleur petit ami qui soit. Combien d'autres garçons auraient écouté Hanna se plaindre pendant des heures du traitement que Mona lui avait infligé, ou de sa nouvelle situation familiale ? Combien de garçons lui auraient ouvert la porte ce soir et, la découvrant vêtue de son jean le plus large et d'un maxi-sweat-shirt des Philadelphia Eagles, auraient déclaré qu'elle était canon ?

— Je ne pourrais pas rester planquée ici jusqu'à nouvel ordre ? implora-t-elle. Je ne supporterai pas de retourner chez moi.

— Ce serait génial, répondit Lucas, mais...

— Oui, ce serait génial, coupa Hanna en se redressant. On pourrait faire plein de trucs après les cours, aller au Rive Gauche tous les soirs, se mettre sur notre trente et un et s'incruster à la soirée de Noël du country club...

Lucas se mordit la lèvre.

— Hanna, je...

— Mon père me laisserait peut-être dormir ici, poursuivit Hanna, de plus en plus excitée. Je n'aurais qu'à dire que je fais une grave allergie au parfum de Kate. Tu crois que tes parents accepteraient ? Je pourrais m'installer dans la chambre d'amis... et tu me rendrais visite au milieu de la nuit, ajouta-t-elle avec un clin d'œil appuyé.

— Hanna. (Les cheveux blond pâle de Lucas lui tombèrent devant les yeux alors qu'il se redressait lui aussi.) Du calme. En fait, je m'en vais demain.

Hanna sursauta.

— Tu t'en vas ? Comment ça ?

— Mon père vient juste de nous l'annoncer, expliqua

Lucas. C'est un cadeau de Noël en avance – il nous emmène deux semaines dans la péninsule du Yucatán. On part avec la famille de son meilleur ami de la fac.

Un goût aigre emplit la bouche d'Hanna.

— Deux semaines ? Tu veux dire, quinze jours ?

— Ouais. (Lucas eut un petit sourire.) Ça va être super.

— Mais les cours ne sont pas terminés, protesta Hanna en saisissant une nouvelle poignée de pop-corn.

On n'était que le 7 décembre. Les vacances de Noël devaient commencer bien plus tard dans le mois.

— Pourquoi ton père n'attend pas la fin des cours ?

Lucas haussa les épaules.

— L'avion et l'hôtel étaient beaucoup moins chers maintenant. Et mon frère va revenir de la fac pour quelques jours. Mon père a tout arrangé avec le lycée. Je rattraperai les examens de fin d'année entre Noël et le nouvel an. Et comme ça, je serai là pendant la plus grande partie des vacances. (Il prit les mains d'Hanna et les serra doucement.) On pourra passer tout notre temps ensemble.

Hanna se dégagea, la gorge nouée.

— Mais c'est maintenant que j'ai besoin de toi.

Lucas leva les bras en un geste d'impuissance.

— Je suis désolé, mais ça fait des années que je rêve d'aller dans le Yucatán. Il y a des plages magnifiques et de superrandonnées à faire. Et puis mes parents ne peuvent pas changer les dates au dernier moment.

Avant qu'Hanna puisse répondre, la sonnette égrena quelques mesures de « Vive le vent ».

Lucas se leva d'un bond, se dirigea vers la fenêtre et écarta les rideaux. Une Mercedes bleu acier venait de se garer dans l'allée des Beattie.

— Ce sont les Rumson, avec qui nous devons voyager. Ils

sont passés nous donner l'itinéraire. Tu vas les adorer. Et je te parie que tu as des tas de points communs avec Brooke.

— Brooke ? répéta Hanna sur un ton méfiant sans bouger du canapé.

M. Beattie sortit en trombe de la cuisine et alla ouvrir la porte, laissant entrer une bouffée d'air froid.

— Wade, Patricia ! Ça fait trop longtemps !

Mme Beattie descendit l'escalier avec un large sourire.

— Nous sommes tellement excités ! couina-t-elle à la vue de leurs amis qui venaient de pénétrer dans le salon. Et Lucas aussi !

Elle poussa son fils vers les visiteurs. Le mari, Wade, portait une veste Burberry et avait des dents d'une blancheur étincelante. Il serra vigoureusement la main de Lucas. La femme, Patricia, avait des bras pas plus épais que des cure-dents sous sa gabardine en cachemire. Elle embrassa le jeune homme sur la joue.

— Oh, mon Dieu ! lâcha une voix depuis le porche.

Les adultes s'écartèrent pour laisser passer une ado outrancièrement maigre et bronzée, qui mâchait un chewing-gum, la bouche ouverte. Elle avait de longs cheveux noirs, des nichons pneumatiques et du gloss rouge effet « mouillé ». Fonçant droit sur Lucas, elle lui agrippa les épaules de ses mains aux ongles manucurés.

— Lucky ! s'écria-t-elle d'une voix nasillarde. Tu es devenu super beau gosse !

Lucky ?

— Ouah. Brooke. (Lucas eut un sourire hésitant.) Tu... tu as beaucoup changé aussi.

Les Rumson donnèrent des coups de coude aux Beattie.

— Vous avez bien grandi tous les deux depuis la dernière fois qu'on s'est vus, pas vrai ? lança Mme Rumson.

— Vous vous souvenez des bêtises qu'ils faisaient ensemble ?

gloussa Mme Beattie. De tous ces clubs secrets qu'ils s'inventaient ?

— Ils étaient inséparables. J'ai toujours dit qu'ils finiraient par se marier, murmura Mme Rumson avant que tous les parents passent dans la cuisine.

Par se marier ? Hanna releva brusquement la tête.

D'un index, Brooke poussa l'épaule de Lucas.

— Quand tu dis que j'ai changé, j'espère que c'est en bien ! (Elle laissa courir le bout de son doigt le long du T-shirt de Lucas jusqu'à la ceinture de son jean.) Je vois qu'on fait de la muscu, roucoula-t-elle. Et qu'on s'habille drôlement sexy maintenant.

Hanna se racla la gorge.

— Hum.

Elle se leva et traversa le salon. Ce petit flirt avait assez duré. C'était elle qui avait poussé Lucas à investir dans ce jean True Religion et ce polo moulant Armani Exchange.

— Oh. (Lucas lui jeta un coup d'œil.) Brooke, je te présente ma petite amie, Hanna.

— Salut.

Brooke détailla les cheveux sales d'Hanna, son sweatshirt extra-large et son jean Sevens avachi. Une expression soulagée et légèrement méprisante passa sur son visage. De toute évidence, elle ne considérait pas Hanna comme une concurrente sérieuse. Elle se rapprocha de Lucas.

— C'est super excitant ce voyage, hein ? J'ai entendu dire qu'il y avait des soirées démentes au bord de l'océan. Et j'ai hâte d'améliorer mon bronzage.

Hanna pinça les lèvres pour se retenir de ricaner. Cette fille était déjà aussi orange qu'une cannette de Fanta.

— Ça va être génial, acquiesça Lucas. J'en parlais justement à Hanna. Les randonnées, les paysages, la bouffe…

— Sans oublier la plage naturiste, ajouta Brooke en passant la langue sur ses lèvres.

— Pardon ? glapit Hanna.

Brooke passa un bras autour des épaules de Lucas.

— Tu vas adorer ça, Lucky. Là-bas, tout le monde se baigne à poil. Et on se fera des shots de Jell-O tous les soirs, toi et moi.

Le pop-corn au fromage remonta dans la gorge d'Hanna. Elle ne pouvait pas laisser faire une chose pareille.

— Euh, il faut que je te parle.

Saisissant Lucas par le bras, elle l'entraîna dans la salle vidéo dont le sol était jonché de boîte de jeux et de vieux magazines. Trois autres calendriers de l'Avent, dont un qui semblait entièrement fait de peinture gonflante, ornaient les murs.

— Tout va bien ? demanda Lucas avec un sourire innocent.

Si tout allait bien ? Hanna prit quelques grandes inspirations pour se calmer.

— À ton avis, Lucky ?

Le jeune homme passa une main dans ses cheveux.

— Brooke m'appelait comme ça quand elle était petite, parce qu'elle n'arrivait pas à prononcer « Lucas » correctement.

— C'est affreux. Ça sonne comme un nom de chien - Youki.

Et ils allaient, songea Hanna, dans la péninsule du Youkitan, avec la princesse Youkiki en personne.

Lucas haussa les épaules.

— C'est juste un surnom idiot.

Hanna ferma les yeux.

— Sérieusement, tu comptes partir en vacances avec elle ?

— Tu es jalouse? (Lucas se fendit d'un large sourire, comme si c'était la chose la plus drôle qu'il ait jamais entendue.) Hanna, tu n'as pas à t'inquiéter. Brooke est comme une cousine pour moi.

Certains mecs sortent avec leur cousine, surtout après l'avoir vue bronzer à poil, songea amèrement Hanna.

Elle jeta un coup d'œil à Brooke dans la pièce voisine. La jeune fille se regardait dans le miroir accroché près de la porte. Faisant la moue, elle remit du gloss.

Si Mona était là, Hanna et elle se seraient donné des coups de coude en se moquant des faux ongles vulgaires de Brooke. Si Ali était là, elle aurait purement et simplement ignoré Brooke, qui se serait sentie la fille la plus nulle et la plus moche de l'univers.

Hanna grimaça comme si elle avait avalé quelque chose d'acide. Sortir avec un garçon populaire s'accompagnait toujours d'un certain sentiment d'insécurité. Mais avec Lucas, elle pensait ne jamais avoir à se soucier qu'une autre fille lui pique son copain. Et parce qu'il n'avait pas l'habitude que des traînées se jettent à son cou en enlevant le haut et en lui proposant des shots de Jell-O, Lucas n'était absolument pas immunisé contre leurs tentatives de séduction.

Beaucoup de gens avaient laissé tomber Hanna ces dernières années : son père, son ex-petit ami Sean Ackard, Ali, Mona, sa mère… Elle voulait juste quelqu'un sur qui elle puisse compter, quelqu'un qui serait toujours là pour elle. Mais même Lucas risquait de lui échapper… et elle ne pouvait rien faire pour l'en empêcher.

3

Les vieilles habitudes ont la peau dure

Contournant Brooke, Hanna sortit en trombe, monta dans sa Prius et appuya sur l'accélérateur pour s'éloigner aussi vite que possible. La dernière chose qu'elle voulait, c'était entendre Brooke pérorer encore sur ses objectifs de bronzage et faire un tas de sous-entendus à peine voilés sur la manière dont elle comptait s'y prendre pour coucher avec Lucas.

Son portable sonna à l'instant où elle tournait au coin de la rue des Beattie. Le nom de Lucas s'affichait sur l'écran. Hanna envisagea de ne pas décrocher, mais soupira et prit quand même l'appel.

— Tu n'as aucune raison de t'inquiéter, lâcha très vite Lucas sans même répondre à son « Allô ? ». Je te le jure.

Hanna garda le silence, agrippant le volant assez fort pour se faire des ampoules aux mains.

— Mon père vient de me dire que l'hôtel où on logera a le Wi-Fi. Je te skyperai tous les jours, je t'enverrai des tonnes de photos, et je te répéterai que je t'adore toutes les deux ou trois heures sur Facebook.

— Toutes les heures, ce serait mieux, répliqua Hanna. (Si Lucas était constamment en contact avec elle, il ne pourrait pas faire trop de bêtises, pas vrai ?) Et promets-moi de me ramener un cadeau – quelque chose de bien. Et de ne regarder les seins d'aucune fille sur cette foutue plage naturiste.

Quand ils raccrochèrent quelques minutes plus tard, Hanna se sentait un peu mieux.

Elle continua à rouler dans les rues de Rosewood sans autre bruit que le souffle du chauffage pour lui tenir compagnie. Alors qu'elle traversait le quartier commerçant toujours animé, elle vit deux phares rattraper sa Prius. L'autre véhicule continua à la suivre tandis qu'elle longeait l'Externat, la vitrine brillamment éclairée du célèbre restaurant italien Otto et l'épicerie bio Fresh Fields. Chaque fois qu'elle tournait, il tournait derrière elle.

Hanna jeta un coup d'œil au conducteur dans son rétroviseur. Elle ne distingua rien d'autre qu'une silhouette sombre. Son cœur se mit à battre un peu plus fort. Et si quelqu'un la filait ? Et si c'était Ian qui s'était évadé de prison ?

Au carrefour suivant, Hanna se gara sur le bas-côté et attendit. L'autre véhicule la dépassa sans ralentir, et elle poussa un soupir de soulagement.

Puis elle regarda la plaque portant le nom de la rue et réalisa où elle s'était arrêtée. C'était ici qu'Ali et Mona habitaient autrefois.

Certaines maisons du quartier étaient déjà décorées pour les fêtes. Une guirlande électrique bordait toute la toiture des Hastings. Des bougies brillaient solennellement derrière les fenêtres de chez les Cavanaugh. Une couronne de houx était accrochée à la porte de l'ancienne maison des DiLaurentis, désormais occupée par une autre famille.

L'autel dédié à Ali, créé par des amis et des inconnus juste après la découverte du corps de l'adolescente, s'étalait toujours sur le trottoir. Hanna se demanda qui allumait encore des bougies votives pour son amie défunte.

La propriété des Vanderwaal était plongée dans le noir. Hanna distinguait tout juste le long garage à cinq places situé à l'angle. Une fois, Mona et elle avaient grimpé sur le toit et écrit HM + MV = MAPLV en grosses lettres blanches.

— Promets-moi que tu seras toujours ma meilleure amie, avait réclamé Mona alors que, leur mission achevée, elles nettoyaient leurs mains couvertes de peinture avec un tuyau d'arrosage.

— Je le jure, avait répondu Hanna.

Mona lui avait fait la même promesse en retour. Et elle y avait cru de tout son cœur.

À présent, Hanna avait envie de brûler le garage des Vanderwaal – ou de remonter sur le toit pour y déposer un bouquet à la mémoire de Mona. Ses émotions variaient tellement d'une seconde à l'autre qu'elle ne savait plus elle-même ce qu'elle ressentait.

Puis, sans crier gare, le souvenir du 4 × 4 lui fonçant dessus dans le parking, deux mois auparavant, surgit dans son esprit. Hanna avait tenté de s'enfuir, mais la voiture roulait trop vite. Elle ne se rappelait que trop bien la terreur paralysante qui l'avait submergée quand elle avait compris que le 4 × 4 allait la percuter – que Mona voulait la renverser.

— N'y pense pas, chuchota-t-elle.

Elle fit le reste du chemin en roulant lentement et en prenant de grandes inspirations pour se calmer.

En arrivant chez elle, elle manqua de percuter une longue file de voitures qu'elle ne connaissait pas, et qui étaient garées dans l'allée circulaire. Il devait bien y en avoir une quinzaine en tout.

Puis elle vit quelque chose clignoter près du garage. Des guirlandes électriques. Dans le jardin, elle aperçut un père Noël qui brillait dans le noir et un bonhomme en pain d'épices gonflable.

Qu'est-ce que… ?

Hanna fit un pas hésitant vers la maison. Quand elle entra, son pinscher nain Dot se mit à aboyer en lui tournant autour. Il portait un truc bizarre sur la tête. *Ce ne sont quand même pas… des andouillers ?* Hanna prit son chien dans ses bras et détailla les deux appendices en peluche qui encadraient son crâne minuscule. Un grelot se balançait au bout de chacun d'eux.

— Qui t'a fait ça? chuchota Hanna en lui arrachant le ridicule couvre-chef.

Pour toute réponse, Dot lui donna un coup de langue sur la figure.

Hanna s'avança jusqu'au salon et hoqueta de stupeur. Des branches de houx s'entortillaient autour de la rambarde de l'escalier. Une mère Noël mécanique faisait coucou depuis la console sur laquelle reposaient autrefois les austères vases en céramique de Mme Marin. Une grande échelle couverte de guirlandes se dressait dans un coin, et un feu brûlait dans la cheminée dont personne ne s'était encore jamais servi. La chaîne hi-fi jouait « Rudolph le renne au nez rouge » à fond, et une odeur de jambon braisé au miel planait dans toute la maison.

— Il y a quelqu'un? appela Hanna.

Des rires résonnèrent dans la cuisine – d'abord celui d'Isabel, qui ressemblait au caquètement d'une oie, puis celui, masculin et tonitruant, du père d'Hanna.

La jeune fille tourna au coin du salon. La cuisine était pleine de gens qui tenaient des flûtes de champagne et des assiettes remplies de miniquiches ou de tartines de brie.

Beaucoup d'entre eux portaient des chapeaux de père Noël, Tom Marin inclus. Isabel se tenait dans un coin, vêtue d'une robe en velours rouge aux poignets ourlés de fourrure blanche. Kate se pavanait en fourreau de jersey rouge moulant et escarpins noir et blanc Kate Spade. Du gui pendait du lustre ; une carafe de cidre épicé reposait sur le comptoir, et l'îlot central croulait sous les plats de biscuits et de canapés à l'aspect tous plus délicieux les uns que les autres.

Apercevant Hanna, Isabel s'approcha d'elle.

— Hanna ! *Feliz Navidad ! O Tannenbaum !* Joyeux Noël !

La jeune fille renifla.

— En fait, je suis juive. Et mon père aussi.

Isabel cligna des yeux comme si elle ne parvenait pas à comprendre que quiconque – *a fortiori* son fiancé – puisse célébrer autre chose que Noël.

Tom Marin rejoignit Isabel.

— Coucou, chérie, dit-il en ébouriffant les cheveux d'Hanna.

Celle-ci le dévisagea, incrédule.

— Depuis quand tu fêtes Noël ? cracha-t-elle comme si elle avait dit « l'anniversaire de Satan ».

Son père croisa les bras en une attitude défensive.

— Depuis que je vis avec Isabel et Kate. Ça fait plusieurs années déjà. J'avais demandé à Kate de te le dire.

— Eh bien, elle n'a pas fait la commission, répliqua sèchement Hanna.

— Tous les ans, nous célébrons les Douze Jours de Noël. Nous commençons toujours par une grande fête. (Isabel but une gorgée de champagne.) C'est une tradition merveilleuse. Nous avons pris un peu d'avance cette année, parce que ça nous donnait l'occasion de pendre la crémaillère du même coup.

— Et bien entendu, nous souhaitons t'inclure dans les festivités, ajouta M. Marin.

Hanna balaya du regard toutes les décorations rouges et vertes. Ses parents n'avaient jamais été portés sur les rites religieux, mais ils allumaient une des bougies de la menorah chaque soir d'Hanoukka. Le 25 décembre, ils commandaient des plats au traiteur chinois, regardaient plusieurs films d'affilée et, si la météo le permettait, allaient faire une longue balade à vélo. Ça, c'était le genre de tradition qu'Hanna appréciait.

On sonna à la porte. Isabel et M. Marin allèrent ouvrir. Hanna se dirigea vers la table sur laquelle étaient posées les boissons. Aurait-elle de gros ennuis si elle se servait une bassine de whisky?

Soudain, une silhouette moulée dans un fourreau rouge apparut près d'elle.

— C'est un choix de tenue intéressant, commenta Kate en fixant le maxi-sweat-shirt d'Hanna. Cette soirée est très importante pour Tom, tu sais. Beaucoup de ses nouveaux collègues de travail sont venus. Tu aurais pu faire un effort pour t'habiller un peu mieux.

Hanna avait très envie de prendre une des baguettes au pepperoni et de s'en servir pour assommer sa presque demi-sœur.

— Je ne savais même pas qu'il y aurait une soirée aujourd'hui.

— Ah bon? (Kate haussa un sourcil parfaitement épilé.) J'étais au courant depuis une semaine; j'ai dû oublier de t'en parler.

Puis elle se détourna et s'éloigna crânement en ondulant des hanches.

Hanna saisit un petit-four et l'avala sans même en sentir le goût. De l'autre côté de la pièce, son père cirait les pompes d'un homme aux cheveux gris en costume noir sur mesure et d'une femme mince qui portait d'énormes boucles d'oreilles en diamants. Lorsque Kate s'approcha d'eux, M. Marin lui posa une main sur l'épaule pour la présenter au couple. Il avait l'air fier. Et il se garda bien de se retourner pour faire signe à Hanna de les rejoindre.

Elle n'était qu'un gros tas embarrassant en maxi-sweatshirt des Eagles, une fille qu'on n'invitait même pas aux soirées qui avaient lieu chez elle. Elle se sentait comme Belle dans *La Belle et le Clochard*, un de ses dessins animés préférés quand elle était petite. À la naissance de leur bébé, les maîtres jetaient leur petite chienne dehors. Hanna, elle, n'avait même pas de gentil vagabond auprès de qui se réfugier et avec qui partager des spaghettis aux boulettes de viande, parce que son soi-disant petit ami partait à des centaines de kilomètres se faire bronzer sur une plage naturiste avec une traînée.

Elle se laissa tomber sur une chaise près d'Edith, une voisine âgée qui portait des lunettes énormes et semblait toujours avoir avalé son dentier.

— Qui est-ce ? demanda la vieille femme en penchant son oreille vers Hanna.

Elle sentait légèrement la violette.

— C'est Hanna Marin, répondit la jeune fille d'une voix forte. Vous vous souvenez de moi ?

— Oh, Hanna. Évidemment. (Edith tâtonna en quête de sa main et la tapota.) Je suis ravie de te voir, ma chérie. (Elle poussa vers la jeune fille une assiette en papier pleine de cookies aux pépites de chocolat.) Tiens, prends un biscuit. Je les ai faits moi-même. J'ai voulu les mettre sur la table avec le reste de la nourriture, mais la femme qui vient d'emménager ici n'en voulait pas.

Elle plissa le nez comme si elle avait respiré une odeur désagréable.

— Merci, marmonna Hanna.

Elle avait envie d'embrasser la voisine pour la remercier de trouver Isabel antipathique. Elle posa un cookie sur sa langue. Le goût du beurre, du sucre et du chocolat mélangés lui fit tourner la tête de ravissement.

— Ils sont délicieux.

— Contente qu'ils te plaisent. (Edith lui en tendit un autre.) Mange. Tu es beaucoup trop maigre.

Elle disait déjà ça du temps où Hanna était un baleineau bouffi, mais ça faisait quand même plaisir à entendre. Le sucre l'apaisait. Un troisième biscuit et elle se sentirait carrément euphorique.

Ne fais pas ça, protesta une voix dans sa tête. *Tu t'es déjà gavée de pop-corn chez Lucas. Tu portes ton jean le plus large, et il te serre !*

Mais les biscuits sentaient si bon !

Levant les yeux, Hanna vit Kate adresser un sourire charmeur à un autre collègue de Tom Marin, et quelque chose en elle se brisa. *Retiens-toi*, s'ordonna-t-elle. Mais sans lui demander son avis, ses mains se saisirent d'une demi-douzaine de cookies au chocolat et les enveloppèrent dans une serviette en papier. Puis, également de leur propre chef, ses jambes l'arrachèrent à son siège et lui firent fendre la foule vers le couloir.

Hanna réussit à atteindre l'escalier désert avant d'ouvrir la serviette et de commencer à fourrer les biscuits dans sa bouche un par un. Elle se mit à mâcher et à avaler mécaniquement. Des miettes tombèrent sur sa poitrine ; du chocolat barbouilla ses doigts et le contour de sa bouche. C'était comme si quelque chose en elle lui ordonnait de ne s'arrêter que lorsqu'elle aurait englouti tous les biscuits jusqu'au dernier et qu'elle serait enfin rassasiée.

Il s'était passé exactement la même chose la première fois qu'elle avait rencontré Isabel et Kate à Annapolis. Elle se sentait si malheureuse que seules des quantités indécentes de nourriture pouvaient la soulager. Kate et Ali, qu'Hanna avait emmenées avec elle, l'avaient regardée se goinfrer en écarquillant les yeux comme si elle n'était pas humaine. Et quand Hanna s'était pliée en deux parce que son ventre distendu lui faisait mal, M. Marin avait plaisanté : « Ma petite cochonne ne se sent pas bien? »

Ce jour-là, Hanna s'était fait vomir pour la première fois – et pas la dernière. Au fil des ans, elle avait tenté d'arrêter, mais certaines habitudes étaient vraiment difficiles à perdre.

Un gloussement aigu résonna dans le couloir, et Hanna sursauta violemment. On aurait dit Ali. Par la fenêtre qui donnait sur l'avant de la maison, Hanna crut voir quelqu'un se faufiler dans les buissons. Elle plissa les yeux pour scruter l'obscurité.

Puis elle sentit le regard de quelqu'un dans son dos, et elle se retourna. Son père et Kate l'observaient depuis la cuisine. Ils détaillèrent les miettes sur sa poitrine et le dernier biscuit qu'elle tenait à la main. Kate eut un sourire goguenard. M. Marin fronça les sourcils. Puis il mima le geste de s'essuyer la bouche. Gênée, Hanna l'imita rapidement tandis que Kate se détournait en pouffant derrière sa main.

Elle lâcha le dernier biscuit, qui s'écrasa par terre. Rouge de honte, Hanna monta les marches quatre à quatre et alla se réfugier dans sa chambre. Elle claqua la porte derrière elle en faisant un doigt d'honneur aux invités si bruyants et à Bing Crosby qui s'époumonait dans les haut-parleurs. Elle avait son compte de festivités de Noël pour toute la vie.

4

Vous ne bosserez plus jamais dans ce centre commercial

Le jeudi après les cours, Hanna poussa la double porte vitrée à l'inscription « BIENVENUE À L'INAUGURATION DU CENTRE COMMERCIAL DEVON CREST ! » Elle pénétra dans un vaste atrium et prit une grande inspiration. Ça sentait les bretzels Auntie Annes, le café Starbucks et un mélange de parfums coûteux. Une fontaine gargouillait joyeusement. Des filles habillées à la dernière mode, portant des sacs de chez Tiffany & Co., Tory Burch ou Cole Haan circulaient dans les allées. Ça ressemblait au centre commercial King James où Hanna aimait traîner jusque-là, mais c'était assez différent pour ne pas faire ressurgir ses souvenirs de virées shopping avec Mona.

Le seul fait d'être entourée de boutiques de luxe rassérénait Hanna. Elle aurait dû venir plus tôt, mais elle n'avait pas eu le temps. La veille, dans le cadre des festivités des Douze Jours de Noël, elle avait dû accompagner son père, Isabel et Kate à une représentation du *Messie* de Haendel à Villanova – un truc d'un ennui mortel. Le jour précédent, ils avaient assisté à une dégustation de lait de poule chez Williams-Sonoma et, pour le plus grand chagrin d'Hanna, Kate et elle n'avaient eu droit qu'à la version non alcoolisée, qui avait un goût de crème tournée. Ce soir, ils auraient dû se rendre dans un grand magasin de Philadelphie pour assister à un spectacle de lumières débile. Par chance, les services d'hygiène avaient fermé le grand magasin, apparemment infesté de punaises de lit. Quel dommage.

Hanna passa devant l'aire de repos où un petit café proposait deux cent huit variétés différentes de thé et où une boulangerie vendait des gâteaux sans gluten. Une fois de plus, elle sortit son téléphone pour regarder si Lucas l'avait appelée ou s'il lui avait envoyé un message, mais rien. Il était parti le mardi et, déjà, il avait oublié sa promesse de rester en contact.

Tant pis. Elle pouvait avoir confiance en lui, pas vrai? Hanna leva le menton et, tentant de garder son calme, s'arrêta pour consulter le plan du centre commercial. Il y avait une boutique Otter, sa chaîne préférée. Elle allait oublier sa frustration en s'achetant une tenue à tomber à la renverse.

— Hé, ma belle.

Hanna tourna la tête. Elle s'attendait à découvrir un étudiant qui l'avait hélée en la croisant, mais elle ne vit rien d'autre qu'un village de Noël avec sa maison en pain d'épices et ses sucettes en sucre d'orge gonflables. Des elfes portant un petit chapeau en feutrine et des chaussures à bout pointu avaient l'air de s'ennuyer comme des rats morts. Le père Noël était assis sur un trône doré.

— Fais-moi un sourire, poupée, dit encore la voix – et Hanna réalisa que c'était celle du père Noël.

Celui-ci lui fit signe d'approcher avec sa main gantée de blanc. Son bonnet était de travers.

— Tu veux t'asseoir sur mes genoux?

— Hum ! grimaça Hanna en décampant.

Elle l'entendit pousser des « Ho ho ho » jusqu'à ce qu'elle arrive en haut de l'Escalator.

L'enseigne d'Otter brillait au bout de l'allée tel un phare bienveillant conçu pour guider les modeuses égarées. Hanna entra, remuant la tête pour accompagner le mix de musique lounge que diffusaient les haut-parleurs. Elle saisit un foulard en soie et le pressa contre son nez. Puis elle respira l'odeur luxueuse des sacs Kooba en cuir si doux, caressa du bout des doigts des leggings en denim et des robes en mousseline de soie Marc Jacobs ceinturées à la taille. Les battements de son cœur s'apaisèrent. Elle sentit littéralement son niveau de stress diminuer.

— Je peux vous aider ? pépia une voix.

Une petite vendeuse blonde en jupe crayon à taille haute, portant une blouse à pois identique à celle qu'Hanna était en train d'examiner sur le portant, apparut près d'elle.

— Vous cherchez quelque chose de spécial ?

— J'ai besoin d'un nouveau jean, dit Hanna en tapotant un modèle skinny J Brand posé sur une table. Et j'aimerais essayer cette robe, et peut-être ça aussi, ajouta-t-elle en désignant un cache-cœur en cachemire Alice + Olivia.

— Il est magnifique, se pâma la vendeuse. Vous avez très bon goût. Vous voulez que je vous fasse une petite sélection et que je mette tout ça dans une cabine pendant que vous continuez à fouiller ?

— S'il vous plaît, acquiesça Hanna.

La vendeuse la détailla de la tête aux pieds comme pour prendre ses mesures du regard.

— Entendu. Je m'occupe de tout. Au fait, je m'appelle Lauren.

— Hanna.

La jeune fille sourit. C'était peut-être le début d'une belle amitié. Lauren pourrait lui mettre les nouveautés de côté pour qu'elle les essaie avant que les autres filles mettent leurs sales petites pattes dessus, comme le faisait Sasha à l'Otter du centre commercial King James.

Hanna fit le tour de la boutique en choisissant plusieurs autres pulls et quelques robes. Lauren y ajouta des articles susceptibles de lui plaire – dont toute une pile de jeans – et les emporta dans le fond.

Quand Hanna fut prête pour son essayage, elle remarqua que Lauren lui avait réservé la plus grande cabine, celle du coin. Les trois autres, beaucoup plus petites, étaient déjà occupées – sans doute par des filles moins importantes qu'elle.

Hanna tira le rideau, lissa ses cheveux et admira les vêtements magnifiques pendus à leur cintre. Le moment était venu de faire chauffer sa carte de crédit. Soudain, son regard se posa sur l'étiquette d'un legging en denim que Lauren avait posé sur le fauteuil à motif cachemire.

C'était un 36.

Les sourcils froncés, Hanna examina le reste des articles choisis par Lauren. Tous les jeans, toutes les robes étaient en 36. Il n'y avait rien de mal à faire du 36 pour la plupart des filles, mais Hanna était bien en dessous de cette taille depuis sa perte de poids spectaculaire en 4e, à l'époque où Mona et elle avaient entrepris de changer radicalement leur look.

— Euh, Lauren? appela-t-elle en passant la tête à l'extérieur.

La vendeuse apparut au bout de la rangée de cabines, et Hanna lui adressa un sourire d'excuse.

— Vous avez dû vous tromper. Je mets du 32.

Une expression gênée passa sur le visage de la jeune femme.

— Je crois vraiment que vous devriez essayer le 36. J Brand taille petit.

Hanna se hérissa.

— J'ai déjà trois paires de leurs leggings. Je sais exactement comment ils taillent.

Lauren se pinça les lèvres. Un long silence s'étira entre elles. Dans une cabine voisine, une fille renifla.

— D'accord, finit par dire la vendeuse en haussant les épaules. Je vais voir si j'ai du 32 et du 34 en réserve.

Le rideau se referma. Comme Lauren s'éloignait, Hanna crut entendre quelqu'un ricaner. La vendeuse était-elle en train de se moquer d'elle ? Les occupantes des autres cabines ne faisaient plus le moindre bruit, comme si elles s'étaient immobilisées pour espionner Hanna – et pour la juger.

Quelques secondes plus tard, Lauren revint avec d'autres leggings. Hanna les lui arracha des mains et se retrancha dans sa cabine. Elle n'en revenait pas que cette idiote ait osé se moquer d'elle – et encore moins que, après l'avoir détaillée, elle ait décidé qu'Hanna faisait du 36. Les vendeuses n'étaient-elles pas censées pouvoir évaluer correctement la taille de leurs clientes ? Ne suivaient-elles pas une formation pour ça ? Jamais Hanna n'avait été traitée avec aussi peu de considération à l'autre boutique Otter. Sitôt sortie de là, elle appellerait le siège social de la chaîne pour se plaindre.

Le legging en 32 caressa ses chevilles nues. Hanna tira le pantalon jusqu'à ses genoux, mais au moment de passer ses cuisses, le denim refusa de s'étirer suffisamment. Hanna se regarda dans la glace. De toute évidence, il s'agissait d'un article défectueux.

La jeune fille se tortilla pour l'enlever et essaya le même en 34. Elle parvint à le remonter au-delà de ses fesses, mais pas à le boutonner. Que diable se passait-il ?

En dernier recours, elle enfila le 36 que Lauren avait sélectionné pour elle. Elle ferma le bouton et s'examina dans le miroir. Ses jambes étaient boudinées. Elle avait un début de bourrelet à la taille. Les coutures semblaient sur le point de craquer d'une seconde à l'autre.

Le cœur d'Hanna se mit à cogner plus fort. Était-il possible que tous les leggings de la marque soient défectueux ? Ou avait-elle grossi ?

Hanna songea aux cookies qu'elle avait mangés l'autre soir. Et aux canapés qu'elle avait finis la veille en regardant la télé dans sa chambre pour ne pas rester dans le salon avec son père, Isabel et Kate. Et aux chocolats dont elle avait pris une pleine poignée dans la boîte ouverte sur l'îlot de la cuisine.

Sa peau commença à la picoter. Elle se sentait à deux doigts de basculer en arrière pour redevenir la grosse nulle qu'elle était en 6e, avant qu'Ali devienne son amie.

De nouveau, elle observa son reflet dans la glace et, l'espace d'un instant, elle vit une fille aux cheveux brun caca, à l'appareil dentaire souligné par des élastiques roses et au front couvert d'acné. C'était l'ancienne Hanna, celle qu'elle avait juré de ne jamais redevenir.

— Non, gargouilla-t-elle en se couvrant les yeux de ses mains et en se laissant tomber dans le fauteuil.

— Hanna ? (Les escarpins compensés de Lauren apparurent sous la porte de la cabine.) Tout va bien ?

Hanna couina un « oui ». Mais en vérité, tout n'allait pas bien du tout. C'était comme si sa vie échappait brusquement à son contrôle. Elle devait se ressaisir, et vite.

5

DESCENDU DU MONT OLYMPE

Le lendemain matin, Hanna pédalait avec acharnement sur le vélo elliptique chez Body Tonic, le club de gym très chic dont elle était membre depuis la fin de son année de 4e. Chaque machine était équipée d'un écran télé avec un million de chaînes câblées; il y avait un spa et un bar à jus près de l'accueil, un hammam parfumé à l'eucalyptus et un jacuzzi dans les vestiaires, et des produits de bain Kiehl's dans toutes les douches.

Tout autour d'Hanna, des adultes athlétiques, ainsi que quelques étudiants d'une des nombreuses écoles privées des environs, transpiraient sur des rameurs ou faisaient des pliés légèrement ridicules sur des ballons d'exercice. Un cours de yoga avait lieu dans la salle du fond; les élèves tentaient de prendre la pose de la demi-lune, formant un T avec leur corps sur leurs jambes tremblantes.

De la sueur coulait dans les yeux d'Hanna; ses membres la brûlaient, et on venait juste d'annoncer aux infos que Ian Thomas clamait son innocence derrière les barreaux de sa cellule. Mais bien que perturbée par cette nouvelle, Hanna ne pouvait pas s'arrêter maintenant. Il n'était pas question qu'elle reste à une taille 36. Jamais plus elle ne laisserait une vendeuse se moquer d'elle.

Son téléphone sonna et elle s'en saisit avidement dans l'espoir que Lucas l'ait appelée, lui ait envoyé un texto ou ait posté quelque chose sur son mur Facebook. N'importe quoi. Mais ce n'était qu'Aria, qui demandait si elle pouvait lui emprunter ses cours d'anglais.

Un étau comprima la poitrine d'Hanna. Elle s'en voulait terriblement, mais Lucas lui manquait – et de toute évidence, ce n'était même pas réciproque. Elle laissa retomber son téléphone dans le porte-bouteilles en plastique et augmenta la difficulté de quelques niveaux. Tout ça n'avait pas d'importance. Elle allait perdre cinq kilos, redevenir fabuleuse, et faire la gueule à Lucas quand il rentrerait.

Mais... songea-t-elle. Et si Lucas ne s'intéressait plus du tout à elle? S'il avait décidé de la larguer pour princesse Youkiki?

— Toi au moins, tu ne fais pas semblant!

Hanna sursauta. Baissant les yeux, elle découvrit un type athlétique en T-shirt Body Tonic moulant, cycliste et New Balance grises qui se tenait près de son vélo elliptique. Il avait les yeux les plus bleus qu'elle ait jamais vus, des cheveux bruns coupés ras, une peau dorée magnifique et des muscles saillants, mais pas exagérément gonflés comme ceux des culturistes.

Hanna le reconnut aussitôt. Du temps où elle venait ici avec Mona, sa meilleure amie et elle l'avaient surnommé Apollon pour des raisons évidentes. Il faisait le tour de la salle de muscu en souriant aux filles; parfois, il soulevait un haltère ou faisait deux abdos, et il s'occupait personnellement de toutes les clientes super riches de la Main Line.

Une fois, Hanna et Mona l'avaient aperçu dans le

parking. Il écoutait « Stairway to Heaven » en jouant de la batterie sur le volant de sa voiture. Alors, elles avaient pigé. Comme elles, Apollon était un ex-ringard.

Hanna jeta un coup d'œil derrière elle pour voir s'il parlait à quelqu'un d'autre, mais il n'y avait qu'elle dans cette rangée de vélos.

— Euh, pardon ? lança-t-elle en essayant de ne pas avoir l'air trop essoufflée.

Elle regretta de ne pas avoir apporté une serviette pour s'essuyer le visage.

Avec une grimace, Apollon désigna l'écran fixé au guidon d'Hanna.

— Tu pédales depuis une heure vingt. C'est impressionnant.

— Oh, lâcha Hanna sans s'interrompre. J'essaie de retrouver la ligne. J'ai un peu abusé récemment.

Elle partit dans un rire gêné, puis se maudit d'avoir attiré l'attention sur ses bourrelets dus aux cookies au chocolat.

— Les fêtes de fin d'année, c'est toujours une période difficile, compatit Apollon en s'accoudant au vélo voisin. J'organise un stage de fitness qui commence aujourd'hui, et que j'ai conçu spécialement pour combattre les kilos de Noël. C'est axé sur l'exercice, la nutrition et le bien-être mental.

— Ça a l'air génial, commenta Hanna.

Kirsten Cullen, une fille qu'elle connaissait à l'Externat de Rosewood, avait fait ce genre de stage à St. Barts, l'été entre la 3e et la 2de. Elle était revenue avec six kilos en moins et une peau impeccable.

— Un stage où ?

Apollon lui adressa un sourire penaud mais éblouissant.

— Nulle part. Enfin, je veux dire : ici, au club. Mais je te promets que tu te sentiras transportée. Et que tu seras dans une forme olympique à la fin. Tu veux t'inscrire ?

Hanna observa son reflet en sueur dans le miroir devant elle.

— Je ne sais pas.

Elle n'était pas fan des cours collectifs.

— Allez, insista Apollon. Je suis sûr que tu adorerais... Hanna, c'est bien ça ?

La jeune fille en resta bouche bée.

— Comment tu le sais ?

— Je t'ai déjà vue ici. (Le sourire d'Apollon creusait deux adorables fossettes dans ses joues.) Ça me ferait vraiment plaisir que tu viennes.

Des papillons voletèrent dans l'estomac d'Hanna. Était-il en train de flirter avec elle ?

L'espace d'une seconde, elle voulut sauter à bas de son vélo, appeler Mona et lui dire qu'Apollon de Body Tonic venait pratiquement de la supplier de s'inscrire au stage de fitness. Puis elle se souvint. Et comme chaque fois qu'elle se rappelait que Mona était « A » et qu'elle était morte désormais, elle eut l'impression d'avoir reçu un ballon de gym en pleine poitrine.

— Ça fera fondre tes kilos en trop, promit Apollon. Tu n'auras jamais été plus en forme de toute ta vie. Allez, dis oui !

Présenté de cette façon, et avec ces yeux bleus pétillants, comment aurait-elle pu refuser ?

— D'accord, tu as réussi à me convaincre, dit Hanna en arrêtant sa machine. Tu peux compter sur moi.

— Génial, fit Apollon avec un sourire réjoui.

Les papillons s'agitèrent de plus belle dans le ventre d'Hanna. Elle n'arrivait pas à croire qu'il l'ait remarquée et qu'il connaisse son prénom. En un clin d'œil, toutes ses inquiétudes au sujet de Lucas et de princesse Youkiki s'évanouirent. Si son petit ami avait le droit de flirter avec quelqu'un d'autre, pourquoi se priverait-elle de son côté ?

— Je m'appelle Vince, ajouta Apollon. Les cours commencent aujourd'hui à 17 heures. Il y en aura un tous les matins et tous les soirs jusqu'au 31. Je suis vraiment ravi que tu te joignes à nous.

— Moi aussi, répondit Hanna en plongeant son regard dans celui d'Apo... de Vince.

Et elle était parfaitement sincère.

6

Les plus grands perdants

Ce jour-là après les cours, Hanna était assise sur les marches devant l'entrée de Body Tonic, son portable coincé entre épaule et oreille.

— Désolée, papa. Je t'avais prévenu que j'avais un truc à faire ce soir. Je te jure que je te l'avais dit.

— Mais tu vas manquer le village de Noël à Longwood Gardens, protesta M. Marin, qui semblait vraiment très déçu. Ça va être super.

Hanna réprima une forte envie de mimer un vomissement. L'année de sa 5e, elle était allée à Longwood Gardens avec Ali et les autres. Comme son nom l'indiquait, c'était juste un grand jardin, tout ce qu'il y avait de plus ennuyeux. En plus, il y avait trop de monde et il faisait mille degrés à l'intérieur. Les filles avaient passé le plus clair de leur temps dans le parking à parler des garçons du bahut qu'elles avaient le plus envie d'embrasser et des gens connus qu'elles inviteraient à leur soirée d'anniversaire idéale.

— Je suis vraiment désolée, répéta Hanna. Mais j'avais

prévu ça avant de savoir que vous vouliez fêter les Douze Jours de Noël.

Tom Marin soupira.

— Tu n'essaierais pas juste d'éviter Isabel et Kate, par hasard ? Kate dit qu'elle aimerait apprendre à te connaître, mais que tu gardes tes distances. Et que tu as refusé d'aller au centre commercial avec elle le jour de notre emménagement.

Hanna ouvrit la bouche et la referma. Kate était drôlement gonflée.

— Ça n'a rien à voir avec elles, mentit-elle.

Après avoir raccroché, elle posa son téléphone sur ses cuisses en espérant qu'il sonnerait une nouvelle fois et que ce serait Lucas à l'autre bout du fil. Mais le portable resta silencieux.

Hanna regarda les voitures qui allaient et venaient sur la petite route de campagne. Un peu de neige tombait, faisant scintiller le bitume. Puis Hanna entendit un piétinement sur sa gauche, et elle se redressa. On aurait dit que quelqu'un se planquait derrière l'angle du bâtiment.

Je déraille, se raisonna-t-elle. Personne ne la surveillait plus. Elle se leva d'un bond et, l'estomac noué par l'excitation, entra dans le club de gym.

Même si l'idée d'un stage de fitness ne l'avait pas enthousiasmée au premier abord, elle était ravie d'avoir accepté d'y participer. Les autres filles seraient sans doute jeunes, jolies et branchées comme elle. Peut-être se ferait-elle de nouvelles amies. Et, d'après Vince, le stage était également axé sur la nutrition et le bien-être – ce qui signifiait sans doute qu'il faisait des massages à ses élèves après chaque cours. De manière tout à fait professionnelle, bien sûr – rien dont Lucas puisse être jaloux.

Une pancarte « STAGE DE FITNESS DE NOËL » était scotchée

sur la porte d'une des salles de cours collectifs. Hanna espérait qu'il aurait lieu dans un endroit à l'écart réservé aux VIP, mais tant pis. Prenant une grande inspiration, elle poussa la porte avec un immense sourire aux lèvres.

Elle s'attendait presque à ce que les autres participants, tous beaux et athlétiques, se tournent vers elle pour l'accueillir à bras ouverts – comme pendant une thérapie de groupe, mais en plus glamour. Hélas ! Les lumières crues, presque fluorescentes, révélaient une scène très différente de ce qu'elle imaginait.

Une dizaine de personnes étaient assises par terre avec des tapis de sol, des ballons, des élastiques et des steps face à eux. Ils tournèrent bien la tête vers Hanna, mais aucun d'eux ne fit mine de la prendre dans ses bras. C'était sans doute aussi bien : la jeune fille n'aurait pas voulu les toucher. Ils ne ressemblaient pas du tout aux sportifs minces et branchés qu'elle imaginait. En fait, ils étaient même tout le contraire.

Hanna procéda à un rapide inventaire. Une femme avec un triple menton. Un homme dont le ventre débordait par-dessus la ceinture de son jogging. Des mères de famille mal fagotées. Des pères de famille ringards. Le genre d'ados qui s'inscrivaient au club de théâtre ou dans la fanfare, qui passaient leur pause-déjeuner en salle de dessin et qui se foutaient de leur apparence.

Une des filles, qui devait avoir son âge, avait les plus gros seins qu'Hanna ait jamais vus. Avec ses hanches larges et son cul bien rembourré, elle ressemblait à une pin-up des années 50. Ses cheveux noirs lustrés étaient crêpés, ses yeux en amande soulignés par un épais trait d'eye-liner et ses lèvres boudeuses peintes en rouge vif. Sur son épaule, elle arborait un tatouage représentant une dague entourée d'arabesques. En principe, Hanna n'était pas fan de ce genre de look, mais elle trouvait que ça lui allait bien – même si elle ne l'aurait jamais admis à voix haute.

Ce stage n'avait décidément rien de glamour. On aurait plutôt dit une version petit budget du *Grand Perdant*[1]. Hanna n'avait jamais vu une seule de ces personnes dans la salle de muscu de Body Tonic, comme si le club les avait cachées pour ne pas faire peur aux habitués. Et chacune d'elles portait un maxi-T-shirt rouge avec « BOUGEZ-VOUS LES FESSES ! » en grandes lettres blanches sur le devant, et « STAGE DE FITNESS DE NOËL » dans le dos.

— Hanna !

Vince jaillit de derrière la chaîne stéréo qui occupait l'un des coins de la pièce, un grand sourire aux lèvres. Il portait le même T-shirt rouge que ses élèves – mais il avait choisi le sien beaucoup plus moulant.

— Je suis ravi que tu aies pu venir. Tiens, prends ça !

Il lui lança un T-shirt, mais Hanna ne fit pas le moindre geste pour le rattraper, le laissant s'écraser mollement sur sa poitrine et tomber par terre.

Derrière elle, elle entendit un gloussement aigu. Elle se figea. Une silhouette venait de tourner à l'angle, ses cheveux blonds flottant dans son dos. L'avait-on bien regardée ? S'imaginait-on qu'elle était comme tous ces gros nazes ?

— Commençons par nous présenter et par expliquer pourquoi nous sommes là, suggéra Vince.

Il désigna la pin-up, qui agita ses gros seins avant de ronronner :

— Je m'appelle Dinah Morrissey. Je me fiche de perdre du poids, mais je veux prendre davantage soin de ma santé.

1. Émission de télé-réalité américaine dont les candidats obèses s'efforcent de perdre le plus de poids possible.

Elle battit des cils en direction de Vince, qui la récompensa d'un sourire.

— Enchanté de faire ta connaissance, Dinah. Hanna, à toi.

Mais les lèvres de la jeune fille étaient comme collées. Elle jeta un dernier coup d'œil aux baleines vautrées par terre, poussa un petit couinement et fit volte-face. Prenant ses jambes à son cou, elle regagna la partie du club où tout le monde était beau, mince et normal.

— Hanna! appela Vince tandis qu'elle se frayait un chemin entre les appareils de muscu et les tapis de course. (Il la coinça dans le couloir entre le studio de yoga et le bar macrobiotique.) Qu'est-ce qui t'arrive?

La jeune fille haussa les épaules, gênée, en constatant qu'il tenait à la main le T-shirt dont elle n'avait pas voulu.

— Je ne crois pas que ce cours me convienne.

— Pourquoi?

Il avait fumé ou quoi? D'abord, ça avait l'air d'un stage commando plutôt que d'un stage de fitness. Ensuite, comment Vince pouvait-il penser que la place d'Hanna était parmi tous ces nazes? En la voyant sur son vélo elliptique le matin, avait-il trouvé qu'elle manquait d'entraînement? Avait-il jugé qu'elle était désespérément ordinaire – le genre de fille qui provoquait les ricanements des vendeuses, qui se faisait rejeter par son père et que sa meilleure amie haïssait en secret au point de vouloir la tuer?

— Parce qu'il n'y a que des gros, lâcha-t-elle enfin.

Vince fit deux pas en arrière, la bouche arrondie par la stupéfaction.

— Tu plaisantes, j'espère?

Un remix techno d'une chanson de Rihanna pulsait en fond sonore. Voyant qu'Hanna ne répondait pas, Vince secoua la tête.

— Les autres participants ne sont pas gros. D'accord, certains d'entre eux ont dépassé leur poids de forme, mais c'est super qu'ils veuillent le retrouver, non ? Et je crois vraiment que je peux les y aider.

Tu te prends pour la version musclée de mère Teresa ? voulut aboyer Hanna. Mais elle se contenta de répliquer :

— Je préfère passer mon tour.

— Tu vas laisser tomber un cours de fitness qui te ferait le plus grand bien, juste parce que les autres élèves n'ont pas l'air de sortir des pages de *Vogue* ?

Vince parlait beaucoup trop fort. Hanna jeta un coup d'œil prudent à la ronde. L'employée filiforme qui se tenait à l'accueil scanna les cartes de deux membres, la machine ponctuant ses gestes de deux petits « bips ». Un type d'une vingtaine d'années sprintait sur un tapis de course, ses cheveux blonds se soulevant et retombant à chacune de ses foulées.

Et si quelqu'un avait entendu, quelqu'un de l'Externat de Rosewood ? S'il racontait l'incident au bahut, Hanna deviendrait la risée de ses camarades – la grande perdante, et pas au meilleur sens du terme.

Vince lui lança un regard entendu.

— Je crois que j'ai pigé. Tu n'as pas le courage d'aller jusqu'au bout. Tu n'es pas assez forte mentalement pour te soumettre à un programme aussi rigoureux.

Hanna renifla, indignée.

— Ça n'a rien à voir avec ma force mentale !

— Laisse tomber. (Vince eut un geste désinvolte.) J'aurais dû m'en douter. Les signes étaient là. Tout le monde n'est pas capable de suivre ce cours. Il faut vraiment vouloir aller mieux, et être prêt à faire le nécessaire pour ça. Ne t'en fais pas, Hanna. Je pensais que tu avais de la volonté. Je me suis trompé, mais ce n'est pas grave.

— J'ai beaucoup de volonté, protesta Hanna d'une voix si forte qu'une fille d'une vingtaine d'années, qui portait un sweat-shirt de la fac d'Hollis et se tenait près des tapis de sol, leva vers elle un regard alarmé. Sûrement plus que tous ces… que tous les autres participants.

Vince serra la mâchoire.

— D'accord. Alors, prouve-le. Montre-moi de quoi tu es capable.

Il avait parlé sur un ton bourru et sévère, mais son regard était doux, presque suppliant. Une fois de plus, Hanna eut l'impression qu'elle lui plaisait. Et cela suffit à dissiper la solitude qui l'assaillait chaque fois qu'elle pensait à Lucas.

Si elle sortait d'ici en méprisant la retraite de fitness et ses participants en surpoids, Vince ne lui adresserait probablement plus jamais la parole. Et elle ne voulait pas qu'il la prenne pour une lâcheuse, parce que c'était pratiquement synonyme de ringarde – et qu'elle n'avait pas l'intention d'en redevenir une.

— D'accord, grogna-t-elle. Je vais essayer. Mais à une condition. Je refuse de porter une de ces serpillières.

Du menton, elle désigna le T-shirt dans les mains de Vince.

Le jeune homme haussa les épaules et posa sa main sur l'avant-bras d'Hanna.

Marché conclu.

7

MAZEL TOV!

Deux heures plus tard, Hanna s'affaissa derrière le volant de sa Prius, presque incapable de bouger, ne fût-ce que le petit doigt. Vince avait au moins raison sur un point : son stage de fitness était tout sauf une expérience relaxante. Jamais Hanna n'avait donné autant de coups de pied, effectué autant de pliés, autant sollicité ses biceps, autant couru sur place et autant transpiré de toute sa vie. Vince leur avait fait enchaîner tant d'exercices qu'elle avait à peine fait attention aux autres participants, sinon quand l'un d'eux s'était écroulé d'épuisement ou avait gémi qu'il ne pouvait pas faire un seul abdo de plus.

La seule personne qui sortait du lot, c'était Dinah. Elle n'arrêtait pas d'agiter ses seins sous le nez de Vince en lui demandant si ses postures étaient correctes. Une fois, elle l'avait même obligé à se mettre derrière elle et à poser une main sur ses reins, dangereusement près des fesses, pendant qu'elle faisait un plié – histoire, soi-disant, de s'assurer qu'elle travaillait les bons muscles. Sa façon éhontée de flirter avec Vince rappelait Brooke à Hanna; du coup, celle-ci se remettait à penser à Lucas et à avoir mal au cœur.

Elle se gara dans l'allée de sa maison. Elle ne voulait rien d'autre que ramper sous sa couette et regarder des émissions de télé débiles pendant toute la soirée. Bizarrement, la voiture de son père était toujours là plutôt qu'à Longwood Gardens. Et toutes les décorations de Noël qui festonnaient la façade avaient disparu. Quand Hanna ouvrit la porte d'entrée, elle ne sentit aucune odeur d'aiguilles de pin ou de bâtonnets de cannelle, juste un parfum de... galettes de pommes de terre?

— Hanna! s'exclama M. Marin en sortant de la cuisine. Te voilà! Entre vite! Nous avons une surprise pour toi!

Il entraîna sa fille vers le salon, mais elle eut le temps de remarquer que la mère Noël mécanique avait disparu, que les guirlandes électriques du sapin étaient éteintes et que les chaussettes monogrammées d'Isabel, de Kate et de M. Marin, ainsi que celle qui lui était sans doute destinée, ne pendaient plus au-dessus de la cheminée. À leur place se dressait la vieille menorah en argent que Bubbe avait offerte aux parents d'Hanna. Trois bougies brillaient déjà sur le chandelier.

— Que se passe-t-il? interrogea Hanna, méfiante.

Tom Marin la fit pivoter vers la salle à manger. D'énormes quantités de nourriture étaient disposées sur la table. Assises sur les chaises à haut dossier, Kate et Isabel arboraient un sourire sans chaleur.

— Surprise! s'exclama M. Marin. Joyeux Hanna-kka!

La jeune fille cligna des yeux en reconnaissant tous les plats traditionnels que sa grand-mère lui préparait autrefois : des latkes, des beignets à la confiture appelés sufganiyot, du kugel, des pièces en chocolat et de la poitrine de bœuf. Sur le côté, elle aperçut les vieux dreidels que ses cousins et elle faisaient tourner pendant des heures. Ils utilisaient les petites toupies pour jouer à une sorte d'« Action ou vérité » : par exemple, si le dreidel tombait côté *gimel*, Tamar, la plus jeune d'eux tous, devait voler un dollar dans le porte-monnaie de sa mère.

Une bannière bleue en aluminium, dans laquelle étaient découpées des étoiles de David, avait été tendue devant les fenêtres, et des bougies brillaient tout autour de la pièce. De petits présents enveloppés de papier argenté reposaient dans chaque assiette.

— Je croyais que vous alliez au village de Noël, dit lentement Hanna.

Son père eut un geste insouciant.

— Oh, on pourra y aller un autre jour. Je pensais que tu étais peut-être un peu contrariée par toutes ces festivités de Noël. Alors, nous avons décidé de célébrer la fête juive ce soir : Hanoukka, ou Hanna-kka ! (Il désigna la nourriture sur la table.) Kate et Isabel ont passé la soirée aux fourneaux, même si une bonne partie des plats viennent du *deli kosher* près de la sandwicherie Ferra.

— Ton père nous a dit que tu connaissais toutes les histoires d'Hanoukka, ajouta poliment Isabel. J'aimerais bien que tu nous les racontes.

— C'est vraiment super.

Le cœur d'Hanna se gonfla comme celui du Grinch. C'était sans aucun doute la chose la plus gentille que son père ait faite pour elle depuis très, très longtemps.

Tom Marin fit circuler les plats ; tout le monde prit des latkes et des morceaux de poitrine de bœuf baignant dans la sauce. Hanna se servit modérément, car elle se sentait encore vertueuse après son cours de gym.

M. Marin versa du vin dans tous les verres, y compris ceux des deux adolescentes. Puis on ouvrit les paquets. Kate et Hanna reçurent des bons cadeaux pour le spa Fermata; Isabel découvrit un petit pendentif en forme de sapin de Noël qu'elle pourrait ajouter à son bracelet Pandora en argent. Quant à M. Marin, il s'était acheté un nouveau couteau suisse. Il prit aussitôt des ciseaux pour couper l'étiquette du cadeau d'Isabel.

Puis il raconta toute une série d'anecdotes au sujet de Bubbe, qui faisait les meilleures galettes de pommes de terre du monde.

— On allait chez elle chaque soir d'Hanoukka, expliqua-t-il. Elle avait toujours d'énormes cadeaux pour Hanna.

— C'était très gentil de sa part, commenta Isabel sur un ton surpris, comme si elle avait du mal à imaginer que quiconque puisse vouloir gâter sa presque belle-fille.

— Et elle avait un perroquet africain gris appelé Morty, poursuivit M. Marin en piquant un latke avec sa fourchette. Il connaissait tous les jurons du monde.

— Il était dingue, pouffa Hanna. C'est lui qui m'a appris la plupart de ceux que je connais.

— Et il adorait regarder les émissions de potins sur les stars. Comment ça s'appelait, déjà ?

Tom Marin avait les joues rouges d'excitation.

— *E! News*, répondit Hanna. Il était obsédé par Giuliana Rancic[1]. Tu t'en souviens ? Il disait : « Quelle ravissante salope ! » avec sa drôle de voix d'oiseau.

— Qui est Giuliana Rancic ? demanda Isabel en clignant des yeux.

Mais Tom Marin était trop occupé à rire pour lui répondre. Hanna, tout aussi hilare, en profita pour ignorer également sa belle-mère. C'était bon de partager avec son

1. Une des présentatrices de l'émission mentionnée.

père des souvenirs antérieurs à l'arrivée dans leur vie d'Isabel et Kate.

Ils continuèrent à manger en enchaînant les anecdotes sur la grand-mère d'Hanna. Bubbe Marin avait une passion pour les vide-greniers et les figurines d'animaux, ainsi qu'un béguin pour Bob Barker, le présentateur du *Juste Prix*. Hanna et son père s'esclaffaient bruyamment sans se donner la peine de fournir des explications aux deux autres.

Lorsque le repas fut terminé, Isabel se leva pour débarrasser, mais M. Marin lui fit signe de se rasseoir.

— Je m'en occupe.

— Je vais t'aider, proposa très vite Kate.

Hanna serra les dents.

— Non, moi, je vais t'aider, papa.

La dernière chose qu'elle voulait, c'était que Kate usurpe de nouveau l'affection de son père.

Tom Marin eut un sourire en coin.

— Si vous tenez tant que ça à vous rendre utiles, je vais vous laisser faire toutes les deux. (Il empila les assiettes et les tendit à Hanna.) Tu laves, et Kate essuie ; qu'est-ce que tu en penses ?

Hanna fixa les latkes qui restaient dans le plat en se demandant si c'était une ruse de son père pour l'obliger à se lier avec Kate.

Quand elle passa dans la cuisine avec la vaisselle sale, sa presque demi-sœur avait déjà rempli l'évier d'eau savonneuse.

— Alors, tu as aimé ta petite fête ? demanda-t-elle sur un ton glacial en saisissant un torchon.

— C'était très bien, répondit sèchement Hanna.

— Ma mère et moi, on a passé des heures à cuisiner, dit Kate en essuyant une pellicule de transpiration imaginaire sur son front. Tu aurais au moins pu nous aider. Où étais-tu passée ?

Hanna plongea ses mains dans l'eau bouillante.

— Oh, ici et là. J'ai fait un peu de shopping. Je suis allée à la gym. Je ne savais pas que vous prépariez quelque chose pour moi.

Kate haussa un sourcil.

— Quatre heures, ça fait une sacrée séance de shopping, ou un sacré marathon.

Elle dévisagea longuement Hanna. Celle-ci soutint son regard en s'efforçant de ne pas se trahir. Il n'était pas question qu'elle lui parle du stage de fitness. Kate se moquerait d'elle à n'en plus finir.

Celle-ci finit par s'adosser au comptoir en plissant les yeux.

— Je crois que tu caches quelque chose.

— Bien sûr que non, aboya Hanna avec un peu trop de véhémence. C'est peut-être toi qui caches quelque chose, insinua-t-elle.

Kate se figea.

— Je… (Elle jeta le torchon sur l'îlot central.) Moi non plus, dit-elle d'un air pincé.

Puis elle se détourna et sortit rapidement.

Hanna l'écouta monter l'escalier et claquer la porte de sa chambre. *D'aaaaa-ccord.* Elle allait devoir faire la vaisselle toute seule, mais tant pis. Il lui semblait qu'elle venait de remporter une bataille sans même le vouloir. Ce qui, avec Kate, relevait quasiment du miracle.

8

Les étirements, c'est bon pour la santé

Le lendemain matin, avant les cours, Hanna se rendit à Body Tonic. Dans les vestiaires, elle s'examina dans le miroir en pied et rajusta les bretelles de sa brassière Lululemon noire. Puis elle se retourna pour voir si son microshort noir et rose assorti ne lui faisait pas de trop grosses fesses. Elle fut ravie de constater que ses jambes avaient l'air fermes et sexy.

Du bout de l'index, elle appliqua un peu de fond de teint sur ses joues et son nez; elle passa un tube de gloss sur ses lèvres, rassembla ses cheveux auburn en queue-de-cheval et pulvérisa un peu d'Aveda Chakra 4 sur ses poignets. Ce parfum rendait les garçons fous, tous autant qu'ils étaient. Lucas l'adorait… jusqu'à ce qu'il parte se faire bronzer sur une plage naturiste avec Youkiki et oublie complètement Hanna.

Elle n'avait toujours pas reçu un seul texto de son petit ami. Du coup, elle avait retourné toutes les photos de lui qu'elle avait dans sa chambre pour ne plus voir ses yeux couleur de fleur de maïs et se demander si ces mêmes yeux n'étaient pas en train de mater Brooke.

Si étrange que ça puisse paraître, Hanna avait hâte que le cours débute. Au moins, quand Vince aboyait des instructions, elle était trop occupée pour penser à Lucas et s'apitoyer sur son sort.

Lorsqu'elle poussa la porte de la salle de fitness, elle entendit quelqu'un gémir :

— C'est trop bon…

Hanna se figea, se demandant si un couple avait profité de l'heure matinale pour se faire un câlin impromptu dans un coin de la salle. Puis elle aperçut un T-shirt rouge familier. Une des participantes du stage était allongée par terre, les jambes en l'air. Debout face à elle, Vince appuyait sur son pied pour lui étirer les tendons.

— Ton muscle est décoincé ? murmura-t-il en lui souriant.

— Ouiiii, répondit la fille sur un ton rêveur. C'est fantastique.

Tous les poils d'Hanna se hérissèrent. C'était Dinah Morrissey, la pin-up provocatrice.

— Tu veux que je te fasse l'autre ? demanda Vince.

— S'il te plaît, roucoula Dinah en agitant un pied chaussé d'une Vans à carreaux.

Elle ne pouvait même pas porter des Nike ou des Reebok comme les gens normaux qui fréquentaient un club de gym.

Hanna bondit. Elle ne pouvait peut-être pas faire concurrence à Brooke à mille cinq cents kilomètres de distance, mais Vince se tenait face à elle. Il ne devrait pas avoir de mal à choisir entre Dinah Morrissey et Hanna Marin.

— Euh, Vince ? geignit-elle. Moi aussi, j'ai besoin que tu m'aides à m'étirer. La séance d'hier m'a tuée. (Elle entortilla une mèche de cheveux autour de son index.) Ça ne te dérange pas ? J'ai trop mal.

Dinah s'assit et croisa les bras sur son ample poitrine.

— Et moi ? protesta-t-elle.

— Je m'occuperai de toi après le cours, lui promit Vince.

Ah ! songea Hanna, triomphante.

— Allonge-toi, ordonna Vince.

Hanna obtempéra. Il lui dit de lever sa jambe gauche, le genou plié, et de croiser la droite par-dessus. Puis il se pencha vers elle, posant les mains sur son mollet, et appuya légèrement.

— Ça fait du bien ?

— Mmmm, oui, souffla Hanna en fixant les yeux turquoise du jeune homme.

Une fois, quand Mona et elle venaient juste de s'inscrire à Body Tonic pendant leur année de 4e – à l'époque où elles entamaient à peine leur métamorphose de vilains petits canards en cygnes élégants et populaires –, Mona avait fait tomber sa monnaie derrière Vince au bar à jus dans l'espoir d'attirer son attention. Quand il avait tourné ses yeux si bleus vers elle, l'adolescente avait été hypnotisée.

— Je n'ai pas pu dire un mot, s'était-elle pâmée par la suite. Il était vraiment trop canon.

Hanna espéra que Mona l'observait depuis le coin de l'enfer où elle avait atterri et qu'elle enrageait un max.

— Tu as de sacrées crampes, dis donc, commenta Vince.

— Oui, soupira Hanna. Mais je trouve ça positif.

— Moi aussi, j'ai des crampes, intervint Dinah, assise en tailleur près d'eux, sa brassière révélant le genre de décolleté dans lequel les hommes aiment fourrer des billets d'un dollar. Et tu serais fier de moi si tu voyais ce que j'ai mangé hier soir, Vince : du poulet grillé et des légumes, comme indiqué dans ton programme.

— C'est super, se réjouit Vince.

Espèce de lèche-cul, songea Hanna.

— Alors, ça fait combien de temps que tu bosses ici? demanda-t-elle d'une voix forte pour ramener l'attention du jeune homme vers elle.

Vince lui saisit un genou.

— Un bon moment. Assez pour t'avoir remarquée. Je t'ai vue courir. Tu as drôlement la forme. Les formes, aussi. (Il eut un petit rire gêné.) Désolé. Je n'aurais pas dû dire ça.

— Pas grave, lui assura très vite Hanna. Et tu as toujours voulu devenir prof de sport?

— Oui et non. En fait, j'aimerais ouvrir mon propre spa, révéla Vince. Bien sûr, on pourrait y faire de l'exercice, mais aussi tout un tas d'autres choses.

— Ce serait super, s'extasia Hanna. J'adore les spa.

Dinah gloussa comme si elle trouvait ça amusant, mais Hanna savait bien que c'était sarcastique.

— Qui ne les aime pas?

Hanna aurait voulu la chasser de la pièce à coups de Body Bar comme celle qui était posée dans le coin et qui devait bien peser cinq kilos. Ne savait-elle pas que c'était malpoli d'écouter les conversations des autres?

Vince allait ajouter quelque chose lorsque la porte s'ouvrit, livrant passage aux autres membres du groupe qui tous portaient leur T-shirt « BOUGEZ-VOUS LES FESSES ! ». Hanna espéra qu'ils les avaient passés à la machine depuis la veille.

— Allez, dit Vince en lâchant la jambe d'Hanna pour se rapprocher du miroir.

Tout le monde se rassembla autour de lui.

Hanna jeta un coup d'œil par-dessus son épaule pour s'assurer que personne ne traînait dans le couloir. Elle repensa aux soupçons de Kate la veille, après le dîner. Sa presque demi-sœur ne l'avait quand même pas suivie à la gym? La dernière chose dont Hanna avait besoin, c'était que des photos d'elle transpirant et s'accroupissant au milieu d'une bande de ringards circulent sur Internet.

— Aujourd'hui, je voulais vous parler de nutrition et de bien-être physique en général, commença Vince en s'asseyant par terre dans la position du lotus. Être en bonne santé, ça ne consiste pas seulement à faire du sport. Il faut aussi se nourrir correctement. Faire des choix sains. C'est pourquoi je veux que chacun d'entre vous s'engage à faire des efforts dans ce sens pendant le mois du stage.

Il fit circuler des imprimés – une longue liste dont chaque ligne commençait par « Je m'engage à ». « Je m'engage à ne consommer que des aliments sains : pas de sucre raffiné, pas de sirop de maïs à haute teneur en fructose, pas d'exhausteurs de goût. » « Je m'engage à ne pas boire d'alcool ni fumer de cigarettes. » En bas, il restait de la place pour signer.

— Mon objectif est que d'ici la fin de ce stage, vous vous sentiez tous bien dans votre peau, quel que soit votre type de silhouette ou le nombre de kilos que vous aurez perdus, poursuivit Vince. Et ceci est l'une des choses qui peuvent vous y aider.

Il brandit une bouteille en plastique. Sur le côté, une étiquette au design minimaliste indiquait « AMINOSPA ».

— C'est l'eau vitaminée la plus étonnante que j'aie jamais essayée. Elle vous donne de l'énergie, elle élimine les toxines, et j'ai même l'impression qu'elle m'aide à me concentrer. Je suis un des vendeurs licenciés de la marque, et je vais vous offrir à chacun un échantillon gratuit.

Il sortit d'autres bouteilles de son sac et en lança une à tous les participants.

— Je pense que ça vous plaira. Si vous voulez en commander une caisse, je peux vous faire un superprix.

— Tu vends ça en plus de ton travail de prof de sport?

demanda Dinah en penchant la tête sur le côté et en faisant la moue.

Vince acquiesça.

— C'est un chouette boulot à temps partiel. Tu peux le faire de chez toi. Si ça intéresse quelqu'un, je peux lui fournir une brochure.

Le principe rappela à Hanna cette fois où, quand elle était en 3e, la mère de Chassey Bledsoe avait commencé à vendre des imitations de couteaux Ginsu au porte-à-porte, en se vantant d'être son propre patron et de gagner des tonnes d'argent. Elle avait même convaincu sa fille d'en emporter à l'Externat de Rosewood pour faire une démonstration à l'heure du déjeuner. Dès que le principal avait découvert que Chassey avait introduit une mallette pleine de couteaux dans l'enceinte de l'école, il la lui avait confisquée.

Mais Vince semblait sincèrement enthousiaste au sujet d'AminoSpa, comme s'il pensait vraiment que cette eau pouvait améliorer la santé des gens et les rendre plus heureux. Hanna déboucha la bouteille qu'il lui avait lancée et but une longue gorgée au goulot. Elle lutta pour ne pas recracher aussitôt. Ça avait le goût d'une margarita coupée à l'eau.

Vince frappa dans ses mains.

— Et si on commençait à transpirer, maintenant? Les deux semaines à venir vont être vraiment intenses – je vais vous pousser jusqu'à vos limites. La plupart des exercices doivent se faire à deux; aussi, je vais former des paires. La personne avec qui je vous mettrai restera votre partenaire jusqu'à la fin du stage. Vous passerez beaucoup de temps ensemble; c'est elle qui vérifiera si vous avez atteint vos objectifs nutritionnels. Et avec un peu de chance, elle deviendra votre ami(e) pour la vie.

Vince regarda subrepticement Hanna et, de nouveau, des

papillons dansèrent dans l'estomac de la jeune fille. C'était forcément un signal : il allait se mettre avec elle. Hanna les imaginait déjà en train de boxer dans l'air, face à face. Vince l'encouragerait sans relâche. Ils courraient sur la piste de Marwyn en laissant les autres lourdauds loin derrière eux. Après chaque séance, ils boiraient des cafés au lait – ou de l'AminoSpa – ensemble, fourbus mais heureux d'avoir brûlé tant de calories. Et quand Lucas rentrerait du Yucatán, il verrait qu'il n'avait pas du tout manqué à Hanna.

— Tara, tu te mets avec Josie, dit Vince en désignant deux femmes d'âge mûr dans le fond.

Celles-ci se sourirent et se rapprochèrent l'une de l'autre.

— Ralph, avec Jerome.

Deux types aux jambes arquées et à la poitrine large comme un tonneau acquiescèrent d'un air satisfait. Vince continua à faire le tour des participants en T-shirt rouge. Chaque fois que son regard balayait la pièce, il sautait Hanna – parce qu'il gardait la jeune fille pour la fin et pour lui, évidemment.

Enfin, il la désigna avec un large sourire.

— Et Hanna, tu seras avec…

Elle s'attendait à ce qu'il tourne son pouce vers lui et dise « moi » sur un ton triomphant. Aussi ne comprit-elle pas tout de suite quand il tendit un doigt vers l'autre bout de la pièce.

Hanna pensait qu'elle était la seule à ne pas avoir encore de partenaire, mais elle se trompait. Il restait une autre fille seule. Elle avait les mains sur ses hanches rondes, et elle se dandinait dans ses Vans à carreaux. Ses yeux soulignés d'un épais trait de khôl étaient plissés, ses lèvres peintes en rouge vif tordues par une grimace.

C'était Dinah.

9

UN FAUX PETIT AMI, C'EST TELLEMENT PLUS FUN !

Le samedi après-midi, Hanna entra d'un pas vif chez Momma's Sweet Shoppe, le glacier rétro du centre commercial Devon Crest. Bien que flambant neuve, la boutique faisait tout pour se donner un aspect ancien avec son carrelage à damier noir et blanc, ses tabourets de bar en chrome et en cuir, ses menus sur des ardoises géantes suspendues au-dessus des machines à milk-shake. Les employés portaient des chemisiers blancs amidonnés, des gilets rayés rouge et blanc et des chapeaux en papier blanc, et les haut-parleurs diffusaient une musique sautillante des années 50.

Tom Marin, Isabel et Kate suivaient Hanna en faisant « brrr ». Ils étaient encore frigorifiés à cause des températures polaires et du vent mordant qu'ils avaient dû affronter dans le parking.

— Tu me rappelles pourquoi on est venus acheter des glaces en plein hiver? demanda Hanna, dont les dents n'avaient pas cessé de claquer.

Tom Marin déroula sa grosse écharpe rouge pour l'enlever.

— Parce que Kate et sa mère faisaient ça après chaque représentation de *Casse-Noisette* dans lequel Kate avait dansé. Pas vrai, les filles ?

— Si, dit fièrement Isabel en tapotant l'épaule de Kate. Ma petite Clara prenait toujours deux boules menthe-pépites de chocolat.

Hanna réprima un grognement. Toute la journée, Isabel avait répété en boucle cette expression écœurante – pendant le trajet jusqu'à Philadelphie où ils avaient assisté à une représentation en matinée à l'Académie de musique, pendant que les danseurs saluaient à la fin du spectacle, et même pendant leur longue quête d'une place libre dans le parking du centre commercial. À ses yeux, Kate était toujours la jeune héroïne de *Casse-Noisette*, qu'elle avait interprété quatre années de suite avec la troupe de danse classique d'Annapolis. Ce ballet était toujours son préféré.

Franchement, Hanna ne comprenait pas pourquoi il lui plaisait tant. La maison d'une famille riche était infestée de souris. Des bâtons de sucre d'orge et des flocons de neige bondissaient dans tous les sens. Des Russes louches empêchaient une fillette de dormir. Puis la fillette en question et le roi des souris, qui portait un gilet vraiment hideux, disparaissaient dans une sorte de ruche géante. On aurait dit un long trip sous acide.

— Je parie que tu danses toujours très bien, dit Isabel en écartant une mèche de cheveux qui tombait dans les yeux de sa fille. J'aurais voulu que tu la voies sur scène, Tom ! Elle est si gracieuse…

— Tu devrais peut-être te réinscrire à des cours, suggéra M. Marin. Je suis sûr que ça te reviendrait très vite.

— C'est gentil, répondit Kate en faisant tourner son bracelet en argent David Yurman autour de son poignet, mais je dois être affreusement rouillée.

Tu n'as pas envie de t'y remettre parce que tu ne serais plus la meilleure, c'est tout, songea Hanna.

Elle se remémora avec amertume l'unique cours de danse classique qu'elle avait pris à la Maison des jeunes de Rosewood avec Ali. Quand elle avait fait une diagonale de grands jetés, son amie s'était écroulée de rire. « Tu ressembles à un hippopotame en tutu ! », avait-elle hoqueté.

Hanna soupira. Après que sa nouvelle famille avait fait un effort en célébrant Hanoukka pour elle quelques jours plus tôt, les choses étaient revenues à la normale. Cette idiotie des Douze Jours de Noël avait recommencé, même si Hanna avait échappé à une grande partie des festivités grâce à son stage de fitness. Elle devait sans cesse mentir au sujet de ce qu'elle faisait, mais jusqu'ici son père ne lui avait pas adressé trop de reproches – sans doute parce qu'il se fichait qu'elle soit là ou pas, de toute façon.

Un peu plus tôt, pendant l'entracte, elle avait bien essayé de plaisanter avec lui au sujet de Bubbe Marin et de Morty, son perroquet africain gris, mais Kate lui avait coupé la parole pour expliquer à Tom Marin que Tchaïkovski s'était inspiré d'un conte pour enfants pour composer *Casse-Noisette*. Le père d'Hanna avait acquiescé comme si c'était l'information la plus passionnante du monde.

Quant à Lucas, même si Hanna vérifiait compulsivement son profil Facebook, il ne s'était toujours pas manifesté. Elle était à moitié tentée d'appeler son hôtel pour lui passer un savon par téléphone : comment osait-il l'ignorer de la sorte ?

Pendant qu'ils faisaient la queue au comptoir de Momma's Sweet Shoppe, Isabel se lança dans une nouvelle tirade – encore un de ses souvenirs de Kate interprétant le rôle de Clara. C'en était trop pour Hanna.

— Il faut que j'aille aux toilettes, dit-elle en sortant de la file. Prenez-moi juste une bouteille d'eau, ajouta-t-elle en se souvenant de l'engagement qu'elle avait signé au stage de fitness.

— On va faire un tour dans les magasins avec nos glaces, lança son père pendant qu'elle s'éloignait. Rejoins-nous chez Brookstone, d'accord ?

— Hmm-hmm, répondit distraitement Hanna.

Elle zigzagua entre les petites tables et les énormes sacs de shopping de Saks, de Build-A-Bear et de l'Apple Store. Un étau lui comprimait la poitrine, et elle avait envie de pleurer. Quelques jours auparavant, son père s'était mis en quatre pour raviver ses meilleurs souvenirs ; il avait ri et plaisanté avec elle comme au bon vieux temps. Mais apparemment, c'était déjà de l'histoire ancienne. N'avait-il pas remarqué combien ça l'avait rendue heureuse ?

— Hanna, appela quelqu'un.

La jeune fille fit volte-face. Vince, de Body Tonic, était assis à une table dans un coin, devant une petite coupe de glace et une bouteille d'AminoSpa. Il portait un jean, un sweat-shirt et de grosses chaussures de randonnée marron. Hanna mit un instant à le reconnaître.

— Salut, dit-elle en passant instinctivement une main sur son visage pour s'assurer qu'aucune larme ne coulait sur ses joues. Qu'est-ce que tu fais là ?

— Du shopping, grimaça le jeune homme.

— Et tu as besoin de carburant pour ça ? demanda Hanna en fixant sa coupe de glace presque vide, un sourcil arqué.

Vince leva les mains en un geste de reddition.

— OK, tu m'as eu. La noix de pécan, c'est mon talon d'Achille. Cet endroit finira par me tuer.

Il fit signe à Hanna de s'asseoir.

— Jamais je n'aurais imaginé ça de ta part, reprit la jeune

fille en tirant la chaise face à lui. (Elle désigna les sacs posés par terre.) Tu as trouvé tout ce que tu cherchais ?

Vince acquiesça.

— Le sac de Toys"R"Us, c'est un cadeau pour un gamin du foyer pour sans-abri. Le reste, c'est pour ma famille. (Il désigna Tom Marin, Isabel et Kate.) Tes parents et ta sœur ? demanda-t-il.

Hanna grimaça comme si elle avait mordu dans un citron.

— Mon père, ma belle-mère et sa fille, rectifia-t-elle.

Plutôt mourir que de laisser quiconque considérer Kate comme sa sœur.

Elle baissa les yeux vers le sac de Toys"R"Us.

— C'est sympa d'avoir acheté un truc pour un SDF. Le foyer dont tu parles, c'est celui de Yarmouth ?

Elle se souvenait que Spencer y avait fait du bénévolat en 5e, parce qu'elle pensait que ce serait un plus sur son CV quand elle postulerait pour s'inscrire en fac. Il n'y avait vraiment que Spencer Hastings pour penser à ce genre de chose dès le collège.

Vince acquiesça et but au goulot de sa bouteille d'Amino-Spa.

— Je le fais tous les ans. J'y vais lundi avec d'autres gens de Body Tonic pour emballer tous les cadeaux qui ont été donnés. C'est très valorisant comme expérience.

— C'est si gentil, se pâma Hanna.

Vince était un peu comme Brad Pitt qui se démenait pour aider les survivants de l'ouragan Katrina, à la Nouvelle-Orléans.

Tom Marin paya et sortit, Isabel et Kate sur ses talons. Au même moment, un type en costume de père Noël passa devant Momma's Sweet Shoppe. Il jeta un coup d'œil à travers la vitrine et adressa un sourire lubrique à Hanna.

La jeune fille s'agrippa à Vince.

— Vite, fais semblant d'être mon copain.

— Pardon?

— Seulement jusqu'à ce que le père Noël se tire.

Du menton, elle désigna le type vêtu de rouge et de blanc qui s'était arrêté devant la vitrine. Comme il portait des lunettes de soleil, elle ne voyait pas où il regardait, mais elle en avait une assez bonne idée.

— Il a essayé de me draguer l'autre jour en me demandant de m'asseoir sur ses genoux. Je ne veux pas qu'il pense que je suis libre.

Vince gloussa et prit la main d'Hanna. Leurs paumes s'emboîtaient parfaitement. Tout à coup, la jeune fille se sentit calme et sereine.

— Fais comme si je venais de dire un truc vraiment drôle, suggéra Vince.

— Ha ha! (Hanna se força à rire en rejetant la tête en arrière.) Tu es trop mignon.

Tendant un doigt, elle lui toucha le bout du nez.

— Non, c'est toi qui es trop mignonne, répliqua Vince en lui touchant le bout du nez à son tour.

Hanna aurait bien voulu qu'il le pense vraiment.

Ils jouèrent la comédie pendant quelques secondes encore, jusqu'à ce que le père Noël hausse les épaules et s'éloigne.

— Merci, souffla Hanna avec gratitude.

— De rien. Une de mes amies bosse au Gap; elle m'a dit que ce type branchait tout ce qui passait, et que ça commençait à devenir un problème pour la direction du centre commercial. Mais je ne suis pas surpris qu'il t'ait remarquée.

Hanna sentit ses joues rosir. Elle se mordit la lèvre inférieure et baissa les yeux comme si elle était fascinée par le motif en mosaïque de la table. Cela signifiait-il que Vince la trouvait mignonne ?

La machine à milk-shake bourdonna derrière le comptoir. Une petite fille tapa sur sa coupe vide avec sa cuillère. Finalement, Vince toussota d'un air embarrassé.

— Hum. Je suis content que tu aies décidé de faire le stage, en fin de compte. Tu te débrouilles vraiment bien.

Hanna sourit.

— Moi aussi, je suis contente. Mais quand même un peu surprise que tu m'aies mise avec Dinah.

Vince fronça les sourcils.

— Je pensais que vous iriez parfaitement ensemble.

Hanna réprima un ricanement. La veille, alors que Dinah lui tenait les jambes pendant une séance d'abdos, elle lui avait chuchoté :

— Tu sais, on voit tout quand tu lèves les jambes.

Ce à quoi Hanna avait répliqué que le rouge à lèvres violet de Dinah lui donnait l'air d'un cadavre.

Puis, durant les étirements, Dinah s'était plainte bruyamment qu'Hanna faisait tout de travers afin que Vince prenne la place de la jeune fille et vienne s'occuper d'elle en personne.

Le soir, Vince avait proposé un concours de pliés, avec un prix à la clé pour le gagnant. Bien décidée à le remporter, Hanna s'était accroupie, relevée et accroupie de nouveau jusqu'à ce qu'elle ait l'impression que les muscles de ses jambes aient fondu. Un par un, les autres participants s'étaient écroulés sur le sol en grognant. La seule personne qui avait continué, c'était Dinah. Debout… accroupie… inspirer… expirer.

— Vous êtes fabuleuses, les filles ! s'était enthousiasmé Vince. Continuez comme ça !

La vision d'Hanna avait commencé à noircir sur les

bords. La jeune fille avait fini par s'effondrer à son tour, et Dinah avait poussé un cri de triomphe. Elle avait eu droit à une bouteille d'AminoSpa – trop nul. Mais elle avait regardé Hanna en se léchant le doigt, en se touchant une fesse avec et en émettant un bruit de grésillement.

— Vous êtes toutes les deux jeunes et motivées, reprit Vince. Mais surtout, je pense que tu es une source d'inspiration pour Dinah. Elle n'a jamais dû se préoccuper de sa ligne jusqu'ici, alors que toi, tu fais de la gym depuis des années. Tu peux vraiment l'aider à atteindre ses objectifs.

Hanna se redressa, l'œil brillant. C'était tout à fait logique. Elle ne s'était jamais considérée comme une source d'inspiration en matière de fitness, mais elle avait peut-être eu tort. Elle pouvait faire comme Jillian Michaels[1] ou comme le type musclé à cheveux longs sur les DVD de yoga de sa mère – pousser Dinah à donner le meilleur d'elle-même en la tannant et en l'encourageant tour à tour.

— Ravie de pouvoir être utile, dit-elle en croisant ses bras sur la table. En fait, si tu veux qu'on se voie pour que tu m'expliques comment être un meilleur exemple pour les autres, ce sera volontiers.

Vince acquiesça pensivement.

— C'est une bonne idée.

— Et j'aimerais aussi que tu m'en dises plus au sujet d'AminoSpa, ajouta Hanna en désignant la bouteille presque vide posée devant lui.

Le visage de Vince s'éclaira.

— Pas de problème. Je peux tout t'expliquer en détail.

Puis le jeune homme annonça qu'il devait y aller. Ils se

1. Prof de fitness américaine qui a présenté des émissions de télé et sorti des DVD sur le sujet.

levèrent et se dirent au revoir. Hanna s'éloigna la première pour que Vince puisse admirer ses fesses déjà plus fermes. Son cœur battait très fort; elle avait les joues rouges; elle se sentait radieuse, désirable et désirée.

Mais, alors qu'elle sortait du glacier, elle aperçut une pancarte dans une vitrine de l'autre côté de l'allée. « PROCHAINEMENT : OUVERTURE DE RIVE GAUCHE. »

Elle éprouva un pincement de culpabilité. Le Rive Gauche était le restaurant du centre commercial King James où Mona et elle avaient leurs habitudes – et où Lucas travaillait comme serveur. En fait, c'était là que tout avait commencé : Lucas avait poursuivi Hanna après que Mona l'avait plantée là avec l'addition. Après ça, ils étaient devenus amis, et ils avaient fini par sortir ensemble.

Hanna n'aurait peut-être pas dû tenir la main d'un garçon, même pour faire semblant, alors qu'elle avait un vrai petit ami en vacances à l'autre bout du continent. Ce n'était pas parce qu'une anorexique trop bronzée lui faisait un rentre-dedans pas très subtil que Lucas allait tomber dans ses filets.

Qui sait? Il avait peut-être même une bonne excuse pour ne pas lui avoir encore écrit. La famille Beattie avait très bien pu être enlevée par des barons de la drogue mexicains qui avaient confisqué leurs téléphones. Hanna avait vu une histoire de ce style une fois dans un documentaire.

Elle sortit son portable pour vérifier s'il y avait des nouvelles en provenance du Yucatán. Mais avant même que le site de CNN ait fini de se charger, une alerte apparut sur son écran. *Lucas Beattie a été tagué sur une photo.* Le cœur d'Hanna fit un bond dans sa poitrine. Ouf, il était vivant!

Elle cliqua sur le lien, et son navigateur ouvrit sa page d'accueil Facebook. La photo de Lucas était tout en haut de son mur. Elle avait été mise en ligne par Brooke. Il n'y avait pas de légende ni de commentaires, juste un cliché qui montrait les deux jeunes gens assis côte à côte sur une plage de sable blanc. Ils se tenaient par les épaules et étaient collés l'un à l'autre – peau contre peau. Le sourire de Lucas occupait presque tout l'écran.

Hanna regarda la photo pendant un temps qui lui parut durer des heures. C'était pire que la migraine qu'on attrapait parfois en mangeant de la glace trop vite.

Finalement, elle quitta Facebook et se connecta à sa boîte mail pour voir si Lucas lui avait écrit, mais elle ne trouva aucun message de lui. Son petit ami ne l'avait pas non plus twittée, et encore moins appelée. Le message était clair et net. Il l'avait oubliée. Pire : il l'avait remplacée par Youkiki et son bronzage orange.

Autrement dit, Hanna n'avait plus qu'à le remplacer lui aussi. Par Vince.

10

Emballée

Le lundi après les cours, Hanna se gara dans un petit parking devant le bâtiment trapu qui se dressait face à la station SEPTA de Yarmouth. « REFUGE POUR SANS-ABRI », indiquait une pancarte en lettres bleues délavées au-dessus de la porte. Une couronne en plastique pathétique pendait derrière une fenêtre, et quelqu'un avait drapé quelques guirlandes électriques autour d'un des buissons maigrichons qui encadraient l'allée.

— Tu es sûre que c'est ici ? demanda Hanna, son portable vissé à l'oreille. On dirait que ça va s'écrouler d'une seconde à l'autre.

— J'en suis certaine, répondit Spencer Hastings à l'autre bout du fil. Et je te félicite d'avoir décidé de faire du bénévolat.

— Toute cette histoire avec « A » m'a peut-être rendue meilleure, murmura Hanna avant de mettre fin à la communication.

Mais franchement, ce n'était pas à cause de « A » qu'elle

se trouvait là aujourd'hui. C'était parce qu'elle savait qu'un certain beau gosse sportif s'y trouverait aussi.

Hanna était à fond en mode « Faire craquer Vince ». Elle ne s'était pas autorisée à penser à Lucas et à Youkiki depuis qu'elle avait vu la photo sur Facebook, le samedi d'avant. Certes, elle avait également évité de retourner sur Facebook de peur de découvrir d'autres clichés des deux jeunes gens folâtrant sur la plage. Mais si elle devait se faire plaquer, elle avait l'intention de retourner au lycée après les vacances avec un petit ami plus âgé et plus canon que le précédent.

Bombant la poitrine, elle remonta l'allée du foyer et tourna la poignée de la porte. L'intérieur sentait le renfermé, un mélange d'odeur de transpiration et de vieux bois légèrement pourri. La première chose que vit Hanna fut un bureau inoccupé, puis un mini-arbre de Noël posé par terre et qui tournait sur lui-même. Au loin, elle entendit des bruits de papier froissé, de ciseaux en action et des éclats de rire.

— Coucou ? appela-t-elle.

Une femme au visage boursouflé, qui portait un pull en tricot avec un renne sur le devant, émergea d'une pièce marquée « TOILETTES » et lui sourit.

— Bonjour, bonjour ! chantonna-t-elle. Et vous êtes ?

— Hanna, répondit la jeune fille en tendant la main dans la direction des bruits. Je suis venue aider à emballer les cadeaux.

— Parfait. Vous arrivez juste à temps : nous avons reçu des tonnes de paquets cette année, donc, nous avons besoin de tonnes de gens. Je m'appelle Bette.

La femme entraîna Hanna dans un long couloir éclairé par de vilains panneaux fluorescents, puis dans une grande pièce pleine de tables rectangulaires, avec un coin cuisine dans le fond. Des paquets s'entassaient par terre ; il y avait des rouleaux de papier cadeau, du bolduc, des rubans et des étiquettes partout. Une radio portable jouait « Rockin' Around the Christmas Tree », et des tas de gens s'affairaient en buvant ce qui, d'après l'odeur, devait être du chocolat chaud servi dans des gobelets en polystyrène.

— Trouvez-vous un coin de table et mettez-vous au travail, dit Bette avant de rebrousser chemin vers l'accueil.

Hanna promena un regard à la ronde. La plupart des volontaires ressemblaient à des étudiants de la fac d'Hollis avec leur jean déchiré, leurs Ugg et leur pull Patagonia en laine polaire. Elle ne voyait Vince nulle part. C'était bien ici qu'il faisait du bénévolat, pourtant ?

Puis une porte s'ouvrit, et Hanna aperçut les cheveux bruns du jeune homme, ses larges épaules et son sourire éblouissant. Elle jubila intérieurement. Mais tandis qu'elle levait la main pour lui faire signe, le regard de Vince se posa sur quelque chose ou quelqu'un à l'autre bout de la pièce. Hanna tourna la tête.

Assise sur une des tables, une fille collait un nœud en ruban sur un paquet emballé. Vince se dirigea vers elle et lui dit quelque chose. Ils se mirent à glousser tous les deux. Puis le jeune homme s'éloigna et disparut dans une des salles du fond.

Hanna continua à fixer la fille. Reconnaissant sa choucroute brune, elle poussa un soupir exaspéré.

C'était Dinah.

À grands pas furieux, elle se dirigea vers elle et lui tapa sur l'épaule.

— Qu'est-ce que tu fous ici ?

Dinah fit volte-face, et son sourire s'évanouit. Elle croisa les bras sur sa poitrine.

— Vince m'a parlé de cette opération il y a quelques

jours. J'ai trouvé que c'était une idée géniale, alors je me suis inscrite aussi.

Hanna plissa les yeux.

— Tu crois vraiment qu'il s'intéresse à toi ?

— Évidemment, renifla Dinah.

Elle détailla Hanna de la tête aux pieds, d'une telle façon que celle-ci eut envie de se tortiller d'embarras. Avant de venir au foyer, elle était passée chez elle pour troquer son uniforme de l'Externat contre un jean skinny de chez Madewell – une taille 34, merci –, un top en soie noué au cou et une paire de bottines en daim souple.

De son côté, Dinah portait une robe rétro à carreaux, avec une jupe ample et un décolleté plutôt révélateur, ainsi qu'une paire de ballerines noires. La seule chose qui sauvait un peu sa tenue, c'était le petit sac Chanel matelassé posé près d'elle sur la table – le même que celui que toutes les starlettes arboraient dans *Us Weekly* et *InStyle*. Le sien devait sûrement être un faux.

Vince revint avec une pile de paquets emballés. Quand il vit Hanna, la mâchoire lui en tomba.

— Salut, dit-il avec un large sourire. C'est super que tu sois venue !

Ah ! songea Hanna, triomphante. *Je parie qu'il n'a pas dit ça à Dinah !*

— Je voulais juste donner un coup de main, murmura-t-elle humblement.

— Vous êtes géniales, les filles. (Vince lui fit passer un rouleau de papier cadeau et une paire de ciseaux.) Je suis ravi que vous ayez décidé de venir toutes les deux. Aider les autres, c'est bon pour l'âme, vous ne trouvez pas ?

— Absolument, roucoula Dinah en battant des cils. Je suis pour le bénévolat. D'ailleurs, mon lycée encourage les élèves à en faire.

— Dans le mien, c'est obligatoire, répliqua Hanna. Tu vas où, exactement ?

Elle s'attendait à ce que Dinah réponde qu'elle fréquentait le lycée public de Rosewood, ou peut-être une des écoles Quaker dont les élèves étaient forcés de travailler à la ferme du campus.

— À l'Académie de Larchmont, répondit Dinah sur un ton supérieur. C'est à Haverford.

— Je sais où c'est, merci, cracha Hanna en s'efforçant de dissimuler sa stupeur.

Avant de devenir amie avec Ali, en 6e, elle avait supplié sa mère de la transférer là-bas. Non seulement toutes les célébrités qui avaient grandi sur la Main Line étaient passées par l'Académie de Larchmont, mais l'établissement proposait des cours tels que l'histoire de la couture et laissait ses élèves faire des stages aussi loin que New York ou Washington D.C. pendant leur année de terminale.

Si Dinah avait été n'importe qui d'autre, Hanna aurait adoré la bombarder de questions au sujet de Larchmont. Il était toujours possible qu'elle s'y inscrive pour sa dernière année de lycée si elle ne supportait plus de fréquenter la même école que Kate. Mais elle ne voulait pas donner cette satisfaction à Dinah.

— L'Académie de Larchmont finance nos déplacements pour qu'on aille faire du bénévolat dans des endroits fabuleux, expliqua la jeune fille à Vince tout en découpant une feuille de papier cadeau. L'an dernier, je suis allée bosser dans un hôpital en Somalie – et quand je dis « hôpital », en fait, c'était juste une tente en toile. L'année d'avant, j'avais aidé à reconstruire des maisons détruites pendant le tremblement de terre en Haïti.

— C'est dingue, s'extasia Vince en déchirant un morceau de Scotch.

Hanna ouvrit la bouche pour se vanter, elle aussi, des œuvres de bienfaisance épatantes auxquelles elle avait participé. Mais aucune ne lui vint à l'esprit. Elle jeta un coup d'œil à Vince, qui couvait Dinah du regard comme si elle venait d'inventer la pénicilline.

Hanna reporta son attention sur le paquet posé devant elle, une grosse boîte de Lego contenant un vaisseau spatial. Elle commença à scotcher du papier cadeau sur les côtés en se jurant de devenir la meilleure emballeuse du monde.

De temps en temps, les autres bénévoles passaient leur emprunter un rouleau de Scotch ou déposer une boîte de rubans multicolores, et ils en profitaient pour échanger quelques mots avec Vince. Hanna reconnut deux autres employées de Body Tonic – Yolanda, la prof de Pilates, et la femme qui donnait les premiers secours en cas d'accident.

Une demi-heure plus tard, Dinah se laissa glisser de la table et annonça qu'elle allait aux toilettes. Hanna décida de saisir sa chance.

— Alors, tu as été obligé de faire un milliard d'abdos pour éliminer ta glace à la noix de pécan de l'autre jour ? taquina-t-elle Vince en se rapprochant subrepticement de lui.

Le jeune homme leva les yeux.

— Chuuuut. (Il jeta un regard en biais à ses deux collègues.) Si elles apprennent que je suis accro à la crème glacée, je suis foutu.

Hanna gloussa.

— Tu me donnes quoi pour que je me taise ?

Vince haussa un sourcil charmeur.

— Hmm… il faut voir. Tu veux quoi ?

C'était déjà beaucoup mieux. Hanna se racla la gorge et s'assit sur la table, une cuisse collée à la taille de Vince.

— On pourrait aller prendre un café un de ces quatre. Tu sais, pour parler de fitness et de pères Noël libidineux.

Vince éclata de rire.

— Bonne idée.

— Génial. Mercredi soir, ça te va? demanda Hanna.

La bonne humeur du jeune homme s'évapora instantanément.

— Euh, mercredi, je ne peux pas, dit-il en évitant le regard d'Hanna.

Avant que celle-ci puisse proposer une autre date, Bette appela Vince et lui demanda de venir l'aider à porter un gros tas de paquets qui venaient juste d'arriver. Le jeune homme s'éloigna tandis qu'Hanna se creusait désespérément la tête. Avait-elle fait quelque chose de mal? Ou dit quelque chose qu'il ne fallait pas?

Hanna entendit quelqu'un glousser sous cape derrière elle. Certaine que c'était Dinah, elle fit volte-face, mais l'autre adolescente n'était toujours pas revenue des toilettes.

— Hum-hum.

Levant les yeux, Hanna aperçut Yolanda, la prof de Pilates, qui l'observait depuis la table voisine.

— Je ne voulais pas vous espionner, mais je n'ai pas pu m'empêcher d'entendre, dit-elle à voix basse. Ne le prends pas mal. Vince est toujours occupé le mercredi soir.

Hanna cligna des yeux.

— Il fait quoi?

Un tas de réponses peu ragoûtantes lui vinrent à l'esprit. Peut-être qu'il allait à des réunions d'accros du sexe. Ou qu'il retrouvait d'autres garçons pour jouer à EverQuest. Ou qu'il sortait avec une cougar de cinquante ans à la poitrine siliconée.

Yolanda reposa le paquet qu'elle était en train d'envelopper et se rapprocha d'Hanna.

— Il fait du porte-à-porte à Hollis avec la chorale de son église. Ils chantent des hymnes religieux aux gens. Ce n'est pas le genre de chose dont il aime à se vanter auprès des filles.

— Oh, lâcha Hanna, surprise.

Une chorale. Ce n'était pas si terrible.

— Il cherche juste une bonne petite catholique avec qui se caser, ajouta Yolanda en jetant un regard maternel dans la direction de Vince.

Celui-ci discutait avec Bette en lui montrant une bouteille d'AminoSpa.

Rassérénée, Hanna hocha la tête. Elle pouvait être la bonne petite catholique dont Vince avait besoin – ou la bonne petite juive, quelle différence ? Il était temps de faire quelques vocalises : mercredi soir, elle irait chanter dans la rue. Et cette fois, Dinah ne serait pas là pour tout gâcher.

11

ELLE CACHAIT DONC QUELQUE CHOSE

Le mercredi après-midi en sortant de cours, Hanna se rendit au centre commercial Devon Crest. Elle franchit la porte d'entrée d'un pas ondulant, dépassa la boutique Otter où sévissait la maléfique Lauren et pénétra dans le niveau supérieur du grand magasin Saks.

Si la chorale du soir était sa seule chance de décrocher le pompon avec Vince, elle devait trouver la tenue idéale pour le faire craquer. Quelque chose de pudique mais joli : par exemple, un manteau en laine Diane von Furstenberg cintré à la taille. Ou peut-être une veste avec un col et des poignets bordés de fourrure. Quelque chose qui lui donnerait l'air d'une fille pieuse plutôt que d'une traînée.

— Petite ville, Bethléem, tu dors tranquillement, chantonna-t-elle tout bas sur la Muzak qui se déversait par les haut-parleurs.

La veille au soir, elle avait emprunté les CD de Noël les plus religieux d'Isabel pour apprendre les paroles par cœur. Elle connaissait tous les couplets de « Joie dans le monde », la version latine de « Venez ô fidèles » et « Mon beau sapin » en allemand. À tout hasard, elle avait également mémorisé le « Je vous salue, Marie » et les prières de l'acte de contrition catholique, et elle s'était retenue de justesse alors qu'elle hésitait à se commander un rosaire sur Amazon.

Pendant la soirée, Isabel s'était arrêtée devant sa chambre et avait haussé les sourcils en entendant la musique qui sortait de ses baffles.

— Ça alors ! s'était-elle exclamée en pressant une main contre sa poitrine. Je suis ravie que tu te sois laissé toucher par l'esprit de Noël !

Une bouffée de Chanel N° 5 chatouilla les narines d'Hanna quand elle pénétrait dans le grand magasin. Une vendeuse du stand MAC la salua et, après avoir jeté un rapide coup d'œil à la nouvelle gamme d'ombres à paupières, Hanna se dirigea vers le rayon vêtements.

Des mannequins vêtus de jupes crayon et de pulls en cachemire se tenaient près de tables couvertes de T-shirts en coton incroyablement doux. Le parfum Envy de Gucci planait dans l'air.

Quand Hanna se regarda dans un miroir, elle ne put s'empêcher de noter que ses fesses avaient l'air moins grosses et ses bras plus fins. Ces deux séances de fitness quotidiennes faisaient vraiment des miracles. Même Vince l'avait complimentée sur son apparence ce matin – cela dit, il avait également complimenté Inez, qui avait des épaules de déménageur, et Richard, dont le ventre débordait de son short.

Le regard d'Hanna se fixa sur une robe portefeuille vert émeraude Elizabeth and James. Elle prit une grande inspiration. Elle se voyait déjà avec – ce serait une tenue parfaite pour une sortie chants de Noël. Il ne restait qu'un seul exemplaire sur le portant, une taille 34, mais Hanna était certaine que ça lui irait. Elle voulut saisir la robe, mais quelqu'un lui passa devant et la décrocha sous son nez.

— Hé ! protesta Hanna, indignée. J'allais la prendre !

— Désolée, dit une voix familière.

Puis la personne se retourna.

— Hanna ?

— Dinah, grogna la jeune fille en découvrant sa Némésis brune dans un hideux manteau blanc style années 50, sous lequel elle portait une jupe parapluie.

Le fameux sac Chanel matelassé – ou sa contrefaçon – pendait à son bras.

Décidément, songea Hanna. Elle ne pouvait plus faire un pas sans se heurter à cette fille – comme si Dinah était son nouveau « A » !

Elle baissa les yeux vers la robe que Dinah tenait dans ses mains.

— Ce n'est pas ta taille, dit-elle sans réussir à dissimuler le mépris dans sa voix. Et ce n'est pas vraiment ton style non plus.

Dinah serra la robe contre sa poitrine.

— Comment peux-tu savoir ce qui est mon style ou pas ? Et je ne suis pas si grosse que j'en ai l'air. On ne peut pas toutes avoir le cul plat et autant de poitrine qu'une planche à pain.

On ne peut pas non plus toutes avoir un gros ventre mou, eut envie de répliquer Hanna peu charitablement. Elle désigna la robe.

— Où comptais-tu la porter ?

Un sourire enchanté fleurit sur le visage de Dinah.

— Quelque part, répondit-elle d'un air mystérieux.

Le cœur d'Hanna accéléra. Avait-elle un rencard avec Vince ? Devaient-ils faire une autre activité bénévole ensemble ?

— Et comment se fait-il que tu connaisses Elizabeth and James ? demanda Hanna sur un ton hautain.

Dinah émit un ricanement exaspéré.

— Ma tante travaillait chez Bazaar, à New York. J'étais à leur défilé, l'an dernier.

— Sérieux? bêla Hanna sans pouvoir se retenir.

Elle mourait d'envie d'assister à l'un des défilés qui se tenaient entre la 6ᵉ et la 7ᵉ Avenue à New York, pendant la célèbre Semaine de la mode. Même pour un des couturiers les moins connus. Même pour un des gagnants de *Project Runway*[1]. Et ce devait être génial d'avoir une tante qui bossait pour Bazaar.

Un instant, Hanna flancha. Elle envisagea de laisser la robe à Dinah. Puis elle revit Vince lui sourire de l'autre côté de la table, chez le glacier.

— Je l'ai vue la première, dit-elle en saisissant la robe.

— Je l'ai touchée la première, répliqua Dinah en la plaquant contre sa poitrine. De toute façon, elle m'ira mieux qu'à toi.

— Certainement pas, protesta Hanna. Tu as trop de poitrine.

— Et toi, tu n'en as pas assez.

Dinah brandit le cintre au-dessus de sa tête de façon à mettre la robe hors de portée d'Hanna. Celle-ci se mit à sauter pour tenter de l'atteindre.

— Tu auras l'air beaucoup trop apprêtée avec.

— Et toi, tu t'en seras lassée dans une semaine, dit Dinah en cachant la robe derrière son dos. Tu es du genre volage, ça se voit.

— Je ne suis pas volage! hurla Hanna d'une voix aiguë. Tu es toujours en train de te plaindre! Et ton tatouage est horrible; il jurera avec la robe!

1. Émission de télé-réalité américaine, présentée par le mannequin Heidi Klum, et dont les candidats sont tous des aspirants couturiers.

Les deux filles se foudroyèrent du regard.

— Donne-la-moi ! réclama Hanna en plongeant derrière Dinah. Cette robe n'est pas faite pour toi, un point, c'est tout.

Dinah fit un pas sur le côté. Avec un soupir exaspéré, Hanna se jeta sur elle et lui arracha la robe des mains.

— Ha ha ! s'exclama-t-elle, triomphante, en la brandissant au-dessus de sa tête comme un drapeau.

Puis elle courut vers les cabines d'essayage sous le regard surpris de deux ou trois autres clientes. La vendeuse qui tenait la caisse l'observa, bouche bée.

— Reviens ici ! glapit Dinah en se lançant à sa poursuite.

Hanna zigzagua entre les portants de vêtements. L'entrée des cabines d'essayage était droit devant elle. Mais soudain, deux bras épais la ceinturèrent par-derrière et la déséquilibrèrent. Dinah s'écroula sur elle, et Hanna la sentit tirer sur la robe pour tenter de la lui reprendre.

— Comment oses-tu ? s'indigna-t-elle. Lâche-moi immédiatement !

À sa grande surprise, Dinah obtempéra, roulant sur le côté. La robe était toujours entre les mains d'Hanna. L'autre fille ne la regardait même plus : elle fixait quelque chose dans les cabines d'essayage.

— Chut ! souffla-t-elle.

Hanna tendit l'oreille, craignant d'entendre le gloussement aigu qui la poursuivait depuis quelque temps. Mais seule une série de chocs sourds et répétés émanait d'une des cabines.

— Qu'est-ce que c'est ? murmura Hanna en se relevant lentement.

Sur la pointe des pieds, elle s'avança entre les cabines. Une seule d'entre elles était occupée. Deux paires de chaussures dépassaient sous la porte : des bottes noires, et des escarpins noir et blanc qui parurent étrangement familiers à Hanna.

Dinah et Hanna échangèrent un regard entendu. D'un léger signe du menton, Dinah encouragea l'autre fille à s'approcher davantage. Hanna s'exécuta discrètement. Les bottes et les escarpins piétinèrent quelques instants. Le bruit s'intensifia.

Soudain, la porte de la cabine s'ouvrit, et deux personnes chancelantes faillirent s'écrouler dans le couloir. Hanna se plaqua contre le mur en entraînant Dinah. Dans le miroir triple se reflétait un type en costume rouge et blanc de père Noël.

— T'es trop sexy, bava-t-il.

Il faisait des suçons à une fille trop maigre qui passait une main dans sa fausse barbe. Hanna la détailla. Ses cheveux châtains étaient relevés en un chignon légèrement décoiffé ; elle n'avait pas de fesses, et à son fin poignet de ballerine pendait un bracelet David Yurman en argent qu'Hanna connaissait bien.

C'était Kate.

Hanna saisit son téléphone, qui se trouvait justement dans la poche avant de son sac, et se dépêcha de prendre une photo.

Dinah et elle s'enfuirent à toutes jambes. Hors d'haleine, elles s'écroulèrent sur une table de jeans et se fixèrent un instant sans rien dire. Puis, au même moment, elles éclatèrent de rire.

12

ÂMES SŒURS

Quelques heures plus tard, Hanna était perchée sur un tabouret en skaï déchiré au comptoir du Snooker's, un des bars voisins de la fac d'Hollis. D'affreuses lampes vertes comme celles qu'on voyait dans les banques éclairaient les murs couverts de maillots de foot. Une odeur de bière éventée et de bâtonnets de mozzarella frits planait dans l'air. Le jukebox jouait une vieille chanson de Bruce Springsteen, et l'établissement était bondé d'étudiants.

— Alors. Tu préférerais sortir avec qui? commença Hanna en balayant la foule du regard. Le type qui aura repris la boîte de son père d'ici cinq ans, ou celui qui n'a rien d'intéressant à part ses origines irlandaises?

Elle désigna deux jeunes gens qui se tenaient dans un coin de la salle, une bière à la main. Le premier portait une chemise de marque impeccablement repassée et avait le genre d'expression arrogante typique des héritiers. Le deuxième avait un visage un peu bouffi et des cheveux roux; il portait un T-shirt « DUBLIN » et buvait une Guinness – bien entendu.

— Beurk. Aucun des deux, répondit Dinah en engloutissant l'olive de son Martini. Mate un peu les filles qui les accompagnent ! On dirait que celle de gauche a un sac Burberry. C'est passé de mode depuis dix ans au moins.

— Tu portes bien des jupes parapluie, la taquina Hanna en lui enfonçant son index dans l'avant-bras.

Dinah fit mine de se vexer.

— Ce n'est pas pareil. Moi, j'ai un look rétro, répliqua-t-elle sur un ton hautain.

— Je te pardonne, dit Hanna, magnanime. Après tout, tu as un sac fabuleux.

Elle désigna le petit Chanel matelassé posé sur le tabouret voisin. Finalement, ce n'était pas une contrefaçon : la tante de Dinah, celle qui travaillait chez Bazaar, l'avait inscrite en tête de la liste d'attente du magasin principal de la marque, à New York, et elle avait réussi à lui en procurer un.

Le barman posa devant elles un autre Martini pour Dinah et une autre vodka-cranberry pour Hanna. Les deux filles trinquèrent, et une douce chaleur envahit Hanna lorsqu'elle but la première gorgée de son cocktail.

Après avoir photographié Kate et le père Noël en pleine action dans la cabine d'essayage, Dinah et elle avaient abandonné la robe Elizabeth and James sur une table au hasard, décrété une trêve et décidé d'aller boire un verre ensemble. Dinah avait laissé sa voiture au centre commercial, et pendant le trajet dans la Prius d'Hanna, elles avaient parlé de mode, de produits de beauté, de célébrités et de leurs boutiques préférées – les quatre sujets de prédilection d'Hanna. Ça avait été une conversation à bâtons rompus, comme si elles se connaissaient depuis des années.

Mais en arrivant au Snooker's, Hanna avait eu un moment d'appréhension. Elle ne possédait pas de fausse carte d'identité, et après s'être fait arrêter pour vol à l'étalage pendant l'automne, elle redoutait d'avoir de nouveau affaire à la police. Mais Dinah lui avait pressé la main en disant :

— Laisse-moi faire.

D'un pas dansant, elle s'était approchée du videur qui avait les cheveux coupés en brosse et une grosse chaîne en or autour du cou.

— Salut, Jake ! Tu te souviens de moi ?

Le videur lui avait souri, mais avait quand même demandé à voir leurs pièces d'identité. Dinah avait avancé la lèvre en une moue boudeuse.

— Allez, Jackie, ne fais pas ta mauvaise tête, avait-elle dit en faisant courir le bout de ses doigts le long du bras du type.

Finalement, celui-ci avait haussé les épaules avant de les laisser passer. Une fois à l'intérieur, Hanna avait levé le pouce pour féliciter Dinah. C'était exactement le genre de chose qu'aurait fait Ali.

Dinah prit une frite dans l'assiette qu'elles avaient commandée.

— On est en train d'enfreindre tous nos engagements du stage de fitness, fit-elle remarquer. Je te parie que Vince va le deviner, et qu'il nous forcera à rester trois heures de plus à la prochaine séance.

— Ouais, je sens la cellulite que j'avais eu tant de mal à perdre revenir squatter mes cuisses, plaisanta Hanna.

Dinah eut un geste désinvolte.

— Pitié. Comme si tu avais eu de la cellulite un jour. Pourquoi t'es-tu inscrite à ce stage, au fait ?

Hanna leva les yeux au ciel.

— Euh, parce que j'ai affreusement grossi et que je ne rentre plus dans aucune de mes fringues.

Dinah la dévisagea comme si elle était folle.

— Ne me dis pas que tu fais partie de ces filles qui voient une vache quand elles se regardent dans le miroir ?

— Non, pas du tout, lui assura Hanna.

Tout de même... Chaque fois qu'elle examinait son reflet, elle trouvait quelque chose qui clochait. Ses cheveux avaient l'air gras. Ses bras étaient boursouflés. Elle avait le visage trop rond. Souvent, c'était à peine si elle remarquait tout ce qu'elle avait amélioré en bossant si dur avec Mona pendant leur année de 4e. Elle ne voyait que l'ancienne Hanna, la ringarde qu'elle était à l'époque de l'école primaire.

Elle fourra une frite dans sa bouche.

— Tu sais, avant, j'avais une amie vraiment canon. Elle était populaire, très belle, le genre de fille qu'on voudrait toutes être. Je faisais partie de sa bande, mais elle me faisait toujours sentir que j'étais sur un siège éjectable. Elle se moquait de ma façon de manger, de mes jeans qui me boudinaient, de tout. Au bout de quelques années, ça finit par conditionner la manière dont tu te vois.

Dinah posa ses coudes sur le comptoir.

— Elle est devenue quoi, cette fille ? Tu l'as envoyée promener, c'est ça ?

Hanna fixa les bouteilles d'Absolut derrière le bar.

— Pas vraiment. Elle est morte. Elle s'appelait Alison DiLaurentis. Tu as peut-être entendu parler d'elle.

— Peut-être ? (Dinah ouvrit de grands yeux.) C'est l'histoire la plus sensationnelle qui se soit jamais produite à Rosewood ! On a retrouvé son corps récemment, pas vrai ?

Hanna acquiesça.

— Ouah. (Dinah vida le reste de son Martini d'un trait.) Tu sais, je la connaissais aussi.

Hanna tourna brusquement la tête vers elle.

— Ah bon ?

— Ouais. (Dinah prit une expression lointaine.) On s'est

rencontrées à un stage de hockey sur gazon – j'en jouais à l'école primaire, jusqu'à ce que je trouve le courage d'avouer à mes parents à quel point je détestais ça. Alison était là aussi. Elle régnait sur une autre bande de filles qui faisaient ses quatre volontés. Et pendant un moment, elles m'ont prise pour cible. Elles m'appelaient Dinah Troulala, alors que je ne leur avais jamais rien fait.

— C'est affreux, compatit Hanna. Moi, Ali m'appelait Hanna Mon-THON-a[1]. Et je ne veux même plus penser aux autres surnoms qu'elle me donnait. Une partie de moi voudrait qu'elle puisse voir combien de poids j'ai perdu depuis cette époque, de quelle façon je me suis transformée. (Elle poussa un soupir.) Quoique… je suis sûre qu'elle trouverait quand même quelque chose à critiquer chez moi.

— Mais aujourd'hui, tu ne serais plus amie avec elle, pas vrai ? lança Dinah en glissant son bras sous celui d'Hanna. Tu es beaucoup trop forte et indépendante pour tolérer une garce pareille.

— Carrément, répondit Hanna d'une voix tremblante, même si elle n'en était pas tout à fait sûre.

Les moqueries d'Ali la hantaient toujours, surtout depuis que Mona *alias* « A » les avait reprises à son compte. Mais les révélations de Dinah lui rendaient la jeune fille encore plus proche. Elles avaient toutes deux été le souffre-douleur d'Ali.

Des vivats résonnèrent derrière elles. Pivotant, Hanna vit que le rouquin s'enfilait des bières les unes après les autres, à une table dans le fond.

— Charmant, murmura-t-elle en donnant un coup de coude à Dinah. Je vais être obligée de rentrer avec lui ce soir.

1. Référence à l'héroïne de la série télé américaine *Hanna Montana*, interprétée par Miley Cyrus.

Dinah ricana.

— Je croyais que tu te réservais pour Vince.

— Toi aussi, non ? répliqua Hanna.

Il y eut un silence embarrassé, puis elles éclatèrent de rire.

Dinah soupira.

— J'ai du mal à le comprendre. Il y a deux jours, je l'ai croisé dans le parking du club. Il était tout content de nous avoir mises ensemble ; il pensait que je pouvais vraiment t'aider et te donner le bon exemple.

Hanna frappa le comptoir avec sa paume.

— J'y crois pas ! Il m'a dit exactement la même chose – mais à propos de toi !

Dinah haussa un sourcil.

— Tu crois qu'il veut qu'on se batte pour attirer son attention ? Ça doit être son plan secret depuis le début.

— Quel connard, cracha Hanna. Il joue les types vertueux, mais en fait il veut juste qu'on se jette toutes à son cou.

Elle n'avait pas envie de penser ça de Vince, mais peut-être que c'était la vérité.

— Et c'est quoi, son eau pourrie qu'il passe son temps à essayer de nous refiler ? (Dinah leva les yeux au ciel.) Sérieux, il est tout le temps en train d'en boire.

— Je te parie qu'il n'y a même pas de vitamines là-dedans, renchérit Hanna, juste un milliard de calories. On lui a lavé le cerveau.

— Tu sais quoi ? (Dinah prit un air déterminé.) C'est un gros nul. On est mieux sans lui.

— Tout à fait d'accord ! s'exclama Hanna d'une voix rendue pâteuse par l'alcool. (Brusquement débordante de confiance, elle poursuivit :) Et c'est vraiment un gros nul. Tu sais ce qu'il fait ce soir ? Il va chanter au porte-à-porte avec la chorale de son église. Probablement des hymnes super-religieux. Si ça se trouve, ils rejouent même la Nativité. C'est une tradition du mercredi.

Dinah grimaça.

— Sans déconner?

— Ouais. Et je voulais m'incruster. (Hanna s'interrompit pour finir sa vodka-cranberry.) Apparemment, Vince cherche une bonne petite catholique avec qui se caser. Laissons tomber; il n'en vaut pas la peine.

— Bonne idée, acquiesça vigoureusement Dinah. Allons plutôt dîner ensemble. Pendant qu'il cassera les oreilles des gens, nous, on s'amusera!

— Marché conclu, dit Hanna en lui tapant dans la main. (Elle gloussa.) Vince va sans doute forcer tous les autres membres de la chorale à boire de l'AminoSpa entre deux chansons.

Dinah rit si fort qu'elle faillit recracher son Martini.

— Si ça se trouve, il a écrit une ode à la gloire d'AminoSpa!

— Oui, en allemand! Et pendant que les autres la chanteront, il essaiera d'en vendre des caisses! s'esclaffa Hanna.

Elle s'imaginait très bien la scène.

Dinah et elle se plièrent en deux. Les autres clients les regardèrent bizarrement, mais Hanna s'en fichait. Tout comme elle se fichait d'avoir renoncé à Vince. Elle s'était fait une nouvelle amie. Peut-être était-ce ce qu'il lui fallait depuis le début.

13

JE T'AI BIEN EUE !

— Hanna ? Hanna ?

Ouvrant un œil, la jeune fille aperçut son père sur le seuil de sa chambre. Elle se redressa brusquement. Elle avait un goût de chaussettes sales dans la bouche et l'impression que sa tête pesait une tonne. Elle soupçonnait également qu'elle devait empester l'alcool – elle ne se souvenait pas d'avoir pris une douche en rentrant du Snooker's, la veille.

— Ton réveil sonne depuis une demi-heure, dit M. Marin en désignant le téléphone portable qui clignotait sur la table de chevet d'Hanna. Certains d'entre nous essaient de dormir encore un peu.

Hanna jeta un coup d'œil hébété à l'appareil et appuya sur un bouton pour couper l'alarme.

— Désolée, marmonna-t-elle.

Son père grommela quelque chose entre ses dents et sortit en refermant la porte derrière lui.

Hanna regarda l'heure : 5:30. Elle devait se lever pour se rendre à sa séance matinale de fitness. Dans un grognement, elle roula hors de son lit. Comme elle regrettait la tequila qu'elle avait bue avec Dinah pour arroser la fin de leur béguin pour Vince !

Après ça, la soirée avait tourné court. Dinah avait viré au vert et couru aux toilettes. En revenant, elle avait dit qu'elle ferait mieux de rentrer. Hanna se souvenait vaguement d'avoir mis assez de monnaie dans le parcmètre pour pouvoir laisser sa Prius à Hollis jusqu'au lendemain. Puis elle avait appelé un taxi.

Elle était rentrée chez elle en titubant. Par chance, Isabel, Kate et son père étaient encore sortis pour célébrer les Douze Jours de Noël ; aussi n'avait-elle croisé personne en montant jusqu'à sa chambre.

Hanna réussit à enfiler sa tenue de gym et ses baskets. Elle prit un autre taxi pour retourner à Hollis, récupéra sa Prius et roula jusqu'au Body Tonic. Tout en se dirigeant vers l'entrée du club, elle sortit son téléphone et composa un texto pour Dinah : *Tu es là ce matin ? Tu te sens aussi mal que moi ? Je devrais peut-être boire de l'AminoSpa contre la gueule de bois, ah ah ah.*

Elle appuya sur « envoi ». Elle s'attendait à recevoir une réponse immédiate, mais ce ne fut pas le cas. Dinah dormait peut-être encore. Au point où elle en était, elle pouvait bien manquer une séance.

Une odeur d'huile de massage et de fleurs fraîches flottait à l'intérieur du club. Hanna sentit son estomac se soulever. La fille de l'accueil la salua en agitant la main, mais Hanna se dirigea vers les vestiaires en traînant les pieds, sans prendre la peine de lui répondre.

Elle consulta encore son téléphone avant de le jeter dans son casier. Dinah ne lui avait toujours pas répondu. Haussant les épaules, elle se dirigea vers la salle où avait toujours lieu le stage.

Quand elle poussa la porte et vit sa nouvelle amie debout

devant le miroir, en train de rire avec la tête rejetée en arrière, Hanna s'arrêta net. Dinah avait l'air en pleine forme, comme si elle n'avait pas bu une seule goutte d'alcool, la veille. Elle se tenait près de Vince, une bouteille d'Amino-Spa à la main, et elle souriait au jeune homme comme s'il était le Messie.

— Ton interprétation de « Là-bas dans une étable » était fantastique, roucoula-t-elle. Tu y mettais tellement de cœur !

Vince lui sourit en retour.

— Et toi ! Tout le monde a adoré la façon dont tu as improvisé la scène de la Nativité sur la pelouse de M. Larsen, s'extasia-t-il. Comment as-tu eu une idée pareille ?

— Je ne sais pas trop. (Dinah baissa modestement les yeux.) Je participe à des sorties chants de Noël depuis ma première communion. Je connais plein de trucs pour mettre les gens dans l'ambiance.

Elle prit la main de Vince, qui referma ses doigts sur ceux de la jeune fille et les pressa affectueusement. Ils se regardèrent dans les yeux comme s'ils étaient des âmes sœurs, puis se rapprochèrent l'un de l'autre et s'embrassèrent.

Hanna en resta bouche bée. Elle voulut sortir en courant, mais les semelles de ses baskets étaient comme collées au sol. Dinah était allée chanter avec la chorale de Vince ? La chorale dont Hanna lui avait parlé ?

Elle repassa leur conversation de la veille dans sa tête. C'était Dinah qui avait traité Vince de gros nul. Dinah qui avait décrété qu'elles seraient mieux sans lui. Et après qu'Hanna lui avait parlé de son occupation du mercredi soir, elle avait fait semblant d'être malade pour s'esquiver au plus vite…

Était-ce une ruse ?

Un couinement désespéré s'échappa des lèvres d'Hanna.

Dinah et Vince se tournèrent vers elle. Dès que l'autre fille la vit, un sourire mauvais releva les coins de ses lèvres pulpeuses. Vince se contenta d'agiter la main d'un air penaud.

Hanna fonça sur Dinah et lui agrippa le bras.

— Il faut qu'on parle.

Elle entraîna l'autre fille dans le couloir et s'arrêta près d'un tas de cercles magiques destinés au cours de Pilates.

— Tu peux m'expliquer ce qui se passe ?

Dinah se balançait sur ses talons.

— Comment ça, ce qui se passe ? demanda-t-elle d'une voix glaciale.

Elle n'avait plus rien de la fille chaleureuse qui avait ri et conspiré avec Hanna au Snooker's, la veille.

— Je croyais qu'on avait fait la paix ! Et qu'on avait décidé toutes les deux que Vince était un ringard !

Dinah se mit à rire.

— Je t'avais bien dit qu'il sortirait avec moi. En amour comme à la guerre, il n'y a pas de règles qui tiennent.

Prise de vertige, Hanna vacilla.

— Je ne te crois pas, chuchota-t-elle, une grosse boule dans la gorge.

Ses yeux la picotèrent tandis que des images de la soirée lui revenaient en mémoire. Dinah avait pourtant dit qu'elle adorerait qu'Hanna s'inscrive à Larchmont, qu'elle aimerait bien avoir une amie aussi cool qu'elle dans son lycée. Elle avait également promis de présenter Hanna à sa tante qui travaillait chez Bazaar quand celle-ci lui rendrait visite pour les vacances. Et quand elles étaient sorties du bar, Dinah avait serré Hanna dans ses bras avec chaleur, en lui disant : « À demain. »

— Je croyais qu'on était amies, bredouilla Hanna.

— Pitié. (Dinah leva les yeux au ciel.) Tu es juste énervée

parce que je t'ai eue. Mais tu aurais fait exactement la même chose à ma place, ne dis pas le contraire.

— Non, c'est faux. Je ne l'aurais pas fait. Je ne l'ai pas fait, couina Hanna d'une voix de plus en plus faible et désespérée.

Puis, avant que ses larmes se mettent à couler, elle fit volte-face et fonça vers les vestiaires. D'une main tremblante, elle composa le code de son casier, empoigna son sac de sport et sortit du club sans même enfiler son manteau.

Dès qu'elle émergea dans l'air glacial de décembre, elle laissa échapper un sanglot trop longtemps réprimé. Des larmes brûlantes se mirent à ruisseler sur ses joues. Elle tituba jusqu'à sa voiture et s'appuya contre le capot avec l'impression qu'un énorme ballon rempli d'eau venait de se crever à l'intérieur d'elle.

Elle pleurait pour la mort d'Ali ; elle pleurait pour l'horrible trahison de Mona ; elle pleurait pour le cauchemar qu'était sa nouvelle famille ; elle pleurait pour le silence radio de Lucas ; elle pleurait d'avoir dragué Vince alors qu'elle ne voulait que Lucas. Tout semblait aller de travers, absolument tout...

— Oh, mais c'est qu'on a l'air toute triste !

Hanna leva les yeux. Une silhouette que ses larmes rendaient floue se tenait de l'autre côté de sa Prius, un sourire sardonique aux lèvres.

Un instant, Hanna craignit que ce soit Ali. Puis sa vision s'éclaircit. Cette fille n'était pas blonde, mais châtain. C'était Kate qui, adossée à la portière de sa Honda Civic, observait Hanna en plein marasme.

14

DESTRUCTION MUTUELLE GARANTIE

— Qu-qu'est-ce que tu fais là ? balbutia Hanna en se redressant.

Kate gloussa.

— Tu as craqué ? Le stage de fitness était trop dur pour toi ?

Elle tendit à bout de bras un T-shirt rouge extra-large « BOUGEZ-VOUS LES FESSES ! ».

Hanna eut l'impression qu'une pierre venait de tomber au fond de son estomac.

— Je-je ne sais pas de quoi tu parles.

— Le programme a l'air vraiment intéressant, dit Kate en agitant le T-shirt sous son nez pour la provoquer. Je suis sûre que tout le monde à l'Externat de Rosewood adorerait savoir ce que tu fais de ton temps libre.

Sortant son téléphone de son sac, elle lui montra une série de photos. Hanna et les autres participants en pleine course d'obstacles derrière Body Tonic, zigzaguant entre des pneus, avec le visage rouge, la cellulite tremblotante et l'air parfaitement ridicule. Les mêmes, réunis en cercle autour de Vince qui leur faisait scander un mantra pour les motiver. Et le coup de grâce : Dinah et Vince s'embrassant sous le regard atterré d'Hanna.

Kate avait tout vu.

— Donne-moi ça, ordonna Hanna en s'efforçant de saisir son téléphone.

Kate le tint à bout de bras au-dessus de sa tête.

— Pas si vite !

— Je n'arrive pas à croire que tu m'aies suivie, glapit Hanna. Tu n'as rien de mieux à faire, ou quoi ?

— Désolée, j'adore les secrets bien juteux. (Kate se balançait d'avant en arrière dans ses Ugg doublées de fourrure.) Et quand on m'a rencardée sur ce que tu faisais ici, je n'ai pas pu résister.

Un frisson parcourut l'échine d'Hanna. Qui avait bien pu renseigner Kate ? Elle pensa aussitôt à « A », mais... « A » n'était plus.

— Tu ne dois pas avoir honte de chercher à maigrir, poursuivit Kate. C'est une démarche positive. (Elle se mit à taper quelque chose sur le clavier de son téléphone.) Je suis sûre que tous tes contacts Facebook approuveront. Certains devraient même compatir en découvrant que ce type a préféré une autre fille.

Le cœur d'Hanna se mit à battre très fort.

— Vince ne m'intéresse pas.

Kate lui jeta un regard entendu.

— Si ça peut te faire plaisir de le croire... Mais les photos ne mentent pas, Hanna. Voyons, qu'est-ce que je pourrais bien mettre comme légende ? « J'adore mon camp d'amaigrissement et mes nouveaux amis sont trop cool ! » Ou peut-être juste : « J'essaie de perdre mon gros cul. »

Hanna gémit. Elle était « amie » avec toutes sortes de gens sur Facebook : Naomi Zeigler et Riley Wolfe, deux garces populaires qui sauteraient sur cette occasion de la descendre ; des filles de terminale qui l'invitaient à des soirées géniales ; Mason Byers, James Freed, Noel Kahn et son ex, Sean Ackard.

C'était déjà assez terrible que Mona ait essayé de la tuer. Si on apprenait qu'elle avait participé à un stage de fitness, ça la classerait définitivement dans le camp des ringards. Elle s'imaginait déjà mangeant seule à la cafétéria, le midi. Passant tous les samedis soir enfermée dans sa chambre. Ne recevant plus jamais une seule invitation à aucune fête.

— Par pitié, ne publie pas ces photos, l'implora-t-elle. Je ferai tout ce que tu voudras.

Kate haussa un sourcil.

— Je ne vois pas bien à quoi tu pourrais me servir.

Une rafale glacée engourdit les oreilles d'Hanna et le bout de son nez. Elle fixa la route déserte qui passait devant Body Tonic en se creusant désespérément la cervelle. Qu'avait-elle à offrir à Kate ? Celle-ci ne lui avait-elle pas déjà pris assez de choses ?

Depuis qu'elle avait emménagé à Rosewood, la vie d'Hanna, qui n'était pas très drôle auparavant, était devenue carrément catastrophique. M. Marin n'en avait plus que pour sa belle-fille. Dès que Kate entrerait à l'Externat, elle deviendrait sans doute la fille la plus populaire de leur classe – prenant, là aussi, la place d'Hanna. C'était une torture bien suffisante, non ?

Hanna aurait donné cher pour que Mona soit là – la Mona d'avant toute cette histoire avec « A ». Ensemble, elles riraient au nez de Kate, qui n'oserait jamais se les mettre à dos. Puis elles tourneraient les talons et s'en iraient en lui faisant bouffer leurs gaz d'échappement. Si Ali était là, ce serait encore mieux. Elle glisserait son bras sous celui d'Hanna, se pencherait vers elle et lui chuchoterait à l'oreille : « Toi aussi, tu connais un de ses secrets, et tu peux l'utiliser comme monnaie d'échange. »

Hanna sursauta. C'était comme si Ali venait de s'adresser à elle depuis l'au-delà. Mais oui ! Elle connaissait bel et bien un des secrets de Kate, une chose qu'elle avait presque oubliée.

Elle se mit à rire.

— Quoi ? demanda Kate, les sourcils froncés.

Hanna continua à glousser en cherchant son téléphone dans son sac.

— Tu ne publieras rien du tout sur Facebook. Sinon, je raconte tout pour le père Noël.

L'espace d'un instant, une expression de terreur à l'état pur passa sur le visage de Kate.

— Hein ?

— Tu sais très bien de quoi je parle, dit Hanna sur un ton moqueur, en ouvrant la photo prise chez Saks et en fourrant son téléphone sous le nez de Kate.

Sur l'image, le père Noël mordillait le cou de Kate, qui avait les mains enfoncées dans sa barbe blanche.

— Comme titre, je pourrais mettre : « En voilà une qui n'a pas été sage cette année ! » (Hanna prit une mine sévère.) Tu n'es pas au courant ? Ce type est un vrai pervers. Il drague même des gamines de 12 ans !

Kate recula en ouvrant et en refermant la bouche comme un poisson.

— Ne fais pas ça, parvint-elle enfin à chuchoter.

— Bon. Eh bien, c'est simple, reprit Hanna sur un ton désinvolte en appuyant sur le bouton pour déverrouiller les portières de sa voiture. Tu publies les photos du stage de fitness, je publie la photo de toi en train de batifoler avec le père Noël. Pigé ?

Kate ne répondit pas, mais Hanna savait qu'elle avait très

bien entendu. La tête haute, elle s'installa au volant, mit le contact et sortit avec aisance de sa place de parking.

— *Bye-bye!* pépia-t-elle en remuant les doigts pour saluer sa presque demi-sœur.

Kate resta plantée sur le parking, le T-shirt rouge pendant mollement au bout de son bras.

Hanna s'éloigna sans lui jeter un autre regard. Quand elle tourna sur la route et accéléra, une phrase qu'Ali répétait souvent lui revint à l'esprit : *Je suis Ali, et je suis fabuleuse.* Pour le coup, Hanna se sentait plutôt fabuleuse, elle aussi.

15

OPÉRATEURS AU TAQUET

Quand Hanna arriva chez elle, la cuisine était déserte et silencieuse. Mais quelqu'un prenait une douche à l'étage, et la jeune fille entendit la voix étouffée d'un présentateur en provenance de la chambre de son père. Par la vitre, elle vit les jumeaux des voisins, âgés de six ans, qui tournoyaient dans leur jardin comme des derviches. Tous deux portaient le même chapeau d'elfe du père Noël.

Hanna avala deux Advil et se fit du café. Pendant quelques minutes, il n'y eut pas d'autre bruit dans la pièce que celui de l'eau gouttant dans la cafetière. Hanna fixait la une du *Philadelphia Sentinel* en souhaitant de toutes ses forces que sa migraine s'évanouisse. « *Ian Thomas clame toujours son innocence* », disaient les gros titres. Hanna retourna très vite le journal. C'était la dernière chose à laquelle elle voulait penser à ce moment-là. Ian était forcément coupable. Qui d'autre avait une raison de tuer Ali ?

Baissant de nouveau les yeux vers le journal, Hanna frémit. Dans le coin inférieur gauche de la dernière page, il y avait une pub pour le club de remise en forme Body

Tonic. Sur une photo en noir et blanc, Vince souriait et informait les clients potentiels que, jusqu'au premier de l'an, l'inscription ne coûterait que cinquante dollars.

Hanna n'arrivait pas à croire au toupet de Dinah – et encore moins au mauvais goût de Vince qui lui avait préféré une pouffiasse dans son genre. Si elle était allée chanter avec lui, l'aurait-il choisie à la place de Dinah ? Il avait l'air de beaucoup l'apprécier depuis le début... Mais Dinah avait peut-être raison : sans doute cherchait-il seulement à les pousser à se battre pour lui.

Après tout ce qu'elle avait vécu avec « A », Hanna aurait dû se douter que Dinah lui planterait un poignard dans le dos. Une image s'imposa à son esprit. Elle revit la voiture de Mona lui foncer dessus en rugissant. Elle sentit l'impact, son corps voler dans les airs, un cri se coincer dans sa gorge. Les gens n'arrêtaient pas de la trahir les uns après les autres.

Hanna se frotta les tempes en s'efforçant de respirer calmement et profondément. Restait-il une seule personne à qui elle puisse faire confiance ? Elle jeta un coup d'œil à son téléphone posé sur la table, puis passa en revue sa liste de contacts en se demandant si elle devrait appeler Spencer. Ou peut-être Emily. Ou Aria.

Elle se remémora un échange de cadeaux auquel elles s'étaient livrées en 5e, juste avant les vacances de Noël. Aria leur avait tricoté des brassières en mohair ; elles les avaient enfilées par-dessus leurs vêtements pour danser dans le salon des DiLaurentis. Même Ali était de bonne humeur ce jour-là ; elle ne s'était pas moquée de la façon peu flatteuse dont la brassière s'étirait sur la poitrine d'Hanna. Au beau milieu des réjouissances, son frère Jason était entré dans la pièce. Il les avait fixées, bouche bée, et elles avaient éclaté de rire.

Quelqu'un toussa dans le couloir. Hanna leva les yeux au moment où son père arrivait dans la cuisine en robe de chambre et pantoufles.

— Salut, lança-t-il sur un ton las en lui ébouriffant les cheveux. Je peux te prendre un peu de café ?

— Fais-toi plaisir, dit Hanna.

Tom Marin se servit dans le mug Doberman qu'il utilisait depuis qu'Hanna était toute petite. Il s'assit près de sa fille, poussa un long soupir et se frotta les yeux.

— Tout va bien ? s'inquiéta Hanna.

Il hocha la tête.

— Je suis juste crevé. Toutes ces activités des Douze Jours de Noël... C'est un peu la folie, cette année. Isabel me fait courir dans tous les sens.

— Je suis désolée d'en avoir manqué certaines, dit Hanna, qui se sentait un peu coupable.

Son père agita la main.

— C'est peut-être toi qui as eu raison. (Il lui jeta un regard en biais.) Entre nous, je crois que j'aimais mieux quand on fêtait Hanoukka. Au moins, ça ne durait que huit jours. Et c'était plus relax.

Hanna se mordit la lèvre inférieure.

— Moi aussi, je préférais.

Tom Marin ouvrit la bouche comme pour ajouter quelque chose, puis il parut changer d'avis et se contenta de boire une autre gorgée de café. Un long silence s'installa entre eux, à peine rompu par le tic-tac bruyant de l'horloge en forme de sucre d'orge qu'Isabel avait accrochée dans un coin de la pièce. Dehors, une voiture démarra.

M. Marin tapota la cuisse d'Hanna.

— Oh, ça me rappelle que j'ai quelque chose pour toi.

Il se leva, se dirigea vers sa mallette posée près de la porte et en sortit une petite boîte en velours.

Hanna la reconnut immédiatement. En soulevant le couvercle, elle découvrit le médaillon Cartier qu'elle avait trouvé le jour de l'emménagement de son père avec Isabel et Kate. Jamais elle n'aurait cru l'avoir de nouveau entre les mains.

— C'est... c'est pour moi ?

— Évidemment. Il appartenait à ta grand-mère.

— Je sais, murmura la jeune fille en le sortant de la boîte. (La lumière du lustre se refléta sur le métal.) Il est magnifique. J'en ai toujours eu envie.

— Je sais, dit M. Marin en réprimant un sourire. Ta grand-mère aurait voulu qu'il te revienne, et je suis d'accord avec elle.

Hanna se leva et étreignit son père avec force.

— Merci.

Elle voulait ajouter « de ne pas l'avoir donné à Kate ou à Isabel », mais elle ne souhaitait pas gâcher ce moment. Tout à coup, les choses lui paraissaient un peu moins graves. Son père ne l'avait pas oubliée. Il se souvenait qu'elle existait et qu'elle comptait toujours à ses yeux.

Hanna se retourna pour qu'il puisse lui attacher la chaîne autour du cou. Le médaillon vint se loger dans le creux de sa gorge, et elle ne put s'empêcher de caresser l'ovale lisse du bout du doigt. M. Marin finit son café, puis sortit une bouteille d'eau de son sac et but une longue gorgée au goulot.

— Je suppose que je dois y aller.

— Attends un peu. (Hanna fixa la bouteille qu'il tenait. AMINOSPA, était-il écrit sur l'étiquette.) Tu as eu ça où ?

Tom Marin remit le bouchon en plastique.

— Un type est venu en vendre au bureau. Il a dit que ce truc était bourré de vitamines et que je me sentirais plein d'énergie si j'en buvais deux bouteilles par jour. Mais franchement, je ne vois pas de différence. Et ça a comme un goût de citron vert pourri.

Hanna sourit tristement.

— Je crois que c'est une arnaque.

Son père haussa les épaules.

— Possible. À mon avis, tout l'intérêt de ce produit, c'est de recruter un maximum de pigeons pour le revendre. Le type m'a fait tout un discours comme quoi je pourrais devenir revendeur AminoSpa à mi-temps et me faire un paquet de fric sans quitter mon pyjama. (Il gloussa.) C'est comme un culte; les gens qui intègrent ce système subissent un véritable lavage de cerveau. Et une fois que tu es entré dans leur organisation, tu ne peux plus en ressortir.

Il posa la bouteille d'AminoSpa sur le comptoir et embrassa Hanna sur le sommet du crâne. Ses pantoufles giflèrent doucement le carrelage alors qu'il sortait de la cuisine et se dirigeait vers l'escalier.

Hanna resta assise quelques instants sans bouger, fixant la bouteille abandonnée par son père. Elle avait craqué pour un type qui s'était laissé embringuer dans cette spirale. C'était dingue! Mais maintenant qu'elle avait ouvert les yeux, elle le laissait volontiers à Dinah.

Soudain, une idée lui traversa l'esprit. Hanna se leva, saisit la bouteille et consulta les informations au dos de l'étiquette. *Pour rejoindre notre équipe, appelez-nous!* Suivaient un numéro vert et l'adresse d'un site Internet.

Le cœur battant la chamade, Hanna saisit le combiné du téléphone fixe et composa le numéro.

— AminoSpa Industries! répondit presque aussitôt une voix guillerette. Comment puis-je vous aider?

Hanna s'efforça de prendre un ton professionnel.

— Euh, mon petit ami vend de l'AminoSpa et j'aimerais faire pareil.

— C'est merveilleux, pépia l'opératrice. Comment vous appelez-vous?

Hanna adressa une grimace ravie à son reflet dans la vitre.

— Dinah Morrissey.

Elle épela le nom de sa rivale et dicta son adresse, qui se trouvait sur la fiche de renseignements que Vince leur avait distribuée le premier jour.

— Envoyez-moi une centaine de caisses, s'il vous plaît.

La voix de sa correspondante monta dans les aigus.

— Une centaine? Ça fait beaucoup pour quelqu'un qui commence à peine, vous savez.

— J'y arriverai, lui assura Hanna en caressant son médaillon.

— Savez-vous que vous ne pouvez pas renvoyer vos invendus? Vous êtes responsable de toutes les bouteilles que vous commandez. Et nous vous les facturerons d'un coup, au début du mois prochain.

— Je comprends, acquiesça Hanna. J'ai hâte de m'y mettre!

Après avoir fourni quelques autres renseignements à l'opératrice, Hanna raccrocha avec un immense sourire. Puis elle prit la bouteille d'AminoSpa à moitié pleine que son père avait abandonnée sur le comptoir, vissa le bouchon à fond et la laissa tomber dans le bac à recyclage.

Ouvrant son portable à clapet, elle rédigea un texto pour Dinah. *Je te pardonne. Je suis sûre que vous serez très heureux ensemble et que vous réussirez dans TOUT ce que vous entreprendrez.* Si Dinah voulait Vince, eh bien, soit, mais elle devrait le prendre avec tous ses mauvais côtés, spirale incluse.

Moins d'une minute plus tard, le téléphone d'Hanna se mit à sonner, et la jeune fille crut qu'elle avait reçu une réponse de Dinah. Mais, à sa grande surprise, ce fut le nom de Lucas qui s'afficha à l'écran.

Suis rentré plus tôt que prévu. Tu peux passer avant les cours?

16

LES MARQUES DE LUNETTES, C'EST TROP LA CLASSE

Après avoir enfilé son uniforme de l'Externat de Rosewood et rassemblé les affaires dont elle aurait besoin ce jour-là, Hanna se rendit en voiture chez les Beattie. La Ford Explorer familiale occupait l'allée du garage ; son coffre était encore grand ouvert. La Mercedes qu'Hanna avait vue le soir où les Rumson étaient passés était également garée là, ce qui signifiait que Brooke devait traîner dans les parages.

Hanna se demanda si Lucas lui avait demandé de venir pour rompre avec elle en personne. Non qu'elle ait l'intention de lui donner cette satisfaction : elle romprait avec lui la première.

Finissons-en, songea-t-elle en se rangeant le long du trottoir. Au moins, elle avait retrouvé sa ligne grâce au stage de fitness.

Avec un soupir chagrin, elle claqua la portière de sa Prius et remonta l'allée en direction de la porte d'entrée. Elle était sur le point de sonner quand elle vit frémir les buissons épais qui entouraient la propriété des Beattie – un peu comme si quelqu'un s'y cachait.

Mais non, c'était absurde. Qui se planquerait dans une haie à huit heures du matin par moins dix degrés ? Quand Hanna cesserait-elle enfin d'avoir l'impression qu'on l'épiait constamment ?

Lucas ne mit que quelques secondes à lui ouvrir. Il avait la peau dorée ; ses cheveux blonds étaient devenus presque blancs, et il semblait avoir perdu un ou deux kilos.

— Salut, dit-il en attirant Hanna à l'intérieur et en la serrant très fort dans ses bras. Tu m'as tellement manqué !

Hanna eut un mouvement de recul.

— On n'aurait pas dit, répliqua-t-elle sur un ton aigre. J'imagine que tu t'amusais trop pour penser à m'envoyer un texto ?

Lucas frémit.

— Je suis vraiment désolé. Je pensais qu'on aurait le Wi-Fi, mais le serveur était en panne. En fait, c'est l'une des raisons pour lesquelles on est rentrés plus tôt que prévu : M. Rumson stressait trop parce qu'il n'arrivait pas à consulter son BlackBerry. Brooke a réussi à accéder à Facebook un petit moment, mais c'est tout.

— Ouais, j'ai vu la photo qu'elle a postée, dit Hanna, incapable de masquer son irritation. Vous aviez l'air très heureux tous les deux.

Lucas la dévisagea.

— Tu ne crois quand même pas... ? (Sans achever sa phrase, il se pinça le haut du nez entre le pouce et l'index.) Oh, Hanna, je suis tellement désolé ! Ce n'est pas du tout ce que tu imagines.

— Hum-hum, fit Hanna d'une voix atone.

Elle était certaine qu'il mentait pour arranger les choses entre eux, maintenant que Brooke allait rentrer chez elle.

— Je suis sérieux. (Lucas l'entraîna vers le canapé et la fit asseoir.) Passé le premier jour, c'est à peine si on s'est vus. J'ai fait des randonnées fabuleuses et une descente en kayak géniale. Elle, tout ce qu'elle voulait, c'était bronzer. (Il se rapprocha d'Hanna et, la bouche à quelques centimètres de l'oreille de la jeune fille, ajouta :) Elle se badigeonnait de monoï du matin jusqu'au soir. D'ailleurs, c'est l'autre raison pour laquelle nous avons dû écourter notre séjour.

Sur ces mots, il tourna son regard vers le hall.

Les parents Rumson sortaient de la cuisine en traînant leurs sacs de voyage à roulettes derrière eux. Brooke les suivait. Elle portait une minirobe plus appropriée à un climat chaud, ainsi qu'une paire de sandales compensées en raphia. Son visage pelait, et elle avait une horrible marque de lunettes en travers des yeux. Sous la crème blanchâtre qui les recouvrait, ses bras ressemblaient aux steaks que le père d'Hanna faisait systématiquement trop cuire quand il tentait d'utiliser le gril.

Hanna ne sut pas si elle devait éclater de rire ou se couvrir les yeux.

— Qu'est-ce qui lui est arrivé ? chuchota-t-elle.

— Brûlures au troisième degré, répondit Lucas à voix basse. Elle souffrait tellement qu'on a dû l'emmener à l'hôpital. C'était l'endroit le plus répugnant que j'aie jamais vu, Hanna – il y avait des cafards dans la salle d'attente, pas de lits dignes de ce nom, et je suis prêt à parier qu'aucun des docteurs n'avait de diplôme de médecine. Celui qui s'est occupé de Brooke lui a dit que si elle s'exposait de nouveau au soleil, ne serait-ce qu'une minute, sa peau tomberait littéralement. Après, sa mère ne l'a plus lâchée d'une semelle. Brooke a dû rester à l'intérieur, et elle a passé son temps à chouiner qu'elle s'ennuyait. À la fin, j'avais envie de la tuer, et je pense que je n'étais pas le seul.

Hanna serra un gros coussin contre sa poitrine.

— Donc... tu ne t'es pas baigné nu avec elle ? Tu n'as pas bu de shots de Jell-O ?

Lucas la regarda comme si elle était folle.

— Tu as déjà bu un shot de Jell-O ? C'est dégueulasse. De toute façon, on n'aurait pas pu en préparer même si on avait voulu : l'eau du Yucatán n'est pas potable.

Ce fut alors que Brooke aperçut Lucas et Hanna sur le canapé. Elle sourit faiblement.

— Hé, Lucky, dit-elle d'une voix nasillarde. (Elle se dirigea vers lui avec la démarche raide de quelqu'un qui a chopé un sale coup de soleil.) On va s'en aller. Mais c'était super, ces vacances avec toi. Il faut qu'on se refasse ça très vite. Au printemps, peut-être ?

Elle ouvrit les bras pour étreindre Lucas, mais Hanna se leva d'un bond et s'interposa.

— *Bye-bye*, coupa-t-elle sèchement. Et surtout, soigne bien tes coups de soleil.

Brooke la dévisagea comme si elle ne la connaissait pas, mais Hanna ne flancha pas. Il était hors de question qu'elle laisse cette pétasse s'approcher encore de Lucas. C'était une leçon qu'elle avait apprise à ses dépens avec Vince : quand on veut un garçon, il ne faut pas hésiter à employer la manière forte.

Au bout d'un moment, Brooke recula en marmonnant : « Au revoir » et rejoignit ses parents. Les adultes se donnèrent des tapes dans le dos d'un air las, et se promirent de se revoir très bientôt. Après avoir refermé la porte derrière les Rumson, M. Beattie s'adossa au battant et enfouit son visage dans ses mains.

— J'espère ne plus jamais revoir cette fille de toute ma vie.

Hanna n'aurait pas pu dire mieux.

Le moteur de la Mercedes rugit dans l'allée. Bientôt, la voiture des Rumson disparut au coin de la rue.

Lucas se rapprocha d'Hanna.

— Je suis désolé qu'on n'ait pas pu se parler une seule fois pendant mon absence. Mais j'ai pensé à toi tous les jours. Et maintenant, on va pouvoir passer les vacances ensemble. On fera ce que tu voudras. Je suis même d'accord pour t'accompagner au nouveau centre commercial.

Hanna se radoucit quelque peu.

— Ce n'est pas tombé dans l'oreille d'un sourd. Cela dit, on n'est pas obligés d'aller au nouveau centre commercial – ça craint.

Lucas entreprit de lui masser les épaules.

— Alors, j'ai raté quoi? Raconte.

Hanna fit semblant d'ôter une bouloche imaginaire de sa jupe d'uniforme plissée. Elle pensa au stage de fitness, à Vince et à Dinah. Avait-elle eu tort de flirter avec le jeune homme? Au final, il ne s'était rien passé entre eux. Et à quoi bon parler du stage à Lucas, puisqu'elle n'avait pas l'intention d'y retourner? Avant de venir chez les Beattie, elle avait essayé son jean le plus moulant, et il lui allait à la perfection. Du coup, elle se demandait si elle avait eu tant de poids à perdre que ça.

— Oh, pas grand-chose, répondit-elle sur un ton détaché. Mais un conseil : ne m'emmène jamais voir *Casse-Noisette*. J'en fais encore des cauchemars.

Lucas gloussa.

— C'est noté.

Mme Beattie passa la tête dans le salon et sourit à Hanna.

— Comme on n'a pas de céréales, j'allais préparer des tartines. Vous en voulez?

— Volontiers. (Lucas regarda Hanna.) Tu restes petit-déjeuner avec nous?

La jeune fille adressa un sourire poli à Mme Beattie.

— Non, c'est bon. J'ai déjà bu un café ; ça me suffit.

Les sourcils froncés, Lucas la détailla de la tête aux pieds.

— Une ou deux tartines ne te feraient pas de mal. Tu es vraiment très mince.

Hanna posa les mains sur ses hanches.

— C'est une bonne chose, non ?

— Pas vraiment, la détrompa Lucas en faisant le tour d'un des poignets de la jeune fille entre son pouce et son index. Je t'aimais mieux avant. Allez, mange une tartine pour moi. S'il te plaît.

Hanna repensa au stage de fitness et à tous les sacrifices qu'elle avait faits depuis deux semaines. Puis elle imagina une pile de tartines grillées dégoulinantes de beurre et de sirop d'érable. Depuis quand n'avait-elle pas fait un vrai repas ? Trop longtemps.

— D'accord, capitula-t-elle en se levant et en entraînant Lucas avec elle. Je suppose qu'une petite tartine ne me tuera pas.

— Super, se réjouit Lucas.

Il se dirigea vers la cuisine et Hanna le suivit en portant distraitement une main au médaillon Cartier pendu à son cou. Une sensation de bien-être l'enveloppa comme une couverture douillette. Le meilleur dans tout ça, c'était que personne n'était au courant pour le stage de fitness, pour Vince et pour Dinah… à part Kate. Et Hanna était certaine qu'elle garderait son secret.

JOYEUX HANNA-KKA… OU PAS

Pour une fille soi-disant populaire, Hanna aurait bien besoin qu'on lui apprenne à la jouer cool. Les failles de son armure sont plus flagrantes que le parfum au lilas de Kate. Elle a désespérément soif de l'attention de son père ; elle manque de confiance en elle sur le plan sentimental et elle veut tellement une nouvelle meilleure amie qu'elle a même essayé de copiner avec Kate ! Mais sa plus grande crainte, la pire de ses terreurs, c'est de faire un faux pas et de redevenir la ringarde grassouillette qu'elle était en primaire.

Et si je réalisais son pire cauchemar ? Kate a peut-être une bonne raison de garder fermées les lèvres avec lesquelles elle a embrassé ce répugnant père Noël, mais pas moi. Je pourrais dévoiler tant de choses : son flirt avec Vince, le fait que Dinah lui ait piqué, le stage de fitness, le coup des cookies… Et ce n'est que la partie visible de l'iceberg.

Si je balançais tout – si je racontais qu'elle se fait vomir, qu'elle ment en permanence, qu'elle est convaincue que Mona la surveille toujours et n'attend qu'une occasion de la renverser de nouveau avec sa voiture –, tout Rosewood comprendrait à quel point elle est dingo. Et tout Rosewood sait exactement où il y a de la place pour les fous : au Sanctuaire d'Addison-Stevens. Profite bien de tes jeans en 32 pendant que tu le peux encore, petite Hanna, parce que les camisoles n'existent qu'en taille unique.

Un cas de réglé. Encore trois sur ma liste. Passons maintenant à cette chère petite Emily Fields, coincée à Rosewood sous la neige avec sa famille tellement portée sur les traditions. Même si elle a un cœur rempli de tendresse, qui est la plus belle richesse[1], *son Noël s'apprête à devenir beaucoup moins joyeux. Ho ho ho !*

« A »

1. Extrait de la version française du chant de Noël « Deck the Halls », dans lequel l'auteur a puisé les allusions présentes dans la version originale.

LE JOLI PETIT SECRET D'EMILY

1

TOUT CE QU'EMILY VEUT POUR NOËL

Le vendredi en fin d'après-midi, Emily Fields sortait des boules et des guirlandes des cartons que sa mère avait remontés de la cave. La chaîne hi-fi diffusait des chants de Noël ; un feu brûlait dans la cheminée, et l'odeur de résine du sapin acheté chez un marchand du coin flottait dans l'air. Son frère et sa sœur aînés, Jake et Beth, étaient revenus de la fac pour les vacances, et toute la famille s'était réunie au salon pour décorer l'arbre.

— Non, Emily, ne mets pas Snoopy là, protesta Mme Fields en se précipitant pour prendre l'ornement que sa benjamine venait d'accrocher à une branche basse. Il veut être à côté de Garfield, dit-elle en désignant le chat obèse en céramique perché près de la cime.

L'autre sœur d'Emily, Carolyn, sortit du carton défoncé une décoration en papier couverte de paillettes et de gribouillis faits aux crayons de couleur.

— C'est quoi, ce truc ? gloussa-t-elle.

— C'est le tambour que Jake avait fabriqué à la maternelle ! s'exclama Mme Fields en le lui prenant des mains pour l'agiter sous le nez de son fils. Tu t'en souviens, mon chéri ?

Sous la visière de sa casquette « NAGEURS D'ARIZONA », Jake regarda sa mère sans réagir.

— Euh, non, avoua-t-il en tirant sur le bout de ses cheveux roux décolorés par le chlore.

Emily réprima un sourire. Leur mère était une fanatique de Noël ; elle voulait que tout soit parfait comme dans une carte de vœux. Chaque année, ils allaient à la messe de minuit et agitaient des bâtonnets d'encens. Le 25 à midi, ils faisaient un festin composé d'une dinde rôtie et farcie, de deux sortes de sauce à la canneberge – une achetée en boîte et l'autre faite maison, avec de l'orange –, de purée de pomme de terre et de quatre tourtes différentes. Puis ils s'installaient au salon pour regarder tous les programmes spéciaux, depuis la rediffusion de *Maman j'ai raté l'avion* ou de *Sarah et Julie n'en font qu'à leur tête*, avec les jumelles Olsen, jusqu'au concert pendant lequel Justin Bieber reprenait tous les classiques de Noël.

Mme Fields s'écroula sur le canapé pour admirer le résultat.

— Ce sera le meilleur Noël de tous les temps !

— Tâchons de ne pas trop nous emballer, tempéra M. Fields en croisant les mains sur son gros ventre. Ma prime de fin d'année a été un peu plus modeste que d'habitude.

Une expression contrariée passa sur le visage de Mme Fields.

— On se débrouillera. On a besoin de ces fêtes. Les derniers mois ont été durs.

Elle jeta un coup d'œil à Emily, qui baissa les yeux vers les pantoufles Ugg beiges usées que sa meilleure amie Alison DiLaurentis lui avait offertes le dernier Noël, avant sa disparition. Oui, les derniers mois avaient été durs pour la famille Fields, et surtout à cause d'Emily.

D'abord, la jeune fille avait annoncé qu'elle abandonnait la natation, sport dans lequel excellait toute sa fratrie. Pendant les disputes qui avaient suivi – et au terme desquelles Emily n'avait finalement pas quitté l'équipe de son lycée –, ses parents avaient découvert qu'elle sortait avec Maya St. Germain, une nouvelle élève de l'Externat de Rosewood. M. et Mme Fiels étaient le genre de personne qui tiquaient en apprenant que deux membres de paroisses différentes se fréquentaient ; autant dire qu'ils n'avaient pas très bien pris la nouvelle.

Après avoir enduré un stage de déprogrammation gay, suivi d'un séjour dans l'Iowa chez la branche intégriste de sa famille et d'un road trip durant lequel ses parents l'avaient crue enlevée ou morte, Emily avait finalement obtenu gain de cause. Sa famille l'acceptait désormais telle qu'elle était.

— Hé, Em, on a quelque chose pour toi, dit Beth avec un sourire rassurant. (Elle passa dans la cuisine et revint avec un paquet-cadeau.) Un petit cadeau de Noël en avance. On s'est tous cotisés avec Jake et Carolyn.

Emily glissa son pouce sous le bout de Scotch qui fermait le paquet et l'ouvrit. Il contenait l'intégrale en DVD de *The L Word*. Sur la couverture du coffret, deux femmes s'embrassaient.

Quand Emily leva les yeux, tout le monde la regardait en souriant – y compris son frère qui n'avait sans doute jamais sciemment adressé la parole à un homosexuel de toute sa vie. Sans doute Mme Fields avait-elle demandé à ses autres enfants de se montrer tolérants envers les choix de leur benjamine.

— Une de mes copines de la fac regarde cette série,

expliqua Beth en coinçant une mèche blond vénitien derrière son oreille. Elle dit que c'est vraiment bien. On la regardera avec toi si tu veux.

— Ça ira, répondit très vite Emily, le rouge lui montant aux joues. Mais merci.

— En parlant de ça, il y a une fille à la paroisse... il faut absolument que tu la rencontres. (Mme Fields, qui était occupée à démêler deux ornements en forme de bâtonnets de glace, s'interrompit.) Elle dirige un des groupes de jeunes. Je lui ai parlé de toi. Elle a les cheveux très courts, ajouta la mère d'Emily sur un ton entendu.

C'était assez amusant : d'après Mme Fields, toutes les filles à cheveux courts *devaient* être lesbiennes.

— Je suis sûre qu'elle est super, répondit Emily, qui ne voulait pas avoir l'air d'une ingrate. (Mais soudain, toutes ces attentions de sa famille lui donnaient l'impression d'étouffer.) Je reviens dans une minute, murmura-t-elle en se faufilant hors de la pièce.

Elle enfila son manteau et sortit sous le porche. Le soleil était bas dans le ciel; il dardait ses rayons droit dans les yeux d'Emily.

La jeune fille poussa un long soupir et ne s'arrêta que lorsque ses poumons furent complètement vides. Elle savait qu'elle aurait dû être heureuse. « A », l'horrible maître chanteur qui avait révélé sa relation avec Maya, ne lui causerait plus de soucis. L'assassin d'Ali était derrière les barreaux. Emily avait recommencé à fréquenter ses anciennes amies Spencer, Aria et Hanna; après leur dernière séance de thérapie de groupe, elles étaient allées au bowling ensemble.

Il ne restait pas le moindre danger à Rosewood, pas le moindre problème tapi en embuscade au coin de la rue, et sa famille l'acceptait enfin telle qu'elle était. Alors, pourquoi se sentait-elle aussi... vide?

C'était peut-être fou, mais après qu'on avait découvert le corps d'Ali au fond du jardin, derrière son ancienne maison, Emily s'était surprise à espérer que son amie était toujours vivante, et qu'elle attendait juste qu'Emily la retrouve. Elle rêvait d'Ali presque toutes les nuits ; elle aurait même juré l'avoir vue à l'arrière d'une limousine, le jour de la lecture de l'acte d'accusation de Ian. Aujourd'hui encore, elle sentait une présence s'attarder comme un fantôme, ou comme si quelqu'un qu'elle connaissait bien l'observait depuis le champ de maïs voisin.

Emily jeta un coup d'œil par la baie vitrée. Ses parents, ses sœurs et son frère continuaient à décorer le sapin. On aurait dit un tableau de Norman Rockwell. C'était vraiment sympa qu'ils la soutiennent de cette façon, mais la dernière chose dont Emily avait envie en ce moment, c'était d'une nouvelle relation amoureuse.

Après un dernier regard vers le salon, la jeune fille sortit son vélo du garage et descendit la rue en pédalant. Quatre minutes et trente-neuf secondes plus tard – elle s'était chronométrée des années auparavant –, elle tournait dans l'ancienne rue d'Ali.

La maison où les DiLaurentis habitaient autrefois se dressait au bout de l'impasse. Nulle lumière ne brillait derrière ses fenêtres. En revanche, des bougies allumées, des photos froissées, des animaux en peluche, des bonnets de père Noël et de petits cadeaux emballés se massaient sur le trottoir : les offrandes de l'autel d'Ali.

Au fond de la propriété s'étendait la dalle de béton sous laquelle le corps de l'adolescente avait été découvert. Du Scotch de police jaune pendait mollement autour du périmètre, et une étrange brume translucide planait au-dessus du trou dans le sol. Ça faisait froid dans le dos de penser que Ian, avec qui Emily et les autres avaient parlé durant la soirée-pyjama organisée pour marquer la fin de leur année de 5e, avait jeté le corps sans vie d'Ali là-dedans à peine quelques heures plus tard.

Emily traversa la pelouse à vélo et s'arrêta près d'un arbre énorme qui se dressait dans le jardin derrière la maison. Levant les yeux, elle contempla les restes vermoulus de la vieille cabane nichée dans ses branches. C'était là-haut que, des années plus tôt, Ali lui avait annoncé qu'elle sortait avec quelqu'un en secret. Et avant qu'elle puisse lui dire que c'était Ian, Emily s'était penchée vers elle pour l'embrasser.

La jeune fille toucha l'écorce de l'arbre du bout des doigts. Elle retrouva facilement l'endroit où elle avait gravé ses initiales et celles d'Ali. Le désespoir la submergea comme une pluie tiède. Elle avait tellement aimé Ali ! Ressentirait-elle un jour quelque chose d'aussi fort pour une autre personne ?

Une branche craqua sur sa gauche. Emily se figea. Une silhouette émergea d'entre les arbres.

— Hou hou ? appela la jeune fille d'une voix tremblante en pensant à Ian.

Le père de ce dernier connaissait beaucoup de gens haut placés ; il avait une chance non négligeable de parvenir à faire libérer son fils sous caution. Si c'était le cas, Ian voudrait probablement punir les gens qu'il tenait pour responsables de son arrestation. Et s'il était là, en ce moment même ?

— Emily ?

Aria Montgomery semblait aussi surprise qu'Emily. Elle portait un gros manteau avec une capuche bordée de fourrure, un jean moulant et des bottes marron fourrées qui ressemblaient à des mammouths à poil laineux.

— Salut. (Le cœur d'Emily commença à ralentir.) Qu-qu'est-ce que tu fais ici ?

Aria écarquilla ses yeux bleus.

— Ça m'arrive de venir de temps en temps. Même si j'ai trop peur pour m'approcher de…

Sans finir sa phrase, elle désigna la dalle de béton cassée. Emily acquiesça. Elle comprenait très bien ce qu'Aria voulait dire. Elle non plus n'avait pas osé regarder dans le trou.

Les deux filles s'observèrent en silence pendant quelques instants. Le soleil s'enfonça derrière les arbres, faisant virer le ciel au pourpre. Des guirlandes électriques branchées sur minuterie s'allumèrent derrière les fenêtres de la maison d'en face.

Aria traîna les pieds jusqu'à un gros rocher et s'assit dessus.

— Tu ne trouves pas ça bizarre, de penser que tout est terminé ? Je n'arrive pas à m'y faire, avoua-t-elle. J'ai toujours l'impression qu'il va se passer quelque chose d'autre.

— Je sais, souffla Emily.

— Je veux dire, je suis contente que ce soit fini, se hâta d'ajouter Aria. Mais j'ai du mal à y croire.

Emily comprenait très bien. Pendant des années, elles avaient vécu avec la disparition inexpliquée d'Ali. Et « A » – Mona Vanderwaal – s'était si bien fait passer pour elle que, jusqu'à la découverte de son corps, les anciennes amies de l'adolescente avaient toutes cru qu'elle était de retour.

— Pourtant, c'est la vérité, dit Emily à voix basse, en piétinant l'herbe raidie par le froid.

Entendre ces mots sortir de sa bouche lui donna envie de pleurer. Elle brûlait de revoir Ali, mais elle ne pouvait rien faire pour changer le passé. Son amie était morte. Fin de l'histoire.

2

LÀ-BAS DANS UNE ÉTABLE

Trois quarts d'heure plus tard, Emily rangea son vélo au garage et rentra dans la maison. Le ragoût de bœuf que Mme Fields avait préparé pour le dîner fumait sur la cuisinière, mais personne ne s'était installé autour de la table pour le déguster.

Emily trouva sa mère en train de faire les cent pas dans le salon. Ses cheveux mi-longs s'étaient échappés de sa queue-de-cheval, et ses yeux verts étaient écarquillés. M. Fields la suivait en lui massant les épaules et en répétant :

— Ça va aller. Calme-toi, par pitié.

— Qu'est-ce qui se passe ? couina Emily.

Mme Fields s'arrêta au milieu du tapis rond tressé.

— Il est arrivé quelque chose de terrible.

Le cœur de la jeune fille se remit à battre très fort. Ian avait-il été libéré, finalement ? Avait-on retrouvé un autre cadavre ?

— Oh, non, chuchota-t-elle.

Mme Fields s'effondra sur le canapé et se prit la tête entre les mains.

— On a volé mon petit Jésus ! C'était une antiquité précieuse !

Emily mit quelques instants à réaliser. Elle se souvenait d'avoir vu sa mère descendre un petit Jésus en céramique du grenier le jour de Thanksgiving. Mme Fields avait installé la figurine sur la banquette arrière de leur voiture puis, chaque dimanche, elle l'avait fièrement installé dans la scène de la Nativité reconstituée sur la pelouse de leur église.

— Je ne m'en remets pas, gémit-elle. Je l'avais hérité de ta grand-mère !

Le téléphone sonna, et elle se jeta dessus.

— Judith ? lança-t-elle en se levant d'un bond pour passer dans la pièce voisine.

Emily et son père échangèrent un regard.

— C'était Judith Meriwether de la paroisse, annonça Mme Fields à son retour. Elle et certains des autres bénévoles pensent que les coupables sont un groupe d'étudiantes revenues à Rosewood pour les fêtes de fin d'année. Apparemment, elles terrorisent les quartiers résidentiels en volant les décorations et en vandalisant les pelouses. Elles se font appeler les Joyeux Lutins.

Emily ne put s'empêcher de sourire. Sa mère lui jeta un regard noir.

— Ce n'est pas drôle. Judith dit qu'elles ont pris ce nom parce qu'elles travaillent toutes comme aides du père Noël au centre commercial de Devon Crest, à l'ouest de la ville. Judith est l'assistante du manager ; elle les a entendues dire deux ou trois choses qui ont éveillé sa curiosité. (Mme Fields grimaça comme si elle allait se mettre à pleurer.) Je n'arrive pas à croire qu'elles aient volé le petit Jésus. Elles ont dû le casser en mille morceaux !

— Mais non, mais non, dit M. Fields, frottant le dos de sa femme en un geste apaisant.

— Je suis vraiment désolée, maman, ajouta Emily en se perchant sur l'accoudoir du canapé. Je peux faire quelque chose ?

Mme Fields se tamponna les yeux avec le mouchoir brodé qu'elle avait toujours sur elle.

— Nous devons mettre un terme à ce blasphème. Mais pour ça, il faut que quelqu'un infiltre leur groupe et les prenne la main dans le sac, si je puis dire. (Elle toucha le bras d'Emily.) Le village de Noël du centre commercial cherche un nouveau père Noël. L'ancien a été viré pour avoir dragué des clientes. (Elle frissonna légèrement.) Bref, j'ai dit à Judith que tu pouvais le remplacer. Ce sera un moyen idéal d'espionner ces filles.

— Moi, une espionne ? bredouilla Emily.

Il était hors de question qu'elle fasse le père Noël. Oui, elle avait envisagé de prendre un petit boulot pendant les vacances, surtout après que son père avait mentionné la réduction de sa prime de fin d'année, mais elle pensait plutôt emballer des cadeaux chez Macy's ou tenir la caisse chez FrogLand, la boutique de sports nautiques de Rosewood. Se faire passer pour le père Noël avait l'air aussi difficile qu'incarner Mickey Mouse à Disneyland. Si vous vous ratiez, vous risquiez de gâcher toute l'année d'un pauvre gamin. Et puis… Emily n'avait pas vraiment le physique de l'emploi.

— S'il te plaît, ma chérie, implora Mme Fields, le menton tremblant. Fais ça pour moi.

— Mais je n'ai aucune expérience des enfants, protesta Emily. Et je ne crois pas que je ferais une bonne espionne.

Les sourcils de sa mère formèrent un V.

— Tu as plein d'expérience, contra-t-elle. Tu as fait beaucoup de baby-sitting quand tu étais plus jeune. Et tu as été Guide Nature à la garderie Happyland.

Comme si ça comptait vraiment! Emily et Ali avaient signé pour devenir Guides Nature l'été entre leur 6e et leur 5e, essentiellement parce qu'Ali avait le béguin pour le prof de canoë. Dès la première heure, une petite fille avait fait pipi sur le pied d'Emily; un petit garçon l'avait mordue, et un groupe de chenapans l'avait poussée dans du lierre empoisonné.

Puis Ali avait découvert que le prof de canoë sortait déjà avec quelqu'un. Elles avaient démissionné après le déjeuner, et elles en avaient ri pendant toutes les grandes vacances. Après ça, chaque fois que l'une d'elles était de mauvaise humeur, elle disait : « Ma journée ressemble à celle d'un Guide Nature. »

— Et tu ferais une excellente espionne, poursuivit Mme Fields. Les lutins n'ont que deux ou trois ans de plus que toi. Je suis sûre que tu arriveras à t'introduire dans leur bande et à leur soutirer des informations intéressantes.

— Pourquoi moi et pas Carolyn? insista Emily.

Les narines de sa mère frémirent.

— Parce que Carolyn a déjà un boulot pour les vacances. Elle travaillera comme serveuse chez Applebee's.

Emily aurait largement préféré servir des fajitas dans des caquelons brûlants à des clients à demi soûls d'avoir bu trop de margaritas.

— Mais le père Noël est un homme. Ma voix va perturber les enfants, tenta-t-elle en dernier recours.

M. Fields, qui s'était assis sur le canapé, haussa les épaules.

— Tu n'auras qu'à parler dans les graves. C'est très important pour ta mère, Em.

La jeune fille serra les dents. C'était un grand classique : Mme Fields prenait des décisions pour sa benjamine sans lui demander son avis. Comme quand elle supposait qu'Emily se réinscrirait chaque année dans l'équipe de natation. Ou comme quand elle lui achetait des jeans chez Gap alors que leur coupe ne lui allait plus depuis le début de sa puberté. Ou comme quand elle réservait dans un restaurant à thème hollywoodien pour son anniversaire, alors qu'Emily n'aimait plus ça depuis l'âge de neuf ans. Parfois, la jeune fille avait l'impression que sa mère la préférait quand elle était encore enfant – une enfant sage et docile, toujours du même avis qu'elle.

Puis son regard se posa sur l'intégrale de *The L Word*. Dessous, il y avait le DVD de *Nemo*, que Mme Fields avait acheté quand sa benjamine était rentrée de l'Iowa parce qu'Ellen DeGeneres faisait la voix d'un des poissons. Sa mère avait fini par l'accepter telle qu'elle était. Si Emily refusait de lui rendre ce service, ne risquait-elle pas de faire marche arrière et de lui retirer de nouveau son affection? La jeune fille ne le supporterait pas.

— D'accord, capitula-t-elle. Je peux au moins aller passer l'entretien d'embauche.

— Inutile, dit Mme Fields avec un geste insouciant. Le boulot est déjà à toi. Tu commences demain. Le samedi est le jour le plus chargé au village du père Noël. Comme ça, tu seras dans le bain tout de suite. (Elle se leva et prit sa fille dans ses bras.) Merci beaucoup, ma chérie. Je savais que je pouvais compter sur toi.

Emily lui rendit son étreinte avec raideur, l'esprit en ébullition. Elle ferait bien de s'entraîner à dire « Ho ho ho » avec une grosse voix. Que ça lui plaise ou non, elle allait devenir le père Noël.

3

JE N'AI PAS ÉTÉ TOUS LES JOURS TRÈS SAGE

Le lendemain, Emily mit près de vingt minutes à trouver une place libre au centre commercial Devon Crest – un phénix de marbre, d'acier, d'ascenseurs et de grands magasins chic qui s'était relevé des cendres du marché aux puces et du champ de foire de Rosewood-Ouest. Lorsqu'elle eut finalement garé la monstrueuse berline Volvo de sa mère tout au fond d'un parking souterrain, il était presque midi – l'heure à laquelle elle était censée commencer son boulot de père Noël.

Elle s'élança vers les doubles portes, contourna un groupe de jeunes mamans avec poussette, faillit percuter une femme qui distribuait des échantillons d'une crème antirides quelconque et finit par apercevoir le village de Noël au bout d'une allée : ses cannes en sucre d'orge géantes, ses fausses congères, sa maison en pain d'épices et le trône doré vacant sous un portrait du père Noël, de sa femme et de huit rennes minuscules.

Des tas d'enfants faisaient déjà la queue sur un tapis rayé

rouge et blanc. La plupart d'entre eux sanglotaient de manière hystérique. Emily avait lu son horoscope dans le *Philadelphia Sentinel* du matin. Il disait : « Préparez-vous à affronter une situation désagréable aujourd'hui. » Et comment!

Par-dessus la musique de Noël tonitruante, Emily crut entendre un léger gloussement. Elle se figea, puis tourna vivement la tête à gauche pour scruter les clients qui passaient près d'elle. Quelqu'un était-il en train de l'observer?

— Emily?

Une grande femme aux cheveux grisonnants, vêtue d'une robe rouge et d'un bonnet de mère Noël, se précipita vers elle. Malgré son costume, Emily reconnut Judith Meriwether de la paroisse – elle était toujours en train de faire des sermons ou d'annoncer la prochaine collecte de conserves.

— C'est bien toi, souffla-t-elle en prenant les mains d'Emily. (Les siennes étaient glacées.) Dieu merci, tu es venue. C'est très gentil de faire ça pour ta mère – pour nous tous.

Emily pinça les lèvres pour se retenir de dire qu'on ne lui avait pas vraiment laissé le choix.

Mme Meriwether la guida à l'intérieur de la maison en pain d'épices et la fit asseoir pour remplir quelques papiers. Tout en finissant d'écrire son adresse, Emily jeta un coup d'œil par la fenêtre en forme de losange. Le village de Noël était coincé entre un magasin Aéropostale, un BCBG et deux kiosques. Le premier vendait des coques de portables et d'iPad pailletées; le second proposait ce qui ressemblait à des bouteilles d'eau minérale.

« DÉCOUVREZ LE POUVOIR ÉTONNANT D'AMINOSPA! », clamait une bannière drapée sur le fronton. Un type musclé et une fille à l'allure rockabilly, avec des cheveux très noirs, tentaient de faire goûter leurs produits aux clients du centre commercial. Les lèvres peintes en rouge de la fille esquissaient une moue, et elle sautait presque sur tous les gens qui passaient à sa portée.

— Tiens, dit Mme Meriwether en revenant avec un costume de père Noël dans les bras. Il sort tout juste du pressing. C'est celui de notre ancien père Noël, mais il était beaucoup plus costaud que toi. Il faudra le rembourrer avec des oreillers.

Elle mit la barbe blanche bouclée devant le visage d'Emily. La texture semblable à celle qu'on utilisait pour faire les cheveux des poupées chatouilla le menton de la jeune fille.

— Parfait ! s'exclama Mme Meriwether. Personne ne saura que tu es une fille !

Emily enfila le costume de père Noël par-dessus ses vêtements. Puis elle se regarda dans le petit miroir accroché au mur du fond de la maison en pain d'épices. Elle pourrait sans doute faire illusion.

— Maintenant, laisse-moi t'expliquer les règles, dit Mme Meriwether après avoir fourré quelques oreillers sous la veste et dans le pantalon d'Emily. Essaie de faire avancer les gamins le plus vite possible, mais sois généreuse avec les « Ho ho ho » et laisse-leur le temps de te dire deux ou trois choses qu'ils voudraient pour Noël. Tiens-les bien serrés pour la photo ; beaucoup d'entre eux tenteront de descendre de tes genoux. Et si un petit te fait pipi dessus… contente-toi d'en rire. Notre père Noël précédent se mettait en colère chaque fois. Les parents n'appréciaient pas. (Elle grimaça.) Il avait aussi la fâcheuse habitude de draguer des gamines de treize ans. Avec toi, au moins, ça ne sera pas un problème.

Dans ses bottes noires trop grandes, Emily se dirigea maladroitement vers la porte en pain d'épices, qui était munie d'une poignée en forme de bonbon.

— Où sont les fameux lutins que je suis censée surveiller?

Mme Meriwether jeta un rapide coup d'œil à la ronde.

— Elles ne sont pas encore arrivées, chuchota-t-elle. Mais je t'en prie, sois discrète. Le père de Sophie est le directeur du centre commercial. Il ne doit pas découvrir ce que nous mijotons avant que nous ayons trouvé une preuve. Je ne peux pas me permettre de perdre mon travail. Mais il faut attraper ces filles. Mme Ulster, de la paroisse, jure qu'elles ont volé le traîneau qui était dans son jardin. Et il y a quelques jours, en se réveillant, une de mes voisines a trouvé son Frosty gonflable dans une position très... compromettante avec son Homer Simpson de Noël.

Elle frémit à ce souvenir douloureux.

— Je ferai de mon mieux, lui promit Emily.

Son téléphone bipa. Elle avait reçu un texto de Spencer.

Tu veux aller voir le dernier Ryan Gosling?

J'aimerais bien, répondit Emily, *mais je bosse.*

Puis elle ouvrit la porte et sortit de la maison en pain d'épices. Tous les enfants tournèrent la tête vers elle.

— Le père Noël! hurla l'un d'eux.

— Le père Noël! Le père Noël! reprirent les autres en sautillant.

La fillette qui était la première dans la file fonça sur Emily sans lui laisser le temps de s'asseoir et lui agrippa la jambe.

— Coucou, père Noël! s'époumona-t-elle. Je m'appelle Fiona!

— Bonjour, Fiona, dit Emily en prenant une voix grave.

Elle s'installa dans le trône, et la fillette lui grimpa sur les genoux. Elle avait environ cinq ans, des couettes blondes, et elle sentait les Lucky Charms.

— Qu'est-ce que tu voudrais pour Noël? lui demanda Emily.

— Une poupée *La Petite Sirène*, répondit promptement la fillette.

Emily ne put s'empêcher de sourire.

— *La Petite Sirène*, c'est un de mes dessins animés préférés, avoua-t-elle.

Plus jeune, elle avait le béguin pour Ariel.

Le visage de Fiona s'illumina.

— C'est vrai? s'extasia-t-elle comme si elle était face à une édition spéciale du père Noël.

— Absolument, acquiesça Emily. Ho ho ho!

Mme Meriwether prit une photo. Fiona serra Emily très fort dans ses bras, et la jeune fille se sentit étonnamment heureuse. Oui, les enfants pouvaient être très mignons.

Après que Fiona se fut éloignée, Emily reporta son attention sur la file. Une de moins. Restait encore un milliard d'autres gamins.

Le suivant, un garçon de sept ans environ, voulait une boîte de Lego *Star Wars*. La fillette qui le remplaça ne décrocha pas un mot, mais Emily la fit sourire en faisant semblant de tirer un bonbon à la menthe de son oreille.

Une quinzaine d'enfants plus tard, un homme en uniforme de policier, portant un badge « O'NEAL », déposa sa fille sur les genoux d'Emily. La petite, qui s'appelait Tina, récita une très longue liste de cadeaux allant de plusieurs poupées American Girls jusqu'à une voiture motorisée dont Emily savait, pour l'avoir vue dans un catalogue de FAO Schwarz, qu'elle coûtait mille cinq cents dollars. Après chacune de ses requêtes, son père hochait la tête et disait :

— Le père Noël te l'apportera, ma chérie. Ça aussi. Et ça aussi.

Emily avait envie de lui faire la morale. Il ne pourrait jamais acheter tout ça avec un salaire de policier, et ce n'était pas bien de mentir à sa fille. Tina allait être si déçue le matin de Noël !

D'autres enfants pleuraient et essuyaient leur nez plein de morve sur la manche d'Emily. Un adolescent à peine plus jeune qu'elle, qui était venu avec ses petits frères, demanda lui aussi à s'asseoir sur les genoux du père Noël – sans doute avait-il deviné qu'une fille se cachait sous ce déguisement.

Mme Meriwether avait vu juste. Une fillette très excitée fit pipi sur les genoux d'Emily. Sa mère l'emmena immédiatement, non sans s'être répandue en excuses.

— Ce n'est pas grave, lui assura Emily avec à l'esprit les conseils de sa patronne.

Elle tamponna la tache sur sa cuisse en réprimant un haut-le-cœur.

— Tu es beaucoup plus gentil que l'autre jour, père Noël, sourit la jeune coupable à qui il manquait une dent sur le devant. L'autre jour, tu as été méchant avec moi. Tu m'as dit que j'étais sale.

— Oh, c'était juste une plaisanterie, bredouilla Emily. Je te trouve parfaite.

Pendant une accalmie, Mme Meriwether sortit de la maison en pain d'épices et s'approcha d'Emily.

— Tu te débrouilles très bien, la félicita-t-elle. Mieux que ton prédécesseur, en tout cas.

— Je m'amuse beaucoup, répondit Emily.

Et c'était vrai. Elle n'avait guère le temps de souffler, mais ça lui plaisait que les enfants lui confient ce qu'ils voulaient pour Noël. C'était encore mieux quand ils poussaient des cris joyeux ou la serraient dans leurs bras comme si elle les avait rendus très heureux.

Soudain, le regard de Mme Meriwether se posa sur un point plus loin dans une allée, et sa mâchoire inférieure tomba sur sa poitrine. Pivotant, Emily vit quatre filles qui se dirigeaient vers le village de Noël. Chacune d'elles portait une robe verte, un chapeau pointu, des bas rayés et des chaussures à bout relevé. Lorsqu'elles passèrent devant le trône du père Noël, Emily sentit une forte odeur de cigarette et de schnaps à la menthe.

Les fameux lutins. Cela dit, ils n'avaient pas l'air particulièrement joyeux.

— Les filles, appela Mme Meriwether en agitant son bras. Vous pouvez venir ici une minute ?

Le plus grand des lutins, qui avait des cheveux bleu vif, un visage trop maquillé et qui semblait vaguement familier à Emily, leva les yeux au ciel avant d'obtempérer. Les autres la suivirent. L'une d'elles avait des dreads et un anneau dans le nez ; une autre était asiatique, avec des tresses de hippie et une expression pas commode ; la dernière était toute petite et toute menue, avec des cheveux courts et un tatouage représentant un bouffon souriant à l'intérieur du poignet. Toutes jetèrent un coup d'œil peu amène à Emily, comme si elles n'aimaient pas la voir là.

— Les filles, je vous présente notre nouveau père Noël. Elle s'appelle Emily Fields, dit Mme Meriwether en posant une main sur le bras d'Emily.

— Une fille pour faire le père Noël ? s'esclaffa le lutin aux cheveux bleus.

— Elle se débrouille très bien, Cassie. (La voix de Mme Meriwether monta dans les aigus.) Emily, je te présente Cassie Buckley, Lola Alvarez (c'était la fille aux dreads), Sophie Chen (l'Asiatique) et Heather Murtaugh (la tatouée). Elles t'aideront si tu as besoin de quoi que ce soit.

Les quatre filles gloussèrent en se donnant des coups de coude, comme pour dire : « Tu rêves ! »

Emily détailla Cassie Buckley et, soudain, elle réalisa pourquoi celle-ci lui disait quelque chose : autrefois, elle jouait avec Ali dans l'équipe de hockey sur gazon senior de l'Externat de Rosewood. Mais elle avait bien changé. À l'époque, elle ressemblait à toutes les autres filles de l'équipe avec ses longs cheveux blonds, son teint bronzé et ses fringues J. Crew. Maintenant, elle avait un piercing à la lèvre, un autre au sourcil, et elle toisait Emily avec tant d'animosité que celle-ci avait l'impression d'avoir fait une énorme bêtise.

— Qu'est-ce que tu regardes ? aboya Cassie.

Emily baissa très vite la tête.

— Rien.

— J'espère pour toi, dit Lola sur un ton menaçant.

Emily chercha Mme Meriwether des yeux, mais sa patronne avait disparu. Elle aurait tout aussi bien pu la laisser seule avec une meute de chiens enragés.

— Et tu ferais bien de nous foutre la paix, père Noël, ajouta Sophie avec la voix rauque d'une grosse fumeuse.

— Ouais. On est tranquilles ici, gronda Heather. Alors, ne viens pas nous faire chier, d'accord ?

— D'accord, chuchota Emily.

Les quatre lutins éclatèrent d'un rire moqueur et, bras dessus bras dessous, s'éloignèrent dans un nuage de vapeur d'alcool et de fumée de cigarette.

Le moral d'Emily tomba au fond de ses bottes noires trop grandes. Dans quel guêpier s'était-elle fourrée ? Elle n'avait aucune chance d'infiltrer la bande des lutins. À côté de cette mission, devenir l'amie d'Ali en 6e avait été un jeu d'enfant.

4

Les lutins aussi ont des sentiments

Le lendemain, Emily était de retour sur son trône de père Noël. Elle accueillait les enfants avec des « Ho ho ho » tonitruants depuis une demi-heure environ quand elle entendit des murmures derrière elle.

— Celui-là va lui gerber dessus, c'est clair. Il a bouffé tout un seau de beignets de poulet en faisant la queue.

— Je devrais dire à la gosse avec le T-shirt *Dora l'exploratrice* de lui tirer sur la barbe.

— Et moi, je devrais lui dire que le père Noël n'existe pas !

— Les filles ? appela faiblement la voix de Mme Meriwether, planquée derrière l'appareil photo. L'une de vous pourrait s'occuper de la caisse ?

Les quatre lutins émergèrent de derrière une grande statue à l'effigie de Frosty, bousculant une mère qui attendait avec ses deux enfants sans même prendre la peine de s'excuser, et allèrent s'affaler contre la caisse. L'homme et les deux enfants avec qui Emily venait de se faire photographier attendaient pour payer. À la vue des lutins, le père eut un mouvement de recul et attira ses fils contre lui.

— Ça fera dix-neuf dollars quatre-vingt-quinze, récita Cassie d'une voix monotone en regardant son ticket.

— Bonnes fêtes, siffla Heather sur le ton qu'elle aurait employé pour formuler une demande de rançon.

— En fait, je préférerais celui-là, dit l'homme en désignant un cadre en argent accroché au mur derrière la caisse.

C'était une édition limitée du village de Noël, qui coûtait soixante-dix-neuf dollars quatre-vingt-quinze. Quand Mme Meriwether tenait la caisse, elle essayait toujours de pousser les gens à l'acheter.

Sophie leva les yeux vers le cadre et grimaça.

— Pffff, il faudrait aller chercher un exemplaire emballé derrière.

— Vu de près, il est vraiment moche, dit Cassie au client. Et ce n'est pas de l'argent véritable. Il laisse des traces vertes sur les doigts dès qu'on le touche.

— Et il a probablement été fabriqué en Chine, renchérit Lola d'un air vertueux. Par une petite fille obligée de travailler pour un penny par jour.

— Papa ?

Le plus jeune des deux garçons leva un regard inquiet vers son père. Il semblait sur le point de se mettre à pleurer.

L'homme tira nerveusement sur son col.

— D'accord, mettez-moi juste le cadre normal.

Les lutins grommelèrent comme si c'était déjà trop leur demander. Cassie lui débita sa carte de crédit, et le grelot qui ornait son chapeau tinta brièvement.

Réprimant un soupir, Mme Meriwether se rapprocha d'Emily.

— Des progrès ? souffla-t-elle.

Emily la dévisagea. Elle n'était là que depuis vingt-quatre heures, et c'était tout juste si les lutins lui avaient adressé la parole. Tout ce qu'elle disait semblait les amuser, et pas dans le bon sens du terme.

— Je fais ce que je peux.

Après avoir encaissé, fourré le cadre dans les mains de l'homme et quasiment poussé celui-ci pour qu'il s'en aille plus vite, les quatre filles s'écroulèrent sur le canapé en forme de renne installé à côté de la maison en pain d'épices, comme si elles venaient de passer une journée entière à travailler aux urgences.

— Je crois qu'il est l'heure d'aller chez Starbucks, annonça Cassie. Je ne sais pas pour vous, mais ma tête va finir par exploser à cause de toute cette musique de Noël.

— La mienne aussi, acquiesça Lola.

Saisissant leurs sacs planqués derrière un bonhomme de neige, elles franchirent le portail blanc du village.

— Les filles, attendez, protesta Emily d'une voix geignarde qu'elle se reprocha aussitôt. On a des clients.

Elle désigna la longue file de gamins qui attendaient pour parler au père Noël.

Lola leur jeta un coup d'œil morne, comme si elle venait juste de remarquer leur présence. Heather et Sophie s'éloignèrent sans se retourner.

— Tant pis, conclut Cassie en prenant les autres par la taille pour les entraîner vers le grand magasin Saks.

— Tu n'as qu'à les encaisser toi-même, père Noël! jeta Heather par-dessus son épaule. Mme Meriwether adorerait ça.

— Le père et la mère Noël sont amoureu-eux, chantonna Cassie.

Elles disparurent en gloussant, non sans renverser la bouteille gonflable d'AminoSpa qui se dressait devant le kiosque au milieu de l'allée.

Emily serra les poings, espérant qu'une des étoiles en aluminium géantes qui pendaient au plafond du centre commercial leur tomberait sur la tête. Comment pouvait-elle devenir amie avec ces filles ? Qu'aurait fait Ali à sa place ? Aurait-elle adopté leurs règles du jeu ? Se serait-elle rendue indispensable ? D'un autre côté, jamais Ali ne se serait mise dans une situation pareille.

Dans un gros soupir, Emily fit signe aux enfants suivants. Un petit garçon et une petite fille grimpèrent sur ses genoux, levant vers elle de grands yeux pleins d'espoir.

— Qu'est-ce que vous voudriez pour Noël ? demanda Emily sur un ton plus guilleret.

— Je veux voir le spectacle avec les panthères argentées à Atlantic City, répondit le garçon. Il paraît que c'est génial.

— Et moi, je veux aller à Atlantic City pour jouer, ajouta la fille en le prononçant en un seul mot : « LantiCity ».

— Vous êtes encore un peu jeunes pour les jeux d'argent, protesta Emily avec un coup d'œil à leur mère, qui semblait très occupée à pianoter sur son iPhone.

Les coins de la bouche de la fillette s'abaissèrent.

— Je ne suis pas trop jeune ! Maman a dit que je pouvais jouer avec les machines à sous !

La file avança lentement, et les elfes revinrent du Starbucks. Pas pour travailler, cependant : Heather mit un casque Bose sur ses oreilles et prit deux des cannes en sucre d'orge dans le panier en osier situé près de la caisse ; Sophie entama une conversation avec une employée de chez Aéropostale, et Lola se glissa derrière la maison en pain d'épices pour prendre un appel.

— Tu ne rentres que dans quatre jours ? dit-elle à la personne qui lui téléphonait. Non, ça ira. J'ai dit « ça ira », maman. C'est juste que, je crois que la voiture a un problème, et… (Elle n'acheva pas sa phrase.) Non, je comprends. Rocco a besoin de toi. Je comprends.

Elle coupa la communication d'un index rageur, en laissant échapper un petit gémissement. Quand elle se retourna et vit qu'Emily l'observait, elle plissa les yeux, et la jeune fille décida qu'il valait mieux ne pas lui demander si tout allait bien.

Seule Cassie n'était pas revenue de leur petite expédition au Starbucks. Emily ne comprenait toujours pas comment une fille aussi fraîche et populaire avait pu devenir une pareille délinquante juvénile. Pour une fois, elle regrettait que Cassie ne l'ait pas identifiée d'après les photos que les journaux avaient publiées après la disparition d'Ali puis l'arrestation de Ian. Si Cassie savait qui elle était, ça créerait peut-être un lien entre elles.

Comme si elle avait lu dans les pensées d'Emily, Mme Meriwether émergea de la maison en pain d'épices et promena un regard mécontent à la ronde.

— Où est Cassie ?

Heather souleva un des écouteurs de son casque.

— En pause.

Mme Meriwether pinça les lèvres.

— Elle est partie depuis une heure.

— La voilà, dit Emily, le doigt tendu.

Cassie revenait sans se presser, un gobelet Starbucks à la main. Mme Meriwether lui fonça dessus.

— Tu n'as pas le droit de t'absenter pendant une heure !

Cassie eut une grimace en coin.

— Désolée. J'étais occupée.

— Occupée ? répéta Mme Meriwether, les mains sur ses hanches comme si elle était sur le point d'exploser.

— Ouais, occupée.

Cassie remonta la bandoulière de son sac sur son épaule en

foudroyant sa patronne du regard. Toutes deux semblaient prêtes à en découdre, et la confrontation s'annonçait épique.

— Attendez. (Se levant d'un bond, Emily se traîna jusqu'à Mme Meriwether et Cassie, une main plaquée contre les oreillers qui lui tenaient lieu de bedaine, afin qu'ils ne glissent pas sous sa veste.) Euh, Mme Meriwether, c'est ma faute si Cassie s'est absentée aussi longtemps. Je lui ai demandé de me trouver un autre bonnet de père Noël. Celui-ci me démange affreusement.

Pour donner plus de poids à ses paroles, elle se gratta la tête en évitant le regard de Cassie. Bien entendu, c'était un mensonge, mais Mme Meriwether ne pouvait pas se permettre de perdre son travail, et Emily avait besoin de s'attirer les bonnes grâces des lutins.

Mme Meriwether fronça les sourcils.

— C'est vrai, Cassie ?

— Ouais. J'ai cherché dans tout le centre commercial, mais je n'ai rien trouvé. Désolée, père Noël.

— Ça ira, dit très vite Emily. Je survivrai.

Le regard de Mme Meriwether fit la navette entre les deux filles. De toute évidence, elle n'en croyait pas un mot.

— D'accord. Dépêchez-vous de retourner au travail, grommela-t-elle en leur tournant leur dos pour regagner la maison en pain d'épices.

Cassie toisa Emily.

— Merci, père Noël.

— De rien.

La fille aux cheveux bleus passa la langue sur ses lèvres.

— On fait une fête chez moi, ce soir. Tu veux venir ?

Emily cligna des yeux, incrédule.

— Euh, ouais. Ce serait génial.

— Quoi ? protesta Heather qui fit glisser son casque

de ses oreilles et donna un bon coup de coude à Cassie. Pourquoi tu... ?

— La ferme, ordonna Cassie. (Elle reporta son attention sur Emily.) J'habite sur Emerson Road, dans le vieux Hollis. Là où il y aura plein de bagnoles.

— Super, répondit Emily sur un ton qui se voulait nonchalant. À tout à l'heure.

Cassie se dirigea vers le fond du village. Les autres lutins la suivirent en chuchotant.

Emily regagna son trône, excitée et nerveuse à la fois. Cassie était-elle sincère? Et si elle lui tendait un piège? La tête lui tournait. Elle scruta la foule qui grouillait dans les allées du centre commercial. *Si quelqu'un passe dans la minute avec un sac de Neiman Marcus, c'est que tout ira bien*, paria-t-elle.

Moins de cinq secondes plus tard, une femme passa avec non pas un sac de Neiman Marcus, mais trois. Si ce n'était pas un bon présage, Emily n'y connaissait plus rien.

5

TOUS LES BONS ESPIONS ONT BESOIN D'UN PLAN D'ACTION

Ce soir-là, en rentrant du village de Noël, Emily se laissa tomber sur le canapé du salon avec sur les genoux un vieux carnet à couverture en tissu. Autrefois, Ali tenait un journal, et parce qu'Emily l'imitait en tout, elle en avait commencé un au collège.

Récemment, elle avait découvert que Mona Vanderwaal avait sorti le vieux journal d'Ali d'une pile de détritus que la famille de Maya avait jetés en emménageant dans l'ancienne maison des DiLaurentis. Mona s'était servie de ces informations – notamment des plus noirs secrets d'Emily et du reste de la bande – pour devenir « A ».

Dans la lumière clignotante du sapin de Noël que les Fields avaient fini de décorer, Emily feuilleta les pages en papier pelure de son carnet. Au début, elle se contentait d'y raconter ce qu'elle faisait avec ses amies : les séjours dans la maison de vacances des DiLaurentis, dans les Poconos ; les manucures au centre commercial King James ; une soirée-pyjama pendant laquelle Ali avait mis Aria au défi de faire une blague téléphonique à Noel Kahn pour qui elle avait le béguin. Dès que l'adolescent avait décroché, Ali avait crié : « Elle est amoureuse de toi! », avant qu'Aria ne puisse raccrocher.

En avril de cette année-là, le ton du journal commençait à changer. Après l'affaire Jenna, les filles étaient constamment angoissées à l'idée que quelqu'un découvre ce qu'elles avaient fait. Emily ne mentionnait pas l'accident de façon directe – elle avait trop peur que sa mère lise son journal en cachette –, mais elle avait dessiné un smiley triste à côté de la date du jour où il s'était produit. Sa culpabilité et son anxiété se ressentaient très fort dans tout ce qu'elle avait écrit les mois suivants.

Quand l'école avait repris, à l'automne, la situation avait encore empiré. *Ali a été prise dans l'équipe senior de hockey sur gazon alors qu'elle est seulement en 5*[e], écrivait Emily début septembre. *Elle nous a parlé de la fête organisée par leur entraîneur et n'a pas arrêté de nous dire combien les autres filles étaient cool.*

Cette fois, Emily n'avait pas dessiné de smiley triste, mais elle se souvenait très bien de la crainte qui l'avait assaillie – celle qu'Ali la délaisse bientôt pour ses nouvelles amies plus âgées et plus cool. Emily s'était toujours sentie dans une position précaire vis-à-vis d'Ali, comme si elle avait l'impression d'avoir usurpé son amitié. Un jour, sa vie de rêve s'écroulerait tel un château de cartes.

Quelques pages plus loin, l'adolescente mentionnait qu'elle avait accompagné Ali à une soirée où elle avait justement rencontré Cassie Buckley. *Cassie n'arrêtait pas de répéter que la vodka-Red Bull, c'était trop bon. Quand j'ai demandé si je pouvais goûter, Cassie m'a ignorée, et Ali a grimacé : « Il vaut mieux pas. Franchement, Em, la vodka-Red Bull c'est trop costaud pour toi. » Et Cassie et elle se sont marrées comme si c'était le truc le plus drôle du monde.*

Emily se souvenait encore de cette soirée comme si elle avait eu lieu la veille. Cassie était venue leur ouvrir. Elle s'était fait deux tresses fines de part et d'autre du visage, et elle les avait attachées à l'arrière de sa tête avec une pince. Quelques jours plus tard, Ali était arrivée au collège avec la même coiffure ; puis toutes les filles de leur classe s'étaient mises à la copier.

Une fois à l'intérieur, Cassie avait préparé des cocktails avec nonchalance, comme si elle en avait l'habitude. Passant un bras autour des épaules d'Ali, elle l'avait invitée à une fête « secrète » au premier étage, pour faire comprendre à Emily qu'elle ne pouvait pas les suivre.

Emily avait traîné un peu au rez-de-chaussée, mais personne ne semblait vouloir lui parler. Elle s'était éclipsée discrètement et avait retenu ses larmes jusqu'au bout de la rue.

Refermant son journal, elle prit son ordinateur portable sur ses genoux et tapa le nom de Cassie Buckley dans la barre de recherche de Facebook. Le profil de la fille au visage à piercings et aux cheveux bleus apparut à l'écran.

Emily fit défiler ses photos et n'en trouva pas une seule où Cassie souriait. Ni aucune datant de l'époque où elle était blonde, rayonnante et jouait au hockey sur gazon. Que lui était-il arrivé pour qu'elle change de manière aussi radicale ? Si Ali avait vécu et qu'elle soit restée amie avec Cassie, se serait-elle transformée, elle aussi ?

— Qui est-ce ?

Emily sursauta. Carolyn se tenait sur le seuil, un panier à linge dans les bras.

— Euh, personne, bredouilla Emily.

Carolyn fit tomber le panier sur le canapé et étudia le profil de Cassie.

— C'est une fille qui t'a tapé dans l'œil ?

On aurait dit qu'elle s'était forcée à poser cette question. Emily se demanda ce que sa sœur pensait réellement de sa sexualité – Carolyn n'était pas du genre ultratolérant.

— Emily a une nouvelle copine ? lança Beth en entrant dans le salon, un saladier de pop-corn tout droit sorti du micro-ondes dans les mains.

— Peut-être. (Carolyn plia un T-shirt de l'équipe de natation de l'Externat de Rosewood et le posa sur un fauteuil.) Montre-lui, Em.

— Fais-moi voir, fais-moi voir !

Beth se laissa tomber près d'Emily et tourna vers elle l'écran du portable. Voyant la photo de Cassie, elle fronça les sourcils.

— Ouah. Elle n'a pas l'air commode.

— Elle bosse au village de Noël avec moi, c'est tout, se défendit Emily, pensant que leur mère avait informé ses sœurs de la mission qui lui avait été confiée. Je ne sors absolument pas avec elle.

— Et elle ? Je la trouve mignonne, dit Beth en cliquant sur la photo d'une des amies Facebook de Cassie.

C'était Heather, la minuscule Heather aux cheveux courts. Son profil indiquait qu'elle aimait South Street à Philadelphie, l'écrivain Ken Kesey et son groupe communautaire les Merry Pranksters, et *Le Livre de recettes anarchistes*.

— Qu'est-ce que vous faites, les filles ? demanda Jake en entrant.

Il prit une poignée de pop-corn dans le saladier.

— On cherche une nouvelle copine à Emily.

Beth cliqua sur la photo d'une dénommée Polly que sa sœur ne connaissait pas.

— Et vous trouvez des filles mignonnes ? (Le visage de Jake s'éclaira.) Je veux bien vous aider.

— N'importe quoi !

Emily arracha le portable des mains de Beth et le referma. Elle avait soudain l'impression que ses frère et sœurs la considéraient comme un projet en cours. Cela lui rappela l'époque où ils avaient décidé qu'elle était à moitié chatte parce qu'elle était encore toute petite, toute menue et très souple. Ils l'avaient surnommée Félina, comme si elle était une super-héroïne mutante. Ils avaient mis au point des exercices pour qu'elle développe son agilité naturelle ; ils l'avaient fait ramper sous des obstacles, l'avaient pliée en deux dans des placards et forcée à marcher sur une poutre posée en travers de la petite mare, de l'autre côté de la rue.

Emily s'était laissé faire parce qu'elle aimait être l'objet de toute leur attention – pas facile d'être la benjamine d'une fratrie de quatre, et constamment écartée des activités de ses aînés. Mais quand ils avaient commencé à parler de la faire sauter depuis le toit pour voir si elle atterrirait sur ses pieds, Mme Fields était intervenue et y avait mis le holà.

— Je ne veux pas de petite amie, dit Emily.

— Bien sûr que si, la taquina Beth.

Emily grogna, se leva et se dirigea vers la cuisine à grands pas. Sa mère se tenait devant la cuisinière ; elle surveillait la cuisson de ses pâtes, une manique en forme de poulet à la main. Voyant Emily, elle abandonna sa louche dans la marmite et se précipita vers sa benjamine.

— Alors, comment ça s'est passé, aujourd'hui? lui demanda-t-elle à voix basse, tout excitée.

— Pas trop mal. (Emily passa une main dans ses cheveux.) Elles m'ont invitée à une soirée.

Mme Fields poussa un couinement aigu, comme si sa fille venait de lui annoncer qu'elle avait reçu une bourse pour Harvard.

— C'est merveilleux, se pâma-t-elle. Bien sûr, tu vas y aller ?

Quelle ironie ! En temps normal, Emily devait presque supplier pour que sa mère la laisse sortir le soir.

— Ça ne t'ennuie pas qu'on soit dimanche et qu'il y ait école demain ? demanda-t-elle.

— Tu n'auras qu'à sécher le premier cours du matin, si tu veux, proposa Mme Fields.

Emily faillit en avaler son chewing-gum. Qui était cette femme, d'habitude archistricte ?

— Pense à me raconter tout ce qu'elles diront, y compris les prochaines blagues qu'elles envisagent de faire. Si tu peux, enregistre tout avec ton téléphone. Ou écris-le pour ne pas oublier, énuméra Mme Fields en comptant sur ses doigts. Et ne bois pas d'alcool, ajouta-t-elle en agitant son index sous le nez de sa fille.

— D'accord, dit Emily.

La minuterie de la cuisine sonna.

— Tu devrais monter pour voir ce que tu peux porter ce soir, suggéra Mme Fields. Je demanderai à Beth de mettre la table à ta place. File.

Et elle poussa gentiment sa fille hors de la pièce.

Emily monta l'escalier, entra dans sa chambre et ouvrit sa penderie. Des T-shirts à manches longues Old Navy presque tous identiques, des jeans un peu délavés mais pas trop et des pulls en maille Banana Republic étaient pendus en désordre à l'intérieur. Que pouvait-on bien mettre pour aller à une soirée de lutins farceurs ? Emily saisit un jean noir moulant et un top noir avec une seule manche qu'elle avait acheté sur un caprice alors qu'elle était avec Maya.

Un mouvement dehors attira son attention. Emily courut jusqu'à la fenêtre pour regarder. Quelque chose se déplaçait dans le champ de maïs voisin – non, quelqu'un. Était-ce des cheveux blonds qu'elle apercevait là-bas ?

Emily pressa son nez et sa bouche contre la vitre, qui s'embua immédiatement. Le temps qu'elle essuie la glace d'un revers de manche, la silhouette avait disparu.

6

PAUVRE EMILY QUI FAIT TAPISSERIE !

Quelques heures plus tard, Emily gravit les marches d'une énorme demeure victorienne blanche située sur Emerson Road, dans le vieux Hollis – le quartier branché à côté de la fac. C'était la seule maison de la rue dont la musique faisait vibrer les murs. Toutes les fenêtres étaient allumées et la pelouse de devant disparaissait sous les voitures garées là ; Emily en déduisit qu'elle était au bon endroit.

Deux jeunes gens ivres allongés dans la mince couche de neige dessinaient des anges. Tous les invités semblaient se connaître, et Emily se sentait déjà mal à l'aise. Elle avait demandé à Aria de l'accompagner, mais celle-ci devait aider son père à préparer des bûches, des couronnes, ou elle ne savait plus trop quoi, pour le solstice d'hiver.

La porte d'entrée était fermée. Emily se demandait si elle devait frapper quand la porte s'ouvrit à la volée. Un couple sortit sous le porche en titubant et en gloussant. La fille était en minirobe et en cuissardes ; le garçon arborait un T-shirt sur lequel était inscrit « CONCOURS DE BUVEURS

DE BIÈRE D'HOLLIS » et une barbe de père Noël. Ils tinrent la porte à Emily, qui se faufila à l'intérieur.

Aussitôt, elle fut assaillie par une odeur de bière éventée. Des gens qui parlaient fort se massaient dans toutes les pièces. Un petit sapin de Noël décoré de lumières blanches tournait lentement sur un socle en plastique. Une stéréo dernier cri vomissait de la musique ; l'écran plat était réglé sur Comedy Central, même si personne ne le regardait. Perché dans l'escalier, un chat gris se léchait la patte. Quand une fille descendit en courant et renversa un peu de bière sur lui au passage, il poussa un miaulement mécontent avant de s'enfuir.

Emily ne connaissait aucun des invités, même de loin. Elle traversa le salon et entra dans la salle à manger, où une vieille table majestueuse croulait sous des bouteilles d'alcool. Puis elle passa dans la cuisine.

Des casseroles design étaient suspendues à une grille au-dessus de l'îlot central. Sur la porte du frigo en acier inoxydable était collé un Post-it jaune fluo avec écrit dessus : « *Cassie est une bête de sexe !* » Des bananes pourrissaient dans un panier à fruits au-dessus du four, et une tonne d'assiettes s'empilait dans l'évier. Emily se demanda si Cassie était restée seule chez elle pendant que ses parents étaient partis en vacances.

Quand elle aperçut le clocher d'Hollis par la fenêtre de derrière, cela fit « tilt » dans son esprit. C'était dans cette maison même qu'avait eu lieu la soirée à laquelle elle avait accompagné Ali, des années auparavant. Et c'était dans la salle à manger qu'elle venait de traverser que Cassie avait fait boire de la vodka-Red Bull à Ali tout en ignorant complètement Emily.

— Oups ! lança une voix derrière la jeune fille.

Emily se retourna au moment où un type costaud,

portant un T-shirt sur lequel était dessiné un pénis, renversait la moitié de sa bière sur son bras.

— Hé ! protesta-t-elle avec un mouvement de recul.

Sa manche était trempée.

Le type rota plus qu'il n'articula :

— Désolé.

Puis il s'éloigna.

Quelqu'un augmenta le volume de la stéréo. Les basses du morceau de hip-hop lui donnaient mal à la tête. Après avoir essoré sa manche du mieux possible, la jeune fille battit en retraite dans la salle à manger, où il y avait un peu moins de monde. Debout derrière la table, un jeune homme versait de la vodka dans un gobelet rouge. Il leva les yeux vers Emily.

— Qu'est-ce que je te sers ? Cassie m'a désigné barman pour que personne ne monopolise la bibine.

— Oh, euh, juste un jus d'orange.

Se remémorant le conseil de sa mère, Emily désigna la première boisson non alcoolisée qu'elle vit. Le jeune homme eut un sourire moqueur.

— Je ne vais pas te demander ta carte d'identité, tu sais.

— Un jus d'orange, ça ira très bien, insista Emily, avec l'impression d'être la fille la plus coincée de l'univers.

Elle prit le gobelet rouge que lui tendait le garçon – au moins, elle aurait les mains occupées. Puis elle s'éloigna à travers la foule, cherchant Cassie et les autres. Les gens la regardaient sans réagir, comme si elle n'était pas là.

Soudain, ils s'écartèrent et Emily aperçut quatre filles vautrées sur des chaises de jardin en plastique, près du radiateur de la pièce de devant. Cassie portait une jupe en cuir et un micro-T-shirt *tie & dye*. Elle avait décoloré ses cheveux bleus qui étaient devenus blond-blanc – rien à voir avec leur couleur naturelle de l'époque où elle jouait au hockey. Heather, Sophie et Lola, également court vêtues, chuchotaient entre elles avec une expression rogue.

Emily se fraya un chemin jusqu'à elles. Quand il ne resta plus que quelques personnes entre les lutins et elle, un grand jeune homme se pencha vers Cassie en grimaçant.

— J'ai entendu dire que vous foutiez le bordel partout en ville. C'est vrai ?

Cassie lui répondit par un sourire mystérieux.

— C'est le boulot des lutins, non ?

— Nous, on sait. Toi, tu imagines ce que tu veux, ajouta Heather.

— Vous déchirez, les filles, dit le type en cognant son poing contre celui de Lola.

Puis Cassie leva la tête et braqua son regard vers Emily. L'estomac de celle-ci se retourna. Elle agita timidement la main, mais le regard de Cassie la transperça sans la voir. Lola aussi avait tourné son attention vers Emily et affichait la même expression froide, voire hostile.

Emily eut un mouvement de recul. Un gloussement aigu s'éleva, et elle sut que quelqu'un se moquait d'elle.

Elle but son jus d'orange en faisant comme si c'était de l'alcool. Donc, tout ça n'était qu'une vaste plaisanterie. Les lutins voulaient juste lui faire sentir à quel point elle était nulle. Des larmes lui picotèrent les yeux. Elle alla se réfugier dans la salle de bains.

Après avoir un peu bidouillé la poignée ancienne en verre pour pouvoir fermer la porte, Emily se laissa tomber sur le bord de la baignoire et se prit la tête entre les mains avec une forte impression de déjà-vu. Elle s'était déjà enfermée dans cette pièce pendant la première soirée où elle était venue ici, en 5e – peu de temps après qu'Ali était montée à l'étage avec Cassie. Sa douleur de l'époque était encore palpable. Elle avait eu le sentiment qu'Ali rompait avec elle... ce qui était le cas, d'une certaine façon.

Emily se leva, s'approcha du miroir et scruta son reflet d'un œil sévère.

— Ressaisis-toi, s'admonesta-t-elle. Tu n'es plus une gamine de 5e. Tu es plus forte, maintenant.

Elle se passa un peu d'eau froide sur le visage et retourna dans la cuisine. Bien que la foule soit toujours aussi dense, Emily s'y fraya un chemin à grands coups de coudes et alla taper sur l'épaule de Cassie. Celle-ci la dévisagea en plissant les yeux, les lèvres pincées.

— Merci de m'avoir invitée, lâcha Emily sur un ton sarcastique. Je me suis vraiment éclatée.

Cassie la scruta sous sa frange blond-blanc.

— Je ne sais même pas qui tu es.

Emily réprima un grognement.

— Bien sûr que tu le sais. Je suis Emily.

— Emily? répéta Cassie. (Elle jeta un coup d'œil à Heather, Lola et Sophie qui, à présent, dévisageaient elles aussi la nouvelle venue avec curiosité.) Ça vous dit quelque chose, les filles?

— Je n'ai invité personne de ce nom-là, répondit Lola d'une voix un peu pâteuse.

— Moi non plus, renchérirent Sophie et Heather.

Cassie leva les yeux au ciel.

— Tu es une copine de mon frère, c'est ça? Je lui avais dit qu'on serait déjà trop nombreux.

— C'est toi qui m'as invitée! s'exclama Emily. Je suis Emily Fields! Le père Noël!

Ce fut comme si une ampoule s'allumait dans la tête de Cassie. Elle sourit.

— Oh, je ne t'avais pas reconnue sans ta barbe. Les filles, c'est le père Noël!

— Le père Noël, se réjouit Heather. Quoi de neuf?

— Salut, père Noël, dit Sophie.

— Tu aurais dû mettre ton bonnet, fit remarquer Lola, contrariée. Comment on pouvait deviner que c'était toi?

— Attends une seconde.

Cassie se leva d'un bond et disparut dans une pièce voisine. Quelques instants plus tard, elle revint avec une autre chaise de jardin qu'elle posa près de la sienne.

— Et voilà. Installe-toi, père Noël. Qu'est-ce que je t'offre à boire?

Emily regarda la chaise vide en clignant des yeux, puis reporta son attention sur les cinq centimètres de jus d'orange qui restaient dans son verre.

— Pourquoi pas une vodka-Red Bull? suggéra-t-elle.

Cassie lui fit un clin d'œil.

— Excellent choix. C'était ce que je préférais, avant.

Je sais, voulut répondre Emily. Elle s'assit sur la chaise. Tout à coup, elle se sentait fabuleusement bien. La soirée venait juste de devenir beaucoup, beaucoup plus intéressante.

7

DANS LE CERCLE DES GENS COOL

— Encore un coup de vodka? demanda Cassie à la cantonade en levant une bouteille d'Absolut et en la secouant.

Un peu de liquide clapota dans le fond.

— Moi, moi!

Lola leva la main. Heather et Sophie en firent autant. Au lieu de remplir leur verre, Cassie se tourna vers Emily et versa l'équivalent de trois shots dans son gobelet.

— Tu n'as pratiquement rien bu, père Noël!

Une heure s'était écoulée. La soirée battait toujours son plein dans la maison, mais Emily et les lutins avaient créé un carré VIP dans le jardin de derrière, équipé d'une grande terrasse et de deux lampadaires chauffants. Tout était paisible dehors; les étoiles qui scintillaient sur le velours noir du ciel dessinaient un lustre au-dessus de leur tête.

Les lutins avaient parlé des meilleures soirées étudiantes auxquelles elles avaient assisté; elles avaient décrété que le centre commercial Devon Crest était nul et échangé des anecdotes sur le père Noël précédent, un dénommé

Fletcher, qui avait apparemment tenté de les embrasser toutes les quatre le même jour.

— Il était chaud bouillant, lui, grogna Cassie en se couvrant les yeux d'une main. Il se serait tapé n'importe qui.

— Tu te souviens de la brune chicos qu'il a draguée et qui s'est laissé faire? ricana Lola. Je suis presque sûre qu'il a réussi à l'entraîner dans un coin.

— Tu rêves, renifla Cassie. Personne ne peut être aussi stupide, pas même ce genre de fille.

— Ça craint, pas vrai, père Noël? gloussa Lola en donnant un léger coup de pied dans le mollet d'Emily.

Celle-ci acquiesça.

— En parlant de gros nazes... (Cassie cala ses pieds sur la rambarde de la terrasse.) Colin se comporte comme un vrai trou du cul, ce soir. Il ne m'a pas dit un seul mot; il ne m'a même pas remerciée de l'avoir invité! Vous croyez que je devrais aller lui parler ou que je ferais mieux de laisser tomber?

Heather agita sa main comme pour chasser une mouche importune.

— Oublie-le.

— On est dans le même bateau, soupira Lola en s'affaissant dans sa chaise. J'ai vu Brian monter avec Chelsea tout à l'heure. C'était sans doute sa façon de me dire que tout est fini entre nous.

— Au moins, il n'a pas rompu avec toi sur Facebook, grimaça Sophie qui allumait une cigarette. Jamais je ne pardonnerai à James de m'avoir fait ça.

Cassie eut un claquement de langue désapprobateur.

— Les mecs de Yale sont tous comme ça. Tu sais bien qu'il ne faut jamais sortir avec quelqu'un de ton dortoir.

Emily dévisagea Sophie.

— Tu vas à Yale?

L'étudiante haussa les épaules.

— Ouais, mais sans doute plus pour très longtemps.

Cassie ricana.

— Pitié. Sophie était major de sa promo à Prichard. J'imagine qu'elle fait toujours ses devoirs le soir du jour où on les lui a donnés. Y compris ceux qui sont facultatifs.

Sophie secoua la tête, faisant voler ses tresses.

— Pas du tout. Je me suis complètement laissée aller.

— D'accord, c'est papa qui fait tes devoirs, rectifia Cassie.

— Tu as toujours l'intention de devenir médecin pour lui faire plaisir ? la taquina Heather.

Sophie souffla un rond de fumée.

— J'ai eu des notes pourries, ce trimestre. Si je continue comme ça, je ne serai jamais acceptée en prépa de médecine. Mes parents me tueront en l'apprenant.

Elle avait dit ça sur un ton dur, mais quand elle détourna la tête, Emily eut le temps d'apercevoir son air paniqué.

Heather avait dû sentir l'appréhension de son amie, parce qu'elle gloussa :

— Pauvre petite Sophie, toute cette pression... C'était fatal que tu craques un jour ou l'autre.

Furieuse, Sophie se tourna vivement vers elle en giflant l'accoudoir de sa chaise.

— Au moins, quand je merde, mes parents s'en aperçoivent. Ton père traîne avec qui, en ce moment ? Une des Pussycat Dolls ?

Cassie s'esclaffa. Heather passa les doigts dans ses cheveux coupés court comme ceux d'un lutin.

— Ha, ha, lâcha-t-elle sur un ton lugubre.

— Ton père connaît les Pussycat Dolls ? demanda Emily pour changer de conversation.

Les lutins se tournèrent vers elle comme si elles avaient oublié sa présence.

— Probablement pas, aboya Heather. Mais il est producteur de musique ; il connaît des tas d'artistes.

— Au sens biblique du terme, précisa Lola sur un ton entendu. Il a amené une des candidates d'*American Idol* à la soirée de remise des diplômes d'Heather, et il a passé tout son temps à la peloter. Tu aurais dû voir la tête d'Heather !

L'intéressée donna un coup de pied dans la chaise de Lola.

— Prends un porte-voix pour l'annoncer à tout le quartier, pendant que tu y es, ragea-t-elle. Ce n'est pas comme si ta vie était parfaite. Et ton frère, au fait ? Il est en désintox dans quelle clinique en ce moment ?

Lola blêmit. Elle ne répondit pas, mais Emily se souvint de l'avoir entendu mentionner un certain Rocco pendant sa conversation téléphonique avec sa mère, un peu plus tôt dans la journée.

Le silence se fit. Sophie continua à tirer sur sa Marlboro light le regard dans le vide. Heather donnait de petits coups de pied dans un des montants de la rambarde. Emily se dandina dans l'inconfortable chaise de jardin en cherchant les mots pour tout arranger.

Cela lui rappelait la dynamique de la petite bande qu'elle formait avec Ali et ses anciennes amies en 5e, surtout quand Ali faisait allusion à un secret que l'une d'entre elles gardait, mais dont les autres n'étaient pas au courant. Peut-être y avait-il aussi beaucoup d'animosité enfouie dans ce groupe.

Mais curieusement, découvrir les failles des lutins la réconfortait. Ça signifiait qu'elles étaient humaines et vulnérables. Qu'elles avaient des secrets avec lesquels « A » aurait pu les torturer si elle avait toujours été là. Du coup, Emily se sentait moins seule.

Cassie s'étira.

— Alors, père Noël, tu en penses quoi ? Est-ce que tous les mecs sont craignos ?

Emily fourra les mains dans les poches de sa doudoune.

— En gros, ouais. C'est pour ça que je préfère les filles.

Les quatre lutins levèrent brusquement la tête. Une longue cendre pendait au bout de la cigarette de Sophie, mais celle-ci ne la tapota pas pour la faire tomber.

— Tu déconnes, dit Cassie.

— C'est la pure vérité, insista Emily sur un ton qui se voulait détaché. Cet automne, je sortais avec une fille qui s'appelait Maya.

C'était bizarre d'en parler en public – de s'en vanter, presque. Mais s'il y avait des gens qui ne la jugeraient pas, c'étaient bien les lutins.

Cassie écarquilla les yeux.

— Tu es sortie du placard ?

— On peut dire ça.

Emily se garda bien de préciser que c'était « A » qui l'avait poussée dehors malgré elle.

Sophie hoqueta.

— Tes parents ont réagi comment ?

— Mal, admit Emily. Mais je crois qu'ils ont fini par s'y faire.

— Ouah. (Heather croisa les bras sur sa poitrine.) Je devrais peut-être essayer de dire ça aux miens. Avec un peu de chance, ça les obligerait à se parler.

Cassie se pencha en avant et dévisagea Emily avec curiosité.

— À ma place, qu'est-ce que tu ferais avec Colin ? Si c'était une fille et qu'elle ne te parle pas ou que tu trouves son comportement trop bizarre, tu irais la voir pour lui demander des explications, ou tu laisserais tomber ?

Emily se radossa à sa chaise, stupéfaite que Cassie lui demande des conseils en matière de drague.

— J'irais la voir, décida-t-elle. Mais je ne lui mettrais pas trop la pression. Je ferais comme si ça m'était égal, comme si c'était elle qui avait besoin de moi, et pas l'inverse.

Si seulement elle avait agi ainsi avec Ali quand elle en avait eu l'occasion !

Cassie acquiesça, songeuse.

— Ouais, c'est aussi ce que je pensais.

Elle donna un petit coup de poing amical dans l'épaule d'Emily.

Soudain, un coup de larsen s'échappa des haut-parleurs invisibles sur la terrasse. Puis on entendit l'intro d'un morceau de Jay-Z. Lola se leva d'un bond et se mit à onduler des hanches sur la musique tonitruante.

— Oh, mon Dieu, j'ai failli oublier, s'écria-t-elle en se figeant au milieu d'une pirouette. J'ai apporté quelque chose pour nous.

Elle disparut dans la maison et revint quelques instants plus tard avec un sac en papier froissé dont elle renversa le contenu par terre. Des feux d'artifice coniques roulèrent sur le ciment.

— Ce sont des restes de l'été dernier, expliqua-t-elle. On avait ça à la maison. J'ai pensé que ce serait sympa de les allumer ce soir.

— Bonne idée.

Sans hésitation, Cassie s'empara d'une fusée, la posa à la verticale et alluma la mèche. Des étincelles crépitèrent le long du tube en carton rayé, et les filles reculèrent. Le cœur d'Emily battait la chamade. Pour elle, les feux d'artifice resteraient à jamais associés à l'affaire Jenna.

Avec un sifflement aigu, la fusée jaillit vers le ciel et explosa au-dessus des toits.

— Yeah ! se réjouirent bruyamment Lola et Heather en se tapant dans la main.

Emily promena un regard nerveux à la ronde. N'allaient-elles pas au-devant des ennuis ?

Mais les lutins ne semblaient guère s'en préoccuper. Chacune d'elles alluma une fusée. Des lumières apparurent à l'étage des maisons voisines. Quelqu'un cria : « Silence ! » par une fenêtre ouverte. Les invités sortirent dans le jardin pour voir qui faisait tout ce raffut.

Cassie passa une fusée et une boîte d'allumettes à Emily.

— À toi, père Noël.

Emily hésita, se demandant comment sa mère réagirait si la police l'appelait à deux heures du matin pour l'informer que sa benjamine était en garde à vue. Mais elle avait tellement progressé, ce soir ! Elle ne pouvait pas faire marche arrière maintenant. Et c'eût été mentir de prétendre qu'elle ne s'amusait pas.

Elle posa la fusée par terre et craqua une allumette. La mèche prit immédiatement et se consuma plus vite qu'Emily ne s'y attendait. La jeune fille recula au moment où la fusée décollait avec un sifflement aigu. Elle explosa dans les airs, provoquant une pluie d'étincelles colorées.

Les lutins poussèrent des hourras et applaudirent. L'adrénaline coulait à flots dans les veines d'Emily. En fait, c'était excitant d'envoyer un bâton de dynamite dans le ciel. Et encore plus de voir les lutins la regarder d'un air approbateur et lui sourire en lui donnant de grandes tapes dans le dos, comme si elles l'avaient acceptée dans leur bande.

La porte de derrière s'ouvrit une fois de plus, et un type aux cheveux frisés passa la tête dehors.

— Ton voisin au téléphone, Cassie. Il n'a pas l'air content.

— Et merde. (La jeune fille regarda ses amies.) On ferait

mieux de rentrer. Si c'est M. Long, il a déjà dû appeler les flics.

Les lutins acquiescèrent et retournèrent à l'intérieur. La plupart des invités à moitié soûls s'en allaient en titubant. La fête était presque finie. Des gobelets rouges et des bouteilles vides gisaient sur toutes les tables et toutes les étagères. Une odeur de bière éventée planait dans la maison.

Emily dit à Cassie qu'elle devait y aller, et les elfes la raccompagnèrent jusqu'à la porte.

— Merci de m'avoir invitée ce soir, dit-elle en sortant sous le porche.

— Pas de problème, répondit Cassie, la main sur la poignée. C'était fun.

— On pourrait peut-être se refaire ça un jour? suggéra avidement Emily.

Ça faisait longtemps qu'elle n'avait pas passé un aussi bon moment avec d'autres filles. Mais le visage de Cassie s'assombrit, et elle échangea un coup d'œil avec les autres elfes.

— On verra ça, père Noël.

8

MISSION IMPOSSIBLE

— Emily Fields, appela une voix par le haut-parleur grésillant de l'Externat de Rosewood, le lundi après-midi. Vous êtes attendue au secrétariat.

Emily leva les yeux de son contrôle d'anglais sur *L'Adieu aux armes*. Deux de ses camarades de classe se retournèrent sur leur chaise pour lui jeter un regard curieux.

— Finis d'abord ton devoir, dit Mme Quentin, la prof d'anglais.

Assise derrière son bureau, elle lisait un exemplaire en piteux état de *La Promenade au phare*, ses lunettes perchées au bout du nez.

— J'ai déjà terminé.

Emily se leva et alla déposer sa copie dans la bannette en métal. Elle ne savait pas pourquoi elle était convoquée, et la nervosité lui nouait l'estomac. Quelqu'un avait-il découvert qu'elle avait allumé des feux d'artifice, la veille ? Risquait-elle d'avoir des ennuis au lycée à cause de ça ?

Dans sa tête, chacun de ses pas sur le sol de marbre résonnait comme une déflagration. Sa vision était légèrement floue, comme souvent quand elle n'avait pas assez dormi. Peut-être parce qu'elle s'était tournée et retournée dans son lit jusqu'à cinq heures du matin, essayant de comprendre pourquoi Cassie et les autres avaient brusquement eu l'air de se refermer. « On verra ça. » Qu'est-ce que ça voulait dire ?

Les couloirs du lycée étaient déserts. Des affiches pour un bal qui avait eu lieu trois semaines plus tôt ornaient encore les murs, et une figurine de verre fêlée gisait sur le flanc près de la porte des toilettes des filles. Par la petite fenêtre qui se découpait dans la porte de chaque salle de classe, Emily voyait des professeurs à l'air harassés qui tentaient de maintenir l'ordre dans les rangs. Les vacances de Noël commençaient dans quatre jours ; personne n'avait vraiment envie d'étudier.

Emily traversa le hall où le mémorial dédié à Ali était toujours accroché près de l'amphithéâtre. C'était un énorme collage de photographies, de vieux dessins et autres souvenirs, qu'entouraient les mots « TU NOUS MANQUERAS » écrits en lettres argentées. Emily figurait sur beaucoup des clichés, bras dessus bras dessous avec Ali, la tête sur son épaule ou en train de rire aux éclats avec elle.

Elle toucha la vitrine du bout des doigts, et son reflet spectral lui rendit son regard sans ciller. La dernière photo de classe d'Ali, celle qui avait été prise pendant leur année de 5ᵉ, occupait le centre du collage. Un instant, Emily eut l'impression que son amie défunte la dévisageait.

Puis un deuxième reflet bougea dans son dos. Emily fit volte-face, certaine qu'elle allait trouver quelqu'un debout devant elle – quelqu'un qui l'observait –, mais le hall était vide. En revanche, la porte d'entrée se refermait lentement comme si quelqu'un venait de s'enfuir.

Le secrétariat se trouvait de l'autre côté du hall. Emily

se glissa à l'intérieur et attendit, immobile et silencieuse, jusqu'à ce que Mme Albert lève les yeux vers elle derrière son comptoir.

— Oh, Emily. (Elle déplaça quelques papiers.) Ta mère est là.

Elle désigna le petit bureau dont se servaient d'habitude les conseillers d'orientation.

Le cœur d'Emily se mit à battre plus fort. Sa mère était là ? Ses pensées s'éparpillèrent dans toutes sortes de directions effrayantes. Il était arrivé quelque chose à l'un de ses frère et sœurs. Le mélanome de sa grand-mère était réapparu. Ian avait fait de nouvelles victimes.

Emily ouvrit la porte à la volée. Assise calmement devant la table ronde, Mme Fields triait les coupons de réduction qu'elle rangeait toujours dans une petite pochette en toile.

— Qu'est-ce qui se passe ? demanda Emily.

Sa mère lui adressa un sourire paisible.

— Coucou, ma chérie. Je me demandais si tu voulais sécher le dernier cours de la journée et venir avec moi te faire faire une manucure avant le début de ton travail au centre commercial. J'ai reçu des bons cadeaux du comité d'entreprise dans mon panier de Noël. Enfin, à condition que tu n'aies pas de contrôle pendant ce cours. (Jetant un coup d'œil vers le secrétariat, elle ajouta avec un chuchotement théâtral :) J'ai dit à Mme Albert que tu avais un rendez-vous chez le médecin.

Emily en resta bouche bée. Sa mère l'incitait à faire l'école buissonnière. Ce n'était encore jamais arrivé qu'elle lui fasse manquer un cours, pas même quand Beth était partie à l'hôpital à cause d'une double pneumonie.

Mais le plus surprenant, c'était qu'elle lui propose de l'emmener chez l'esthéticienne. Emily avait toujours rêvé de partager ce genre de chose avec sa mère, mais Mme Fields considérait les salons de beauté comme des lieux où l'on gaspillait bêtement son argent. Elle avait même refusé que ses filles aillent chez le coiffeur avant leur bal de fin d'année : elles pouvaient très bien se faire un chignon elles-mêmes. Il y avait toutes les épingles et toutes les bombes de laque nécessaires à la maison – et même un fer à lisser !

— Ce serait chouette, bredouilla Emily. J'ai histoire en dernier cours, mais je pense qu'on regardera juste une vidéo.

C'était ce qu'ils faisaient depuis une semaine pendant que Mme Weir, leur prof, restait assise dans le fond de la classe et effectuait ses achats de Noël sur son iPad.

— Génial. (Mme Fields se leva et glissa sa pochette en tissu dans son sac à carreaux Vera Bradley.) Alors, allons-y.

Emily trottina derrière sa mère jusqu'aux doubles portes du hall. Quand elle sortit, un vent fort se leva, agitant les branches des arbres et emportant un emballage de chewing-gum argenté à travers le parking.

La jeune fille regarda autour d'elle. Elle pensait encore à la silhouette qu'elle aurait juré avoir aperçue dans le hall, mais le parking était désert. Son imagination avait dû lui jouer des tours.

— Qu'est-ce que vous avez sur les bras ? demanda la manucure du spa Fermata en saisissant les poignets d'Emily et en les tournant pour faire apparaître l'intérieur de ses avant-bras.

De minuscules points rouges piquetaient la peau blanche de la jeune fille. Celle-ci écarquilla des yeux inquiets. Sa mère lui jeta un coup d'œil et fit claquer sa langue.

— Ah, zut. J'ai lavé tes draps avec une nouvelle lessive, hier. Je te parie que c'est à cause de ça.

Emily grogna. Sa mère achetait toujours des marques de

produits ménagers différents, selon les promotions de la semaine, et la peau sensible de la jeune fille n'avait jamais le temps de s'habituer à ces changements. On aurait dit qu'elle avait été piquée par une nuée d'insectes carnivores.

Elle se laissa aller dans son fauteuil et tenta de se détendre. Les bains de pieds bouillonnaient paisiblement. Une odeur fraîche et relaxante, bois de santal et orange mêlés, embaumait l'air. Des esthéticiennes en blouse noire allaient et venaient discrètement, lançant des sourires placides à Emily et à sa mère. La seule fausse note, c'était que les amplis diffusaient « Blue Christmas », sans doute la chanson de Noël la plus déprimante du monde.

Assise près de sa fille, Mme Fields frémit lorsque la manucure s'attaqua à ses cuticules. Emily soupçonnait que c'était la première fois qu'elle s'offrait ce genre de traitement : elle était restée plantée face au mur de vernis Essie pendant une éternité, perplexe, avant de choisir un rose presque transparent.

— Alors, murmura-t-elle. Raconte-moi comment ça s'est passé, hier soir.

Depuis la veille, Emily se demandait quand sa mère allait l'interroger à ce sujet.

— Plutôt bien, répondit-elle tandis qu'une autre manucure polissait ses ongles. Les lutins se sont confiés à moi. L'une d'elles, Sophie, est sur le point de se faire renvoyer de Yale. Elle me rappelle un peu Spencer – constamment sous pression. Heather semble avoir des problèmes familiaux ; je pense que ses parents ne s'entendent pas. Et le frère de Lola est en désintox. Je ne sais pas grand-chose sur Cassie pour le moment, à part que la soirée avait lieu chez elle et que ses parents n'étaient pas là. J'ai eu l'impression qu'elles devaient toutes se débrouiller seules. Peut-être qu'elles font ces mauvaises blagues pour attirer l'attention.

— D'accord, mais qu'as-tu découvert sur les blagues en question ? interrogea Mme Fields. Elles ont quelque chose de prévu pour bientôt ? Elles ont parlé de mon petit Jésus ?

Emily se mordit la lèvre inférieure.

— Non, elles n'ont rien dit. Et quand je leur ai proposé qu'on se revoie, elles ont eu l'air de flipper. Je n'ai même pas eu la confirmation que c'étaient elles les coupables.

Mme Fields pinça les lèvres jusqu'à ce que la peau se plisse autour de sa bouche.

— Bien sûr que ce sont elles. Nous l'avons déjà établi. Tu dois t'y prendre mieux que ça. C'est très important.

— Je sais que c'est important, s'emporta Emily. Mais je fais ce que je peux. Pour l'instant, elles n'ont pas confiance en moi.

— Débrouille-toi pour que ça change. (Arrachant ses mains à la manucure, Mme Fields fouilla dans son sac et en sortit une petite boîte qu'elle laissa tomber sur les genoux d'Emily.) Avec les gens de la paroisse, on s'est cotisés pour te l'acheter, histoire que tu puisses prendre ces délinquantes la main dans le sac.

Emily prit la boîte. C'était un iPhone dernier cri.

— Il a une fonction vidéo, expliqua Mme Fields.

— Tu veux que je les filme ? s'exclama Emily, incrédule.

— C'est le seul moyen de prouver ce qu'elles font à la police.

Mme Fields écarta de nouveau les doigts, et la manucure commença à poser le vernis. Une odeur chimique emplit l'air.

Un carillon de Noël sonna, signalant l'entrée d'un groupe de femmes. Elvis continuait à se lamenter parce que sa chérie l'avait plaqué pour Noël. Emily baissa les yeux, repensant au moment où Cassie lui avait apporté une chaise et l'avait invitée à s'asseoir avec les lutins. Elles avaient toutes applaudi quand Emily avait allumé la fusée…

— Écoute, je sais que tu n'as pas envie de faire ça, murmura Mme Fields comme si elle avait lu dans les pensées de sa fille. Je vais être franche avec toi. Le petit Jésus qu'elles ont volé vaut très cher. Je comptais le vendre et me servir de l'argent pour acheter des cadeaux de Noël, étant donné que la prime de ton père est moins importante que ce que nous espérions. (Elle renifla.) Je veux juste qu'on passe de bonnes fêtes, cette année.

— Je comprends, dit Emily à voix basse. Mais… et si je n'arrive pas à le récupérer ?

— Tu y arriveras, affirma sa mère. Tu dois gagner la confiance de ces filles. Fais tout ce qu'il faudra.

Elle écarta ses doigts aux ongles fraîchement vernis sur la table.

Emily remua les pieds. Une boule se formait dans son ventre. Mais, en fille obéissante qu'elle avait toujours été, elle acquiesça et promit de faire ce que lui demandait sa mère. Le problème, c'était qu'elle ne savait toujours pas comment infiltrer le groupe de Cassie. Et qu'il ne lui restait pas beaucoup de temps pour trouver, si elle ne voulait pas que leur Noël soit encore plus déprimant que celui d'Elvis.

9

MIEUX QUE DES FOURMIS DANS LA CULOTTE

Une heure plus tard, les ongles fraîchement vernis de rouge festif, Emily se précipita au village de Noël pour prendre son poste. Il y avait des promotions mirifiques chez Hermès, une foule compacte devant le comptoir des diamants chez Tiffany & Co, et un magicien faisait des tours pour encourager les gens à faire des dons de jouets à une association caritative.

Une longue file d'enfants attendait déjà sur le tapis rayé du village de Noël. Beaucoup d'entre eux avaient l'air fatigués et grognons. Mme Meriwether attendait Emily à l'entrée de la maison en pain d'épices.

— Tu as vu les lutins ? lui demanda-t-elle d'une voix plus haut perchée que d'habitude.

— Euh, je viens juste d'arriver, fit remarquer Emily.

— Elles ne sont pas là. (Mme Meriwether jeta un regard paniqué aux alentours.) Elles auraient dû commencer il y a une heure, et c'est le chaos !

Puis elle s'éloigna en marmonnant entre ses dents.

Emily enfila son déguisement de père Noël en se demandant si les lutins séchaient le boulot à cause de la soirée de la veille.

Quelques minutes plus tard, elle se perchait sur le trône doré. Une fillette avec des couettes brunes s'approcha la première et se hissa sur ses genoux. Son père, un type costaud avec les cheveux coupés en brosse qui portait un uniforme de policier, se tenait un peu en retrait. Emily déchiffra le nom sur son insigne : « O'NEAL ». Alors, elle se souvint. C'était lui qui avait promis tous les cadeaux du monde à sa fille.

— Tina a tellement aimé sa visite de l'autre jour qu'elle a absolument tenu à revenir, père Noël, dit l'agent O'Neal en adressant un clin d'œil à Emily.

Son insigne étincelait dans la lumière crue des projecteurs.

— Je voulais rajouter des cadeaux sur ma liste, clama fièrement la gamine.

Elle les énuméra en comptant sur ses doigts. À présent, elle voulait la villa de Barbie, le jet de Barbie, la Barbie princesse des neiges en édition limitée... Emily trouvait qu'une petite fille de son âge n'aurait même pas dû savoir ce qu'était une édition limitée.

— Tu ne crois pas que ça suffit? coupa-t-elle quand Tina eut nommé une vingtaine de jouets. Le père Noël doit garder de la place dans sa hotte pour les cadeaux de tous les autres enfants du monde.

Tina fit une moue boudeuse.

— Papa a dit qu'il m'apporterait tout ce que je voulais.

Emily jeta un regard las à l'agent O'Neal, qui se contenta de hausser les épaules d'un air penaud.

— Elle a été très sage, cette année.

Les enfants continuèrent à défiler. Un petit garçon

renversa un smoothie à la fraise sur les genoux d'Emily, et un autre éclata en sanglots. Au moment où une fillette lui tendait une enveloppe épaisse sur laquelle les mots « Papa Noël » étaient écrits en lettres malhabiles, Emily aperçut enfin Cassie, Lola, Heather et Sophie dans l'allée qui menait au village de Noël.

Leur chapeau était de travers; leur tunique faisait des plis partout. Cassie et Sophie ne s'étaient même pas donné la peine d'enfiler leurs chaussures à bout recourbé : à la place, elles portaient des baskets. Même de loin, elles semblaient toutes avoir une monstrueuse gueule de bois. Emily se demanda jusqu'à quelle heure elles avaient continué à boire après son départ.

Le magicien tendit une fleur en ballons à Cassie.

— On dirait que vous avez besoin d'un petit remontant, les filles, sourit-il en leur tendant une bouteille à chacune.

— Va te faire foutre, répliqua Cassie, tandis que Lola faisait tomber son chapeau.

Dépité, le magicien regagna son tabouret.

Mme Meriwether fonça vers les elfes.

— Où étiez-vous passées? (Elle était toute rouge, et elle serrait les poings.) Vous auriez dû être là il y a une heure!

Les lutins la dévisagèrent, trop crevées pour répondre.

Mme Meriwether leva la main.

— D'accord. Puisque c'est comme ça, vous allez nettoyer l'intérieur de la maison en pain d'épices. Un enfant vient de vomir. (Elle tendit un doigt.) Et les toilettes sont bouchées.

Les lutins ouvrirent la bouche pour protester, mais elle tapa du pied.

— Obéissez, dit-elle, les dents serrées.

Même Heather eut un mouvement de recul.

Grommelant tout bas, les lutins se dirigèrent d'un pas traînant vers la maison en pain d'épices.

— Je ne sais pas ce que je donnerais pour ne pas bosser aujourd'hui, maugréa Cassie.

— Espérons qu'une comète s'abatte sur le centre commercial, marmonna Lola.

— Ou au moins sur Mme Meriwether, ajouta Sophie.

— Tu pourrais nous arranger ça, père Noël? lança Heather à Emily qu'aucune des filles n'avait saluée en arrivant.

Emily gratta distraitement les boutons rouges sur ses avant-bras. La tête lui tournait. *Tu dois gagner leur confiance*, avait dit sa mère. *Fais tout ce qu'il faudra*. Elle fixa les traces disgracieuses sur sa peau blanche, et une idée se forma dans son esprit.

Posant la pancarte : « LE PÈRE NOËL EST ALLÉ NOURRIR LES RENNES » sur le trône doré, elle longea le tapis rayé et alla taper sur l'épaule de Mme Meriwether, qui passait des facturettes en revue près de la caisse. Sa patronne fit volte-face et la fusilla du regard.

— Ne me dis pas que tu vas t'y mettre, toi aussi.

— Je n'ai pas l'intention de vous causer des problèmes, la rassura Emily. Mais je voulais vous dire que tout à l'heure j'ai trouvé un insecte dans ma barbe.

Mme Meriwether fronça les sourcils.

— Fais-moi voir ça.

Emily fit mine de farfouiller dans les poils artificiels soyeux qui ornaient son menton.

— Il a dû s'en aller.

— Il ressemblait à quoi? demanda sa patronne.

Emily fit mine de réfléchir, puis décrivit l'insecte auquel le journal avait consacré un article, quelques jours plus tôt.

— Il était ovale, d'un rouge brunâtre, et il ressemblait un peu à un cafard, mais je suis presque sûre que ça n'en était pas un.

Mme Meriwether devint blême.

— Seigneur. On dirait une punaise de lit.

Bingo. Emily se réjouit de s'être rappelée cette histoire. Un grand magasin de Philadelphie avait dû être fermé à cause d'une infestation ; ça avait fait tout un scandale.

Elle feignit la surprise.

— Vraiment ? Et c'est impossible de s'en débarrasser ?

Mme Meriwether était furieuse.

— Tu as sorti ton costume du centre commercial ? Tu es allée quelque part où il pouvait y avoir des punaises de lit ?

— Bien sûr que non. (Emily croisa les bras sur sa poitrine.) Je le laisse ici tous les soirs. Mais maintenant que vous en parlez, j'ai remarqué ça.

Elle retroussa ses manches, révélant les petits boutons rouges à l'intérieur de ses avant-bras. Ils ressemblaient beaucoup aux piqûres qu'un des employés du grand magasin avait montrées aux journalistes du vingt heures.

Un gargouillement de panique monta de la gorge de Mme Meriwether.

— Oh, Seigneur ! (Elle se prit la tête à deux mains.) Il y a des punaises de lit au village de Noël ! Si ça se trouve, tout le centre commercial est contaminé !

Les gens tournèrent la tête vers elle et se mirent à chuchoter. La rumeur se propagea comme un feu de broussailles. En quelques minutes, tous les parents qui attendaient avec leurs gamins impatients de s'asseoir sur les genoux d'Emily avaient fui le tapis rayé. Des vendeurs et des clients sortis de chez Aéropostale et J. Crew se mirent à bavarder en petits groupes. Tout le monde commença à se gratter les bras, le cou et la tête. Les parents examinèrent soigneusement la peau de leurs enfants.

Un vigile prit Mme Meriwether à part. Peu de temps après, des hommes en costume émergèrent d'un couloir dans le fond du centre commercial et se dirigèrent d'un pas résolu vers le village de Noël.

— Jeffrey Allen, directeur commercial, dit l'un d'eux en tendant la main pour serrer celle de Mme Meriwether. C'est bien vous qui avez trouvé une punaise de lit ?

— Non, c'est elle, corrigea la patronne d'Emily en désignant les petits boutons rouges sur les bras de la jeune fille.

Allen les examina soigneusement, puis s'entretint à voix basse avec ses collègues. Emily capta les mots « fumigation massive », « perte de bénéfices colossale » et « c'est peut-être une erreur ».

— Des punaises de lit ! glapit une mère de famille.

La plupart des parents se rassemblèrent autour des hommes en costume pour se plaindre qu'ils allaient devoir brûler tous leurs vêtements et qu'ils leur feraient un procès si leurs enfants avaient des piqûres le lendemain.

— Du calme, du calme, leur enjoignit M. Allen en appuyant ses paroles d'un geste des deux mains. J'appelle la sécurité. Nous allons fermer Devon Crest jusqu'à demain pour pouvoir régler le problème.

Quelques minutes plus tard, la joyeuse musique de Noël se tut, et une voix tonitruante annonça dans les haut-parleurs que le centre commercial devait être évacué immédiatement. Les clients se précipitèrent vers les sorties tel un troupeau de buffles. Ce fut à ce moment-là que les lutins émergèrent de la maison en pain d'épices.

— J'ai bien entendu ? Le centre commercial va fermer ? demanda Cassie, hagarde, en regardant les gens se précipiter vers les portes vitrées.

— C'est exact, répondit Mme Meriwether sur un ton mécanique. Allez chercher vos affaires. Il va y avoir une enquête. Il se peut que nous ayons des punaises de lit.

Cassie coinça une mèche de cheveux blond-blanc derrière son oreille.

— Mais on sera quand même payées pour aujourd'hui, pas vrai ?

— Je suppose que oui, répondit Mme Meriwether à contrecœur. Par contre, laissez vos uniformes ici – il va falloir les faire nettoyer ce soir. Emily a trouvé une punaise de lit dans sa barbe de père Noël.

Les quatre lutins braquèrent leurs yeux sur Emily, qui leur fit un clin d'œil. Lola en resta bouche bée. Heather lâcha un gloussement incrédule. Dès que Mme Meriwether eut tourné les talons, Cassie s'approcha d'Emily.

— Une punaise de lit dans ta barbe, hmm ?

Emily jeta un regard nerveux à la ronde.

— C'est vraiment pas de chance, hein ? grimaça-t-elle.

— Putain de merde, chuchota Cassie en lui agrippant le bras. Tu es géniale !

— Tu viens juste de nous sauver la vie, père Noël, s'extasia Lola. Je ne crois pas que j'aurais tenu toute la journée. Je me sens carrément trop mal.

Emily ôta son bonnet rouge et blanc.

— Moi non plus, je n'avais pas envie de bosser, avoua-t-elle.

— On devrait faire quelque chose pour fêter ce congé inattendu, suggéra Cassie, que la nouvelle semblait avoir ramenée à la vie.

Elle jeta un regard mystérieux aux autres elfes. Après avoir échangé avec elles quelques gestes et hochements de tête muets, elle reporta son attention sur Emily.

— Tu viens avec nous, père Noël.

— Vraiment ? couina Emily, oubliant de se la jouer cool.

— Vraiment, sourit Cassie qui glissa un bras sous son coude. Tu as la tête de quelqu'un qui a besoin de s'amuser.

Et elle entraîna Emily vers la sortie sur les talons des clients paniqués qui se grattaient frénétiquement. Quelques-uns d'entre eux jetèrent un coup d'œil méfiant à la jeune fille, se demandant sans doute pourquoi elle affichait une mine si réjouie au milieu d'une infestation de punaises de lit. Tant pis : ce qu'ils ne savaient pas ne pouvait pas leur faire de mal, décida Emily.

10

ENLÈVE-MOI TOUT ÇA, MON GRAND

— À droite, un Winnie et un Tigrou géants sur une luge, dit Cassie, quelques heures plus tard. (Par la vitre baissée côté conducteur, elle tendit un doigt dont sa mitaine découvrait le bout.) Misère, on dirait qu'ils ont déguisé Bourriquet en renne.

— Pauvre bête.

Sophie tira longuement sur sa cigarette tandis qu'Emily se penchait vers la fenêtre pour mieux voir. En effet, un âne gonflable bleuâtre traînait l'ours et le tigre assis dans le traîneau qui occupait tout un jardin, sur le devant d'une maison. Bourriquet avait l'air encore plus déprimé que d'habitude.

Emily se radossa à la banquette arrière de la voiture de Cassie, où elle était coincée entre Lola et Heather. L'intérieur du véhicule sentait la clope, le chewing-gum à la cannelle et les cannes en sucre d'orge à la menthe que les filles avaient piquées dans le panier en osier du père Noël.

Cassie roulait lentement dans Rosewood-Ouest. Les lutins repéraient les décorations de Noël ostentatoires tout en écoutant de la musique et en se passant une flasque de rhum. Emily sentait un bourdonnement nerveux dans sa poitrine, non pas à cause de l'alcool qu'elle avait juste fait semblant de boire, plutôt à cause de l'iPhone dissimulé dans sa main.

Il allait se passer quelque chose ce soir, elle le sentait. Avant de quitter le lycée, elle avait testé la fonction vidéo, repéré les boutons sur lesquels il fallait appuyer pour commencer l'enregistrement et zoomer. Mais une partie d'elle voulait jeter l'appareil par la fenêtre... ou, au moins, le ranger dans son sac.

— C'est ici que Colin habite, annonça Cassie en se garant le long d'un trottoir, devant une grande maison de style colonial néerlandais qu'un rideau d'arbres séparait de la route.

Des guirlandes électriques soulignaient le bord de son toit, et un attelage de rennes paradait dans la longue allée, mais toutes les fenêtres étaient éteintes. Apparemment, il n'y avait personne.

— Tu lui as parlé depuis hier soir ? demanda Heather.

— Non, répondit Cassie, les dents serrées.

Lola se pencha entre les sièges avant.

— Tu veux qu'on... ?

Elle jeta un regard nerveux à Emily et n'acheva pas sa phrase.

Cassie se frotta le menton tandis que les guirlandes clignotantes projetaient une lumière rouge, puis bleue, puis verte sur son visage.

— Non, décida-t-elle. Il n'en vaut pas la peine. (Soudain, elle se redressa en apercevant quelque chose de l'autre côté.) C'est quoi, ça ?

Les autres filles suivirent la direction de son regard. La maison d'en face était brillamment éclairée. Des tas de voitures se pressaient dans l'allée, et une ligne de basses sourdes faisait vibrer les murs. Des silhouettes s'agitaient derrière la baie vitrée. L'une d'elles, en particulier, remuait les hanches et les fesses dans le plus pur style exhibitionniste.

— Ouah, lâcha Sophie qui mordillait le bout d'une de ses tresses.

Cassie ouvrit sa portière.

— Il faut qu'on voie ça de plus près.

Elle traversa la rue en courant. Lola, Sophie et Heather descendirent de voiture elles aussi.

— Viens, père Noël, lança Heather à Emily par-dessus son épaule. Tu ne vas quand même pas te défiler maintenant, hein?

Ne sachant pas quoi faire d'autre, Emily suivit les filles qui gravissaient la pente douce du jardin, l'iPhone toujours planqué dans la main.

Les lutins s'arrêtèrent derrière un gros buisson de houx et regardèrent à travers les branches. Une lumière stroboscopique palpitait de l'autre côté de la fenêtre. Quelqu'un poussa un cri aigu lorsque la personne qui dansait arracha son T-shirt et le jeta sur la foule. Emily n'arrivait pas à distinguer grand-chose – elle voyait juste un bonnet de père Noël rouge et blanc sur la tête de l'exhibitionniste.

— Vous croyez que c'est un enterrement de vie de garçon? chuchota Sophie.

— Ou peut-être juste une soirée de Noël avec des strip-teaseuses, suggéra Lola.

— Si Colin est là, je le tue, gronda Cassie.

Heather s'accroupit dans la neige.

— Je te mets au défi d'aller prendre une photo, Cass.

Cassie se leva et sortit son téléphone de son sac.

— Il est nul, ton pari.

Carrant les épaules, elle se dirigea vers la fenêtre. Puis une brindille craqua dans les buissons, et la jeune fille se figea.

— C'est vous qui avez fait ça ?

Les lutins secouèrent la tête et regardèrent autour d'elles. La rue était déserte. Le trottoir était désert, et personne ne rôdait du côté des voitures. Le cœur battant, Emily scruta la maison voisine. Elle aurait juré avoir vu quelqu'un bouger sous le porche. Et si c'étaient les flics ?

— On nous surveille.

Cassie rebroussa chemin vers le reste du groupe. Elle dévisagea Emily d'un regard pénétrant, comme si c'était sa faute.

Heather renifla.

— Il n'y a personne. Tu as la trouille, voilà tout.

— Ah ouais ? Ben, fais-le, toi, dit Cassie en lui tendant son téléphone.

Heather retourna l'appareil dans ses mains, puis pencha la tête sur le côté comme pour écouter quelque chose. Aucune autre brindille ne craqua, mais une sensation de danger planait dans l'air.

Sophie braqua son regard sur Emily.

— Et si on envoyait plutôt le père Noël ?

Le cœur d'Emily battit plus fort que jamais.

— Euh, d'accord.

Les lutins la fixèrent un moment en silence. Puis Cassie fit sur un ton bougon :

— Vas-y, père Noël. Épate-nous.

Alors qu'Emily s'approchait de la fenêtre, le volume de la musique augmenta. Des gens crièrent et applaudirent à l'intérieur de la maison, puis une voix rugit :

— À poil !

Deux mètres à peine séparaient encore Emily de la fenêtre. La jeune fille s'accroupit, frôlant les branches d'un buisson voisin. La neige mouilla très vite son jean au niveau des genoux.

Emily jeta un coup d'œil par-dessus son épaule. Elle

s'attendait presque à voir la voiture de Cassie s'éloigner, ses occupantes mortes de rire. Mais les lutins étaient toujours planqués au même endroit. Elles l'observaient.

Emily se faufila à l'intérieur du buisson mal taillé qui se dressait sous la fenêtre. Quelqu'un passa derrière celle-ci, et la jeune fille se figea en retenant son souffle. La techno rapide céda la place à un morceau de cuivres. Les invités poussèrent des vivats, et Emily leva prudemment la tête jusqu'à ce qu'elle puisse voir par-dessus l'appui de la fenêtre.

Des dizaines de femmes se pressaient dans un vaste salon meublé de plusieurs canapés à fleurs, de lampes en vitrail coloré Tiffany et d'étagères croulant sous les poupées anciennes en jupon de dentelle. Un cocktail rose à la main, elles mataient la strip-teaseuse qui venait de grimper sur la cheminée en brique et qui agitait ses fesses sous leur nez.

Mais quelque chose clochait. Pourquoi toutes ces femmes regardaient-elles une fille se déshabiller ? Emily doutait fort qu'il y ait autant de lesbiennes dans tout Rosewood. Elle reporta son attention sur la silhouette qui se tortillait avec enthousiasme et se mordit la langue pour ne pas éclater de rire. C'était un homme.

Il avait ôté presque tous ses vêtements et ne portait plus qu'un string rouge en plus de son bonnet de père Noël. Les femmes, qui avaient toutes l'air de mères au foyer, poussaient des « oh » et des « ah » ravis. De temps en temps, l'une d'elles glissait un billet dans le string du strip-teaseur.

D'une main tremblante, Emily leva son téléphone et appuya sur le bouton pour prendre une série de photos.

Soudain, la porte d'entrée s'ouvrit en grinçant, et un torrent de musique se déversa à l'extérieur. Une femme sortit sous le porche et promena un regard aux alentours.

— Il y a quelqu'un ?

Le cœur d'Emily remonta dans sa gorge. Fourrant le

téléphone dans sa poche, elle battit précipitamment en retraite.

— Hé vous, là-bas ! appela la femme.

Mais Emily ne s'arrêta pas. Elle détala avec les lutins, et toutes s'engouffrèrent dans la voiture de Cassie avec des gloussements hystériques.

— Démarre ! cria Emily en jetant un coup d'œil à la femme qui se dirigeait vers elles.

Cassie tourna au coin de la rue dans un crissement de pneus. Le cœur d'Emily ne commença à ralentir que lorsqu'elles eurent regagné Lancaster Avenue. D'une certaine façon, la jeune fille avait trouvé ça excitant, même si elle avait l'impression d'être une criminelle... ou peut-être pour cette raison-là.

— Tu as pu prendre une photo, père Noël ? demanda Heather.

Lola ricana :

— Je te parie que non.

Emily passa son téléphone à Heather, qui haussa les sourcils.

— C'était un mec ?

Sophie s'empara de l'iPhone.

— Oh, mon Dieu, c'est le truc le plus naze que j'aie jamais vu.

— Quelqu'un le connaît ? demanda Lola en scrutant l'écran. Je parie que sa femme ne sait pas comment il gagne sa vie.

Cassie se gara pour pouvoir regarder la photo et se plia en deux.

— Tu as drôlement assuré, père Noël. Depuis le début, on te prend pour une taupe. Je suppose qu'on s'est trompées.

Sophie se passa la langue sur les dents.

— On pourrait peut-être lui proposer de participer à... vous savez.

— Ouais, c'est une bonne idée. (Cassie balaya les autres filles du regard.) Vous êtes toutes d'accord ?

Heather leva la main.

— Ça me va.

— Moi aussi, ajouta Sophie.

Lola haussa les épaules.

— Je suppose que moi aussi, alors.

Cassie tendit sa main à Emily.

— Félicitations, père Noël. Et bienvenue.

— Bienvenue où, exactement ? demanda Emily, même si elle craignait de savoir de quoi il s'agissait.

— Tu verras, la taquina Cassie avant de déboîter.

Au feu suivant, elle tourna brusquement à gauche, et les autres lutins sourirent à Emily comme si elle venait de remporter le jackpot – ce qui était le cas, d'une certaine façon.

Mais une part d'elle-même se trouvait encore plus naze que le bonnet de père Noël du strip-teaseur. *Depuis le début, on te prend pour une taupe.* Elle frémit à l'idée que Cassie et les autres découvrent qu'elles avaient raison.

Peut-être devrait-elle tout leur avouer. Mais si elle faisait ça, les lutins ne lui adresseraient plus jamais la parole. Et tout à coup, Emily prit conscience d'une chose : elle ne voulait pas que les lutins lui tournent le dos. Elle voulait être leur amie, pour de vrai. Depuis trois ans, elle brûlait d'appartenir à une autre bande, d'avoir de nouveau des amies à qui se confier. Oh, bien sûr, il y avait Spencer, Hanna et Aria, mais ce n'était plus comme avant. Les lutins étaient un peu cinglés, mais elles étaient aussi marrantes et loyales.

Emily laissa tomber son téléphone dans son sac. Tant pis pour le petit Jésus de sa mère : elle passait du côté obscur de la Force.

11

LE VÉRITABLE SENS DE NOËL

Le lendemain, alors qu'Emily enlevait son costume rembourré rouge et blanc, la voix de Cassie lança :

— Hé, père Noël!

La jeune fille passa la tête hors de la maison en pain d'épices.

— Tu veux venir manger un bout avec moi?

— Volontiers, répondit Emily en se débarrassant très vite de ses horribles bottes trop grandes.

De celles-ci montait une légère odeur chimique due à l'insecticide qui avait été pulvérisé dans tout le centre commercial. Des pancartes accrochées dans les allées clamaient qu'il n'y avait plus d'insectes, et que tout avait été traité avec un produit écologique.

Malgré ça – et même s'il n'y avait jamais eu le moindre insecte –, peu de familles étaient venues faire la queue au village de Noël ce jour-là, et de rares clients déambulaient dans les allées. La plupart d'entre eux se grattaient encore la tête et le cou d'un air soupçonneux.

Emily sortit de la maison en pain d'épices au moment

où Mme Meriwether enfermait les statues de Frosty et de Rudolph pour que personne ne les vole. Cassie l'attendait près du portillon. Elle avait enfilé un jean noir, un vieux T-shirt AC/DC délavé et des John Fluevog rouges à semelles épaisses. Sa tenue faisait paraître ses cheveux encore plus blancs.

— Où sont les autres ? demanda Emily en regardant autour d'elle.

Cassie haussa les épaules sans répondre.

— Le Bellissima, ça te va ?

— C'est très bien, acquiesça Emily, surprise mais ravie que Cassie veuille passer du temps seule avec elle.

Tout en franchissant le portillon, Emily jeta un coup d'œil par-dessus son épaule. Par chance, Mme Meriwether était toujours occupée ; elle ne vit pas les deux filles partir ensemble. Emily ne pouvait pas lui avouer qu'elle renonçait à espionner les lutins. D'ici une semaine ou dix jours, elle leur dirait, à elle et à sa mère, que ces dernières ne l'avaient jamais invitée à participer à un de leurs mauvais tours, et les deux femmes auraient l'impression qu'elle avait essayé et échoué plutôt qu'abandonné en cours de route.

Quant au petit Jésus censé payer les cadeaux de sa famille, Emily avait sa petite idée. Elle avait reçu sa première paye de père Noël la veille, et elle avait été stupéfaite de découvrir qu'on lui donnait quinze dollars de l'heure – bien plus que pour n'importe quel autre boulot saisonnier. Si ses parents avaient vraiment des difficultés financières, elle leur remettrait ce qu'elle venait de gagner pour qu'ils puissent acheter des cadeaux à tout le monde.

Le Bellissima était un petit bistrot italien situé au bout de l'allée. Les haut-parleurs diffusaient des ballades romantiques légèrement sirupeuses, et néanmoins bienvenues après tous ces chants de Noël. Le sol était carrelé en terracotta, les murs crépis en jaune pâle et les tables couvertes de nappes à carreaux noirs et blancs.

Contrairement au reste du centre commercial, le restaurant grouillait de clients installés pour déjeuner ou en train de prendre un verre au bar. Les gens pensaient peut-être que le pesto était un antidote efficace contre les punaises de lit.

Une serveuse petite et menue, aux cheveux attachés en queue-de-cheval haute, conduisit les filles à une table dans un coin et leur servit de l'eau gazeuse.

— Je crois que je vais prendre juste une salade, dit Cassie en ouvrant le grand menu plastifié.

— Moi aussi, dit Emily, même si elle était plutôt du genre à commander une pizza ou un plat de pâtes.

Cassie parcourut le menu en silence, puis se tapota la lèvre de l'index.

— D'un autre côté, les cannoli me tentent bien, avoua-t-elle.

— Prenons plutôt ça, s'enthousiasma Emily.

— Ouf, dit Cassie, la main sur sa poitrine. J'ai eu peur que tu sois une de ces filles au régime permanent.

— Moi? (Emily réprima un grand éclat de rire.) Carrément pas.

Elles commandèrent, et la serveuse s'en fut vers la cuisine.

Regardant autour d'elle, Emily reconnut plusieurs de ses camarades de lycée. Mason Byers et Lanie Iler étaient assis dans un box; ils sirotaient des sodas italiens. Plus loin, Kirsten Cullen et ses parents mangeaient de grandes assiettes de pâtes.

— Alors, tu t'es bien amusée, hier soir? demanda Cassie qui remuait les glaçons dans son verre d'eau avec sa paille.

— C'était super, avoua Emily. Ces photos du père Noël à poil… ça n'a pas de prix.

— Grave, acquiesça Cassie avec un large sourire.

— Vous vous connaissez depuis quand, toi et les autres ? interrogea Emily. Ça fait longtemps que vous êtes amies ?

Cassie regarda vers la droite, pensive.

— On s'est rencontrées l'an dernier. On bossait déjà comme lutins du père Noël, mais au centre commercial du Bouleau Blanc, dont le père de Sophie était le directeur à l'époque. Du coup, on a décidé de remettre ça cette année. C'est une sorte de blague entre nous. Mais on n'a pas été à l'école ensemble. Moi, j'allais à l'Externat de Rosewood.

— C'est aussi là que je vais, dit Emily.

Cassie eut un petit sourire en coin.

— Je sais. Tu étais copine avec Alison DiLaurentis, pas vrai ?

Emily pinça les lèvres. Le seul fait d'entendre le nom d'Ali faisait battre son cœur plus fort.

— J'ai fait le rapprochement à ma soirée, expliqua Cassie. Je me souviens de toi. Je jouais avec Ali dans l'équipe senior de hockey sur gazon de mon lycée. Elle était vraiment douée.

— Moi aussi, je me souviens de toi, fit Emily en tripotant la serviette en tissu étalée sur ses genoux. Ali te trouvait géniale. Elle parlait de toi tout le temps.

Un peu embarrassée par cette révélation, Cassie se mordit la langue.

— On s'amusait bien ensemble, admit-elle. Ali était très mûre pour son âge – on le pensait toutes. On n'arrivait pas à croire qu'elle soit seulement en 5e.

Elle fit tourner son épais bracelet en cuir autour de son poignet.

— Quand j'ai découvert ce que Ian lui avait fait, j'ai eu du mal à y croire, reprit-elle. Il était dans la classe au-dessus de la mienne. Je ne le connaissais que de vue, mais il avait l'air toujours gentil avec tout le monde. Pas le genre de type à…

tu sais. Mais quel genre de malade sort avec une fille de 5ᵉ alors qu'il est en terminale ? Franchement, beurk.

— Je sais.

Soudain, les yeux d'Emily se remplirent de larmes. Elle aurait voulu prétendre que c'était à cause de l'odeur de l'ail qui planait dans l'atmosphère et lui chatouillait les narines, mais c'eût été un mensonge.

— Elle parlait souvent de toi aussi, tu sais, ajouta Cassie.

Emily leva la tête, surprise.

— Ah bon ?

— Ouais. Elle disait que, parmi toutes ses amies, tu étais sa préférée. Que vous aviez une relation spéciale.

— C'est vrai, acquiesça Emily, les joues en feu. Elle me manque tellement…

— Elle me manque aussi. (Cassie posa une main sur celle d'Emily.) J'ai beaucoup changé depuis sa disparition.

Un minuteur sonna dans la cuisine. Les femmes qui occupaient la table voisine éclatèrent d'un rire bruyant.

Emily se tamponna les yeux avec sa serviette et détailla les cheveux décolorés de Cassie, ses yeux soulignés de khôl et ses nombreux piercings aux oreilles. Était-il possible que ce soit la disparition d'Ali qui l'ait poussée à devenir une mauvaise fille ? Cet événement avait bien eu un impact profond sur Emily et ses autres amies de l'époque.

— Je n'ai plus jamais eu une amie comme Ali, avoua Emily. Même si elle pouvait être cruelle parfois, j'aurais fait n'importe quoi pour elle.

La serveuse revint avec deux cannoli, que les deux filles attaquèrent aussitôt. De la crème coula dans l'assiette d'Emily lorsque celle-ci coupa la pâtisserie avec sa fourchette.

— C'est trop bon, marmonna Cassie, la bouche pleine.

— Bien meilleur qu'une salade, approuva Emily.

Puis Cassie posa sa fourchette, appuya ses coudes sur la table et se pencha vers Emily.

— Écoute, dit-elle d'un ton grave. On s'est bien marrées avec toi, père Noël. Au début, on se méfiait un peu. On trouvait ça bizarre que Mme Meriwether ait fait appel à une fille, et elle n'arrêtait pas de parler de toi. On était sûres qu'elle mijotait quelque chose. Mais tu nous as prouvé le contraire. Donc, on veut t'inviter à une sortie très spéciale ce soir.

Emily faillit s'étrangler avec sa bouchée de cannoli. Son cœur se mit à battre très fort tandis qu'une petite voix en elle suppliait : *Pas une mauvaise blague, pitié. Tout mais pas ça.*

Cassie lécha un peu de crème sur sa cuillère.

— Tu as entendu parler des décorations de Noël chamboulées ou enlevées un peu partout dans Rosewood ?

Le cœur d'Emily se serra.

— Je crois.

— Ben, c'est nous. (Cassie tourna son pouce vers sa poitrine.) Lola, Sophie, Heather et moi. On se fait appeler les Joyeux Lutins. Et ce soir, on va faire notre plus gros coup.

Elle s'avança au bord de sa chaise et baissa la voix.

— On va voler tous les paquets sous le sapin du country club. Et toutes les décorations, aussi. C'est le moment ou jamais, parce que demain matin aura lieu le brunch annuel au cours duquel les membres ouvrent leurs cadeaux. Ce sera comme dans *Le Grinch*. On verra bien si ces crâneurs de riches se rassemblent quand même autour du sapin. (Elle leva les yeux au ciel.) Bref, on aimerait que tu nous donnes un coup de main.

Emily garda les yeux braqués sur le reste de son cannoli.

— Ça ne me plaît pas trop de voler.

— Oh, rassure-toi, on ne va pas emporter les paquets, la tranquillisa Cassie en agitant sa cuillère. On va juste les déplacer sur le court de tennis. Ils pourront les récupérer le lendemain. C'est juste histoire de les faire flipper. De les obliger à se poser des questions. Il y a deux semaines, on a piqué un petit Jésus dans la scène de la Nativité devant une église. On voulait que les gens voient le berceau vide dans la crèche et qu'ils réfléchissent à la véritable signification des symboles.

Elle marqua une pause.

— Et puis, c'était très drôle, admit-elle en grimaçant. Heather a dû prendre le petit Jésus sur ses genoux dans la voiture. Elle n'arrêtait pas de crier que ça allait lui porter malheur, que Dieu allait la foudroyer.

Emily dut faire appel à toute sa volonté pour ne pas dire à Cassie que le petit Jésus en question appartenait à sa mère. Le bon côté des choses, c'était que, apparemment, les lutins n'avaient pas détruit la précieuse antiquité.

— Donc, le but de vos blagues, ce n'est pas de gâcher le Noël des gens ? demanda-t-elle, timide.

Cassie enfourna la dernière bouchée de son cannoli dans sa bouche.

— Pas tout à fait. On cherche plutôt à attirer l'attention sur le mercantilisme crasse des fêtes de fin d'année. Toutes les bonnes blagues ont un message à faire passer. On n'est pas seulement des délinquantes. (Elle toucha la main d'Emily.) Je te promets que ce sera chouette. Considère ça comme une croisade de Noël.

Le cannoli qu'Emily avait mangé s'agita dans son estomac tandis que la jeune fille regardait, à travers la vitrine du bistrot, l'immense sapin de Noël et les dizaines de boutiques de luxe du centre commercial. Cassie n'avait peut-être pas tort.

Emily pensa à la longue file d'attente au village de Noël, à tous ces enfants qui demandaient beaucoup trop de choses et à leurs parents qui hochaient la tête pour les encourager.

Elle songea aux incidents que rapportaient les journaux, à ces histoires de gens qui se marchaient littéralement dessus pour s'emparer du dernier jouet à la mode dans les rayons de Target ou de Walmart. À toutes ces publicités qui tentaient de vous culpabiliser si vous n'achetiez pas une bague en diamant, une Lexus ou un sac à main hors de prix à votre bien-aimée. À l'acharnement désespéré de sa mère, qui voulait tant récupérer le petit Jésus pour le vendre afin d'acheter des cadeaux. Mais la chose la plus importante, n'était-elle pas que leur famille soit heureuse, en bonne santé et réunie pour les fêtes ?

La fourchette d'Emily tomba dans son assiette avec un bruit métallique.

— D'accord, décida la jeune fille. Je viens.

12

Bien fait pour les habitants de Douxville

— Pour le dîner de Noël, on prend de la dinde, comme d'habitude, ou on essaie quelque chose d'autre – du bœuf, par exemple ? demanda Mme Fields ce soir-là en servant des lasagnes à ses enfants. Ou bien, on pourrait aller manger dehors. Ça changerait un peu.

— Je ne crois pas que ce soit une bonne idée de dépenser de l'argent qu'on n'a pas au restaurant, protesta M. Fields qui remplissait les verres d'eau au distributeur du frigo.

— Ce n'est qu'une fois par an, répliqua Mme Fields en levant le menton. Et je suis sûre qu'on trouvera un moyen de se l'offrir.

Elle haussa les sourcils et regarda Emily, mais la jeune fille garda les yeux obstinément braqués sur son assiette. Dans une heure, elle rejoindrait les lutins pour leur mission commando – mais pas en tant que taupe.

Mme Fields récita la prière, puis tout le monde commença à manger.

— Il ne faut pas trop tarder à nous décider, reprit-elle en

se servant des haricots verts. Tous les restaurants doivent se remplir très vite pour la soirée du 24.

— Je vote pour Ruth's Chris Steak House, dit Jack en plantant sa fourchette dans un morceau de lasagne.

— Pfff, c'est nul. (Beth mordit dans un petit pain.) Je préférerais un endroit un peu plus chic. À Philadelphie, par exemple.

— Moi, Applebee's me convient, murmura Carolyn, toujours frugale et pleine de bon sens.

Ils continuèrent à en discuter pendant le reste du repas. Emily ne prononça pas un mot ; elle se sentait comme un volcan sur le point d'entrer en éruption. Enfin, craignant de tout balancer si elle restait à table une seule minute de plus, elle se leva.

— Euh, il faut que j'aille à la bibliothèque, marmonna-t-elle. J'ai une tonne de devoirs.

— Un jeudi soir juste avant les vacances ? (Beth semblait surprise.) Ça ne plaisante pas à l'Externat de Rosewood.

— C'est pour un contrôle de dernière minute, improvisa Emily en se dirigeant vers l'évier.

Mme Fields se leva aussi et lui prit le bras.

— Tu n'as presque rien mangé, dit-elle, l'air inquiet. Tout va bien ?

Emily continua à fixer le dessous-de-plat en forme de poulet, posé près de la cuisinière.

— Oui, oui, répondit-elle en déposant son assiette dans l'évier. Ne t'en fais pas. À tout à l'heure.

Elle sentit sa mère la suivre des yeux pendant qu'elle traversait le salon adjacent. *Ne te retourne pas*, s'exhorta-t-elle. Pour s'occuper l'esprit, elle se força à penser à des chansons de Noël, mais la seule qui lui vint à l'esprit fut « Vous êtes un méchant, monsieur le Grinch ».

Une fois arrivée au pied de l'escalier, Emily s'autorisa

enfin à jeter un coup d'œil par-dessus son épaule. Sa mère s'était détournée, comme si elle ne soupçonnait rien.

— Ne nous flanque pas dans le fossé ! s'exclama Heather lorsque Cassie se rangea sur le bas-côté de la route sombre et déserte qui longeait le country club de Rosewood.

La voiture pencha sur la gauche. Emily, Sophie et Lola, qui occupaient la banquette arrière, se retrouvèrent entassées les unes sur les autres contre la portière.

— Je sais ce que je fais, se défendit Cassie.

Elle mit le point mort et coupa le contact.

Quand les phares s'éteignirent, l'obscurité enveloppa les filles. Une faible lumière brillait au-delà des buttes du terrain de golf; mais Emily n'y voyait rien.

Cassie fouilla sous le siège conducteur. Elle en sortit une lampe-torche qu'elle alluma. Éblouies, les autres filles plissèrent les yeux.

— Bon. Vous êtes prêtes, les pétasses ?

— Carrément, chuchota Lola, enfonçant un bonnet de ski noir sur son front.

Emily et le reste des lutins l'imitèrent. Puis elles descendirent de voiture et entreprirent de gravir le flanc de la colline.

Emily avait un goût aigre dans la bouche et l'impression que tous ses nerfs étaient à vif. Son estomac presque vide gargouillait. Elle avait dû rester assise sur ses mains pendant tout le trajet pour que les lutins ne voient pas à quel point elle tremblait.

La lampe de Cassie projetait un faisceau doré dans l'herbe du terrain de golf. Les filles s'élancèrent à travers la pelouse, contournant la mare artificielle et deux bunkers en forme d'amibe. Toutes les dix ou douze foulées, Emily regardait derrière elle, certaine que quelqu'un les suivait.

Au loin, le sommet arrondi des buttes se découpait dans le ciel violacé. Il n'y avait personne en vue.

Les lumières du club-house apparurent à l'horizon. L'angoisse saisit Emily alors qu'elle détaillait la façade de pierre et les portes-fenêtres. C'était ici que Mona Vanderwaal avait organisé une soirée pour Hanna après son accident de voiture – celui qu'elle avait elle-même provoqué. Et c'était pendant ladite soirée qu'Hanna avait compris que Mona était « A », et que c'était donc elle qui avait tenté de la tuer.

Les cinq filles contournèrent le bâtiment et s'arrêtèrent près de la porte des cuisines.

— Voilà, chuchota Lola en français.

Et elle brandit un porte-clés des Philadelphia Eagles emprunté un peu plus tôt dans la journée à une amie qui travaillait au restaurant du country club.

La clé tourna dans la serrure. La porte s'ouvrit avec un grincement. Emily se raidit, s'attendant à ce qu'une alarme se déclenche. Mais rien ne vint troubler le silence.

Lola actionna l'interrupteur. Emily se couvrit les yeux d'une main, le temps que sa vision s'ajuste à la brusque clarté. Les poêles et les casseroles avaient été rangées ; les plans de travail en acier inoxydable brillaient, et une buse de pulvérisation pendait mollement dans l'évier.

— Venez, siffla Cassie en se dirigeant sur la pointe des pieds vers une porte battante située sur la droite.

Elle la poussa avec l'épaule, révélant la salle à manger où Emily avait déjeuné tant de fois avec les DiLaurentis et les Hastings. Une trentaine de tables rondes, entourées de lourdes chaises en bois, se dressaient dans la pièce. Un tapis oriental recouvrait le sol, et un comptoir en chêne occupait tout le mur du fond. Un énorme sapin de Noël trônait dans un coin. Ses guirlandes électriques toujours allumées éclairaient des tas de paquets entassés à son pied.

Les lutins se mirent rapidement au travail. Elles ôtèrent les boules en verre et les guirlandes de pop-corn pour les placer dans les cartons que Cassie avait dénichés dans la cuisine. Emily aida Lola à charger les paquets dans une brouette que son amie avait laissée près de la porte pour elles. Chaque fois qu'elle le pouvait, elle déchiffrait l'étiquette glissée sous le ruban. Ainsi, elle trouva un cadeau pour la famille Hastings, un autre pour les parents de Noel Kahn et un troisième pour ceux de James Freed.

Une quatrième étiquette attira son regard. DILAURENTIS. Emily avait entendu dire que la famille d'Ali comptait revenir dans la région ; ses parents et son frère avaient même assisté à la lecture de l'acte d'accusation de Ian. Étaient-ils déjà installés ?

Bientôt, la brouette fut pleine. Emily et Lola se dirigèrent vers le court de tennis en haut de la colline.

— Tu ne trouves pas ça génial, père Noël ? pouffa Lola.

— Carrément, répondit Emily.

Mais elle avait l'impression qu'une bombe était sur le point d'exploser dans sa poitrine. L'obscurité lui jouait des tours. Il lui semblait qu'un buisson remuait sur sa gauche, et le souffle du vent résonnait à ses oreilles comme un gloussement aigu.

Les deux filles déposèrent les paquets près du filet et ramenèrent maladroitement la brouette jusqu'au club-house. Emily aida Cassie et Heather à dépouiller le sapin de ses ornements : boules de verre, mais aussi étoiles argentées ou dorées. Emily essayait de les envelopper soigneusement dans des serviettes en papier, tandis que les autres les jetaient pêle-mêle dans la brouette.

Puis elles s'attaquèrent aux couronnes, aux guirlandes

et aux branches de houx qui décoraient le reste de la pièce. Juste avant leur dernier voyage avec la brouette, Cassie demanda à ses acolytes de se mettre devant le sapin dénudé pour une photo de groupe.

— Dites : « Bien fait pour vous ! », s'écria-t-elle en réglant le retardateur de son appareil numérique avant de rejoindre les autres pour figurer elle aussi sur le cliché.

Puis elle prit des photos avec le téléphone de toutes les autres, celui d'Emily y compris.

Enfin, les cinq filles reculèrent pour admirer leur ouvrage.

— Merveilleux, souffla Cassie.

Ce n'était pas l'adjectif qu'aurait employé Emily, mais elle devait reconnaître que le changement était frappant. Privé de ses décorations, l'arbre avait l'air tout maigrichon. Une partie de ses aiguilles s'étaient répandues sur le sol, et de légères traces dans la poussière indiquaient l'ancien emplacement des paquets. Sans ses couronnes, ses bougies et ses guirlandes, la salle à manger paraissait toute triste, un peu comme les maisons de Douxville après le passage du Grinch.

Comment réagiraient les membres du country club à leur arrivée pour le brunch, le lendemain matin ? Se réuniraient-ils paisiblement autour de l'arbre pour chanter ? *Aucune chance*, décida Emily. *On est à Rosewood, pas dans un film.*

Les filles rouvrirent la porte une dernière fois et poussèrent la brouette dehors dans l'air glacial de décembre. Comme cette fois-ci elle était bien chargée, et elles durent s'y mettre à cinq pour lui faire gravir la colline. Chaque grincement de la roue, chaque gloussement des lutins faisaient sursauter Emily. Elles avaient presque fini ; la jeune fille ne voulait pas que quelqu'un les surprenne maintenant.

Elles atteignirent le court de tennis, déposèrent leur fardeau par terre et se débarrassèrent de la brouette sans incident. Puis elles rebroussèrent chemin vers la voiture de

Cassie à travers le terrain de golf. Alors, Emily réalisa : elles avaient réussi. Elles allaient s'en tirer.

Soulagée, Emily s'élança à la suite des lutins. Jamais elle n'avait autant jubilé de toute sa vie. Prenant la main de Cassie, elle poussa un cri de triomphe auquel Cassie fit écho.

— Longue vie aux Joyeux Lutins ! hulula Heather.

Quand les projecteurs s'allumèrent, Emily crut qu'ils étaient programmés pour le faire à une certaine heure, et elle continua à courir. Puis un mugissement résonna à travers l'obscurité glaciale.

— À terre ! Vous êtes repérées, les filles ! La police est là ! Votre voiture est déjà cernée ! Vous ne pouvez pas vous enfuir !

Emily se figea. Soudain, des lumières bleues et rouges balayèrent la pelouse. Son cœur se serra.

— Non, chuchota-t-elle.

— J'ai dit : à terre ! répéta la voix – une voix qu'Emily connaissait bien.

La jeune fille pivota. Deux silhouettes engoncées dans d'épais manteaux se tenaient près du court de tennis, fixant Emily et les lutins. La première était grande avec des cheveux grisonnants ; l'autre portait un blouson de sport avec un gros R en feutrine cousu sur le devant.

Emily n'eut pas besoin qu'elle se retourne pour savoir qu'il y avait marqué « ÉQUIPE DE NATATION DE ROSEWOOD » en grandes lettres bleues dans le dos. Ce blouson avait appartenu à Jack du temps où il nageait pour l'équipe senior de leur lycée. Maintenant, il servait à tous les membres de la famille Fields quand ils avaient quelque chose de salissant à faire dehors : pelleter de la neige, creuser dans la boue ou arpenter un terrain de golf en quête de vandales.

Emily en resta bouche bée. La première silhouette correspondait à Mme Meriwether. La seconde était celle de sa mère.

13

UNE TAUPE PARMI NOUS

— À terre ! répéta Mme Fields dans son porte-voix.

Lentement, les lutins se laissèrent tomber à genoux et levèrent les mains. Emily fit de même. Mme Meriwether et Mme Fields enjambèrent le muret tels des agents du FBI poursuivant des trafiquants de drogue et entourèrent le petit groupe.

Mme Fields empoigna Cassie par le bras et la força à se relever.

— Vous vous croyez malignes, siffla-t-elle d'une voix méchante qu'Emily ne lui avait jamais entendue avant. Mais c'est fini, vos petites blagues !

— Nous avons tout enregistré, ajouta Mme Meriwether en brandissant un caméscope. Une bonne demi-heure de film qui vous montre en train de dépouiller le sapin de Noël et de voler tous les cadeaux. Vous ne savez pas que certains d'entre eux étaient destinés à des enfants ? Vous devriez avoir honte !

— On n'a rien volé du tout, cracha Cassie en se débattant. Ils sont sur le court de tennis. Vous ne les avez pas vus ? Les propriétaires du country club n'auront qu'à les remettre en place demain.

— Ça reste du vandalisme de propriété privée, décréta Mme Fields sans lâcher le bras de la jeune fille. Et je trouve ça très triste que vous ne compreniez pas combien c'est mal.

Un agent en uniforme de la police de Rosewood-Ouest arriva depuis la direction opposée, lampe-torche braquée devant lui et talkie-walkie crépitant à la ceinture. Emily le dévisagea. C'était l'agent O'Neal, celui qui avait amené sa fille deux fois au village de Noël et qui lui avait promis tous les jouets imaginables.

— Ce sont les filles qui ont causé tant de problèmes ?

Il rejoignit Mme Fields au pas de course et l'écarta de Cassie, à qui il tordit le bras dans le dos. La jeune fille gémit et cessa de se débattre.

— C'est ça, acquiesça Mme Meriwether. Elles se sont introduites dans le country club et, avant ça, elles avaient déjà vandalisé l'église du Signe de la Colombe et tous les jardins des demeures privées. Elles sévissent depuis des semaines.

Le policier détailla les lutins l'un après l'autre et secoua la tête.

— Venez, mesdemoiselles, dit-il en les poussant vers le bord de la route.

Les lutins obtempérèrent, tête baissée et en silence. Emily leur emboîta le pas sans oser regarder sa mère, mais celle-ci lui saisit le bras.

— Que fais-tu, Emily ? Tu peux rentrer à la maison avec nous.

La jeune fille frémit. Les lutins firent volte-face.

— Une seconde, dit Heather en plissant les yeux. Comment se fait-il que vous connaissiez son nom ?

— Et pourquoi ne vient-elle pas au poste ? ajouta Sophie.

— Elle était dans le coup, cracha Lola.

Mme Meriwether se dandina, mal à l'aise, mais Mme Fields eut un sourire triomphant. Emily vit les lutins se décomposer un à un en comprenant ce qui se passait.

— Putain de merde, chuchota Sophie.

— Je vous l'avais dit! hurla Lola. (Elle braqua un index accusateur vers Emily.) Je vous avais dit que c'était une taupe! Je l'ai su dès le jour où elle s'est pointée au village de Noël! Mais vous ne m'avez pas écoutée!

Heather cracha aux pieds d'Emily; cela valut une bourrade de la part d'un des flics qui avaient rejoint l'agent O'Neal. Cassie dévisagea Emily avec un regard noir.

— C'est vrai? gronda-t-elle. Tu nous as tendu un piège?

Emily secoua désespérément la tête.

— Je n'ai parlé de l'opération de ce soir à personne, je te le jure.

Elle se tourna vers sa mère qui s'était adossée à la Volvo familiale et avait croisé les bras sur sa poitrine.

— Comment as-tu su qu'on venait ici?

— Grâce au signal de ton iPhone, répondit Mme Fields, très fière d'elle. C'est l'agent O'Neal qui y a pensé. Je soupçonnais qu'il se tramait quelque chose, alors, je les ai appelés, Judith et lui, et on vous a suivies jusqu'ici.

Emily pensa à l'iPhone niché au fond de son sac.

— Vous m'avez espionnée? souffla-t-elle. Vous nous avez espionnées?

— Tu les as aidés à nous coincer! cria Cassie, furieuse.

— Non! protesta Emily. Enfin, je ne l'ai pas fait exprès. C'est vrai qu'ils m'avaient donné un iPhone pour vous filmer, mais je ne m'en suis jamais servie. Tu me connais, Cassie! Tu sais que jamais je ne ferais une chose pareille!

Cassie la dévisagea, incrédule.

— En fait, père Noël, je ne suis plus du tout sûre de te connaître.

Des larmes coulèrent sur les joues d'Emily.

— Cassie… Je suis désolée.

— Enfin, Emily ! Que t'importe ce que ces délinquantes pensent de toi ? s'impatienta Mme Fields. (Elle ouvrit la portière de la Volvo.) Elles méritent d'être sévèrement punies, et tu nous as aidés à les prendre, la main dans le sac. Avec un peu de chance, on arrivera même à récupérer mon petit Jésus.

Soudain, Emily crut qu'elle allait exploser.

— Mais tu t'en fous, de ton petit Jésus ! hurla-t-elle à la figure de sa mère. Tu veux juste le vendre pour nous acheter des cadeaux, des trucs dont on ne se souviendra probablement même plus l'an prochain ! Qu'est-ce que ça peut te foutre qu'on ait un Noël parfait ? Tu ne peux pas te contenter de ce qu'on a ?

Les mots étaient sortis tout seuls. Mme Fields se raidit, et une expression blessée passa sur son visage. Sans rien dire, elle contourna la Volvo, s'installa au volant et claqua la portière.

L'agent O'Neal poussa les lutins un par un dans une voiture de patrouille. Lorsqu'il ne resta plus que Cassie, celle-ci se tourna vers Emily et la fusilla du regard.

— Ali t'aurait détestée d'avoir fait un truc pareil, tu sais.

Un petit gémissement s'échappa des lèvres d'Emily.

Ayant bouclé les lutins, l'agent O'Neal démarra et s'éloigna dans un hurlement de sirènes. Emily resta plantée au bord du terrain de golf jusqu'à ce qu'elle ne puisse plus voir les lumières ni entendre le gyrophare. Alors, elle réalisa qu'elle était de nouveau seule. Une fois de plus, elle n'avait personne.

14

LE PÈRE NOËL À LA RESCOUSSE

Plus tard cette nuit-là, Emily se faufila hors de chez elle, verrouilla la porte d'entrée et poussa la Volvo familiale jusqu'au bout de l'allée pour que ses parents ne l'entendent pas démarrer. Elle n'était pas censée sortir à une heure pareille, mais elle ne pouvait pas rester dans son lit une minute de plus, à écouter Carolyn ronfler et à revoir dans sa tête l'expression de Cassie qui s'était sentie trahie.

La neige s'était mise à tomber, saupoudrant les rues, les toits et les branches des arbres. Emily dépassa l'Externat de Rosewood, dont le mur d'enceinte en pierre était éclairé, puis l'entrée de la rue d'Ali. Mais ce soir-là, elle n'avait pas envie de s'arrêter devant l'ancienne maison des DiLaurentis. Elle avait trop honte d'elle. C'était un peu comme si Ali la surveillait depuis l'au-delà, et qu'Emily avait des comptes à lui rendre.

Elle ne parvenait pas à se sortir de la tête ce que lui avait dit Cassie. *Ali t'aurait détestée d'avoir fait un truc pareil.* C'était la pure vérité. Oui, Ali passait son temps à taquiner Emily, Aria, Spencer et Hanna ; oui, elle commençait à s'éloigner d'elles à la fin de la 5e, mais jamais elle ne les avait dénoncées à une quelconque autorité. Les membres de leur petite bande avaient toujours été liés par un pacte qui les poussait à se couvrir mutuellement. Voilà pourquoi, le lendemain de la disparition d'Ali, Emily, Aria, Spencer et Hanna avaient raconté toutes sortes de salades à ses parents : elles pensaient que c'était ce qu'Ali aurait voulu. Pas une seconde elles n'avaient imaginé que leur amie était morte.

Emily s'engagea sur la nationale et suivit les panneaux indicateurs jusqu'à Rosewood-Ouest. Quel genre de personne était-elle donc devenue ? Se doutait-elle que sa mère et Mme Meriwether la suivaient ? Les avait-elle volontairement conduites aux elfes ? Elle aurait dû avouer à Cassie et aux autres que sa mère la forçait à les espionner. Du coup, elles ne l'auraient pas invitée à les accompagner au country club, mais l'honneur d'Emily aurait été sauf. Là, elle avait juste l'air d'une conspiratrice. D'une balance. D'une taupe.

Le panneau vert signalant la sortie Rosewood-Ouest brillait dans le lointain. Emily mit son clignotant.

Peu de temps après, elle arriva devant le poste de police qu'elle avait cherché sur Google avant de partir de chez elle. Il était situé dans un ancien corps de ferme. Elle aperçut plusieurs voitures de patrouille garées sur le parking ainsi qu'une lumière solitaire derrière une des fenêtres du rez-de-chaussée.

Les lutins devaient être en cellule. Si seulement Emily pouvait faire quelque chose pour les libérer – mais quoi ? Prétendre qu'elle avait tout organisé ? Qu'elle s'était introduite dans le club-house et qu'elle avait volé les paquets sans l'aide des autres ? Sa mère et Mme Meriwether avaient tout filmé. Elles détenaient une preuve de la culpabilité des lutins.

Emily sortit son téléphone pour regarder la photo sur laquelle elle se tenait avec les autres devant le sapin de Noël dépouillé, à l'intérieur du club-house. Cassie avait un bras posé autour de ses épaules, comme si elles étaient les meilleures amies du monde.

Emily fit défiler les autres photos qu'elle avait prises cette semaine. Lola et elle se livrant à un duel avec deux grandes cannes en sucre d'orge gonflables au village de Noël. Cassie et elle affalées dans la maison en pain d'épices pendant une pause. Les quatre elfes dans la voiture de Cassie, après qu'elles eurent espionné le père Noël strip-teaseur. Et le père Noël strip-teaseur lui-même, agitant son T-shirt en l'air tandis que de respectables mères de famille lui glissaient des billets dans le string.

Depuis le début, on te prend pour une taupe, avait dit Cassie ce soir-là. *Je suppose qu'on s'est trompées.*

La porte du commissariat s'ouvrit, et Emily glissa sur son siège. Un policier en uniforme sortit, alluma une cigarette et s'adossa au mur de brique pour fumer. Lorsqu'il tourna la tête, Emily réalisa que c'était l'agent O'Neal. Les yeux fermés, il tira sur sa clope avec un air très satisfait de lui-même. La capture des Joyeux Lutins devait constituer une grande victoire. Peut-être obtiendrait-il une prime pour ça. Parviendrait-il à acheter les nombreux cadeaux sur la liste de sa fille? Parce que ce n'était pas avec un salaire de simple flic que…

Soudain, Emily eut une illumination. Elle étudia le policier en train de fumer. Sa silhouette lui parut familière – ses larges épaules, sa mâchoire carrée… Sous son uniforme, Emily était certaine qu'il avait des tablettes de chocolat et des pectoraux bien dessinés.

Reportant son attention sur son téléphone, elle détailla les photos du père Noël strip-teaseur. Puis elle leva les yeux vers l'agent O'Neal, et les baissa de nouveau vers son téléphone. Cette fois, elle en était sûre.

— Oh, mon Dieu, chuchota-t-elle avant de se mettre à glousser.

Le père Noël strip-teaseur était… l'agent O'Neal.

15

UN MIRACLE DE NOËL

Emily jaillit de sa voiture et fonça vers lui.

— Il faut que je vous parle !

Le policier plissa les yeux.

— Qui êtes-vous ?

Emily s'arrêta face à lui dans l'allée de graviers. Des flocons de neige tombaient en tourbillonnant doucement autour d'eux. Un cendrier rempli de mégots se dressait près de la porte ; celui de la cigarette que l'agent O'Neal venait de fumer y rougeoyait encore.

— Emily Fields, répondit la jeune fille. J'étais au country club tout à l'heure.

— Ah, oui ! (L'agent O'Neal grimaça.) Vous êtes la fille qui nous a conduits à elles. Beau boulot. Elles n'ont pas compris ce qui leur arrivait.

— En fait, je n'ai pas fait ça pour qu'on les capture. Au contraire, je pense que vous devriez les relâcher, déclara Emily.

Le policier la fixa sans réagir.

— Pardon ?

— Vous m'avez très bien entendue. Relâchez-les. Je vous promets qu'elles auront retenu la leçon.

Il se redressa de toute sa hauteur et partit d'un rire pareil à un aboiement.

— Très drôle, mademoiselle Fields. Mais j'ai déjà commencé mon rapport. Elles sont majeures, vous savez. Elles risquent d'aller en prison ou, du moins, d'écoper de travaux d'intérêt général.

— Elles n'ont rien fait de mal, insista Emily. Bon, d'accord : elles n'auraient pas dû entrer au club-house ni vandaliser des propriétés privées. Mais elles essayaient juste d'envoyer un message. Elles ne voulaient faire de mal à personne.

L'agent O'Neal croisa les bras sur sa poitrine et étudia Emily. Quelques flocons de neige tombèrent sur le bout de son nez; il ne les essuya pas.

— Je ne comprends pas ce que ça peut vous faire, lâcha-t-il enfin. Elles ont volé une antiquité qui appartient à votre famille. Elles ont tout avoué. Non, je suis désolé, mais c'est impossible.

Et, tournant les talons, il voulut regagner son bureau.

— Attendez! cria Emily qui sortait son téléphone. J'ai quelque chose à vous montrer.

Elle lui fourra l'iPhone dans les mains. Quand l'agent O'Neal baissa les yeux sur l'écran, il blêmit.

— Où diable avez-vous eu cette photo?

— Peu importe, répliqua Emily en lui reprenant le téléphone avant qu'il ne puisse l'effacer. Mais ça m'étonnerait que vous aimeriez la voir sur Internet.

L'agent O'Neal écarquilla les yeux et parut se recroqueviller sur lui-même.

— Vous n'oseriez pas.

— Oh, je n'ai aucune envie de le faire, lui assura Emily en se rapprochant de lui.

L'expression de frayeur du policier lui indiquait clairement qu'elle avait pris le dessus.

— Qu'attendez-vous de moi? demanda l'agent O'Neal, vaincu.

— Effacez les aveux des lutins, répondit Emily en réfléchissant à toute vitesse. Passez-leur un savon; ramenez-les au country club pour qu'elles remettent tout en place, mais dites que vous n'avez pas de preuves au sujet des autres délits et que vous ne pouvez pas les inculper. Puis libérez-les.

Les narines de l'agent O'Neal frémirent.

— Vous voulez que je mente?

— Non, juste que vous ayez la mémoire sélective. Forcez-les à rendre tout ce qu'elles ont volé; ça devrait suffire à calmer les propriétaires, non? Débrouillez-vous pour étouffer l'affaire. Oh, et évitez de dire à ma mère que je suis venue ici. Sinon...

Emily agita son iPhone où s'affichait toujours la photo de l'agent O'Neal en père Noël strip-teaseur.

Le policier réfléchit, le regard dans le vague, en mordillant l'intérieur de sa joue. Le cœur d'Emily cognait à tout rompre. Dans quel guêpier s'était-elle encore fourrée? Elle était en train de faire chanter un flic!

Une ombre remua derrière une des voitures garées sur le parking. Un soupir s'échappa d'une benne à ordures voisine.

Puis l'agent O'Neal leva les mains.

— OK, capitula-t-il. Je suppose que je pourrai me débrouiller. (Il agita son doigt sous le nez d'Emily.) Mais s'il disparaît encore la moindre ampoule à Rosewood, c'est à vous que je m'adresserai pour obtenir des réponses, pigé? Et je raconterai tout à votre mère.

— Pigé, acquiesça Emily.

Elle tendit sa main à l'agent O'Neal, qui la serra pour sceller leur accord.

Juste avant qu'il rentre dans le poste, elle lui lança :

— Encore une chose. Ne dites pas aux lutins que c'est moi qui ai négocié leur libération.

L'agent O'Neal leva un sourcil.

— Vous ne voulez pas qu'elles vous remercient? Elles viennent toutes de familles riches. Elles pourraient vous offrir un très beau cadeau de Noël.

Emily regarda la fine couche de poudreuse qui recouvrait désormais le parking. Un très beau cadeau de Noël, ce n'était pas aussi bien que de faire partie de la bande des lutins... et Emily savait qu'elle ne serait plus jamais la bienvenue parmi elles. À leurs yeux, elle serait toujours une traîtresse, une fille infréquentable. Elle préférait rester anonyme; ce serait sa façon à elle de se racheter pour ce qu'elle leur avait fait. Alors, elle secoua la tête.

L'agent O'Neal rentra. Debout près de la fenêtre, Emily le regarda traverser le hall, prendre des papiers sur son bureau et les glisser dans la déchiqueteuse. Lorsqu'il eut fini, il se dirigea vers une cellule et tapa sur les barreaux.

Quatre silhouettes apparurent. Cassie, Lola, Sophie et Heather portaient toujours les mêmes doudounes qu'au country club. Elles avaient les cheveux en désordre, le nez et les yeux rouges comme si elles avaient pleuré.

Des flocons de neige se prenaient dans les cils d'Emily, mais celle-ci ne cligna pas des yeux. Elle ne voulait pas perdre une seule miette de la scène.

L'agent O'Neal dit quelque chose aux filles, puis sortit un trousseau de clés de sa poche. Il ouvrit la porte de la cellule et s'effaça pour qu'elles puissent sortir. Les lutins le dévisagèrent, incrédules. Puis un sourire s'épanouit sur leur visage, non pas moqueur ou malicieux, pour une fois, mais un sourire de gratitude et de soulagement.

Emily s'écarta de la fenêtre avec l'impression que tout était rentré dans l'ordre. En silence, elle regagna sa voiture, démarra et sortit du parking en marche arrière.

Lorsque l'agent O'Neal émergea du poste avec les lutins pour se diriger vers son véhicule, Emily était déjà loin. Jamais Cassie et les autres ne sauraient à qui elles devaient leur liberté. Mais leur mine reconnaissante était une récompense suffisante.

16

Le monde entier était en paix

Le lendemain après-midi, dans la cuisine des Fields, Emily roulait de la pâte sablée en boudin pour préparer des biscuits de Noël. C'était sa coutume préférée, surtout parce qu'elle adorait lécher le glaçage sur les batteurs du fouet. Et elle n'avait pas encore pu s'y adonner jusque-là, parce que son boulot de père Noël lui avait pris tout son temps libre. Mais Mme Meriwether avait appelé le matin même ; elle avait trouvé un remplaçant convenable, et libérait Emily de ses obligations en guise de remerciement.

La jeune fille avait été surprise de se sentir déçue. Finalement, elle aimait bien ce travail. Se déguiser en père Noël pour faire plaisir à des enfants n'était pas désagréable du tout.

Quelqu'un toussa derrière elle. Mme Fields se tenait sur le seuil, les mains sur les hanches. Elle jeta un coup d'œil aux grilles recouvertes de papier sulfurisé qu'Emily avait préparées près du four.

— Tu veux m'aider ? lança la jeune fille sans la regarder.

Sa mère et elle ne s'étaient pas vraiment parlé depuis

qu'elle lui avait crié dessus devant tout le monde au country club. Emily savait qu'elle aurait dû s'excuser, mais elle ne trouvait pas les mots. Elle pensait tout ce qu'elle avait dit ; pourquoi aurait-elle dû se rétracter ?

Sans répondre, Mme Fields s'assit avec raideur sur une chaise et examina studieusement le rebord effiloché d'un des sets de table, sur lequel on voyait un poulet coiffé d'une couronne de houx. De plus en plus mal à l'aise, Emily continua à rouler sa pâte.

Enfin, Mme Fields poussa un soupir.

— Tu avais raison, tu sais.

Emily leva brusquement la tête.

— Pardon ?

— Ce que tu as dit hier soir. (Mme Fields se mordilla l'ongle du pouce.) J'ai peut-être perdu de vue l'essentiel. C'était absurde de vouloir récupérer le petit Jésus juste pour le vendre et acheter des cadeaux avec l'argent. C'est que... je voulais que Noël soit encore plus spécial que d'habitude, cette année. À cause de tout ce qui est arrivé. À cause de toi et de cette fille qui se faisait appeler « A ». À cause d'Alison.

Quand elle se redressa, Emily vit qu'elle avait les yeux humides. Du coup, les siens la picotèrent aussi.

— Je sais combien elle comptait pour toi, poursuivit Mme Fields d'une voix étranglée. Je sais que tu as du mal à accepter qu'elle ait été... (N'osant pas prononcer le mot « assassinée », elle laissa la fin de sa phrase en suspens.) Et quand je pense que c'était quelqu'un qu'on connaissait, quelqu'un d'aussi proche de vous... Je me dis que ça aurait pu être toi, et ça m'affole complètement. Ton père et moi sommes si reconnaissants que tu sois là. Je voulais juste te le faire sentir.

Emily s'écarta du plan de travail pour aller s'asseoir près de sa mère et posa une main sur son poignet.

— Je n'ai pas besoin d'une tonne de cadeaux pour en être convaincue, répondit-elle avec gentillesse. Il suffit que tu me le dises.

— Je sais.

Mme Fields appuya la tête sur l'épaule de sa benjamine. Celle-ci ferma les yeux et tenta d'imaginer l'impact que le meurtre d'Ali avait pu avoir sur tous les parents de Rosewood. Ça avait dû être terrifiant pour eux. D'un autre côté, la mort tragique de l'adolescente pouvait peut-être servir à les rapprocher de leurs enfants, à resserrer les liens familiaux entre ceux que le destin avait épargnés.

— Je suis désolée de t'avoir entraînée dans cette histoire de père Noël, murmura Mme Fields. Je n'aurais pas dû te mettre dans cette position.

— Finalement, je suis plutôt contente que tu l'aies fait, avoua Emily, qui se sentait vidée tout à coup. C'était assez marrant. Et je sais que tu ne voudras pas le croire, mais ces filles étaient vraiment chouettes.

Elle se demanda ce que faisaient Cassie, Lola, Sophie et Heather. Mme Meriwether lui avait dit qu'elle avait trouvé d'autres lutins pour les remplacer, elles aussi. Se trouvaient-elles chez elles en ce moment ? Essayaient-elles de rétablir un lien avec leurs familles distantes et éclatées ?

Soudain, Emily eut un peu pitié d'elles. Sophie allait se faire virer de Yale. Le frère de Lola se droguait. Même si elles ne risquaient plus d'être poursuivies en justice pour toutes les mauvaises blagues commises les dernières semaines, elles avaient encore de vrais problèmes à affronter.

Mme Fields sécha ses larmes avec une serviette en papier, se leva et sortit de la cuisine, tête baissée, un peu honteuse comme chaque fois qu'elle s'était montrée trop émotive. Emily, qui se sentait beaucoup mieux, reporta son attention sur ses biscuits de Noël.

Quand quelqu'un sonna quelques minutes plus tard, la jeune fille essuya ses mains sur un torchon et traversa le salon pour aller ouvrir. À travers la mince vitre de la porte d'entrée, elle aperçut quatre silhouettes. Elle prit une profonde inspiration : les lutins. Elle déglutit.

Les clochettes accrochées à la poignée tintèrent lorsqu'Emily ouvrit. Les quatre filles plantées sous le porche la détaillèrent sans sourire, et le cœur d'Emily se mit à cogner plus fort dans sa poitrine.

— On sait ce que tu as fait, lâcha Cassie, impassible.

Emily avait la gorge sèche.

— Je sais que vous savez. Mais vous vous trompez. Je n'essayais pas de vous coincer. Pas vraiment.

Les quatre filles continuèrent à la fixer en silence. Emily était certaine qu'elles entendaient son cœur battre la chamade.

Elle allait bredouiller de nouvelles excuses lorsque Cassie éclata de rire, se jeta sur elle et la serra très fort dans ses bras. Heather, puis Lola et Sophie se joignirent elles aussi à cette étreinte. Emily demeura toute raide pendant quelques instants, puis se laissa aller et les serra dans ses bras à son tour.

— On sait que c'est toi qui nous as fait libérer, dit Cassie. On t'a vue parler à O'Neal par la fenêtre. Mais comment t'y es-tu prise ?

Emily se dégagea en clignant des yeux. Autant pour sa bonne action anonyme.

— Le strip-teaseur qu'on a vu par la fenêtre, l'autre soir, commença-t-elle d'une voix tremblante, c'était lui. J'avais des photos.

Les elfes échangèrent un regard, puis tapèrent toutes les quatre dans la main d'Emily.

— Tu es une vraie mariole, père Noël, la félicita Heather,

admirative. O'Neal nous a laissées partir sans même nous coller d'amende. Il nous a juste demandé de nettoyer le country club ce matin et de tout remettre en état à l'intérieur.

— Je suis vraiment désolée pour ce qui s'est passé. (Emily s'adossa au mur de la maison.) Je vous jure que j'ignorais que ma mère nous suivait. Je ne savais pas qu'elle pouvait nous repérer grâce à mon téléphone. Au départ, j'ai bien accepté de bosser au village de Noël pour vous espionner – vous aviez raison sur ce point. Mais j'ai laissé tomber après avoir fait votre connaissance. Je ne suis pas douée pour l'espionnage.

— On sait, père Noël, dit Cassie en lui touchant le poignet. Tu es une fille cool.

— D'ailleurs, on t'a apporté quelque chose.

Lola disparut dans les buissons et revint avec un ballot enveloppé d'une couverture bleue. Elle le posa sur le rebord de la fenêtre et écarta la couverture, révélant le petit Jésus de Mme Fields. Le bébé de céramique n'avait pas la moindre égratignure; il dormait paisiblement, comme toujours.

— On a pensé que ta mère voudrait le récupérer, expliqua Cassie en faisant un clin d'œil à Emily. D'après ce qu'on a entendu hier soir, elle semble y être très attachée.

Emily toucha la tête du petit Jésus du bout de l'index.

— Merci, les filles. Ça lui fera très plaisir.

— Pas de souci. (Sophie regarda sa montre.) Il faut qu'on y aille. Sinon, on va être en retard pour... vous savez quoi.

Les autres elfes acquiescèrent avec un petit sourire mystérieux. Emily ressentit un pincement au cœur. Elle aurait bien voulu qu'elles lui disent ce qu'elles allaient faire, mais c'était sans doute trop demander.

Cassie descendit les marches du porche et se tourna vers Emily en agitant son doigt.

— Ne parle de ça à personne, d'accord, père Noël?

— Bien sûr que non. Et vous, ne dites rien à ma mère.

— Promis.

— On se reverra peut-être l'an prochain au village de Noël. (Lola pouffa.) Pour être franche, j'aime bien jouer les lutins.

— Marché conclu, dit Emily.

D'un pas guilleret, les filles rebroussèrent chemin vers la voiture de Cassie. Emily s'enveloppa de ses bras pour se réchauffer et les regarda s'éloigner.

Une branche craqua au loin. La jeune fille jeta un coup d'œil au champ de maïs, en proie à un malaise familier. Ça ne pouvait pas être une coïncidence. Quelqu'un se cachait là-bas. Quelqu'un l'épiait.

— Coucou ? appela-t-elle en descendant les marches.

Mais personne ne lui répondit. Qui qu'il soit, l'espion avait disparu.

SONNEZ HAUTBOIS RÉSONNEZ MUSETTES

J'ai peut-être disparu dans le champ de maïs, Em, mais j'ai bien l'intention de rester dans les parages.

Tout de même, je dois l'avouer : incroyable, l'évolution de notre petite Emily. Faire chanter un représentant de la loi – qui eût cru qu'elle en était capable ? D'un autre côté, elle a toujours été prête à tout pour cette meilleure amie qu'elle a tant aimée et perdue. Ali est la clé de son cœur. Si Emily pensait avoir la moindre chance de la retrouver, elle irait la chercher à l'autre bout de la Terre.

C'est une faiblesse qui offre bien des possibilités intéressantes. Au nom d'Alison, je pourrais inciter Emily à enfreindre la loi. Je pourrais la convaincre d'accuser des gens de toutes sortes de choses. Quand je me déciderai à passer à l'action, il sera très facile de l'attirer dans mon piège. Il me suffira de quelques mots et d'un simple baiser. J'espère juste que les autres seront aussi faciles à manipuler.

Suivante sur la liste : Aria. Elle, son père Byron et son frère Mike ont l'intention de bien s'amuser à l'occasion de Yule, mais mon petit doigt me dit que la surprise qui les attend au lodge de la Griffe d'Ours n'est pas la laine à tricoter qu'Aria a réclamée pour Noël. Et que ce n'est pas la seule chose qui va s'effilocher dans sa vie pendant ces fêtes de fin d'année.

Bisous !

« A »

LE JOLI PETIT SECRET D'ARIA

1

POUR LE SOLSTICE, PLUS ON EST DE FOUS, PLUS ON RIT

— Vous ne trouvez pas ça fabuleux, le didgeridoo? demanda Byron Montgomery.

Tenant son volant avec ses genoux, il se pencha pour insérer un CD dans la fente du lecteur de sa Subaru. Un air de flûte australienne s'éleva, et Byron se mit à remuer la tête en rythme.

— C'est tellement spirituel – la bande-son idéale pour le solstice d'hiver.

— Hmm, marmonna d'un air distrait Aria Montgomery, concentrée sur l'écharpe grise qu'elle était en train de tricoter.

La voiture roula sur une bosse, et la jeune fille faillit se crever un œil avec une de ses aiguilles en bois.

— Le didgeridoo, c'est naze. (Mike, le frère cadet d'Aria, donna un coup de pied dans le siège de sa sœur.) On dirait un croisement entre un pet de vieux et le bourdonnement d'un essaim de guêpes.

Byron fronça les sourcils et passa une main dans ses cheveux en bataille.

— Vous feriez bien de vous mettre un peu dans l'ambiance. Il est hors de question que je sois le seul à chanter pendant les fêtes du solstice.

Aria se retint de lever les yeux au ciel. On était le 24 décembre ; son père, son frère et elle étaient en route pour la station de la Griffe d'Ours, sur les hauteurs des monts Poconos. Byron avait l'intention de skier, Mike de faire du snow-board, et Aria de rester bien au chaud pour tricoter ou écrire son journal.

Toutes les autres voitures qui roulaient sur l'autoroute du Nord étaient bourrées de cadeaux joliment emballés, de caisses de champagne, de jambon congelé et de pudding. Le coffre de la Subaru, lui, contenait trois tapis de yoga, des brûleurs d'encens, une bouteille d'hydromel maison que Byron avait confectionné dans sa cave, et une énorme bûche pleine d'échardes.

La famille Montgomery célébrait Yule au lieu de Noël, d'Hanoukka ou de Kwanzaa. Même si les deux parents d'Aria avaient grandi au sein de l'Église épiscopalienne, jamais ils n'allaient à la messe de minuit, n'invoquaient le père Noël ni ne chantaient « Mon beau sapin ». Tous les camarades d'Aria recevaient des cadeaux à un moment ou à un autre au cours du mois de décembre ; la jeune fille, elle, n'avait droit qu'à une couronne de lierre.

Jusque-là, ça ne lui avait jamais posé de problème. Elle avait accepté depuis longtemps le fait que sa famille était... différente. Mais cette année, après la mort de son amie Alison DiLaurentis, le harcèlement que lui avait fait subir le mystérieux « A » et la découverte que l'assassin d'Ali était une ex-star du football appréciée de tous, Aria avait soif des traditions réconfortantes auxquelles ses parents avaient renoncé. Elle aurait voulu qu'ils se rassemblent autour d'un arbre décoré, qu'ils échangent des cadeaux, qu'ils restent chez eux pour regarder des navets à la télé au lieu de se balader dans les bois en se frappant la poitrine comme des gorilles, histoire de ne faire plus qu'un avec la nature.

Tout en regardant les autres voitures par la fenêtre, Aria envia les enfants excités qu'elle voyait sur les banquettes arrière. Quand la Subaru dépassa une pancarte indiquant un pépiniériste à proximité, la jeune fille envisagea de demander à Byron s'ils pouvaient s'arrêter pour aller couper un sapin. Mais elle savait très bien ce que répondrait son père : « Cet arbre a une âme ! Il détesterait que nous le ridiculisions en accrochant des guirlandes et des boules à ses branches ! »

— Je me demande ce que fait Ella, lança-t-elle lorsque la Subaru doubla une Volkswagen Jetta aux vitres teintées.

Tenant le volant d'une main, Byron tritura un trou dans la manche de son sweat-shirt avec une expression gênée.

— En ce moment même, je suis certain qu'elle est quelque part au-dessus de l'océan Atlantique.

Par la fenêtre, Aria vit un panneau publicitaire pour le centre commercial Devon Crest qui avait ouvert récemment. « LE PLUS GROS VILLAGE DE NOËL DE PENNSYLVANIE, DU DELAWARE ET DU NEW JERSEY ! », clamait un bandeau dans le bas.

Ella volait vers la Suède où elle mangerait des boulettes de viande, materait des Volvo et visiterait un maximum de lieux touristiques pendant les vacances. Aria avait espéré que sa mère l'emmènerait avec elle. Les Montgomery avaient vécu à Reykjavik, en Islande, pendant trois ans, et Aria avait pleuré pendant tout le vol du retour à Rosewood au début de l'automne. Retourner en Europe aurait été un moyen idéal pour décompresser après tous les drames du premier trimestre, mais Ella lui avait répondu qu'elle avait besoin d'être seule.

Aria comprenait sa mère. Le mariage d'Ella s'était effondré lorsque celle-ci avait découvert que son mari Byron avait une liaison avec une de ses anciennes étudiantes nommée Meredith Stevens. C'était Mona Vanderwaal *alias* « A » qui avait révélé ce secret, ajoutant qu'Aria était au courant depuis le début. Furieuse contre sa fille, Ella l'avait chassée de la maison familiale, mais depuis, elles s'étaient réconciliées.

Byron vivait désormais avec Meredith dans un appartement pourri du vieux Hollis ; par chance, la jeune femme passait les fêtes avec ses parents dans le Connecticut. Peu de temps avant, elle avait annoncé une nouvelle qui avait fait l'effet d'une bombe : elle était enceinte de dix semaines, et elle avait l'intention de garder le bébé. Elle avait également dit à Aria que Byron et elle se marieraient dès que le divorce des Montgomery serait prononcé.

Par-dessus les accoudoirs, Byron posa une main sur le genou de sa fille.

— Je sais que tu es triste que ta mère ne soit pas là. Mais c'est l'occasion rêvée de passer du temps tous les trois. Je te promets qu'on va bien s'amuser.

— Je sais, répondit doucement Aria en tapotant la main de son père.

Même si elle voulait haïr Byron pour avoir détruit leur famille, elle n'y arrivait pas. Il était toujours aussi distrait, toujours aussi gentil et gaffeur. C'était son père, et elle l'aimait. Oui, ce serait agréable de passer du temps avec lui sans Meredith. Aria avait habité chez eux à l'époque où Ella était fâchée contre elle, et elle ne s'était pas du tout bien entendue avec sa future belle-mère.

Le premier morceau de didgeridoo s'acheva, et un second commença. Impossible de faire la différence entre les deux.

Aria reprit son ouvrage et l'examina d'un œil critique. L'écharpe mesurait presque un mètre quatre-vingts. Elle avait commencé à la tricoter pour Ezra Fitz, le garçon rencontré dans un bar étudiant le jour de son retour d'Islande. Après qu'ils se furent embrassés, elle avait découvert qu'Ezra serait son professeur d'anglais à l'Externat de Rosewood. Ils avaient quand même continué à se voir en cachette jusqu'à ce que « A » révèlent leur liaison. Ezra avait démissionné de son poste et était parti sur-le-champ pour Rhode Island.

Depuis, Aria avait l'impression de souffrir d'un syndrome post-traumatique. Elle ne pouvait pas s'empêcher de penser à Ezra. Elle lui écrivait des tas de mails auxquels il ne répondait pas. Sortait-il déjà avec quelqu'un d'autre ? Pourtant, il lui avait dit qu'elle était stupéfiante, qu'il n'avait jamais rencontré quelqu'un comme elle.

Et si elle ne s'en remettait pas ? Et si elle ne craquait plus jamais pour personne ? Aria avait eu d'autres petits amis avant Ezra – notamment un dénommé Hallbjorn Gunterson en Islande. Elle était même sortie avec Sean Ackard, un ado typique de Rosewood, pendant le premier trimestre. Mais aucun garçon ne lui avait inspiré les mêmes sentiments qu'Ezra.

Après un arrêt rapide pour que Byron s'achète des trucs à grignoter et passe un coup de fil, ils prirent la sortie « Griffe d'Ours ». Byron suivit les panneaux, le pied au plancher, pour arriver à gravir la pente.

Au bout d'une longue allée, le lodge apparut enfin. Il ne s'agissait pas d'une simple bâtisse de rondins, mais d'un énorme manoir en pierre. De la neige d'une blancheur immaculée recouvrait le sol tout autour. Un téléphérique emmenait les skieurs jusqu'au sommet de la montagne. Des panneaux indiquaient qu'il y avait un spa, un court de tennis couvert, une salle de gym, une boutique de location de matériel, une patinoire et une officine où l'on pouvait réserver des balades en traîneau tiré par des chiens.

Aria en resta bouche bée. Tout comme son frère.

— Ça va être l'éclate, décida-t-il.

— Pourquoi tu ne nous as pas dit que cet endroit était aussi génial ? s'extasia Aria.

Elle était certaine que les toilettes seraient à l'extérieur, qu'il y aurait des ratons laveurs dans les combles et un concierge flippant comme dans *The Shining*.

— Je voulais quelque chose de spécial pour le solstice, cette année. Vous l'avez bien mérité, tous les deux.

Byron s'engagea dans l'allée circulaire. Plusieurs voituriers s'approchèrent en faisant mine de ne pas remarquer que la Subaru avait un phare fêlé, que le rétroviseur côté passager tenait avec du Chatterton ni qu'Aria et son frère avaient couvert le pare-chocs arrière d'autocollants. Ils ne dirent rien non plus au sujet de la bûche de Yule, qu'ils chargèrent joyeusement sur le chariot avec le reste des bagages.

Aria descendit de la Subaru et s'étira. Tout à coup, elle débordait d'optimisme. L'air était vif et frais ; les autres clients avaient les joues rouges et un grand sourire aux lèvres. Un splendide sapin de Noël se dressait devant la baie vitrée ; elle n'aurait qu'à faire comme s'il était pour elle toute seule. Peut-être même qu'elle apprendrait à skier.

Un bruit de pas résonna derrière elle. Aria fit volte-face. Une silhouette disparut à l'angle du bâtiment comme si elle ne voulait pas être vue. Aria pensa tout de suite à « A », qui l'avait harcelée pendant des mois. Mais c'était de la pure paranoïa, se raisonna-t-elle. « A » – Mona – était morte et enterrée.

— J'ai une autre surprise pour vous, annonça Byron en désignant l'entrée du lodge. Vous voulez voir ?

Sur ses talons, Aria et Mike franchirent la double porte

vitrée et pénétrèrent dans un hall douillet, aux murs lambrissés. Des gens vêtus de sweat-shirts Fair Isle se prélassaient devant la cheminée où brûlait un bon feu. Une femme âgée, à l'allure de gentille grand-mère, leur fit coucou derrière le comptoir de l'accueil.

— Il va peut-être nous emmener faire un truc génial, comme du tobogganing ou un tour en hélicoptère au-dessus des montagnes, chuchota Aria à son frère.

— Ou peut-être qu'il va nous offrir des cadeaux, cette année, répliqua Mike, les yeux brillants. Je crève d'envie d'avoir un iPad. Ou un quad de malade comme celui de Noel Kahn.

Byron s'arrêta au milieu du hall et tendit son doigt vers le bar.

— Regardez !

Aria obtempéra. Assis au comptoir, leur tournant le dos, un homme et une femme buvaient des Bloody Mary. Deux garçons d'une vingtaine d'années, qui avaient relevé leurs lunettes de ski sur leur front, finissaient leurs Heineken. Affalée dans un coin, une fille en jean moulant et maxi-sweat-shirt noir sirotait une bière au gingembre sans alcool. Quand elle se retourna, révélant son ventre légèrement arrondi, Aria sentit son cœur se serrer. *Non. Tout mais pas ça.*

— Coucou ! (Les yeux de Meredith s'éclairèrent, et elle glissa de son tabouret.) Je suis si contente que tu sois là !

Courant vers les Montgomery, elle ignora totalement Aria et Mike pour se suspendre au cou de Byron et lui donner un long baiser.

Une boule aussi grosse qu'une bûche de Yule se forma dans la gorge d'Aria. Pour des vacances tranquilles avec son père et son frère, c'était râpé.

2

BEAUCOUP TROP PROCHES

Tandis que le soleil déclinait à l'horizon et qu'une brume violette se formait au-dessus des montagnes, Aria, Mike, Byron et Meredith dînèrent autour d'une grande table carrée dans la salle à manger du lodge. Une harpiste en robe de bal jouait des chants de Noël en sourdine. Aux tables voisines, les gens buvaient du vin rouge et du lait de poule, échangeaient des cadeaux et se racontaient leurs souvenirs des fêtes précédentes. Et de quoi parlaient les Montgomery ?

De vomi.

— C'est incroyable comme ça vient vite, les nausées, expliquait Meredith qui buvait une gorgée de bière au gingembre. (Devant elle attendait un plat très appétissant d'aubergines, de champignons, de brocoli et de quinoa auquel elle n'avait pas osé toucher.) La seconde d'avant, je vais très bien, et tout à coup : *bam !* Je me retrouve la tête dans les toilettes ou obligée de m'arrêter sur le bas-côté. Une fois, j'ai même vomi dans un gobelet en plastique au centre commercial.

— Classe, commenta Mike, les coudes appuyés sur la table. Mais est-ce que ça gicle partout ?

— Parfois, répondit Meredith sur un ton las en se tenant la tête dans les mains.

Euh, on est à table, là, avait envie de dire Aria. Elle baissa les yeux vers ses raviolis. À présent, elle trouvait qu'ils ressemblaient à des aliments régurgités.

— Ma pauvre chérie. (Byron écarta une mèche de cheveux du front de Meredith.) Mais je connais des rituels de guérison qui pourraient t'aider, et j'ai apporté des tas d'herbes médicinales.

La jeune femme agrippa son verre à deux mains.

— J'ai hâte de fêter le solstice. Ça a l'air complètement magique, et si spirituel !

— Nous aussi, on est ravis de t'avoir avec nous. Pas vrai, Aria ? lui lança Byron avec un regard entendu.

Aria tira sur un fil imaginaire de sa jupe. Visiblement, son père aurait voulu qu'elle accueille Meredith à bras ouverts. Mike avait bien réagi à la présence de leur future belle-mère, probablement parce que Byron lui avait promis un pass illimité de snow-board. Mais Aria était trop blessée pour passer l'éponge.

Après l'apparition de Meredith, Byron avait expliqué à ses enfants que les projets de la jeune femme étaient tombés à l'eau à la dernière minute. Ses parents avaient finalement décidé de rendre visite à son frère, dans le Maine ; du coup, Byron avait invité Meredith à les rejoindre sans prendre la peine de consulter Aria et Mike.

— Je sais qu'on ne devait être que tous les trois, à la base, mais je ne voulais pas qu'elle reste seule à la maison pendant les fêtes, avait-il dit sur un ton si préoccupé que, l'espace d'une seconde, Aria avait failli prendre Meredith en pitié elle aussi.

Puis elle avait tourné la tête vers sa future belle-mère et vu son petit sourire matois, qui semblait dire qu'elle avait tout manigancé juste pour gâcher les vacances d'Aria.

La dame de l'accueil s'était répandue en excuses : leurs appartements ne seraient pas prêts avant le dîner. Aussi, Aria, Mike, Byron et Meredith avaient-ils traîné autour du lodge pendant plusieurs heures. Ils étaient allés voir la piste de traîneau, celle de toboggan et le terrain de tir aux pigeons d'argile. Meredith marchait comme une vieille dame terrifiée à l'idée de glisser sur une éventuelle plaque de verglas.

Elle avait forcé Byron à passer trois quarts d'heure dans la boutique de souvenirs afin de choisir un body parfaitement neutre pour le bébé à venir. Byron avait dû l'accompagner aux toilettes les onze fois où elle avait eu besoin de faire pipi. Pendant qu'ils attendaient dans le couloir durant l'arrêt-pipi numéro quatre, Byron avait pressé l'épaule d'Aria.

— Tout va bien?

— Comme dans un rêve, avait répondu la jeune fille d'une voix glaciale, en résistant à une forte envie de s'arracher les cheveux.

Autour de la table du dîner, Byron leva son verre de vin.

— Au solstice.

Meredith trinqua avec lui. Aria et Mike, qui buvaient du Sprite, firent de même à contrecœur.

— Passons en revue notre emploi du temps des prochains jours, suggéra Byron après avoir bu une grande lampée. Demain, je pensais qu'on pourrait se promener dans les bois et faire le Cercle de Confiance. (Il se tourna vers Meredith.) Ça consiste à se tenir par la main et à respirer tous ensemble pour accueillir le changement de saison.

— Évidemment, acquiesça Meredith comme si elle célébrait le solstice d'hiver tous les ans.

— Le soir, on brûlera la bûche de Yule. (Byron coupa un morceau de lasagnes au tofu et le fourra dans sa bouche. Il n'était pas végétarien, sauf pendant le solstice.) Selon le folklore scandinave, ça fait briller le soleil plus fort. Et le lendemain matin, on pourra faire la course nue.

Meredith fronça les sourcils.

— Tu veux qu'on courre nus dehors ?

Avec une grimace lubrique, Mike promena un regard à la ronde.

— On devrait lui demander de nous accompagner, suggéra-t-il en désignant une jolie blonde qui dînait avec ses parents.

Byron s'essuya la bouche avec sa serviette.

— C'est très vivifiant, affirma-t-il. Généralement, on le fait très tôt le matin, pour que personne ne nous dérange. Et on garde nos sous-vêtements, ajouta-t-il avec un sourire. Les Américains ne sont pas très ouverts d'esprit vis-à-vis de ces rituels.

— Je ne crois pas que ce soit une bonne idée pour moi, dit Meredith en tapotant son ventre. Le froid risque de faire du mal au bébé. Et si jamais je glissais et tombais sur le ventre ?

Aria se pencha.

— Ella a toujours adoré la course nue. Elle m'a même dit qu'elle l'avait faite quand elle attendait Mike et qu'elle était enceinte de six mois.

Meredith se décomposa. *Parfait*, se réjouit Aria.

Un tic nerveux agita le coin de la bouche de Byron.

— C'est vrai, mais Meredith a peut-être raison.

La jeune femme baissa son verre d'un air de défi.

— Tant pis, je viens quand même.

Elle jeta un coup d'œil bref à Aria, comme pour lui dire : « Tu ne te débarrasseras pas de moi si facilement. »

Aria se détourna, et son regard se posa sur le sapin qui se dressait dans un coin de la pièce. Il était décoré avec de minuscules oiseaux en verre soufflé, des guirlandes de pop-corn et des nœuds de ruban blanc. Des paquets s'empilaient au pied, et un train électrique en faisait le tour.

Un jeune couple et leurs deux enfants – un garçon d'environ quatre ans et une fillette de six – se tenaient devant l'arbre, main dans la main. Le père souleva son fils pour qu'il puisse mieux voir les oiseaux en verre. Aria n'entendait pas ce qu'ils se disaient, mais elle capta les mots « père Noël ».

Ses yeux s'emplirent de larmes. Cette famille était en train de se créer de merveilleux souvenirs. Et il n'y avait pas si longtemps, sa propre famille faisait de même. D'accord, les Montgomery fêtaient le solstice plutôt que Noël, ce qui était quelque peu excentrique, mais au moins ils étaient tous ensemble.

Ils avaient été si heureux en Islande ! Aria avait eu l'impression que là-bas ses parents étaient retombés amoureux l'un de l'autre, mais tout s'était écroulé quand ils étaient rentrés à Rosewood.

Après avoir fini leurs plats, les convives commandèrent plusieurs desserts à partager ; parmi lesquels du pudding au tapioca et de la crème brûlée, qu'Aria détestait tous les deux. Lorsque le serveur les leur apporta, Meredith prit une grande inspiration, vira au vert et repoussa sa chaise.

— Il faut que j'aille... bredouilla-t-elle, les joues gonflées.

Puis elle se précipita vers les toilettes, dont elle poussa la porte d'un coup d'épaule. Ses haut-le-cœur résonnèrent à travers la salle à manger, et les autres clients jetèrent des coups d'œil inquiets vers les toilettes.

— Dégueu, commenta Mike.

Un porteur en livrée rouge apparut près de Byron.

— Monsieur, vos appartements sont prêts. Nous avons déjà monté vos bagages.

— Parfait. (Byron porta une main à son front. Il semblait épuisé tout à coup.) Un peu de repos nous fera du bien à tous.

Le porteur lui tendit une clé.

— Quatrième étage.

Après avoir payé la note du restaurant, Byron alla chercher Meredith dans les toilettes. La jeune femme s'accrocha à son bras pour se traîner jusqu'à l'ascenseur en soufflant comme si elle était déjà en train d'accoucher.

— La télécommande est pour moi, lança Mike à sa sœur pendant la montée. Il y a un match de combat ultime, ce soir ; je ne veux pas rater ça.

— Peu m'importe, répondit Aria sur un ton las.

À ce stade, elle était prête à regarder toutes les émissions stupides de Mike, pourvu qu'elle puisse s'enfermer dans leur chambre, loin de Byron et de Meredith.

— Mais c'est moi qui choisis en premier dans le minibar, ajouta-t-elle quand même.

— Byron, dépêche-toi, le pressa Meredith un peu plus loin dans le couloir tandis que le père d'Aria cherchait la clé dans sa poche. (Elle plaqua ses mains sur son ventre, le visage blême.) Je crois que je vais encore vomir.

— OK, OK !

Byron ouvrit la porte de leur chambre. Meredith fonça à l'intérieur, et quelques instants plus tard, des bruits répugnants s'élevèrent de la salle de bains.

Planté dans le vestibule, Byron posa les mains sur ses hanches.

— Ça m'a l'air très bien, commenta-t-il en regardant autour de lui.

— Et nous ? demanda Aria. On dort où ?

Son père pencha la tête sur le côté.

— Ben… ici.

Aria le fixa un moment avant de comprendre.

— On loge tous dans la même chambre ?

Elle supposait que, puisque Meredith les avait rejoints, Byron avait modifié leur réservation.

Son père cligna des yeux.

— Ma chérie, cet endroit est vraiment très cher. Et complet pendant la période des fêtes, de toute façon.

Il appuya sur l'interrupteur, révélant deux grandes pièces, une kitchenette et la porte fermée de la salle de bains. Meredith toussa faiblement à l'intérieur.

— C'est une suite, reprit Byron. Si vous dormez sur le canapé convertible du salon, vous aurez quand même une pièce à vous.

L'estomac d'Aria se noua. Un canapé convertible ? Ça ne lui convenait pas du tout. Elle ne pourrait pas manquer d'entendre Byron et Meredith (qui était enceinte !) dans la chambre voisine.

Aria se sentait comme un geyser sur le point d'exploser. Elle était censée avoir son père pour elle pendant ses vacances. Elle avait besoin de passer du temps seule avec lui pour reconstruire le lien mis à mal par le divorce de ses parents. Byron ne le comprenait-il pas ? Ne réalisait-il pas à quel point les derniers mois avaient été difficiles ? Il aurait pu demander à Meredith de ne pas les rejoindre. Il aurait pu, pour une fois, faire passer ses enfants d'abord.

— Il faut que j'y aille, bredouilla Aria.

Saisissant son sac en toile sur le chariot à bagages, elle rebroussa chemin.

— Que tu ailles où ? protesta Byron derrière elle.

Mais Aria ne se retourna pas. Elle traversa le couloir en

trombe, descendit l'escalier et émergea dans le hall lambrissé. Une femme jouait « Vive le vent » dans un coin sur le piano demi-queue. Des gens buvaient le jus de pomme mis gracieusement à disposition sur le comptoir de l'entrée. Dehors, des enfants dessinaient des anges dans la neige fraîche. C'était un endroit magnifique, et Aria avait très envie de rester, mais elle savait qu'elle ne pouvait pas. C'était au-dessus de ses forces.

Elle devait foutre le camp d'ici.

3

Une autre surprise

Le téléphone portable d'Aria indiquait 21 : 57 quand le bus entra dans la gare routière Greyhound de Rosewood. La jeune fille, qui se sentait sale et à moitié assommée, descendit les marches d'un pas titubant. Elle alla chercher son sac dans le compartiment à bagages et, contournant les congères, se dirigea vers sa vieille amie Emily Fields qui avait accepté de venir la chercher. Elle ressortit son téléphone de sa poche.

Bien rentrée à Rosewood, écrivit-elle à Byron. *Amusez-vous bien demain.*

Après sa sortie théâtrale, son père l'avait suivie dans le hall du lodge et avait tenté de la raisonner. Mais Aria était demeurée inflexible. Le cœur lourd, Byron l'avait emmenée prendre le bus suivant pour Rosewood. Avant qu'elle monte à bord, il lui avait posé une main sur l'épaule et jeté un regard lourd de signification. Aria avait pensé qu'il était sur le point de dire quelque chose de profond – ou, au moins, de s'excuser. Au lieu de ça, elle avait eu droit à un :

— N'oublie pas d'étaler du beurre sur la porte d'entrée de

la maison de ta mère. Sinon, tu ne seras pas protégée contre les esprits pendant l'année à venir.

La neige commençait à tomber lorsque Aria monta dans la voiture d'Emily qui l'attendait à la sortie de la gare routière.

— Merci d'être venue me chercher.

— Pas de problème. (Emily démarra et s'engagea dans Lancaster Avenue.) Mais tu es sûre que ne veux pas dormir à la maison ? Tu ne vas pas t'ennuyer toute seule chez toi pendant les fêtes ?

— Je ne veux pas vous déranger, répondit Aria. (Elle avait demandé à son amie de la déposer chez Ella – il n'était pas question qu'elle loge dans l'appartement pourri du vieux Hollis où vivaient son père et Meredith.) Franchement, après tout ce qui s'est passé, j'ai besoin d'être seule un petit moment.

Il n'y avait presque pas de circulation, et tous les feux étaient verts. Emily traversa le centre sans encombre, longea le campus de la fac, dépassa l'entrée de l'ancienne rue des DiLaurentis et atteignit la maison d'Ella en un temps record. C'était la seule du quartier qui ne soit pas illuminée par des guirlandes électriques.

Après avoir dit au revoir à Emily, Aria déverrouilla la porte d'entrée et déposa son sac dans le vestibule. Il n'y avait pas d'autre bruit que le doux bourdonnement du réfrigérateur et le sifflement de l'air dans les radiateurs. Aria regarda par la fenêtre. La pelouse du jardin de devant disparaissait déjà sous la neige. Selon les prévisions météo, il y en aurait plus de trente centimètres d'ici le lendemain matin.

— Je rêve d'un Noël blanc, chantonna doucement Aria.

Sa voix résonna dans la pièce vide, la remplissant de regrets. Qu'allait-elle faire pendant les prochains jours, toute seule dans cette grande maison ? Qu'allait-elle manger le soir du 24 décembre : des macaronis au fromage bios surgelés ? Elle aurait peut-être dû entraîner Mike dans son stage, mais son frère n'avait pas eu l'air perturbé par la présence de Meredith. Il passerait sans doute ses vacances à skier, à faire du snow-board, du tir au pigeon d'argile et de la pêche sous la glace.

Aria monta d'un pas lourd et s'écroula sur son lit, faisant tomber quelque chose par terre. C'était son bien-aimé carnet de croquis. Elle le ramassa, perplexe. Elle était quasiment sûre de l'avoir laissé sur son bureau. Ella l'avait-elle déplacé avant de partir en Suède ? Quelqu'un d'autre était-il venu dans sa chambre ?

La reliure craqua lorsque Aria ouvrit le carnet. Elle l'avait commencé au début de son année de 6ᵉ. Un de ses premiers dessins montrait Ali sortant du collège le jour où elle avait annoncé que son frère Jason lui avait révélé l'emplacement d'un des morceaux de la capsule temporelle. Malgré son jeune âge, Aria avait su capturer avec une précision étonnante le visage en forme de cœur d'Ali, ses yeux pétillants et son sourire ironique. Elle avait l'impression de voir son amie la fixer depuis le papier.

Les pages suivantes contenaient d'autres dessins d'Ali, de Spencer, d'Emily et d'Hanna. Après qu'elles furent devenues amies, Aria les avait croquées des centaines de fois. Venaient ensuite des dessins de l'Islande : les jolies petites maisons alignées, un vieil homme endormi à la terrasse d'un café, les parents d'Aria assis ensemble sur un muret de pierre, l'air très amoureux, et Hallbjorn, le premier garçon avec qui Aria était sortie là-bas.

Aria continua à feuilleter son carnet, qui s'ouvrit de lui-même à une page vers la fin. La jeune fille prit une grande inspiration. C'était un profil d'Ezra Fitz debout devant le tableau pendant un cours d'anglais. Avec regret, Aria détailla ses petites oreilles légèrement décollées, sa large poitrine qu'elle adorait caresser, ses lèvres pleines qu'elle avait embrassées tant de fois.

Elle se laissa tomber sur son oreiller. Où était Ezra en ce moment ? S'apprêtait-il à fêter Noël en famille ? Faisait-il une promenade au clair de lune avec sa nouvelle petite amie ? Les yeux d'Aria s'emplirent de larmes. Une partie d'elle voulait vérifier sa boîte mail pour voir si Ezra ne lui avait pas envoyé un message ; l'autre se disait que ça ne servirait à rien, parce qu'il ne lui avait pas écrit. Il ne pensait plus à elle.

Soudain, elle entendit un craquement suivi d'un choc sourd. Aria se redressa d'un coup et regarda autour d'elle. Ça ne ressemblait pas au bruit du vent.

Il y eut un nouveau choc. Aria se leva d'un bond. Elle sortit dans le couloir sur la pointe des pieds et jeta un coup d'œil par la grande fenêtre carrée qui surplombait le jardin de devant. Il n'y avait pas de voiture garée le long du trottoir ni de passants dans la rue.

Puis un autre bruit se fit entendre. Aria se pencha pardessus la balustrade de l'escalier et hoqueta. La poignée de la porte d'entrée s'agitait comme si quelqu'un essayait de l'ouvrir.

— Il y a quelqu'un ? lança la jeune fille d'une voix étranglée, en saisissant une des crosses de Mike posée contre le mur près de la porte de sa chambre.

Devait-elle appeler la police ? Et si c'était Ian, qui avait réussi à sortir de prison ? Pendant la lecture de son acte d'accusation, le jeune homme s'était tourné vers Aria et ses amies, et il les avait dévisagées avec une expression haineuse.

— Houhou, cria Aria, brandissant la crosse devant elle comme une épée tandis qu'elle descendait prudemment l'escalier. Qui est là ?

Arrivée dans le couloir, elle observa par le panneau vitré à gauche de la porte d'entrée. Une ombre s'agita sous le porche. Oui, quelqu'un se tenait là, songea Aria, le cœur dans la gorge.

Toc toc toc.

D'une main, elle saisit le téléphone sans fil sur la console.

— J'appelle la police ! menaça-t-elle tout haut. Vous feriez mieux de foutre le camp !

La silhouette ne bougea pas.

— Je fais le numéro !

D'un doigt tremblant, Aria composa le 911. La tonalité résonna très fort dans son oreille.

— Aria ? lança une voix étouffée à l'extérieur.

La jeune fille baissa sa crosse d'une fraction de centimètre. Elle vit la silhouette s'agiter de l'autre côté du panneau vitré.

— Les urgences, quel est votre problème ? demanda une opératrice à l'autre bout du fil.

— Aria ? appela de nouveau le mystérieux visiteur.

La jeune fille se rembrunit. Elle connaissait cette voix. C'était celle d'un garçon à l'accent islandais.

— Allô ? s'impatienta l'opératrice. Il y a quelqu'un en ligne ?

Aria se dirigea vers la fenêtre. Sous le porche de la maison d'Ella se tenait un grand jeune homme blond aux larges épaules et à la mâchoire carrée. Un écusson de l'équipe islandaise de ski se détachait sur son anorak bleu marine. Aria partit d'un rire incrédule.

— Hallbjorn ?

— Oui, c'est moi, confirma-t-il. Tu me laisses entrer ? Ça caille, dehors !

Aria ouvrit la porte. De la neige saupoudrait la tête, les épaules et les joues de son visiteur. La jeune fille appuya sur le bouton rouge du téléphone pour couper la communication.

— Hallbjorn, souffla-t-elle de nouveau.

Son ex-petit ami était là, à Rosewood. Chez elle.

Aria n'aurait pas été plus surprise de se retrouver nez à nez avec le père Noël en personne.

4

PAYS FROID, CŒUR CHAUD

Hallbjorn entra dans le vestibule en tapant des pieds et se débarrassa rapidement de ses bottes pleines de neige.

— Je ne savais pas qu'il faisait si froid en Pennsylvanie, dit-il avec l'accent légèrement guttural qui avait tant manqué à Aria depuis son départ d'Islande. C'est comme à la maison !

— Qu-qu'est-ce que tu fais là ? bredouilla la jeune fille, toujours plantée sur le seuil.

Hallbjorn esquissa une moue boudeuse.

— Tu me manquais. Je voulais voir comment tu allais.

— À dix heures du soir, la veille de Noël ?

— Mon avion a été détourné à cause de la météo. En fait, j'allais à New York, mais il y a eu une tempête. Et tous les vols de demain sont annulés aussi. J'ai essayé d'appeler sur ton fixe depuis l'aéroport, mais personne ne répondait, et je ne connaissais pas ton numéro de portable. Alors, j'ai tenté ma chance et je suis venu. (Il regarda autour de lui.) J'espère que je ne tombe pas mal ? Je n'ai pas réveillé tes parents ?

La tête d'Aria lui tourna. La jeune fille s'appuya contre le mur.

— Ils ne sont pas là. Je suis seule.

Elle avait un million de questions à poser à Hallbjorn, mais sa bouche refusait de les formuler. Elle ne l'avait pas vu depuis deux ans. Il était encore plus beau que dans son souvenir. Autrefois mince comme un roseau, sa haute silhouette s'était étoffée. Ses cheveux d'un blond presque blanc avaient poussé jusqu'à son menton. Son sourire révélait des dents blanches aussi parfaitement alignées que dans une publicité pour Aquafresh. Rien qu'à le regarder, Aria avait des palpitations.

Hallbjorn portait un appareil dentaire quand ils s'étaient rencontrés. Une semaine après l'installation des Montgomery à Reykjavik, Aria était partie se promener à vélo. Elle se sentait seule et paumée. Quelques mois à peine s'étaient écoulés depuis la disparition d'Ali. Elle espérait que le déménagement l'aiderait à oublier, mais les événements du début de l'été pesaient encore lourdement dans son esprit, comme s'ils s'étaient produits la veille.

En passant devant un café, Aria avait entendu de la musique. Elle s'était arrêtée. Un groupe jouait au fond de la salle; des gens se pressaient autour de la petite scène. Pendant une pause, un garçon blond s'était tourné vers Aria et lui avait dit quelque chose en islandais. L'adolescente avait rougi et prononcé les seuls mots qu'elle connaissait dans la langue locale : « En anglais, s'il te plaît. »

Le garçon avait souri.

— Tu es américaine? avait-il demandé dans un anglais parfait.

Aria avait acquiescé. Il lui avait souhaité la bienvenue en Islande, et lui avait dit qu'il s'appelait Hallbjorn.

Après avoir passé quelques minutes à parler de leurs

goûts musicaux et des premières impressions d'Aria sur Reykjavik, Hallbjorn avait insisté pour lui faire visiter la région. Le lendemain, il était arrivé chez les Montgomery avec le plus gros 4 × 4 que l'adolescente ait jamais vu – en Islande, tout le monde conduit des véhicules capables de traverser des champs de lave et des glaciers enneigés.

Il l'avait emmenée voir les gigantesques chutes d'eau limpides, les volcans qui fumaient, les cratères immenses qui semblaient tout droit sortis du *Seigneur des Anneaux* et l'île d'Akureyri où des colonies de macareux passaient une partie de l'année avant de migrer vers la Grèce. Ils avaient bavardé pendant tout le trajet sans jamais être à court de sujets de discussion.

Aria avait découvert qu'Hallbjorn avait deux ans de plus qu'elle, qu'il voulait devenir architecte, qu'il savait conduire une voiture de neige depuis l'âge de cinq ans et qu'il était accro aux émissions de télé-réalité américaine telles que *Big Brother*. De son côté, elle lui avait parlé de la petite ville de banlieue ennuyeuse où elle avait grandi ; elle lui avait raconté que son père effectuait des recherches sur les *huldufólk* – les elfes islandais –, et que sa meilleure amie avait mystérieusement disparu au début de l'été.

En fin de journée, Aria avait suggéré un arrêt au Blue Lagoon, les sources d'eau chaude salée naturelles que vantaient tous les magazines de voyage. Mais Hallbjorn avait ri et dit que c'était pour les touristes. Au lieu de ça, il l'avait emmenée à une source secrète. Tandis qu'ils faisaient trempette dans l'eau tiède à l'odeur de soufre – Hallbjorn lui avait promis qu'elle s'y habituerait –, le jeune homme s'était penché vers Aria, lui avait pris la main et l'avait embrassée. Ça avait été le premier baiser d'Aria.

Ils étaient sortis ensemble pendant quatre mois. Ils allaient à des concerts, à des vernissages et à des exhibitions de poneys islandais. Hallbjorn avait appris à Aria comment conduire une voiture de neige ; Aria lui avait appris quant à elle à tricoter et à utiliser son précieux Caméscope. Elle avait l'impression de vivre un rêve. Oui, elle faisait partie de la bande d'Ali à Rosewood, et elle était considérée comme une des filles les plus populaires de leur collège. Mais les garçons ne faisaient pas attention à elle. Ils ne s'intéressaient qu'à Ali.

À Reykjavik, par contre, il n'y avait personne pour lui faire de l'ombre. Ni pour lui dire qu'elle était trop excentrique, pas assez conventionnelle, et que ça dissuadait les gens de l'approcher. Aria n'avait rien changé à sa personnalité en Islande ; elle avait gardé ses mèches roses et son faux piercing sur le nez, et Hallbjorn l'aimait quand même. Il l'aimait, non pas malgré toutes ces choses, mais à cause d'elles, parce que c'était ce qui la rendait unique.

Puis, en février de l'année suivante, une catastrophe s'était produite. Hallbjorn avait décroché une bourse pour une école norvégienne où il pourrait commencer à étudier l'architecture avant même de finir le lycée. Il était parti le jour de la Saint-Valentin, et Aria avait pleuré dans son lit tous les soirs pendant des mois.

Au début, ils s'étaient envoyé des lettres, mais au bout d'un moment Hallbjorn avait cessé d'écrire à Aria. La jeune fille était sortie avec d'autres garçons islandais après lui, mais personne d'aussi spécial.

— Comment as-tu eu mon adresse ? s'étonna-t-elle.

Quand les Montgomery avaient quitté l'Islande, Hallbjorn était toujours en Norvège.

Le jeune homme ôta ses moufles.

— À mon retour de pension, cet automne, je suis passé chez toi. Les nouveaux occupants de ta maison m'ont dit que tu étais rentrée aux États-Unis. C'est eux qui m'ont donné ton adresse.

— Qui vas-tu voir à New York? demanda Aria.

Hallbjorn la dévisagea sans réagir, comme s'il ne s'attendait pas à cette question.

— Euh, des parents éloignés, répondit-il sur un ton distrait en frottant son nez rougi par le froid. Mais je te l'ai dit, mon avion a été détourné à cause de la météo. (Il eut un sourire penaud.) Tu crois que je pourrais rester ici pour deux nuits? Il n'y a pas d'autre vol avant le 26. J'ai de l'argent.

Aria rit.

— Tu n'as pas besoin de me payer. Je serai ravie d'avoir de la compagnie.

Elle l'entraîna dans le salon et lui dit de s'asseoir sur le canapé, le temps qu'elle prépare du thé. En attendant que l'eau chauffe, elle lança depuis la cuisine :

— Alors, comment va l'Islande en ce moment? La vie là-bas me manque.

— Ça peut aller, répondit Hallbjorn sur un ton indifférent. Rien de très excitant.

Aria saisit deux mugs sur une étagère.

— Ça ne dérange pas tes parents que tu ne passes pas Noël avec eux?

— Euh, je ne sais pas trop.

— Ils vont bien, j'espère?

Les Gunterson étaient deux Islandais athlétiques, des gens robustes qui s'habillaient pareil et couraient des ultramarathons ensemble. Aria se dit qu'ils traversaient peut-être le même genre de crise que Byron et Ella, mais elle n'arrivait pas à les imaginer séparés.

— Oui, oui, ne t'en fais pas. J'ai juste organisé ce voyage à la dernière minute.

Un tintement léger résonna dans la pièce voisine.

— Hé! s'exclama Hallbjorn. Tu as toujours le carillon à vent qu'on avait acheté à Laugavegur!

Aria apporta les mugs de thé fumant au salon. Hallbjorn était vautré sur le canapé, ses longues jambes étendues sur l'ottomane. Un picotement parcourut Aria lorsqu'elle s'assit près de lui.

— Et ta famille? demanda le jeune homme.

— Un peu éclatée en ce moment, admit Aria. (Elle lui expliqua que Byron et Ella allaient divorcer.) Mon père et mon frère sont partis fêter le solstice d'hiver dans le nord de l'État. Tu te souviens de ce qu'on fait à cette occasion?

Le visage d'Hallbjorn s'éclaira.

— L'année où on était ensemble, vous avez serré tous les arbres du Hallormsstadarskogur dans vos bras! Et nagé nus dans la mare de M. Stefansson!

Aria grogna – elle avait presque oublié ce malheureux incident.

— Ouais, sauf que mon père avait négligé de lui demander la permission. Heureusement que tu es arrivé et que tu lui as tout expliqué.

Les Gunterson n'habitaient qu'à un kilomètre et demi. Quand M. Stefansson était sorti avec un fusil et avait menacé de tirer sur les Montgomery qui folâtraient en sous-vêtements dans sa mare, Aria avait très vite appelé Hallbjorn à l'aide.

Hallbjorn ôta le sachet de thé de son mug.

— Tu te souviens quand ton père a essayé de convaincre M. Stefansson de participer au rituel avec vous?

— Oh, mon Dieu, oui! (Aria se frappa le front.) M. Stefansson l'a regardé comme s'il était fou. Et mon père n'a rien trouvé de mieux à dire que : « Mais monsieur Stefansson, vous croyez aux *huldufólk* ! Pourquoi vous ne croyez pas aussi au solstice ? »

— M. Stefansson a toujours pris les *huldufólk* très au sérieux, approuva Hallbjorn. Il leur a même construit un autel dans les rochers !

Aria gloussa. M. Stefansson était convaincu que des elfes islandais vivaient au fond de sa propriété.

— Je sais. Il nous criait dessus quand on s'en approchait trop.

Elle sourit à Hallbjorn. Un long moment, ils se regardèrent dans les yeux tandis que la fumée de leurs mugs ondulait autour de leur visage. Puis Aria baissa le nez.

— J'ai tellement pleuré quand tu es parti en Norvège...

Hallbjorn lui toucha la main.

— Tu aurais pu venir me voir au pensionnat.

— Je ne savais pas si tu le voulais.

En fait, Aria était allée en Norvège avec Ella quelques mois après le départ d'Hallbjorn. Elle avait même traversé le petit village où se trouvait son école. Sa mère l'avait encouragée à entrer et à demander le jeune homme à l'accueil, mais Aria était trop timide et trop peureuse pour faire une chose pareille. Et si Hallbjorn arrivait avec sa nouvelle petite amie ? Et s'il lui riait au nez ?

— Ça m'aurait fait très plaisir, dit le jeune homme en se rapprochant un peu d'elle. J'ai beaucoup pensé à toi pendant que j'étais là-bas.

Quand Aria releva la tête, Hallbjorn la fixait intensément. Ça semblait si naturel de reprendre là où ils s'étaient arrêtés...

Aria sourit en elle-même. Elle pensait qu'elle avait besoin de passer un peu de temps seule pour digérer sa rupture avec Ezra et l'histoire de « A ». En réalité, ce qu'il lui fallait, c'était peut-être tout bêtement une nouvelle histoire d'amour.

5

LA CHEVAUCHÉE SEXY

Le matin de Noël, pendant que tout le monde ouvrait ses cadeaux – ou, dans le cas de Byron, de Meredith et de Mike, gambadait en sous-vêtements avec des cerfs –, Hallbjorn prépara des pancakes bios et des saucisses au tofu pour le petit déjeuner d'Aria. Puis il décora le grand cactus du salon avec différents objets rouges trouvés dans la maison : une moufle, une cuillère en plastique, un bout de ruban déniché au fond d'un tiroir.

— Comment tu as su que j'avais envie d'un arbre de Noël ? hoqueta Aria.

Hallbjorn grimaça.

— L'intuition.

Après avoir envoyé un texto à Emily et à Spencer pour leur souhaiter un Joyeux Noël – Hanna était juive –, Aria emmena Hallbjorn à Philadelphie. Dans South Street, ils zigzaguèrent entre les congères géantes déjà jaunes de pisse de chien. L'air était mordant, et il n'y avait presque personne dans les rues à l'exception de quelques joggeurs endurcis et d'une poignée de touristes arborant des appareils photo hors de prix autour du cou. Les seuls commerces ouverts étaient les sex-shops et la pharmacie Walgreens, qui faisait déjà 50 % de remise sur les décorations de Noël.

— Regarde, ils vendent des sous-vêtements en chanvre ! s'écria Aria en désignant une boutique fermée dont la porte était ornée d'un autocollant en forme de feuille de marijuana. Très écolo, non ?

— À condition qu'ils ne soient pas fabriqués dans des ateliers clandestins, répliqua Hallbjorn avec un rictus. Il faut faire très attention avec les tissus bios.

Aria acquiesça d'un air entendu, comme si elle le savait parfaitement.

Ils passèrent la matinée à jouer à une version écolo de « Je vois », désignant les restaurants végétariens dans South Street, les nombreuses poubelles de tri sélectif et les bus qui roulaient au gaz naturel. Hallbjorn avait dit à Aria qu'il se consacrait depuis peu à la sauvegarde de l'environnement. Il avait l'air si sérieux et si sexy à la fois quand il parlait d'émissions de carbone qu'Aria voulait lui prouver combien elle était écolo elle aussi.

— Qu'est-ce qui t'a poussé à t'engager dans cette voie ? lui demanda-t-elle lorsqu'ils passaient devant une boutique vintage qu'elle adorait. Je ne me souviens pas que ça te préoccupait autant à l'époque où je vivais à Islande.

— J'ai commencé à m'intéresser aux problèmes environnementaux quand j'étais en Norvège, mais je suis vraiment tombé dans la marmite à mon entrée en fac, à l'automne dernier, expliqua Hallbjorn. J'ai intégré un groupe d'activistes qui voulaient empêcher une grande entreprise de jeter ses déchets dans la rivière près du campus. Le groupe était dirigé par une fille qui s'appelait Anja ; elle organisait des manifs incroyables.

Une expression de regret passa sur son visage.

— Vous sortiez ensemble? demanda Aria en s'efforçant de ne pas avoir l'air jalouse ou indiscrète.

Hallbjorn contourna un parcmètre bleu auquel était accrochée une couronne de Noël en plastique.

— Oui, admit-il. Mais le mois dernier, elle a embarqué à bord d'un navire de Greenpeace qui attaque les baleiniers au large des côtes japonaises. Je voulais y aller aussi, mais elle m'a dit qu'elle avait besoin d'être seule.

— Désolée, dit Aria alors qu'une voiture passait près d'eux en klaxonnant « Père Noël arrive ce soir ». Moi aussi, quelqu'un m'a brisé le cœur récemment.

— Ah bon? (Hallbjorn haussa un sourcil.) Raconte.

Aria lui parla d'Ezra, en omettant toutefois de préciser que c'était son prof d'anglais.

— Quand il est parti, ça m'a fait vraiment mal. J'ai cru que je ne m'en remettrais jamais. Mais il sort sans doute déjà avec une autre fille.

— Je me dis la même chose au sujet d'Anja, acquiesça Hallbjorn, l'air tout malheureux. Elle a changé ma vie. Elle m'a poussé à faire des choses dont je n'aurais jamais rêvé, et... pouf! (La main sous le menton, il fit mine de souffler sur un pissenlit pour en éparpiller le duvet.) Maintenant, elle est avec un gars qui, quand il ne sauve pas les baleines, s'enchaîne à des arbres dans la forêt amazonienne pour empêcher qu'on les abatte.

Aria ricana.

— Il ne doit pas être si génial. Je te parie qu'il fait pipi dans son sac de couchage, la nuit.

— Ou qu'il mange en secret des singes d'espèces protégées, renchérit Hallbjorn, entrant dans son jeu.

— Ou qu'il ne trie pas ses ordures! gloussa Aria.

— Et la nouvelle copine de ton ex, qu'est-ce qu'elle peut

bien avoir comme défaut? (Hallbjorn se tapota le menton.) Je sais : en fait, c'est un homme!

Aria éclata de rire.

— Ou bien, elle est analphabète. Ou bien, elle a des poils partout, y compris sur les fesses.

— Sérieusement, dit Hallbjorn en plongeant son regard dans celui d'Aria. On n'avait jamais ce genre de problème. Tout était… facile entre nous. Évident.

— Je sais, acquiesça Aria, un peu embarrassée. On allait bien ensemble.

Soudain, Hallbjorn se figea sur le trottoir. Son visage à la peau déjà très blanche devint livide. Tournant les talons, il plongea dans une ruelle adjacente.

— Hallbjorn?

Surprise, Aria le suivit. La ruelle sentait les ordures et les mégots de cigarette. Deux ou trois pneus de vélo étaient appuyés contre un mur.

— Que se passe-t-il?

— Chut, lui intima Hallbjorn en plaquant une main sur sa bouche.

Son regard faisait la navette entre le coin de la ruelle et le feu tricolore le plus proche. Une voiture de police traversa lentement le carrefour. Une femme qui promenait un danois passa sur le trottoir d'en face.

Enfin, Hallbjorn émergea de la ruelle et jeta un coup d'œil à la ronde. Son visage avait repris quelques couleurs, et il respirait plus facilement.

— Tu peux m'expliquer ce qui se passe? réclama Aria derrière lui.

— J'ai cru voir quelqu'un que je connaissais.

— Quelqu'un qui vient d'Islande? Ou quelqu'un de ta famille qui vit à New York?

— Peu importe.

Hallbjorn fit encore quelques pas dans South Street, puis se figea de nouveau. Aria scruta les environs, à l'affût de ce qui pouvait bien l'effrayer ainsi. Les deux personnes âgées qui se promenaient main dans la main ? L'écureuil tapi au pied de l'arbuste maigrichon ?

Hallbjorn s'engouffra dans un bâtiment par une porte ouverte. Aria le suivit. Il faisait froid et sombre à l'intérieur. Une odeur d'huiles essentielles chatouilla les narines d'Aria. La jeune fille entendit le clapotis d'une cascade et le léger tintement d'un carillon à vent.

« STUDIO DE YOGA DOUBLE LUNE », clamait une pancarte dans le fond. Plusieurs affiches représentant des hommes et des femmes athlétiques dans différentes postures ornaient les murs. Sur la gauche, des cubes contenaient quelques paires de chaussures, et dans une vaste pièce aérée sur la droite, quatre ou cinq personnes attendaient calmement le début d'un cours collectif.

Une fille coiffée d'un bonnet de père Noël se tenait derrière le comptoir de l'accueil.

— *Namaste*, lança-t-elle d'une voix très zen. Joyeuses fêtes. Vous êtes venus pour le cours destiné aux couples ?

— Euh, oui, répondit Hallbjorn. (Il jeta un coup d'œil à Aria.) Tu veux bien ?

Aria le dévisagea, perplexe. Ils n'avaient pas parlé de prendre un cours de yoga ensemble. Pivotant, elle regarda par la fenêtre. Qu'avait donc vu Hallbjorn dehors ?

Puis elle réalisa. La fille avait dit « cours destiné aux couples ». Ce qui voulait dire étirements au corps à corps… avec Hallbjorn.

— Volontiers, répondit-elle, plongeant une main dans son sac et tirant de son portefeuille un billet de vingt dollars qu'elle posa sur le comptoir.

Après avoir enfilé chacun un bas de jogging propre prêté

par le studio, Aria et Hallbjorn ressortirent de leurs vestiaires respectifs. Le jeune homme semblait beaucoup plus calme. Aria lui toucha le bras.

— Ça va aller? Tu étais bizarre tout à l'heure.

— Juste un peu stressé, répondit Hallbjorn. D'où le cours de yoga. Ça me détend toujours.

Ils prirent des tapis et entrèrent dans la salle. La fille au bonnet de père Noël se tenait maintenant contre le miroir qui recouvrait tout un mur. Un grand type avec une barbe comme celle de Jésus et des yeux tombants, qui portait un collant en Lycra et pas de T-shirt, la rejoignit. Il fit face à Aria, à Hallbjorn et aux deux autres couples présents.

— Je suis ravi que vous ayez pu venir aujourd'hui, commença-t-il. Ce sera un cours très spécial, puisqu'il aura lieu le jour de Noël. Allongez-vous par terre. Inspirez et expirez au même rythme. Ne faites plus qu'un avec votre partenaire.

Hallbjorn et Aria s'exécutèrent. La jeune fille prit la position du cadavre en s'efforçant d'ignorer l'odeur de pieds de son tapis. Elle jeta un coup d'œil en coin à Hallbjorn. Sa poitrine s'abaissait et se soulevait régulièrement.

— Le but de ce cours, c'est de tisser ou de renforcer des liens d'amour et d'acceptation mutuelle, expliqua la fille au bout de quelques minutes. Cela vous permettra d'être plus ouverts et plus productifs en tant que couple. Pour commencer, nous allons faire un exercice qui s'appelle l'arbre double.

Elle ordonna aux élèves de se mettre debout, hanche contre hanche, en tenant leur partenaire par la taille. Aria s'exécuta et adressa un sourire nerveux à Hallbjorn. Le bras du jeune homme était si fort et si solide dans son dos!

— Maintenant, levez votre jambe opposée pour prendre la position de l'arbre, dit le barbu en pleine démonstration avec la fille. Placez la paume de votre main libre contre celle de votre partenaire. Comme ça, vous voyez ?

Aria sentit Hallbjorn rectifier son équilibre en pliant le genou pour poser la plante de son pied à l'intérieur de sa cuisse. Elle l'imita et colla sa paume contre celle du jeune homme. Mais au lieu de rester ainsi, comme les instructeurs et les deux autres couples, Hallbjorn entrelaça ses doigts à ceux d'Aria et lui pressa doucement la main.

— Trèèès bien, les félicita Jésus, les yeux fermés. Sentez l'énergie. Sentez votre équilibre. Vous êtes deux arbres dans la nature ; vous vous soutenez mutuellement.

— Ça ressemble pas mal à vos rituels du solstice d'hiver, non ? chuchota Hallbjorn.

Aria gloussa.

— Tu vas voir qu'ils vont nous faire courir à poil dans South Street.

Le jeune homme haussa les sourcils.

— Si tu es partante, ça ne me dérange pas.

Aria dut faire un gros effort pour ne pas s'empourprer.

— Maintenant, nous allons passer à la double selle, annonça la fille en mettant son genou plié à terre. Cela vous aidera à surmonter votre susceptibilité et vos insécurités l'un vis-à-vis de l'autre. Asseyez-vous sur votre tapis. Face à face, écartez les jambes en V et tenez-vous les mains. Comme ça.

Jésus et elle prirent la posture. Comme ils étaient très souples tous les deux, ils se retrouvèrent pratiquement en grand écart facial. Ils se rapprochèrent en se dandinant jusqu'à ce que leurs bas-ventres se frôlent.

Aria se mit à pouffer nerveusement. Déjà, Hallbjorn écartait les jambes. Elle fit de même et lui prit les mains. Lentement, ils se tirèrent l'un vers l'autre. Ils étaient penchés en avant, de sorte qu'ils se retrouvaient nez à nez.

Leurs regards se croisèrent, et Aria ne détourna pas les yeux. Hallbjorn non plus.

Le dos bien droit, Aria avança encore de quelques millimètres et posa ses lèvres sur celles d'Hallbjorn. Il avait une bouche tiède et ferme, au goût de miel. Et pour la première fois depuis des mois, Aria ne pensa plus à Ezra, ni à Ali, et encore moins à « A ».

6

QUE SONNENT LES ALARMES

— Tu te souviens de ça?

Brandissant son iPad, Aria montra à Hallbjorn l'une des photos qu'elle avait téléchargées. Son petit ami et elle se tenaient au bord de Laugardal, une des plus grandes piscines publiques de Reykjavik. De la neige voletait autour d'eux et se collait à leur peau nue. En Islande, les piscines extérieures restent ouvertes toute l'année parce qu'elles sont chauffées par géothermie.

— Leur toboggan était vraiment flippant, se remémora Aria.

— C'est toi qui étais très trouillarde, la taquina Hallbjorn en lui enfonçant un index entre les côtes. Tous ces pauvres gamins qui attendaient derrière toi dans le froid glacial et qui te suppliaient de te décider!

Aria frémit.

— Je sais, je sais.

Au final, elle avait eu trop peur de se lancer. Elle avait fait demi-tour et redescendu l'escalier en bois.

C'était le soir du 25 décembre. Les deux jeunes gens

étaient pelotonnés sous la couette d'Aria. Tout compte fait, songea cette dernière, c'était le meilleur Noël de toute sa vie. Hallbjorn embrassait encore mieux que dans son souvenir. Il venait de passer vingt minutes à lui masser la nuque pour la détendre, lui arrachant de petits soupirs de bien-être et lui faisant souhaiter ne plus jamais avoir à sortir de cette chambre.

Aria passa à la photo suivante et éclata de rire.

— Les poneys!

Les Gunterson avaient deux chevaux nains islandais, Fylkir et Fyra. Aria montait le premier, qui était le plus petit, le plus gros et le plus docile. Pourtant, elle avait l'air terrifiée. Près d'elle, Hallbjorn se tenait bien droit dans la selle de Fyra, qui avait une robe couleur de cannelle et des naseaux géants.

— Pour notre première balade, tu m'as fait descendre le long de cette falaise à pic, reprocha Aria à Hallbjorn. Je t'aurais tué. J'étais certaine qu'on allait tomber dans le vide.

— Les chevaux islandais ont le pied sûr, protesta le jeune homme.

— Sur le coup, je ne t'ai pas cru. (Aria détailla la fille qu'elle était, trois ans plus tôt.) Pas étonnant que Mike ait peur d'eux. Ils ont l'air si... petits. Et on ne peut pas leur faire confiance.

Hallbjorn éclata de rire.

— Mike a peur des chevaux islandais?

Aria s'enfonça davantage sous la couette. Oups. C'était un des plus grands secrets de son frère.

— Oublie ce que je viens de dire.

— C'est qui, ce type?

Les photos étaient rangées dans le désordre sur l'iPad d'Aria. La suivante montrait Noel Kahn à l'une des fêtes organisées par Ali pendant leur année de 5e. Aria l'avait prise sans se faire voir, à un moment où Noel ne la regardait pas. Quand Ali l'avait découvert, elle avait taquiné son amie sans pitié.

— Oh, juste un garçon qui me plaisait avant que je déménage en Islande, répondit Aria avec nonchalance.

— Je crois que tu m'as parlé de lui, dit Hallbjorn. Alison te l'avait piqué, c'est ça ?

— Il n'était pas à moi, pour commencer, le détrompa Aria. (Elle examina Noel. Sur la photo, il portait un T-shirt de l'équipe de lacrosse de l'université de Pennsylvanie – son préféré.) Et puis, tous les garçons tournaient autour d'Ali. J'ai quand même trouvé ça vache de sa part de sortir avec Noel. Elle savait que je craquais pour lui.

Pire encore, Ali n'était sortie avec Noel qu'une seule fois avant de le larguer. Comme si elle voulait juste prouver qu'elle pouvait avoir n'importe quel garçon – surtout ceux que convoitaient ses amies. Du moins, c'était l'impression qu'Aria avait eue.

Hallbjorn s'appuya sur un coude.

— Ce type est un idiot de n'avoir pas saisi sa chance avec toi. Tu es une fille épatante. J'étais très attaché à Anja, mais je ne t'ai jamais oubliée. Tu as été mon premier amour.

— Amour? couina Aria, le mot, lourd de signification, plana dans l'air.

Deux taches roses apparurent sur les joues d'Hallbjorn.

— Oui.

Soudain, une branche craqua dehors, et quelqu'un éclata de rire. Aria se laissa glisser du lit et s'approcha de la fenêtre. Elle écarta les rideaux. Le ciel nocturne était voilé par la brume. Une fine couche de glace scintillante recouvrait la neige. Autour de la propriété, des empreintes de bottes toutes fraîches conduisaient à la porte de derrière.

— Oh, mon Dieu! (Aria s'écarta de la fenêtre.) Je crois qu'il y a quelqu'un qui essaie d'entrer!

Elle dévala l'escalier, Hallbjorn sur les talons. Au moment où ils atteignaient le vestibule, un grand fracas se fit entendre dehors. On aurait dit que quelqu'un venait de renverser une des poubelles métalliques. Aria agrippa le bras d'Hallbjorn.

— Tout va bien, lui dit le jeune homme en l'attirant contre lui. Ce n'est sans doute qu'un animal.

— Je suis sûre que non, répliqua Aria. (Son cœur battait si fort que la tête lui tournait.) Quelqu'un me surveille.

— Pourquoi dis-tu ça?

— Ça fait des mois que quelqu'un me harcèle, tu te souviens?

Elle lui en avait parlé dans l'après-midi.

— Oui, une espèce de folle. Mais tu m'as dit qu'elle était morte, non? (Hallbjorn se dirigea vers le patio.) C'est juste un animal. Je vais lui faire peur.

— Ne sors pas! s'écria Aria. J'appelle la police.

Elle saisit le téléphone du couloir.

Tout le sang reflua du visage d'Hallbjorn. Il se jeta sur Aria, lui arracha le combiné des mains et raccrocha violemment.

— Non, pas la police!

Choquée, la jeune fille recula.

— Ouah. Mais qu'est-ce qui t'arrive?

Hallbjorn ouvrit la bouche comme pour protester que tout allait bien. Puis ses épaules s'affaissèrent.

— Je suis désolé, bredouilla-t-il. Je ne voulais pas te le dire... Je suis recherché par la police en Islande. J'ai peur que les flics d'ici soient au courant. C'est pour ça que je me cache et que j'évite les voitures de police. Ils pourraient très bien me chercher, eux aussi.

Aria fut prise de nausée.

— Qu'est-ce que tu as fait pour devenir un hors-la-loi?

— J'ai organisé une manifestation contre la destruction d'un sanctuaire de macareux près de Reykjavik, révéla Hallbjorn. Je t'y avais emmenée une fois.

— Je m'en souviens, acquiesça lentement Aria. C'est là que les œufs éclosent.

Elle avait craqué pour les bébés macareux. Si elle s'était écoutée, elle en aurait enlevé un pour le ramener chez elle et le garder comme animal domestique.

Hallbjorn leva la tête et lui jeta un regard implorant.

— Ils allaient tout démolir pour construire un centre commercial. Déplacer les macareux et raser leur habitat. Je ne pouvais pas les laisser faire. Alors, j'ai manifesté, et j'ai été arrêté. Mais je ne me suis pas laissé faire, et j'ai réussi à m'échapper. Les flics m'ont poursuivi pendant des jours. Je me suis caché chez un ami, puis j'ai compris que je devais quitter le pays. J'ai pris un bateau jusqu'en Norvège et, de là, un avion pour les États-Unis. Mon passeport n'était pas signalé, puisque, à ce moment-là, personne ne me recherchait à l'international.

Aria cligna des yeux, s'efforçant de digérer ces révélations.

— Donc… en fait, tu ne venais pas pour voir ta famille.

Hallbjorn secoua la tête.

— J'ai des amis à New York qui m'ont proposé de m'héberger. Mais quand mon vol a été détourné sur Philadelphie, j'ai pensé à toi. (Il lui prit les mains.) Je suis désolé de ne pas t'en avoir parlé tout de suite – j'avais peur que tu me juges. J'étais désespéré. Je ne pouvais pas faire demi-tour et rentrer en Islande. Ils m'auraient jeté en prison. Peux-tu me pardonner?

Aria dégagea ses mains. Ça ne lui plaisait pas qu'Hallbjorn lui ait menti – trop de gens l'avaient trahie au cours des derniers mois. D'un autre côté, lui aurait-elle ouvert sa porte si elle avait su qu'il était recherché par la police?

Depuis la découverte du corps d'Ali, elle avait suffisamment eu affaire aux forces de l'ordre pour toute sa vie.

Elle leva les yeux.

— On t'a jeté en prison juste pour avoir protégé des macareux?

Aux États-Unis, le jeune homme s'en serait sans doute tiré avec une réprimande, ou au pire une peine avec sursis. Et il serait devenu le héros des organisations écologistes comme Greenpeace ou la SPA.

— La loi islandaise est très stricte, fit valoir Hallbjorn. Manifester et résister à la police, c'est presque aussi grave que commettre un crime. (Une expression contrite passa sur son visage, qu'il enfouit dans ses mains.) Je ne sais pas ce que je vais faire.

Aria se rapprocha de lui et l'entoura de ses bras.

— Tu essayais juste de sauver ces pauvres macareux. Moi aussi, j'aurais manifesté contre la destruction de leur sanctuaire. Tu peux peut-être rester aux États-Unis un moment? Demander un visa étudiant et aller à la fac ici?

Les mots étaient à peine sortis de sa bouche que son imagination s'emballait. Hallbjorn pourrait s'inscrire à Hollis ou au Moore College of Art de Philadelphie, et elle lui rendrait visite tous les week-ends. Ils iraient en voiture à New York pour qu'elle lui serve de guide touristique, comme il l'avait fait pour elle à Reykjavik. Ce serait super d'avoir de nouveau quelqu'un avec qui discuter ou sortir le week-end – en plus de garder un lien avec l'Islande!

Mais Hallbjorn secoua la tête.

— Je ne peux pas rester ici. Mon visa de tourisme expire dans huit jours. Il faudrait que je me cache, et je ne veux pas en arriver là.

— Il doit bien y avoir une solution.

Aria s'adossa à la tête de lit pour réfléchir. Son regard

balaya distraitement la chambre : le linge sale qui s'entassait par terre, l'œil de Dieu suspendu au miroir, le cadre photo vide sur le bureau. Peu de temps auparavant, il contenait une photo de mariage de Byron et d'Ella, amoureusement enlacés au pied d'un arbre. Petite, Aria pouvait passer des heures à contempler cette photo en se disant que ses parents étaient les gens les plus romantiques du monde.

Comme frappée par un éclair, elle se redressa d'un coup.

— Et si on se mariait ?

Hallbjorn éclata d'un rire incrédule.

— Pardon ?

— Je suis sérieuse. Si tu épousais une Américaine, ton visa serait permanent. Tu pourrais aller à la fac, trouver un boulot ici. Et dans quelques années, on engagerait un bon avocat qui négocierait avec la police islandaise pour que tu puisses retourner là-bas, histoire de rendre visite à ta famille.

Hallbjorn se passa la langue sur les dents.

— Se marier ? On a le droit ?

— L'âge légal doit être... seize ou dix-sept ans, je ne sais pas. (Aria haussa les épaules.) Et même s'il fallait une autorisation parentale, je pourrais sans problème imiter la signature de ma mère. Je suis sûre que personne ne vérifiera tant qu'on paie la licence.

Le cœur battant très fort, elle saisit les mains d'Hallbjorn.

— C'est une idée géniale. Ça résoudrait tous tes problèmes. Et puis, ce serait drôle, non ? On pourrait aller à Atlantic City pendant le week-end, et se marier dans la chapelle d'un des casinos ! J'ai un peu d'argent de côté. On descendrait dans un bel hôtel, on se ferait monter à manger dans la chambre, on boirait du champagne, on jouerait au blackjack... La belle vie, quoi !

Hallbjorn ne semblait pas convaincu.

— On parle de mariage, là. C'est un engagement sérieux. Tu es sûre de vouloir faire ça ?

Aria ramena ses pieds sous ses fesses. C'est vrai qu'elle avait tendance à foncer sans réfléchir et à se mettre dans des situations impossibles – son histoire avec Ezra en était un parfait exemple.

Mais cette fois, c'était différent. Hallbjorn était à peine plus vieux qu'elle. Ils s'amusaient toujours beaucoup ensemble ; ils avaient des tonnes de choses en commun, et ils pouvaient parler pendant des heures. De quoi d'autre avaient-ils besoin pour faire durer leur couple ? Il n'y avait qu'à voir Byron et Meredith. Sérieusement, de quoi pouvaient-ils bien parler ensemble ? Le mariage d'Aria et d'Hallbjorn durerait sans doute plus longtemps que le leur.

Et Hallbjorn ne serait pas le seul à en bénéficier. Aria avait l'intuition que ce serait une bonne chose pour elle aussi. Une fois qu'elle l'aurait épousé, Hallbjorn ne la quitterait plus, contrairement à tant d'autres, ces dernières années. Il serait sa bouée de sauvetage au milieu de l'océan agité de la vie. Elle n'aurait qu'à faire tout le contraire de ses parents pour que leur mariage fonctionne.

— Oui, j'ai très envie de le faire, décida Aria. Pas toi ? Tu n'as pas envie de m'épouser, c'est ça ?

L'expression du jeune homme s'adoucit. Il se pencha vers Aria et écarta une mèche qui lui tombait devant les yeux.

— Je suis amoureux de toi. Mais c'est un gros sacrifice que tu ferais pour me permettre de rester ici.

— Ce ne serait pas un sacrifice du tout. (La conviction d'Aria grandissait à chaque mot qu'elle prononçait.) Je le désire de tout mon cœur, je te le jure.

Elle fixa Hallbjorn, essayant de lui communiquer tout ce qu'elle ressentait. Le jeune homme soutint son regard, les yeux un peu écarquillés. Puis un tendre sourire fleurit sur son visage.

— D'accord, faisons-le. (Il se mit à genoux devant elle.) Aria Montgomery, veux-tu m'épouser ?

— Oui ! s'exclama la jeune fille en lui tombant dans les bras. Atlantic City, nous voilà !

7

FAIRE LA TEUF COMME DES ROCK STARS

— Bienvenue, dit le portier à Aria et Hallbjorn le lendemain après-midi, lorsqu'ils franchirent la porte tambour de l'hôtel Casino Borgata. Profitez bien de votre séjour !

— Merci, pépia Aria qui tirait son sac à roulettes derrière elle.

Hallbjorn et elle venaient d'endurer un très long voyage pour atteindre Atlantic City : le jeune homme avait insisté pour qu'ils attendent six heures dans le froid à la gare routière de Rosewood, afin de prendre le seul bus Greyhound qui roulait au gaz naturel.

Mais rien de tout ça n'avait plus d'importance.

Aria regarda autour d'elle, et son cœur fit un bond dans sa poitrine. Le hall de l'hôtel était un immense espace aux murs de marbre et de verre, où flottait un mélange de parfum chic et de bœuf grillé en provenance du restaurant situé au rez-de-chaussée.

De l'autre côté de l'arche qui marquait l'entrée du casino, des machines à sous s'étendaient à perte de vue ; toutes bourdonnaient tel un énorme essaim d'abeilles. Deux vieilles dames assises devant des bandits manchots tiraient mécaniquement sur le levier. Des vivats montèrent d'une table de black-jack voisine, et un croupier relança une roulette. Tout ça était très glamour, et Aria réalisa soudain ce qu'ils étaient venus faire là : se marier !

— J'ai une réservation au nom de Montgomery, annonça-t-elle à la réceptionniste, qui avait des cheveux bruns relevés en chignon et un badge au nom de « MAUREEN » épinglé sur sa veste.

— Tout de suite. (Les ongles longs de Maureen pianotèrent sur son clavier.) Voilà. Vous êtes dans la 908, une suite face à l'océan. Un dîner pour deux au Wolfgang Puck et deux places pour le spectacle de ce soir sont inclus dans votre réservation.

Aria paya en liquide. Elle avait mis de côté l'argent gagné en écrivant deux articles au sujet de son expérience avec Mona *alias* « A ». Sur le coup, elle avait eu des scrupules à exploiter ainsi la situation. À présent, elle était ravie d'avoir quelques économies pour payer la licence de mariage et le timbre fiscal du visa permanent d'Hallbjorn.

Un autre portier, taillé comme Humpty Dumpty, chargea les bagages des deux jeunes gens sur un chariot et leur fit signe de le suivre jusqu'aux ascenseurs. Lorsque les portes de la cabine se furent refermées sur eux, Aria lui sourit.

— Excusez-moi, vous savez s'il y a des chapelles dans le coin ?

Humpty Dumpty haussa les sourcils.

— Oui. C'est pour un mariage ? Si vous voulez, l'accueil peut se charger des formalités.

Aria et Hallbjorn échangèrent un regard ravi.

— Ce serait génial, déclara le jeune homme. Pour demain soir, peut-être ?

— Pas de problème. (Humpty Dumpty grimaça en tirant sur son col, qui semblait trop serré.) Si vous le désirez, une limousine passera vous chercher et vous emmènera là-bas.

— Non, pas une limousine, contra très vite Hallbjorn. Je préférerais qu'on y aille en tandem.

Aria sursauta. Il voulait vraiment faire du vélo dans la neige ? Mais Humpty Dumpty ne cilla même pas.

— Entendu. Il suffit de vous regarder tous les deux pour savoir que vous serez très, très heureux ensemble.

Aria prit la main d'Hallbjorn et la pressa légèrement.

Les portes de l'ascenseur se rouvrirent avec un *ding*. Humpty Dumpty poussa le chariot à bagages dans le couloir et ouvrit la porte de la 908, située tout au fond.

La chambre était immense. La baie vitrée qui occupait tout un mur donnait sur l'océan Atlantique, comme promis. Sur une petite table en verre, une bouteille de champagne dans un seau à glace voisinait avec un panier rempli de sachets de chips et de friandises. Il y avait un écran plat géant, un lit *king size* avec un million d'oreillers et, dans la salle de bains, une baignoire en pied plus grande que le jacuzzi des Hastings.

— Ouah, souffla Aria.

— Ravi que ça vous plaise. Si vous avez besoin de quoi que ce soit, n'hésitez pas à appeler la réception.

Humpty Dumpty posa leurs bagages au pied du lit. Aria lui tendit un billet de dix dollars ; il inclina la tête en signe de remerciement et sortit à reculons.

Aria fit face à Hallbjorn en sautillant d'excitation.

— On se marie demain soir ! s'écria-t-elle.

— Oui. (Le jeune homme s'approcha d'elle et lui prit les mains.) Tu vas devenir Mme Gunterson.

— Mme Montgomery-Gunterson, rectifia Aria. (Elle écarquilla les yeux.) Il faut que je me trouve une robe !

(Dans sa précipitation, elle avait oublié d'en emporter une.) Et un bouquet! Et comment va-t-on faire pour la pièce montée?

— On pourrait en commander une au restaurant de l'hôtel et la faire porter dans la chambre, suggéra Hallbjorn.

— Hmm, ça risque de coûter très cher. (Aria jeta un coup d'œil par la fenêtre.) Il me semble avoir vu un Wawa pas loin d'ici. Ils vendent sans doute des Tastykakes.

— Si on arrivait à trouver des biscuits bios sans gluten, ce serait encore mieux, déclara Hallbjorn.

Aria pinça les lèvres. Des biscuits bios sans gluten en guise de gâteau de mariage, c'était plutôt triste, non? Aria n'avait pas souvent pensé à ce jour, mais quand elle le faisait, elle imaginait plutôt une pièce montée avec un petit couple posé au sommet – à ceci près qu'au lieu d'un homme en smoking et d'une femme en robe blanche, c'était un cheval et un cochon, ou un couteau et une fourchette, ou deux cosmonautes Lego.

Elle s'assit au bord du lit et feuilleta le classeur d'accueil pour voir s'il y avait un spa. Ce serait chouette de se faire coiffer pour son mariage... même si elle ne pouvait pas se le permettre.

Hallbjorn la tira en arrière sur le lit, qui était aussi confortable qu'il en avait l'air. Ils s'embrassèrent un long moment, bercés par le bruit étouffé du ressac.

— Je vais prendre des tas de photos, murmura Aria tandis qu'Hallbjorn se redressait en appui sur un coude, et les accrocher sur les murs de ma chambre pour me souvenir à jamais de ce week-end.

Le jeune homme gloussa.

— Ta chambre? Ce sera « notre chambre » à partir du moment où on sera mariés. À moins que tu ne t'attendes à ce que je vive ailleurs?

Aria se rembrunit. Elle n'avait pas vraiment pensé à la façon dont leur vie s'organiserait après la cérémonie. Serait-elle obligée de dire à ses parents qu'elle s'était mariée? Allait-elle avoir des ennuis? D'un autre côté, que pourraient-ils bien dire? Byron et Ella s'étaient enfuis tous les deux et mariés en secret pendant leur dernière année de fac. Leurs parents avaient fini par l'accepter.

Mais que penserait Mike? Et que se passerait-il si ses camarades de lycée l'apprenaient? Ils ne comprendraient jamais. Non qu'Aria se soucie beaucoup de ce que les autres pensaient d'elle, évidemment, mais elle en avait un peu assez qu'on chuchote dans son dos.

— On s'occupera de ça plus tard, dit-elle, ébranlée. On aura tout le temps de trouver une solution.

— Si tu le dis.

Hallbjorn se pencha en avant et déposa un baiser sur son front. Aria leva le menton pour qu'il l'embrasse sur la bouche. Ils s'enfoncèrent dans la montagne d'oreillers, et leur baiser dura si longtemps que toutes les inquiétudes d'Aria se dissipèrent. La seule chose qui comptait, c'étaient eux, pas leurs parents ou les élèves de l'Externat de Rosewood.

Hallbjorn tira le T-shirt d'Aria par-dessus sa tête, et la jeune fille fit de même. Quand leurs peaux nues se touchèrent, elle poussa un grognement de plaisir. Elle roula sur elle-même et écrasa involontairement la télécommande. Le poste s'alluma avec le volume poussé au maximum.

Aria leva les yeux. L'écran plat était réglé par défaut sur la chaîne interne de l'hôtel, qui faisait la pub de son restaurant, de ses casinos et de ses options de télé payantes. Deux panthères argentées apparurent à l'image.

— En ce moment au Borgata, les époustouflants Biedermeister et Bitschi! clama une voix exagérément enthousiaste.

Sur un riff de guitare des années 80, deux magiciens entrèrent sur une scène, agitant leur cape, tels des toreros. Les panthères rugirent, et le public parut stupéfait.

Aria ricana.

— Tu crois que c'est ça, le spectacle pour lequel on a des billets ?

— J'espère que non, répondit Hallbjorn, cessant de lui embrasser le cou, le temps de jeter un coup d'œil à la télé.

Soudain, un petit rire résonna dans le couloir. Aria appuya sur un bouton de la télécommande pour couper le son.

— Tu as entendu ça ?

Hallbjorn leva la tête.

— Quoi ?

Nouveau gloussement. Les poils d'Aria se hérissèrent.

— Ça.

— C'est juste quelqu'un qui rigole. (Hallbjorn entreprit de masser les épaules de la jeune fille.) Tu es parano.

— Pas du tout, protesta Aria en se levant.

Elle traversa la chambre sur la pointe des pieds tandis que le rire s'intensifiait. On aurait dit que quelqu'un se tenait de l'autre côté de la porte, prêt à entrer. Enfilant un peignoir, Aria prit une grande inspiration et ouvrit le battant à la volée.

Le couloir était vide. Seul un plateau sur lequel se dressaient deux verres à vin vides reposait sur la moquette devant la chambre 910.

Aria s'affaissa contre le chambranle et se frotta les tempes en se demandant si Hallbjorn n'avait pas raison. Peut-être était-elle juste paranoïaque. Peut-être entendait-elle des choses qui n'existaient pas.

8

PORNO FÉLIN

— Encore un peu de champagne? demanda une serveuse en robe brodée de perles et bibi à plumes.

C'était le début de la soirée. Aria et Hallbjorn étaient assis dans le hall de l'hôtel.

— Volontiers, répondit la jeune fille en tendant sa flûte.

La serveuse fit tomber quelques fraises minuscules dans le liquide, qui pétilla joyeusement.

Aria but une gorgée de champagne et ferma les yeux. Elle se sentait très détendue. La journée avait été merveilleuse. Hallbjorn et elle avaient traîné au lit pendant des heures, puis savouré un délicieux dîner romantique au Wolfgang Puck. Après ça, Aria était allée faire un tour dans une petite boutique vintage située un peu plus bas dans l'avenue, et toujours ouverte malgré l'heure tardive.

Elle y avait trouvé une adorable robe à pois rouges qu'elle portait ce soir-là, ainsi qu'une sublime robe de cocktail blanche avec de la dentelle sur l'encolure et de minuscules boutons de nacre tout le long du dos qui serait parfaite pour son mariage, le lendemain. Il y avait bien une minuscule déchirure au niveau de l'épaule, mais rien dont un fil et une aiguille ne puissent venir à bout. Avec un peu de chance, Aria pourrait même la teindre en vert pomme pour la porter à son bal de promo.

À présent, Hallbjorn et elle attendaient devant l'entrée du théâtre pour voir le spectacle de panthères argentées de Biedermeister et Bitschi – car c'était bien pour celui-là qu'ils avaient des places. Une petite foule d'autres clients, assez âgés pour la plupart, patientaient eux aussi.

Soudain, les portes s'ouvrirent, et les spectateurs s'engouffrèrent à l'intérieur. Aria se leva en faisant attention à ne pas renverser son champagne.

— On y va?

Hallbjorn jeta un coup d'œil à l'affiche du spectacle, posée sur un chevalet à côté des doubles portes. Les deux magiciens, dont le visage allongé et les yeux en amande donnaient l'impression qu'ils avaient subi de nombreuses opérations de chirurgie esthétique, arboraient la même coupe « mulet » et fixaient l'objectif d'un regard intense. Les panthères étaient assises à côté d'eux tels des toutous obéissants – à ceci près qu'elles dévoilaient d'énormes crocs pointus.

— Je ne crois pas que ce soit mon truc, murmura Hallbjorn, mal à l'aise. Ces types ont l'air d'être des enfoirés. Et je t'ai déjà dit que j'avais été traumatisé par un magicien quand j'étais petit? Un clown qui était venu animer l'anniversaire de mon ami Krisjan, pour ses huit ans. Il avait un rire effrayant.

— C'est normal qu'il t'ait fait peur : c'était un clown! dit Aria en lui donnant un petit coup de poing taquin dans l'épaule. Je ne suis pas non plus très fan des spectacles de magie, mais les billets sont gratuits. Autant en profiter, non?

Elle prit la main du jeune homme.

— Et puis, poursuivit-elle, ça nous fera une anecdote à raconter dans dix ans à propos de notre mariage.

Hallbjorn haussa les épaules et vida sa flûte.

Ils entrèrent dans la salle ensemble. Le sol du théâtre était couvert d'une moquette aux motifs psychédéliques. Les sièges en velours étaient presque tous occupés, et des portraits de stars qui s'étaient produites ici – des chanteurs de country dont le nom ne parlait que vaguement à Aria, des comiques dans le genre de Jerry Seinfeld, et une douzaine de troupes du Cirque du Soleil – surplombaient la scène.

Les lumières s'éteignirent au moment où les deux jeunes gens s'installaient dans leur siège près d'une allée.

— Sven Biedermeister est si charmant, roucoula une blonde grassouillette assise juste devant eux, et qui ressemblait beaucoup à la bibliothécaire de l'Externat de Rosewood.

— Personnellement, je préfère Josef Bitschi, se pâma sa voisine, une femme aux cheveux gris qui avait du rouge à lèvres sur les dents. J'ai envie de me jeter sur lui pour le couvrir de baisers !

Aria et Hallbjorn se donnèrent des coups de coude en se retenant d'éclater de rire.

Quelques instants plus tard, le rideau argenté s'ouvrit. Des danseuses en coiffe de plumes, brassière minuscule et escarpins à paillettes vertigineux, s'avancèrent en ligne, un grand sourire aux lèvres. Elles levèrent les jambes sur le même genre de musique des années 80 que dans la publicité pour le spectacle, et tout le monde applaudit. Aria jeta un coup d'œil à Hallbjorn, haussa les épaules et fit de même.

De la brume se répandit sur la scène. Il y eut un roulement de tambour. Puis deux panthères argentées sortirent des coulisses. Montés sur leur dos, Biedermeister et Bitschi agitaient les bras ainsi que des cow-boys. Ils avaient même mis une selle aux pauvres bêtes, comme si c'étaient des chevaux nains islandais.

Le public se déchaîna. Les deux dames assises devant Aria et Hallbjorn semblaient sur le point de s'évanouir. Les magiciens mirent pied à terre et s'inclinèrent devant les spectateurs.

— Ponzoir ! tonna celui qui avait les cheveux bruns, avec un accent à la Arnold Schwarzenegger. Vous êtes prêts à être éblouis ?

— Oui ! hurla la foule.

Aria tenta d'échanger un regard avec Hallbjorn, mais l'attention du jeune homme était concentrée sur la scène.

Les danseuses levèrent encore les jambes deux ou trois fois, puis le spectacle proprement dit commença. Biedermeister et Bitschi agitèrent leur cape et firent disparaître les panthères. Sur un geste d'eux, une danseuse s'éleva dans les airs. Ils fourrèrent leur tête dans la gueule des félins, qui poussèrent des rugissements impressionnants.

Puis les lumières se rallumèrent ; les deux magiciens s'assirent sur des tabourets et sifflèrent les panthères tenues en laisse par deux assistants. Les félins vinrent se coucher à leurs pieds tels de gentils chatons adoptés dans un refuge.

— Nous avons sauvé Arabelle et Thor des griffes de braconniers en Afrique, commença le second magicien – était-ce Biedermeister ou Bitschi ? Ce fut une mission éprouvante, mais nous devions les arracher au destin atroce qui les attendait.

Un écran descendit du plafond derrière les magiciens, montrant la photo d'un hélicoptère qui se posait sur le Serengeti. Sur la photo suivante, des gens couraient à travers la jungle, façon commando, probablement pour capturer les félins. Vinrent ensuite des images des panthères en liberté dans leur milieu naturel, puis de leur fourrure argentée suspendue dans un marché africain. La foule hua.

— Ils n'étaient que des bébés quand nous les avons sauvés, reprit le premier magicien en tapotant le museau d'un des fauves. Nous les avons soignés et élevés comme nos propres enfants.

D'autres clichés montraient les jeunes panthères dans les bras de Biedermeister et Bitschi, se roulant dans l'herbe d'un jardin, jouant avec un golden retriever ou un petit garçon qui ne semblait pas apeuré le moins du monde.

— Oooooooh, s'attendrit le public.

Les deux femmes assises devant Aria et Hallbjorn se tamponnèrent les yeux avec un mouchoir.

Les magiciens passèrent encore quelques minutes à professer leur amour des animaux. Puis le spectacle reprit. Ils enfermèrent une danseuse dans une boîte, transpercèrent un spectateur avec des couteaux truqués et encouragèrent une des panthères à sauter dans un cerceau enflammé. Le félin disparut en plein bond et réapparut dans une cage en verre sur la passerelle qui s'étendait au milieu des premières rangées de fauteuils. Une petite fille se leva pour faire un câlin à l'animal, mais un assistant s'interposa.

Quand l'un des magiciens se mit à danser avec une panthère qu'il avait poussée à se dresser sur ses pattes arrière, Aria applaudit. Franchement, elle trouvait ça mignon. Mais Hallbjorn lui donna un coup de pied. Elle tourna la tête vers lui. Le jeune homme la dévisageait d'un air horrifié.

— Quoi ? chuchota-t-elle.

Hallbjorn la fixa sans répondre. Aria s'affaissa dans son siège. Pourquoi faisait-il la tête ?

Après une demi-heure de mauvais riffs de guitare électrique et d'exclamations enchantées du public, Biedermeister et Bitschi se volatilisèrent dans un nuage de fumée.

Au milieu des applaudissements assourdissants, Hallbjorn saisit la main d'Aria et la força à se lever avant même que les magiciens puissent revenir saluer. Il l'entraîna vers la sortie avec une telle hâte qu'elle eut du mal à le suivre.

Dans le hall de l'hôtel, Hallbjorn lança un regard venimeux à l'affiche du spectacle et, d'un coup de pied, la fit tomber du chevalet.

— Mais qu'est-ce qui te prend? s'écria Aria.

— Comment peux-tu me demander ça? (Hallbjorn écumait.) C'est la chose la plus répugnante que j'aie jamais vue! Ces types devraient être arrêtés pour cruauté envers des animaux!

Aria jeta un coup d'œil aux portes du théâtre qui s'étaient refermées derrière eux. À l'intérieur, la foule applaudissait toujours.

— Tu trouves qu'ils les maltraitent? demanda lentement la jeune fille. Mais ils leur ont sauvé la vie en Afrique. Ces braconniers allaient les transformer en descentes de lit. Ils leur ont donné le biberon, et ils les ont laissées dormir dans leur lit!

Hallbjorn ricana.

— Ils ne les ont pas sauvées : ils les ont arrachées à leur milieu naturel. Et pour quoi? Pour les laisser enchaînées vingt-deux heures par jour? Pour les forcer à marcher debout? Ils les montent comme des chevaux! Ils les humilient.

— Comment peux-tu être si sûr qu'elles sont enchaînées vingt-deux heures par jour? objecta Aria.

— Une intuition, cracha Hallbjorn. J'ai laissé sa chance à ce spectacle. Je pensais que les magiciens feraient preuve de gentillesse et de compassion vis-à-vis des animaux. Mais c'était répugnant. Avilissant. Je te parie tout ce que tu veux que ces panthères vivent dans des cages minuscules, dorment dans leurs excréments et n'ont jamais la possibilité de se promener librement. Les gens ne devraient pas applaudir ces magiciens : ils devraient les abattre !

Aria eut un mouvement de recul face à tant de véhémence. Mais avant qu'elle puisse protester, les portes du théâtre s'ouvrirent, et la foule commença à se déverser dans le hall. Aria entraîna Hallbjorn à l'écart du flot de spectateurs. Elle avait trop peur qu'il apostrophe quelqu'un qui venait de passer une bonne soirée pour lui dire que les deux magiciens ne valaient pas mieux que Michael Vick[1].

— Je ne me rendais pas compte que les panthères étaient aussi mal traitées, murmura-t-elle. Si c'est vrai, je suis désolée de t'avoir entraîné là-dedans. Ça craint vraiment.

— Oui, ça craint. (Hallbjorn tapa du poing dans sa paume.) On doit bien pouvoir faire quelque chose. Sachant ce qui se passe ici, je suis obligé d'intervenir.

Aria lui jeta un regard inquiet.

— Moi aussi, je voudrais bien les aider, mais pour ce soir, tâchons juste de nous amuser un peu, d'accord ? (Elle se pencha vers le jeune homme pour l'embrasser, et le sentit se détendre contre elle.) Tu ne m'as pas dit que tu étais un maître de la roulette ? Je te parie que je peux gagner plus d'argent que toi.

Hallbjorn hésita. Il dévisagea méchamment les gens qui sortaient du théâtre, puis fixa l'affiche du spectacle. Mais il finit par respirer profondément et par prendre la main d'Aria en lui souriant.

— Pari tenu, dit-il en l'entraînant vers le casino.

1. Joueur de football américain impliqué dans une affaire de combats de chiens, et qui a reconnu avoir noyé ou pendu les animaux les moins performants.

9

GRAND GAGNANT !

Quelques heures plus tard, debout à une table de jeu, Aria et Hallbjorn regardaient tourner une roulette. Une épaisse fumée de cigarette planait dans l'air, et le vacarme d'un millier de machines à sous bipant toutes en même temps commençait à changer le cerveau d'Aria en gelée de groseille.

— Je te dis que le 17 est maudit, chuchota-t-elle quand la bille tomba dans la case double zéro et que le croupier ratissa les jetons de tous les joueurs. Nous n'avons pas gagné une seule fois. On ferait mieux de parier sur un autre numéro.

— Mais le 17 me porte chance, objecta Hallbjorn. Je suis né le 17 août. Ma famille habite au 17 Bergstadastraeti. Et l'adresse du café où on s'est rencontrés, c'est 217 Laugavegur. Je crois que c'est un signe. (Il tripota les jetons qui lui restaient.) Encore une fois sur le 17 ? S'il te plaît…

Aria pinça les lèvres en fixant la feutrine verte qui recouvrait la table. En l'absence de fenêtres dans le casino, elle n'avait aucune idée de l'heure qu'il pouvait être, mais ça faisait un moment qu'Hallbjorn et elle tentaient leur chance au black-jack, au poker et au craps. Ils avaient gagné quelques fois, mais ils avaient surtout perdu.

Certes, ils s'étaient beaucoup amusés. Au départ, Aria avait craint qu'Hallbjorn ne soit contre les jeux d'argent, qu'il ne dise que c'était du gaspillage ou qu'il proteste parce que les jetons étaient en plastique non biodégradable. Mais il avait l'air d'aimer ça autant qu'elle, et il puisait dans ses propres économies pour miser. Malheureusement, ils avaient perdu une centaine de dollars en tout, ce qui était déjà trop.

— Franchement, on devrait arrêter, plaida Aria. On a besoin d'argent pour payer notre licence de mariage et ton visa. (De nouveau, elle chercha une horloge du regard avant de se souvenir qu'il n'y en avait pas davantage que de fenêtres.) Et puis, il doit être super tard.

— Mais je le sens bien, insista Hallbjorn en ramassant ses jetons restants. Encore un coup sur le 17. Et si je perds, je trouverai un moyen de récupérer l'argent. Je ferai la plonge dans un restaurant.

Il déposa tout ce qui leur restait – l'équivalent de deux cents dollars – sur le 17, une fois de plus. Aria ferma les yeux, incapable de regarder tourner la roulette.

— Faites vos jeux, lança le croupier.

Soudain, la peau d'Aria se mit à la picoter. La jeune fille regarda par-dessus son épaule, certaine que quelqu'un l'épiait. Mais tous les clients étaient absorbés par leur propre jeu. Même les serveuses obséquieuses semblaient très occupées.

Tac-tac-tac-tac-tac, faisait la roulette en tournant. Elle se mit à ralentir, et Aria entendit la bille tomber dans un trou. Hallbjorn lui saisit la main.

— Tu vois ? Je te l'avais dit !

Aria ouvrit les yeux et hoqueta. La bille s'était arrêtée sur le 17.

Tout le monde autour de la table applaudit les deux jeunes gens.

— Nous avons un grand gagnant ! dit l'employé du casino.

Une vieille dame avec une étole en vison autour du cou adressa un clin d'œil à Hallbjorn depuis l'autre côté de la table.

Le croupier poussa une pile de jetons vers le jeune homme, puis une autre. Certains des disques de plastique étaient noirs et valaient cent dollars pièce, mais il y en avait également neuf bleus – une couleur qu'Aria n'avait pas encore vue à la table. Elle en retourna un et sursauta. « MILLE DOLLARS », était-il écrit sur le pourtour. Hallbjorn venait de gagner près de dix mille dollars d'un seul coup.

Aria ramassa ses gains et les fit tomber dans le petit seau « BORGATA » sur le côté.

— C'est fini pour ce soir, murmura-t-elle à Hallbjorn. Il est hors de question de reperdre une somme pareille.

— Comment allez-vous dépenser tout cet argent ? roucoula la vieille dame à la fourrure. Vous allez partir en vacances dans les îles avec votre petite amie ? Ou peut-être vous acheter une moto ?

Aria aussi se demandait ce qu'ils pourraient bien faire avec cet argent – puisqu'ils allaient se marier, ce qui appartenait à Hallbjorn lui appartenait aussi. Dix mille dollars suffiraient à payer plusieurs mois de loyer s'ils prenaient un appartement, et peut-être même à résoudre les problèmes judiciaires d'Hallbjorn en Islande.

Celui-ci adressa un grand sourire à la vieille dame.

— Je sais déjà de quelle manière je vais le dépenser. Il va aller à une bonne cause.

Prenant le seau des mains d'Aria, il se dirigea vers la

guérite du caissier, située dans un coin. Aria le suivit, soudain inquiète. Comment ça, une bonne cause ? Quelle bonne cause ? Il n'allait quand même pas donner tout cet argent ?

Elle rattrapa le jeune homme au moment où il remettait le seau à une caissière blonde.

— Donc, euh, tu comptes tout donner au WWF ou à une association pour la sauvegarde des baleines ? demanda-t-elle, tentant de garder un ton neutre.

Hallbjorn s'accouda au comptoir pendant que la caissière comptait les jetons.

— Pas ce genre de bonne cause. Je vais t'acheter une alliance.

— Quoi ? (Aria recula comme si elle venait de recevoir une décharge électrique.) Mais pourquoi ?

Hallbjorn lui sourit.

— Parce que tu le mérites. Et inutile de protester : que ça te plaise ou non, je vais le faire.

Il signa les papiers que lui présentait la caissière, empocha l'argent et entraîna Aria à travers le casino, zigzaguant entre les danseuses, les touristes tout droit sortis de leur cambrousse avec une banane autour de la taille, et les filles court vêtues et outrageusement maquillées qui faisaient le pied de grue au bar.

Enfin, ils arrivèrent devant une arche au-dessus de laquelle le mot « BOUTIQUES » se détachait en lettres dorées scintillantes. Toutes les vitrines étaient encore éclairées, et les portes grandes ouvertes. Après avoir dépassé un chocolatier Godiva, un magasin qui vendait des tenues de soirées et un marchand de spiritueux qui organisait une dégustation de vins, Hallbjorn entra chez un bijoutier du nom de Hawthorne & Sons dans la vitrine duquel brillait un énorme solitaire.

— Tu n'es pas obligé de m'acheter une alliance, insista Aria.

— Bien sûr que si, lui jeta Hallbjorn par-dessus son épaule. Nous allons nous marier. L'homme doit offrir une bague à sa fiancée.

— Je ne suis pas très portée sur les traditions, commença Aria.

Mais soudain, un petit frisson la parcourut. Ce serait bien d'avoir une alliance à faire tourner autour de son doigt en classe. Quelque part, ça rendrait son mariage plus réel.

La vendeuse, qui semblait à peine plus âgée que ses clients, s'approcha d'eux.

— Vous cherchez quelque chose de spécial ?

— Oui, une alliance, répondit Hallbjorn en désignant Aria.

— Certainement, approuva la vendeuse d'un ton réjoui.

Elle sortit un plateau de solitaires tous plus étincelants les uns que les autres, au point qu'Aria n'osa pas les toucher.

— Celui-ci est une bonne affaire, déclara-t-elle en montrant un énorme diamant rond monté sur un épais anneau en or blanc. Prix minimum, éclat maximum. Toutes les filles aiment le bling-bling, ajouta-t-elle avec un sourire un peu pincé.

Aria tendit sa main, et la vendeuse lui enfila la bague. Celle-ci pesait un certain poids. Aria écarta les doigts et inclina sa main dans la lumière pour regarder le diamant briller de mille feux à travers la boutique. Cette alliance ressemblait beaucoup à celle que portait Jessica DiLaurentis. Et la mère de Spencer avait presque la même, elle aussi. Mais Aria avait-elle vraiment envie de porter un bijou de mère de famille ?

Hallbjorn se racla bruyamment la gorge et grimaça comme s'il avait senti une mauvaise odeur.

— Aria, je crois qu'on ne devrait pas soutenir le commerce du diamant.

— Je suis d'accord.

La jeune fille tira sur la bague pour l'enlever et la rendit à la vendeuse. Puis elle glissa du tabouret sur lequel elle avait pris place et fit le tour de la boutique en scrutant les perles de culture, les pendants d'oreilles en saphir et les bracelets en diamant rose. Il devait bien y avoir quelque chose ici qui ne semblait pas hurler : « Je suis riche, provinciale, et terriblement ennuyeuse. »

Ce fut alors qu'elle le vit.

Dans la vitrine du coin se trouvait un anneau en or blanc en forme de serpent qui se mordait la queue. Il avait des écailles d'onyx et deux petits saphirs en guise d'yeux. Aria se précipita vers la vitrine et y colla le nez.

— Je peux voir celle-là ? demanda-t-elle en tendant son doigt.

La vendeuse grimaça.

— Ce n'est pas une alliance.

— Qu'est-ce que ça peut faire ? (Hallbjorn rejoignit Aria et examina la bague.) Elle est incroyable. Et regarde, les saphirs ont été extraits en accord avec les lois sur le commerce équitable !

C'était le destin. La bague glissa au doigt d'Aria aussi facilement que la pantoufle de vair au pied de Cendrillon. La tête du serpent semblait la fixer, ses yeux de saphir brillant d'un éclat à la fois menaçant et protecteur. On aurait dit un talisman, un porte-bonheur. Tant qu'Aria porterait cette bague, il ne lui arriverait rien. Ce serpent veillerait sur son mariage avec Hallbjorn ; il éloignerait le mauvais sort et les esprits maléfiques.

Il ferait en sorte que « A » ne revienne jamais, jamais.

10

OUI, JE LE VEUX

— Vous avez une peau magnifique, roucoula la maquilleuse. (Elle s'appelait Patricia, avait des tas de tatouages et sentait très fort le shampoing Head and Shoulders.) C'est presque inutile de vous faire le teint, ajouta-t-elle en poudrant légèrement les joues d'Aria.

— Mais faites-moi quand même un smoky, réclama Aria. Je veux qu'on voie bien mes yeux sur les photos.

— Entendu. (Patricia fouilla dans sa mallette.) Alors comme ça, vous allez vous marier ?

— Oui, répondit Aria avant de faire la moue pour que la maquilleuse puisse lui mettre du gloss.

— Vous devez être excitée.

— Très.

La jeune fille secoua les épaules et frissonna.

C'était le lendemain après-midi. Hallbjorn l'avait encore surprise en réservant pour elle un massage à domicile – avec des huiles écologiques, évidemment –, une visite de Patricia la maquilleuse et un brushing par Lars le coiffeur, qui portait le pantalon le plus moulant de l'univers.

Leur chambre d'hôtel avait été transformée en salon de beauté. Adele chantait en fond sonore ; des sandwiches au concombre et une carafe de mimosa reposaient sur la table roulante ; des tonnes de magazines à scandale s'empilaient sur le lit, et l'odeur des huiles de massage s'attardait dans l'air. Hallbjorn avait disparu dès l'arrivée de Patricia et de Lars, disant qu'il préférait attendre que ce soit fini pour découvrir la transformation d'Aria.

Juste avant qu'il s'en aille, la jeune fille avait pris des tas de photos de lui avec son appareil numérique. Elle voulait capturer chaque détail de cette journée, depuis la mallette de maquillage en désordre de Patricia jusqu'aux sept anneaux que Lars portait dans une oreille.

— Vous allez faire une mariée ravissante, murmura Patricia. Vous avez quel âge : vingt et un, vingt-deux ?

Aria acquiesça sans se mouiller, ne voulant pas révéler qu'elle n'avait que dix-sept ans. Son âge posait un petit problème. Quand le portier avait apporté les papiers pour la licence de mariage, le matin, elle avait découvert qu'elle avait besoin de la signature d'un de ses parents pour que l'État du New Jersey l'autorise à se marier. Elle avait contrefait celle d'Ella et indiqué son propre numéro de portable, en se disant qu'elle se ferait passer pour sa mère si quelqu'un du tribunal appelait pour vérifier.

Avec un pincement de culpabilité, Aria jeta un coup d'œil à son téléphone posé sur le bureau. Devait-elle appeler sa mère pour lui annoncer ce qu'elle s'apprêtait à faire ? Ou une de ses vieilles amies, peut-être ? C'était bizarre de se marier sans que personne ne soit au courant. D'un autre côté, la dernière chose dont elle avait besoin, c'était que quelqu'un tente de la dissuader d'épouser Hallbjorn.

Bientôt, Patricia eut fini de maquiller Aria, et Lars termina son brushing. La jeune fille s'enferma dans la salle de bains, enfila la robe dénichée la veille et s'examina dans le miroir. Elle avait recousu la petite déchirure, et le tissu moulait sa taille et ses hanches à la perfection. Avec ses cheveux lissés et son regard charbonneux, elle ressemblait à une version hollywoodienne d'elle-même.

Quand elle ressortit de la salle de bains en écartant les bras comme pour dire « Ta-da ! », Patricia poussa un petit cri.

— Vous êtes magnifique !

— Renversante, approuva Lars en s'asseyant sur le bord du bureau. Bien entendu, vous avez quelque chose de neuf, quelque chose de vieux, quelque chose d'emprunté et quelque chose de bleu ?

Aria le regarda sans comprendre. Le coiffeur horrifié porta une main à sa bouche.

— Quelque chose de neuf, quelque chose de vieux, quelque chose d'emprunté et quelque chose de bleu ? répéta-t-il. Vous n'avez jamais entendu ça ? C'est ce qu'une femme doit porter le jour de son mariage pour être heureuse en ménage.

Effectivement, Aria l'avait déjà entendu dire, mais elle ne s'en était pas souvenue.

— Ben... la robe est vintage, donc vieille, hasarda-t-elle. Mais pour moi, elle est neuve.

— Je vous prête ça, dit Lars en ôtant un de ses bracelets en cuir clouté marqué « CANAILLE ».

Une petite touche rock'n' roll ne déplairait pas à Aria.

— Et attendez une minute.

Patricia sortit dans le couloir, et revint très vite avec un bouquet de myosotis.

— Vous l'avez pris où ? demanda Lars en posant une main sur sa hanche.

— Dans le vase près de l'ascenseur, grimaça la maquilleuse

en portant un index à ses lèvres. (Elle glissa quelques fleurs derrière l'oreille d'Aria.) Parfait !

Il était temps d'y aller. La maquilleuse et le coiffeur entraînèrent Aria jusqu'au hall de l'hôtel. Un homme en smoking attendait de dos près de la porte à tambour. Aria ne se rendit compte que c'était Hallbjorn que lorsqu'il se retourna et lui sourit.

— Ouah, hoqueta-t-elle.

— J'allais dire la même chose à propos de toi, répliqua Hallbjorn en lui prenant la main.

Ils gardèrent le silence un instant, puis se mirent à pouffer tous les deux. *On va vraiment le faire*, songea Aria. *On va se marier !*

Elle enfila son manteau. Humpty Dumpty, le portier de la veille, les conduisit jusqu'au tandem qu'il avait loué pour eux et qui les attendait dehors. L'engin avait des sièges banane, des rubans accrochés au guidon et pas de levier de vitesse.

— Je n'ai pu vous trouver qu'un vélo de plage, avoua Humpty Dumpty, penaud. J'espère que ça ira.

— C'est parfait, affirma Aria.

Les selles étaient couvertes de sable et les pignons étaient un peu rouillés, mais la jeune fille n'imaginait pas meilleur véhicule pour se rendre à son mariage.

Il faisait beaucoup plus chaud que la veille, et la neige avait été déblayée. Hallbjorn grimpa à l'avant du tandem et s'éloigna en donnant un petit coup de sonnette. Aria avait du mal à pédaler en talons hauts ; aussi laissa-t-elle pendre ses jambes pendant le plus gros du trajet.

Quelques voitures klaxonnèrent sur leur passage, et des passants agitèrent la main. Aria crut apercevoir quelqu'un qui les suivait, mais quand elle regarda par-dessus son épaule, elle ne vit personne. Elle s'efforça de chasser ses inquiétudes de son esprit. Rien ne devait gâcher le jour de son mariage.

Ils atteignirent la chapelle, une petite bâtisse blanche coincée entre la boutique d'un prêteur sur gages et celle d'un tatoueur. « LA CHAPELLE DE L'AMÛR », était-il écrit en lettres rouges au-dessus de la porte. Des rideaux imprimés de petits cœurs pendaient aux fenêtres.

Hallbjorn aida Aria à descendre du tandem et la dévisagea un long moment.

— Tu es si belle, Aria Montgomery, souffla-t-il.

— Tu es très beau aussi, Hallbjorn Gunterson, répondit la jeune fille d'une voix qui tremblait légèrement.

Son fiancé se pencha et l'embrassa.

Ils montèrent l'escalier ensemble. L'intérieur de la chapelle était tout en draperies rouges, grandes colonnes blanches et vases débordant de roses rouges et blanches. Un lustre scintillant pendait au plafond. Quelques rangées de sièges étaient disposées de part et d'autre d'une allée recouverte d'un tapis rouge. Un parfum de fleurs planait dans l'air, et les haut-parleurs diffusaient une musique douce.

Une porte s'ouvrit dans le fond. Un homme déguisé en Elvis, avec blouson clouté, pantalon pattes d'eph, banane de rockeur et lunettes aviateur, se dirigea vers les jeunes gens en souriant.

— Salut, les tourtereaux, leur lança-t-il avec la voix d'Elvis. C'est moi qui vais vous marier aujourd'hui.

Aria éclata d'un rire ravi. C'était absolument parfait.

Elvis leur demanda leur licence, et Aria la lui tendit. Il la glissa dans sa poche sans même la regarder.

— Vous avez amené des témoins ?

Aria jeta un coup d'œil à Hallbjorn.

— Euh, non.

— On leur servira de témoins, lança une voix sur la gauche.

Une danseuse de cabaret grande et mince, portant une coiffe à plumes, était assise à côté d'un sosie de Cher.

Elvis regagna le fond de la chapelle et demanda à Hallbjorn de l'accompagner. Cher se leva d'un bond et poussa Aria dans une antichambre sur le côté. La petite pièce contenait deux chaises et un miroir en pied. Aria s'admira avec sa robe vintage et ses fleurs derrière l'oreille. Debout derrière elle, Cher en profita pour arranger ses cheveux légèrement décoiffés par la balade en tandem.

— Merci de nous servir de témoins, murmura Aria.

— Ce n'est rien. J'adore les mariages, répondit Cher d'une voix grave.

Apercevant ses grandes mains dans le miroir, Aria eut un sourire en coin. Bien sûr, c'était un travesti.

La stéréo attaqua le *Canon* de Pachelbel. Au bout de quelques mesures, Cher offrit son bras à Aria. La jeune fille trouva tout à fait normal qu'un drag queen la conduise à l'autel à la place de Byron. Tandis qu'ils remontaient l'allée, elle garda son regard rivé sur Hallbjorn, qui affichait un sourire ravi. D'un pied, il battait discrètement la mesure.

Aria s'arrêta près de lui au moment où la musique se terminait. Cher l'embrassa sur la joue, chuchota « Bonne chance » et alla se rasseoir près de la danseuse. Elvis fit face aux deux jeunes gens, ouvrit un gros volume à la couverture de cuir doré et se racla la gorge.

— Nous sommes réunis aujourd'hui en ce lieu pour unir Aria Marie Montgomery et Hallbjorn Fyodor Gunterson par les liens sacrés du mariage.

Il buta un peu sur le nom du jeune homme, et Aria laissa échapper un gloussement nerveux.

Elvis continua à réciter la tirade qu'Aria avait entendue

dans des dizaines de films et lue dans des centaines de livres. Il leur fit répéter, chacun à son tour, qu'ils s'unissaient pour le meilleur et pour le pire, dans la santé comme dans la maladie, jusqu'à ce que la mort les sépare.

Les mains d'Aria tremblaient quand Hallbjorn glissa la bague serpent à son doigt. Elle enfila au jeune homme le simple anneau en or jaune qu'ils avaient acheté pour lui dans la même bijouterie.

— Je vous déclare mari et femme, conclut Elvis.

Avant qu'Aria ait le temps de réaliser, Hallbjorn l'embrassait déjà, tandis que Cher et la danseuse poussaient des hourras. Le cœur de la jeune fille battait la chamade. Il lui semblait vivre un rêve.

Quand elle rouvrit les yeux, des confettis tombaient du plafond. Un orchestre apparut dans le fond de la chapelle et brancha très vite ses instruments à des amplis. Elvis empoigna le micro et se lança en beuglant dans une reprise de « All shook up ».

Tout le monde se mit à danser. Hallbjorn balançait les bras d'Aria dans tous les sens. Cher empoigna la jeune fille et la fit tourner sur elle-même. La danseuse remua ses seins et leva les jambes très haut. Quelques touristes âgés, en épais manteau de laine, entrèrent pour voir ce qui se passait, et Elvis les invita à se joindre à la fête.

Aria fit une pause pour bien s'imprégner du moment. Ce mariage, c'était tout elle, depuis les fleurs volées derrière son oreille, jusqu'au fait qu'Hallbjorn avait oublié de louer des chaussures de soirée assorties à son smoking et portait encore ses godillots de randonnée islandaises. Une vague de bonheur la submergea, et un sourire euphorique fleurit sur son visage. Elle n'aurait pas pu avoir un plus beau mariage.

11

LES AMOUREUX QUI ENFREIGNENT LA LOI ENSEMBLE…

Lorsque Aria et Hallbjorn émergèrent de la Chapelle de l'Amûr, une heure et demie plus tard, la voix éraillée d'avoir chanté des chansons d'Elvis et les pieds douloureux d'avoir dansé avec Cher, une pancarte « JEUNES MARIÉS » en lettres roses et plusieurs boîtes de conserve étaient accrochés à l'arrière de leur tandem.

— C'était le meilleur mariage de tous les temps, s'extasia Aria en se hissant sur la selle de derrière. Maintenant, dépêchons-nous de rentrer à l'hôtel, monsieur mon mari.

— Entendu, madame ma femme. (Hallbjorn fit tourner son alliance autour de son doigt.) Mais d'abord, je veux te montrer quelque chose.

— Encore une surprise ? demanda Aria, l'esprit en ébullition.

Hallbjorn avait peut-être réservé pour dîner dans un restaurant fabuleux, ou acheté des billets pour une mini-lune de miel ?

— Tu verras quand on arrivera.

Le jeune homme enfourcha le tandem à son tour et se mit à pédaler.

Ils descendirent la rue, accompagnés par le vacarme des boîtes de conserve qui rebondissaient sur le bitume derrière eux. Au lieu d'entrer dans le parking du Borgata, Hallbjorn dépassa l'hôtel et tourna à gauche dans une ruelle. Il traversa plusieurs zones de livraison avant de s'arrêter près d'une grande porte de garage métallique. Arrivé là, il mit pied à terre et épousseta son smoking, qu'un peu du sel répandu sur la route avait éclaboussé.

Aria regarda autour d'elle. Il n'y avait pas âme qui vive. Deux énormes congères sales se dressaient de part et d'autre du quai de déchargement. Plusieurs semi-remorques étaient garés non loin de là, leur cabine vide. Aria crut entendre tousser quelqu'un et se figea. Mais il n'y eut pas d'autre bruit.

— Qu'est-ce qu'on fait ici? demanda-t-elle d'une voix tremblante.

— Je vais te montrer.

Hallbjorn se dirigea vers le garage et tira sur la poignée située au bas de la porte. Avant qu'Aria puisse l'arrêter, il avait soulevé cette dernière, révélant une petite pièce sombre.

Une odeur d'urine de félin assaillit les narines de la jeune fille, qui réprima un haut-le-cœur. Quand sa vision s'accoutuma à la pénombre, elle vit deux cages situées face à face. Une silhouette était accroupie à l'intérieur de chacune d'elles. Celle de droite poussa un rugissement menaçant.

Choquée, Aria se tourna vers Hallbjorn.

— Ce sont les panthères du spectacle d'hier soir?

— Oui.

Hallbjorn actionna un interrupteur, et les deux fauves se mirent à gronder. Ils semblaient encore plus gros vus de près, avec leur corps tout en muscles et leurs yeux jaunes. Leurs cages étaient à peine assez grandes pour leur permettre de se retourner ou de s'allonger. Leurs gamelles d'eau et de nourriture étaient vides, et des excréments jonchaient le sol; sans compter qu'il faisait trop froid dans ce garage pour des animaux originaires d'Afrique.

— Comment les as-tu trouvées? lança Aria, stupéfaite.

— J'ai mené ma petite enquête pendant que tu te préparais tout à l'heure, révéla Hallbjorn. Ça a été plus facile que je ne le croyais. Elles restent seules pendant une grande partie de la journée. On ne s'occupe d'elles que quand elles doivent monter sur scène.

Il désigna une des panthères, qui s'était roulée en boule et frissonnait d'un air misérable.

Les yeux d'Aria s'emplirent de larmes.

— Pauvres bêtes.

Hallbjorn acquiesça, le visage illuminé par l'excitation.

— Mais on peut les aider. On va les libérer, leur donner la vie qu'elles méritent.

Aria plissa les yeux. Les cages étaient fermées par plusieurs énormes cadenas.

— Comment veux-tu faire?

— J'ai un plan. Entre sept et huit heures du matin, leur gardien les sort de leur cage pour leur faire faire un peu d'exercice – enfin, il se contente de les promener en laisse. Je pourrais le distraire, et pendant ce temps tu libérerais ces pauvres bêtes.

— Tu veux que ce soit moi qui les libère? (Une des panthères bâilla, et Aria désigna ses énormes canines.) Au risque de me faire tailler en pièces?

— D'accord. Dans ce cas, c'est moi qui m'en chargerai pendant que tu distrairas le gardien, répliqua Hallbjorn, agacé. Peu importe, du moment qu'on les arrache à leurs oppresseurs.

— Pour qu'elles puissent se balader dans les rues d'Atlantic City ? (Aria fit un pas en arrière.) Hallbjorn, le New Jersey n'est pas précisément leur milieu naturel. Où vont-elles vivre ? Sous un ponton ? Et que feront-elles s'il se remet à neiger ? Que mangeront-elles ?

— Ce sera toujours mieux que d'être prisonnières comme maintenant, dit Hallbjorn avec un geste théâtral en direction des cages.

Les panthères rugirent comme pour approuver.

— Mais elles risquent de blesser quelqu'un ! s'écria Aria, consternée. Pense à toutes ces personnes âgées qui étaient à la chapelle. Tu crois vraiment qu'elles pourraient échapper à une panthère ?

Hallbjorn posa les mains sur ses hanches.

— Je suis sûr qu'elles n'attaqueront personne. Elles ne sont pas agressives : elles veulent juste être libres. Elles fonceront probablement vers le marécage à la sortie de la ville.

Aria le dévisagea, attendant qu'il éclate de rire et qu'il lui dise que c'était une blague – qu'il allait juste appeler la SPA et les laisser gérer le problème. Mais il la fixait sans broncher, l'air affreusement sérieux.

— Je veux tout partager avec toi maintenant qu'on est mariés, déclara-t-il. Et je veux aussi qu'on ne se contente pas de penser à nous-mêmes. Qu'on accomplisse de grandes choses ensemble.

Aria recula encore d'un pas, et son talon gauche atterrit sur une plaque de neige à moitié fondue.

— Mais pas ça, protesta-t-elle. On pourrait avoir de gros ennuis. Je croyais que tu étais venu ici pour échapper à ceux que tu avais en Islande.

Hallbjorn se décomposa.

— Et moi, je croyais que mon projet te plairait. Que tu sauterais sur cette occasion de te rendre utile.

— J'aime me rendre utile. J'aime que tu sois passionné par ce genre de cause, et je veux partager ça avec toi. Mais pas en violant la loi.

Aria regarda par-dessus son épaule. Ils l'avaient déjà enfreinte en ouvrant le garage. Biedermeister et Bitschi pourraient les faire arrêter. Et cet endroit était déprimant. Les gaz d'échappement des camions avaient fait virer la neige au noir; l'odeur d'urine faisait larmoyer Aria. La jeune fille baissa les yeux vers la bague serpent à son doigt. Soudain, la joyeuse fantaisie de leur cérémonie de mariage lui paraissait bien loin.

— On devrait peut-être réfléchir encore un peu, dit-elle en passant un bras autour de la taille d'Hallbjorn. Si tu veux vraiment aider ces panthères, on peut faire appel aux autorités – quelqu'un qui sera en mesure de les transporter dans un endroit sûr. Et puis, c'est notre nuit de noces. Tu ne préférerais pas être au lit avec moi plutôt que de comploter dans le froid pour libérer des animaux?

Hallbjorn pinça les lèvres. Aria vit qu'il hésitait. Elle lui caressa le dos du bout des doigts.

— Imagine. Demain matin, on pourrait se réveiller ensemble, regarder le soleil se lever, petit-déjeuner au lit...

De sa main libre, elle écarta une mèche de cheveux qui tombait dans les yeux du jeune homme. Hallbjorn regarda les panthères dans leur cage. Aria posa sa main sur sa joue pour lui faire tourner la tête vers elle et l'embrassa dans le cou.

— S'il te plaît, insista-t-elle.

Hallbjorn soupira.

— Comment puis-je te dire non?

— Tu ne peux pas. Je suis ta femme. Tu es obligé de faire mes quatre volontés, plaisanta Aria.

Avec un gloussement, Hallbjorn referma la porte du garage et enfourcha de nouveau leur tandem. Aria grimpa derrière lui, et ils rebroussèrent chemin vers l'entrée de l'hôtel.

Alors qu'ils tournaient à l'angle du bâtiment, Aria entendit un nouveau rugissement tourmenté, et elle vit les muscles du dos d'Hallbjorn se raidir. Mais le jeune homme continua à pédaler, et le rugissement finit par s'estomper derrière eux.

12

PANIQUE GÉNÉRALE

Aria ouvrit les yeux. Elle se tenait sur une pelouse devant un tribunal, au sommet d'une colline. Une ville entière s'étendait devant elle en contrebas. C'était Rosewood. De là-haut, Aria pouvait voir l'Externat et le clocher d'Hollis – et même la girouette antique perchée sur le toit de la maison des Hastings.

Mais comment était-elle arrivée là ? Était-ce lié à son mariage avec Hallbjorn ? L'avait-on arrêtée pour avoir imité la signature de sa mère ? Aria scruta le sol en fronçant le nez. Il n'y avait que de l'herbe verte. Comment cinquante centimètres de neige avaient-ils pu fondre aussi vite ?

Les portes du tribunal s'ouvrirent à la volée. Une foule de gens et de journalistes avec des caméras et des micros se déversa sur les marches.

— Monsieur Thomas, monsieur Thomas !

Ian dévala l'escalier en compagnie de son avocat et s'engouffra dans une voiture garée le long du trottoir.

Le cœur d'Aria se mit à battre plus fort. Elle avait déjà

vécu cette scène. C'était le jour de la lecture de l'acte d'accusation de Ian – le mois précédent.

— Hé !

Elle fit volte-face. Lorsqu'elle découvrit la fille blonde au visage en forme de cœur qui se tenait devant elle, un cri s'étrangla dans sa gorge.

— Ali ? chuchota-t-elle.

— En personne, répondit l'apparition avec une courbette. Je t'ai manqué ?

Aria la dévisagea sans répondre. C'était Ali, et ce n'était pas elle. Elle avait grandi et vieilli. Ses seins étaient plus gros, et elle avait perdu ses joues rondes, mais bizarrement sa voix était restée la même. Ses yeux aussi – ces yeux qui pétillaient toujours de malice quand elle suggérait un mauvais coup à faire, ces yeux qui se plissaient sévèrement chaque fois qu'Aria et les autres disaient quelque chose qu'elle trouvait nul.

Aria se prit la tête à deux mains comme pour l'empêcher d'exploser. Elle jeta un coup d'œil à la foule qui sortait du tribunal. Les journalistes avaient encerclé la voiture de Ian et cognaient aux vitres. Mais c'était à Ali qu'ils auraient dû parler ! Pourquoi ne la voyaient-ils pas ?

— N'essaie pas d'attirer leur attention, dit nonchalamment Ali en plongeant la main dans la poche de sa veste pour en sortir une cigarette. Toi seule peux me voir.

Aria écarquilla les yeux.

— Comment ça ?

— Je suis ici pour toi. (Ces mots auraient pu être un compliment, mais la façon dont Ali les avait prononcés les rendait menaçants, presque effrayants.) Je te surveille, Aria. J'observe chacun de tes gestes.

Aria cligna des yeux, hébétée.

— Mais... pourquoi ?

Ali alluma sa cigarette et souffla un rond de fumée.

— Tu sais bien pourquoi.

Elle offrit sa cigarette à Aria, qui secoua la tête.

— Il n'est pas vraiment amoureux de toi, tu sais.

Aria eut l'impression qu'Ali lui avait versé un seau d'eau glacée sur la tête.

— Pardon ?

Ali écrasa le mégot de la cigarette avec le talon haut de sa bottine.

— Personne ne pourrait aimer une fille aussi tordue que toi. Noel n'a pas voulu de toi. Ezra a foutu le camp dès qu'il a pu. Hallbjorn ne fait que t'utiliser. (D'un pas sautillant, elle se dirigea vers une limousine qui venait d'apparaître, comme sortie de nulle part, et se glissa sur la banquette arrière.) J'étais ta seule amie véritable, et tu m'as laissée mourir. Tu ne mérites pas d'être aimée.

— Ali ? gémit Aria en faisant quelques pas vers la voiture. Attends ! Où vas-tu ?

Mais la fille blonde ne répondit pas. La limousine s'éloigna dans une bouffée nauséabonde de gaz d'échappement. Aria recula en toussant, avec l'impression d'avoir des éclats de verre plein les poumons. Un ricanement aigu monta entre les arbres.

Aria se redressa en sursaut dans son lit, haletante. Les battements de son cœur résonnaient à ses oreilles comme un grondement de tonnerre. La jeune fille donna un coup de pied aux couvertures trempées de sueur et regarda autour d'elle.

Elle était dans sa chambre au Borgata. Le soleil se déversait par la fenêtre, et le réveil sur la table de chevet indiquait 9 : 03.

Aria se frotta longuement les yeux. Son rêve paraissait tellement réel ! Le rire si caractéristique d'Ali, ses yeux d'un bleu perçant… mais tout ça n'était que le produit de son imagination, pas vrai ?

La soirée de la veille lui revint petit à petit en mémoire, grâce à quelques détails épars dans la pièce. Les restes du dîner, qu'Hallbjorn et elle s'étaient fait monter, sur un plateau près de la fenêtre. Une bouteille de champagne vide gisant au sol. Le smoking d'Hallbjorn froissé sur un fauteuil, à côté de la robe vintage d'Aria. La pancarte « JEUNES MARIÉS », qu'ils avaient posée contre le miroir, était tombée.

Après avoir mangé, ils s'étaient écroulés sur leur lit en sirotant du champagne. L'alcool leur était très vite monté à la tête, et ils s'étaient endormis avant de pouvoir, euh, consommer leur mariage.

L'écran plat clignotait ; une fois de plus, il était réglé sur la chaîne interne. La publicité pour le spectacle de panthères argentées montrait les deux magiciens paradant sur scène dans leur ridicule costume à épaulettes. Aria, qui ne voulait pas qu'Hallbjorn se remette à penser à ces pauvres bêtes, se hâta de couper le son.

Mais d'ailleurs… où était Hallbjorn ? Son côté du lit était vide. Il n'était pas assis devant la table à manger ; aucun bruit ne s'échappait de la salle de bains, et ses chaussures de randonnée ne se trouvaient plus à côté du minibar où il les avait abandonnées la veille.

Aria voulut saisir son portable, puis elle se souvint : elle ne pouvait pas appeler Hallbjorn, parce qu'il s'était débarrassé de son téléphone avant de quitter l'Islande, de peur que la police ne s'en serve pour le localiser. Au lieu de ça, elle appela la réception et demanda s'ils avaient vu un jeune homme très blond dans le hall de l'hôtel. Peut-être qu'Hallbjorn s'était réveillé très tôt, et qu'il avait décidé de petit-déjeuner au restaurant ?

— Je n'ai vu personne qui corresponde à cette description,

répondit une employée sur un ton guilleret. Mais je peux diffuser un message si vous voulez. Rappelez-moi son nom de famille ?

— Gunterson. (Aria épela.) Merci de lui dire que sa femme le cherche.

Ça lui faisait tout bizarre de dire « sa femme » en parlant d'elle-même.

— Très bien. Je lui demanderai de vous rappeler s'il se présente, promit l'employée avant de raccrocher.

Aria se mit à faire les cent pas dans la chambre. De temps en temps, elle écartait les rideaux pour regarder par la fenêtre la plage déserte. N'y tenant plus, elle finit par saisir sa clé et sortit de la chambre.

Le couloir était vide. Une porte se referma très vite, comme si quelqu'un ne voulait pas être vu. Les câbles de l'ascenseur grinçaient et gémissaient tels des spectres. Le rêve d'Aria persistait dans sa tête. « Hallbjorn ne fait que t'utiliser », avait dit Ali.

Aria descendit au rez-de-chaussée et alla voir dans la salle de gym, mais n'y trouva que deux femmes grassouillettes en train de marcher sur un tapis de course en buvant un truc appelé AminoSpa. Elle passa la tête à l'intérieur de la salle où on servait le petit déjeuner, mais Hallbjorn n'était pas là non plus. Elle poussa la porte à tambour qui conduisait vers la guérite des voituriers. Et si la police islandaise avait suivi Hallbjorn jusqu'ici et l'avait emmené pendant qu'Aria dormait ?

Soudain, elle ne voulut rien d'autre que voir la tête blonde d'Hallbjorn apparaître par-delà les dunes. Elle se tordit le cou en espérant de toute son âme. Et quelques instants plus tard, quelqu'un apparut. Le cœur d'Aria fit un bond dans sa poitrine. Mais ce n'était qu'une femme d'âge mûr, vêtue d'une parka, qui courait à toute vitesse.

— Abritez-vous ! hurla-t-elle en dépassant Aria et en s'engouffrant dans le hall de l'hôtel.

Elle fut suivie de près par un homme qui arrivait de la même direction et qui jetait des coups d'œil nerveux par-dessus son épaule, puis par tout un tas d'autres gens à l'air terrifié qui n'arrêtaient pas de regarder derrière eux comme s'ils craignaient de se faire rattraper par un tsunami.

Un garçon de l'âge de Mike empoigna Aria par le bras.

— Il faut rentrer ! lui cria-t-il. C'est dangereux de rester dehors !

Aria plissa les yeux.

— Pourquoi ?

— Tu n'as pas entendu ?

Le garçon la dévisagea comme si elle avait un troisième œil au milieu du front. Il la tira à l'intérieur et désigna une télévision allumée sur CNN dans un coin du hall. La ligne d'horizon d'Atlantic City se découpait à l'écran, et un journaliste à la mine fébrile fixait la caméra.

— Apparemment, l'incident s'est produit il y a quelques minutes. Nous venons juste de recevoir les premières images du carnage d'Atlantic City.

Un carnage ? Ici ? Aria se rapprocha de la télé. Un tueur en série sévissait-il à Atlantic City ? Inquiète pour Hallbjorn, elle jeta un coup d'œil par la baie vitrée. Seigneur, pourquoi l'avait-elle entraîné ici ? Et s'il était blessé ?

Aria reporta son attention sur la télé. Un bandeau était apparu en bas de l'écran. « *Des fauves meurtriers en liberté à Atlantic City.* » Elle ouvrit la bouche pour crier, mais aucun son n'en sortit.

Une photo montrait les deux panthères argentées, encadrées par Biedermeister et Bitschi dans leur cape de magiciens.

— Ces animaux sont très dangereux, expliquait le correspondant local de CNN. Il leur arrive de s'en prendre aux humains ; aussi, toute la population d'Atlantic City est invitée à rester chez elle.

Aria avait la tête qui tournait. Elle se laissa tomber dans un fauteuil.

La photo suivante montrait les cages minuscules dans lesquelles les panthères étaient enfermées la veille. Leurs cadenas avaient été sectionnés ; leur porte béait, grande ouverte, sur l'intérieur vide, et des mots avaient été tagués sur le sol à la bombe : « Les panthères aussi ont des droits. La cruauté envers les animaux est un crime. »

— Je n'arrive pas à croire que quelqu'un ait fait une chose pareille, murmura une femme à côté d'Aria. Vous croyez que c'est encore un coup d'Al-Qaïda ?

De la bile monta dans la gorge d'Aria. Elle se recroquevilla dans son fauteuil comme si elle était coupable, elle aussi. Elle savait très bien qui avait libéré les panthères. Elle le savait sans l'ombre d'un doute.

Hallbjorn.

13

TOUT LE MONDE PEUT SE TROMPER

En l'espace de quelques minutes, le hall de l'hôtel se remplit de clients trop effrayés pour sortir et prendre le risque de croiser les panthères en liberté.

Les rumeurs allaient bon train. Certains disaient avoir aperçu les fauves sur la plage, près du restaurant célèbre pour ses pancakes aux myrtilles, ou rugissant devant le Trump Taj Mahal. L'une d'elles avait coincé un enfant sous un ponton ; un couple lui avait lancé un hamburger dans le sable pour la distraire et laisser au gamin le temps de s'échapper. L'autre avait réussi à s'introduire dans un club de strip-tease. Les danseuses et les clients avaient dû évacuer les lieux, et les filles s'étaient retrouvées sur le parking quasiment nues.

Tous les écrans du hall, du bar et du restaurant du Borgata montraient des reportages sur l'évasion des panthères. Des camionnettes de presse venues des quatre coins du New Jersey, de la Pennsylvanie et du Delaware arrivaient en masse sur le parking, et le hall se transforma rapidement en studio de télévision improvisé. Biedermeister et Bitschi, l'air hagards et désemparés, étaient en pleine interview à côté du kiosque Starbucks.

— Je ne comprends pas qui a bien pu faire ça, dit l'un d'eux en secouant la tête. Nous n'avons pas d'ennemis.

Aria remonta dans sa chambre et se laissa tomber sur le lit. Elle n'arrivait toujours pas à y croire. Hallbjorn avait donc mis son plan à exécution. Comptait-il revenir pour le lui raconter ? Espérait-il qu'elle serait fière de lui ?

Le regard d'Aria tomba sur le smoking froissé que le jeune homme avait laissé sur le fauteuil, et son cœur se serra. Leur cérémonie de mariage avait été parfaite, un souvenir qu'elle pensait chérir jusqu'à la fin de ses jours. À présent, il lui semblait souillé, terni.

Aria alla ramasser la veste et la suspendit délicatement à un cintre. La rose que la danseuse avait piquée à son revers était toujours là. Aria enfouit son nez dans le tissu luxueux. Il sentait toujours l'odeur d'Hallbjorn, un mélange de chocolat, de menthe et de froid hivernal.

La chemise, le nœud papillon et les chaussettes du jeune homme gisaient par terre, mais le pantalon, qui avait une bande en satin le long de la jambe, n'était plus là. Pensant qu'Hallbjorn l'avait peut-être rangé dans son sac de voyage, Aria fouilla la chambre en quête de celui-ci – sans succès. Le sac n'était ni dans la penderie, ni dans les tiroirs de la commode, ni sur le fauteuil près de la fenêtre, et il n'était pas non plus dans la salle de bains.

Aria se figea. Soudain, elle comprit. Hallbjorn était parti avec ses affaires. Il n'avait jamais eu l'intention de revenir. Apparemment, refuser de libérer deux panthères était une raison suffisante pour qu'il abandonne sa femme.

Alors, c'était fini ? Il l'avait vraiment abandonnée pour des fauves ? Il lui avait dit qu'il l'aimait. Il était si excité de se marier avec elle, la veille ! N'était-ce qu'une ruse, en fin de compte ?

Des larmes coulèrent sur les joues d'Aria. Arrachant la bague serpent de son doigt, elle la posa sur le bureau, puis se ravisa et la projeta violemment à travers la pièce. La bague heurta le radiateur dans un bruit métallique et tomba par terre sur un bout de papier.

C'était leur licence de mariage. Aria s'accroupit et détailla le sceau rouge de l'État du New Jersey. Il avait l'air si officiel, si sérieux ! Mais la signature d'Ella, tout en boucles et en arabesques, ne ressemblait nullement à celle de la mère d'Aria. D'autant que la jeune fille avait utilisé un stylo à encre violette pailletée.

Le document émit un bruit de papier froissé quand Aria la fourra dans sa poche. Enfilant ses chaussures à la hâte, la jeune fille saisit la clé de sa chambre, la bague serpent et sortit en trombe. Elle savait ce qui lui restait à faire.

Il n'y avait pas âme qui vive dans les rues. Lorsque Aria gravit les marches du tribunal d'Atlantic City, les vigiles postés près du détecteur de métaux lui jetèrent un regard surpris.

— Vous êtes sortie malgré les panthères en liberté ? lâcha l'un d'eux.

Sans répondre, Aria posa son sac sur le tapis roulant.

L'employée de l'accueil la dirigea vers un petit bureau au premier étage. La pièce était encombrée de papiers et empestait la cendre froide. Aria s'approcha de la femme assise derrière une vitre blindée, qui regardait sur un minuscule poste de télévision un reportage consacré aux panthères en fuite.

« La dernière fois qu'elles ont été aperçues, c'était dans une ruelle derrière le Caesars », rapportait un journaliste.

L'écran montrait un groupe d'hommes en combinaison avec écrit « SERVICES VÉTÉRINAIRES » dans le dos. Ils pointaient d'énormes pistolets à fléchettes sur une benne à ordures verte.

— Excusez-moi, dit Aria en faisant passer sa licence de mariage sous la fente de l'Hygiaphone. J'ai un aveu à faire. Ce document n'est pas valide.

La femme s'arracha difficilement au reportage en cours pour jeter un coup d'œil au papier.

— Et pourquoi donc ?

— Parce que je n'ai que dix-sept ans, répondit Aria en brandissant son permis de conduire. Et que j'ai imité la signature de ma mère. Elle ne sait pas que je me suis mariée, et je doute qu'elle m'y aurait autorisée.

La femme baissa ses lunettes sur son nez et dévisagea Aria d'un air mécontent.

— Ce que vous avez fait est illégal.

Aria baissa le nez, penaude.

— Je sais. Je n'ai pas réfléchi.

Soudain, elle se demanda si elle allait avoir des ennuis avec la loi. Que risquait-on en contrefaisant la signature de quelqu'un ? Une amende ? Une peine de prison ?

Mais la femme se contenta de hausser les épaules et de saisir un tampon.

— Je vais devoir annuler cette union. (Elle fit claquer sa langue.) De toute façon, qui a envie d'être marié à dix-sept ans ? Pourquoi s'encombrer d'un mari ? Ils ne créent que des problèmes. Une femme moderne devrait rester libre, sans attaches et sans fardeau.

Aria faillit éclater de rire. Cela lui rappelait les arguments qu'Hallbjorn avait fait valoir pour libérer les panthères.

L'employée secoua la tête.

— Le garçon que vous avez épousé est au courant que vous avez imité la signature de votre mère ?

L'écran de télé qui se trouvait derrière la femme attira le regard d'Aria. Les types des services vétérinaires étaient toujours rassemblés autour de la benne à ordures. Soudain, une des panthères argentées jaillit de sa cachette. Ils tentèrent de la piquer avec une fléchette de tranquillisant, mais avant qu'ils puissent tirer, la bête fut sur eux, et ils s'éparpillèrent rapidement. Le cameraman aussi prit ses jambes à son cou. Sur la dernière image qu'Aria vit d'elle, la panthère avait l'air effrayée, pas du tout heureuse comme l'avait prédit Hallbjorn.

L'espace d'une seconde, Aria envisagea de raconter à la femme que c'était lui qui avait libéré les deux fauves. Tout Atlantic City le cherchait et voulait le traduire en justice pour ce qu'il avait fait. Néanmoins, Aria ne put se résoudre à parler. Hallbjorn était peut-être fou, mais il était son mari – pour quelques secondes encore, du moins. Et tout au fond d'elle, elle savait que ses intentions étaient pures.

— Je ne crois pas que notre mariage soit sa première préoccupation en ce moment, répondit-elle d'un ton lugubre.

Le bruit que fit le tampon « ANNULÉ » lui parut assourdissant. L'employée lui demanda si elle voulait garder la licence en souvenir. À contrecœur, Aria la reprit par la fente et se dirigea vers la porte.

— Hé, appela la femme derrière elle.

Aria se retourna. L'expression maussade de l'employée s'était radoucie.

— Vous vous marierez plus tard, quand le bon moment sera venu, dit-elle. Je suis voyante à temps partiel. Je sais de quoi je parle.

— Merci, dit Aria.

Et bizarrement, cela la rasséréna.

Elle serra les pans de son manteau autour d'elle en sortant du tribunal. Le froid devenait mordant, et des nuages s'amoncelaient dans le ciel. Il vaudrait sans doute mieux qu'elle fiche le camp d'Atlantic City avant qu'il se remette à neiger.

Elle jeta un coup d'œil à la ronde. Le boulevard était toujours désert, mais les casinos brillaient de mille feux. Derrière, l'océan rugissait et répandait une odeur d'iode dans l'air. Quelques rues plus loin, des sirènes mugissaient.

Aria glissa une main dans son sac et en sortit sa licence de mariage. « En ce jour, Aria Marie Montgomery a épousé Hallbjorn Fyodor Gunterson. » Lentement, méthodiquement, elle la déchira jusqu'à en faire des confettis assez semblables à ceux qu'on leur avait jetés à la Chapelle de l'Amûr. Puis elle ouvrit les mains et laissa le vent emporter les minuscules bouts de papier. Elle les vit atterrir sous des voitures, se prendre aux branches des arbres ou disparaître à l'angle d'un bâtiment pour ne plus jamais revenir.

— Adieu, Hallbjorn, marmonna Aria.

Elle savait qu'elle ne le reverrait jamais.

14

Le vent l'emportera

Aria venait juste de payer le chauffeur de taxi et d'entrer dans le garage d'Ella quand elle entendit un bruit de moteur derrière elle. La Subaru remontait l'allée. Byron était au volant ; Meredith occupait le siège passager, et Mike se vautrait sur la banquette arrière. Quand il vit sa sœur, il agita la main.

Aria mit un moment à réagir et à lui rendre son coucou. Elle avait perdu la notion du temps et complètement oublié que Byron et Mike rentraient ce jour-là de la Griffe d'Ours.

M. Montgomery aperçut sa fille dans le garage. Il coupa le contact et descendit de la voiture.

— Où étais-tu passée ? Ça fait des heures que j'essaie de te joindre !

Aria répondit la première chose qui lui passa par la tête.

— Euh, j'étais partie me promener à vélo.

Byron jeta un coup d'œil au vélo coincé derrière une pile de vieux pneus et plusieurs sacs-poubelle pleins de vêtements destinés au Secours populaire. Le mensonge était flagrant, mais Aria se sentait trop crevée pour tout expliquer à son père.

— Byron ? appela Meredith en ouvrant sa portière. Tu crois que je pourrais aller aux toilettes ? Si je ne fais pas pipi très vite, je vais exploser.

Byron jeta un coup d'œil à Aria comme pour lui demander la permission. La jeune fille haussa les épaules et désigna la porte communiquant avec la maison. Elle n'avait aucune envie que Meredith explose – ou alors, au sens littéral du terme.

Sa future belle-mère se précipita à l'intérieur, serrant les fesses et se dandinant avec une démarche de canard. La porte des toilettes du rez-de-chaussée claqua bientôt derrière elle.

Byron resta dans la buanderie, comme s'il hésitait à pénétrer dans son ancienne maison. Mike, en revanche, fonça dans la cuisine et ouvrit le frigo.

— Il n'y a rien à bouffer, se plaignit-il. Tu as mangé où pendant toute la semaine, Aria ? Et pourquoi il caille autant dans cette baraque ?

— C'est vrai qu'il fait froid, acquiesça Byron en se dirigeant vers le thermostat. Tu as eu une coupure d'électricité ?

Aria pendit son manteau à une patère près de la machine à laver pour ne pas avoir à regarder son père en face.

— J'ai juste coupé le chauffage pendant quelques jours, histoire de faire des économies d'énergie.

— C'est une intention très louable, surtout pendant le solstice. (Une expression de regret passa sur le visage de Byron.) C'est dommage que tu aies manqué ça, Aria. On a fait des balades fantastiques dans la nature. Et le moment où on a brûlé la bûche de Yule… c'était magique. D'autres clients du lodge se sont joints à nous ; on a vraiment partagé quelque chose de fort.

Mike, qui buvait du jus d'orange à même la bouteille, toussa comme s'il s'étranglait. Aria lui jeta un coup d'œil. Il grimaça.

— Évidemment, j'aurais aimé que Mike passe plus de temps dehors avec nous au lieu de rester dans la suite pour regarder la télévision, ajouta Byron en secouant la tête d'un air navré.

— Si j'avais fait ça, j'aurais raté l'histoire la plus passionnante de tous les temps ! (Mike posa la brique de jus d'orange sur l'îlot central, alluma le petit poste de télé posé dans un coin et mit CNN.) Tu es au courant, Aria, pour les panthères ?

La jeune fille passa la langue sur ses dents.

— Hum, non, dit-elle en essayant de paraître convaincante.

— Regarde ça.

Mike désigna l'écran. Une caméra montrait le hall du Borgata. Des voitures de police étaient garées dans l'allée couverte qui menait à l'entrée. Debout au bar, Biedermeister et Bitschi parlaient fébrilement dans leur téléphone. « *Les panthères toujours en liberté* », disait un bandeau au bas de l'image.

— Des panthères se sont échappées de leur cage à Atlantic City, expliqua Mike. Ça a provoqué un gros mouvement de panique.

— C'est dingue, dit Aria en secouant la tête comme si elle en entendait parler pour la première fois.

Meredith apparut sur le seuil de la cuisine et jeta un coup d'œil à la télé.

— Pitié, Mike, éteins ça. C'est terrible.

— Tu déconnes ? (Le jeune homme se rapprocha de l'écran.) C'est le truc le plus ouf que j'aie vu depuis un bail. Apparemment, une des panthères a réussi à s'introduire dans un club de strip-tease. (Il eut un sourire lubrique.) J'aurais pu sauver les filles, si j'avais été là.

Une étoile filante apparut à l'écran, signalant une nouvelle qui venait juste de tomber. L'image bascula vers un jeune homme blond menotté. Lorsque le cameraman zooma sur son visage, Aria faillit hurler. C'était Hallbjorn. Les yeux fous, il se débattait en rugissant par-dessus le cri des sirènes et les voix des journalistes :

— Ces panthères méritaient d'être libres ! On les torturait dans ces cages ! Soutenez les droits des animaux !

Meredith se rapprocha du poste.

— C'est le type qui a fait ça ?

— On dirait un illuminé, commenta Mike.

Byron plissa les yeux.

— C'est juste une impression, ou sa tête me dit quelque chose ?

Aria pinça les lèvres, craignant de se mettre à vomir. Les flics poussèrent Hallbjorn dans un fourgon, et une journaliste enchaîna :

— La police a appréhendé l'éco-terroriste aujourd'hui, après qu'il a tenté de fuir à vélo. Apparemment, il pensait que les animaux étaient « opprimés » et qu'on les empêchait de vivre leur « existence panthéresque ».

Mike ricana.

— Leur existence panthéresque !

— Je jurerais que je l'ai déjà vu quelque part, insista Byron, les yeux rivés sur l'écran.

Hallbjorn passa la tête par la vitre du fourgon.

— Les panthères aussi ont une âme ! hurla-t-il en agitant ses mains menottées.

La mention : « *Hallbjorn Gunterson, éco-terroriste* » défila au bas de l'écran. Byron se frotta le menton.

— C'est un nom islandais.

La journaliste apparut à l'image.

— D'après nos sources, M. Gunterson serait arrivé aux États-Unis il y a quelques jours seulement. Il fuyait la police de son pays d'origine, l'Islande, où il est recherché pour avoir fait sauter les bureaux de l'entreprise chargée de démolir un sanctuaire de macareux.

— Quoi ? s'exclama Aria tout haut.

Les autres se tournèrent vers elle, et la jeune fille haussa les épaules en baissant le nez pour dissimuler sa réaction. Hallbjorn s'était bien gardé de lui dire de quelle façon il manifestait !

Soudain, tous les regrets d'Aria s'envolèrent. Hallbjorn était réellement dingo.

Mike se tapota le menton de l'index.

— Tu ne sortais pas avec un dénommé Hallbjorn en Islande, Aria ?

— Euh, si, marmonna sa sœur qui entortillait une mèche de cheveux autour de son doigt. C'est un prénom masculin très courant là-bas.

— Vraiment ?

Mike semblait sceptique.

— Bien sûr.

Rejetant ses cheveux dans son dos, Aria sortit de la cuisine. Elle n'osait pas regarder la suite du reportage de peur de se trahir. Or, il était absolument hors de question que quelqu'un découvre son secret. C'était un peu comme la fameuse question de l'arbre qui tombe dans la forêt : si personne ne savait qu'elle s'était mariée, ce serait comme si ça n'était jamais arrivé. Elle avait réussi à faire annuler la cérémonie avant que celle-ci ne soit consignée dans des archives permanentes. Nul ne pourrait établir de lien entre Hallbjorn et elle.

Le seul indice compromettant qui lui restait, c'était la bague serpent. Aria la chercha dans sa poche tout en montant l'escalier. Elle allait la refourguer à un prêteur sur gages. La semaine prochaine, elle irait à Philadelphie, dans un quartier où personne ne risquerait de la reconnaître, et elle s'en débarrasserait une bonne fois pour toutes.

Quant à l'argent qu'elle en tirerait, peut-être le donnerait-elle au pauvre gamin qui s'était fait coincer par les panthères sous le ponton. Ou aux danseuses qui avaient dû sortir à moitié nues du club où elles travaillaient. À moins qu'elle en profite pour s'offrir un petit voyage pendant les vacances de printemps.

Mais dans tous les cas, plus jamais elle ne penserait à ce mariage. Rien ne l'y obligerait, parce que personne n'était au courant. Et Aria avait bien l'intention que ça continue ainsi.

UN NOËL TRÈS CONJUGAL

Des lions, des tigres et des panthères argentées – rien que ça ! Les fauves domestiques de Biedermeister et Bitschi n'étaient pas les seules créatures dangereuses en liberté dans les rues d'Atlantic City. Aria pense que son mariage puis son annulation n'ont pas eu d'autres témoins que des sosies de stars et une employée du tribunal, mais j'étais aux premières loges pendant toute l'affaire. Et, contrairement à l'État du New Jersey, je ne vais pas faire comme s'il ne s'était jamais rien passé – d'autant que j'ai beaucoup appris sur ce couple malheureux.

Par exemple, Hallbjorn sait peut-être faire péter des explosifs, mais c'est Aria qui possède un bouton d'autodestruction. Elle casse tout ce qu'elle touche : la carrière d'Ezra, le mariage de ses parents, ses propres relations... C'est dingue que quelqu'un qui se brûle aussi facilement continue ainsi à jouer avec le feu, en tombant amoureuse et en cessant de l'être plus vite que vous ne pourriez dire : « Oui, je le veux. » Je n'ose même pas imaginer sur qui elle jettera son dévolu la prochaine fois – un autre artiste ? Un ado typique de Rosewood ? –, et encore moins de quelle façon ça se finira. Sauf, bien sûr, si c'est moi qui prends les choses en main...

C'est le problème avec les filles qui se targuent d'avoir une âme d'artiste. Elles traitent la vie comme une toile vierge ; elles pensent qu'elles peuvent peindre par-dessus leurs erreurs pour les faire disparaître au lieu d'apprendre à ne plus en faire. Chaque nouvel amour, chaque nouvel endroit n'est qu'une opportunité pour elles de tester une autre personnalité. Mais il ne suffit pas de déménager en Islande pour réparer un ménage brisé ; il ne suffit pas de teindre une robe vintage en vert pomme pour en faire une fabuleuse robe de bal, et rien au monde ne suffira à absoudre Aria et les autres pour ce qu'elles ont fait.

La lune de miel est terminée, chérie. Et la réalité va te tomber sur le coin de la figure. Crois-moi, ça va faire mal.

Ceci est également valable pour Spencer, qui espère toujours pouvoir recommencer à zéro avec sa famille. Mais ne vous en faites pas, mes jolies. Spencer est sur le point d'apprendre que la nouvelle année ne sera pas bonne pour tout le monde – parce que tout le monde ne l'a pas mérité.

« A »

LE JOLI PETIT SECRET
DE SPENCER

1

AMBIANCE POLAIRE SOUS LE SOLEIL DE FLORIDE

Le lendemain de Noël, un avion privé se posa sur l'aéroport de Longboat Key, en Floride. Comprimée dans un des étroits sièges en cuir, Spencer Hastings regardait par le hublot la chaleur qui montait depuis le tarmac, donnant l'impression que les palmiers ondulaient et scintillaient. Le soleil cognait impitoyablement sur les contrôleurs aériens qui se baladaient en T-shirt, short et lunettes de soleil.

Quel changement par rapport aux moins dix degrés et aux soixante centimètres de neige qu'on trouvait à Rosewood ! Spencer ne voyait pas de meilleure période de l'année pour séjourner dans la maison en bord de mer de Nana Hastings. En revanche, comme sa famille lui adressait à peine la parole – pour changer un peu –, il y avait des tas d'autres gens avec qui elle aurait préféré partir.

Mme Hastings était assise dans la rangée de devant côté couloir, vêtue de sa tenue de vol habituelle : sweat à capuche en cachemire et pantalon de yoga. Elle souleva le masque de satin qui recouvrait ses yeux.

— Peter, tu as pensé à louer une voiture ?

Le père de Spencer, qui pianotait sur son téléphone Android, s'interrompit en poussant un soupir exaspéré.

— Bien sûr que j'y ai pensé. J'ai pris un SUV Mercedes.

— La classe G ?

— Non, dit-il en se levant pour descendre les bagages du compartiment situé au-dessus de sa tête. La ML350.

Mme Hastings grimaça.

— Mais il y a plus de place pour les jambes dans la G550.

— Veronica, on peut tout faire à pied à Longboat Key. On n'a même pas besoin d'une voiture, répliqua son mari en laissant tomber un sac de voyage Louis Vuitton sur le siège voisin.

Le commandant de bord les interrompit pour les informer qu'ils étaient arrivés – sans blague ? – et que Gina, leur hôtesse, allait leur ouvrir la porte de l'appareil pour qu'ils puissent débarquer.

Spencer s'extirpa de son fauteuil et se plaça derrière ses parents dans le couloir. Sa sœur Melissa l'imita, la tête baissée et les écouteurs de son iPod dans les oreilles. Elle n'avait pas prononcé un mot pendant tout le vol, ce qui était assez bizarre : d'habitude, elle avait toujours quelque chose à dire au sujet de la maison de ville qu'elle rénovait, de ses brillants résultats à l'école de commerce Wharton ou de la personne merveilleuse qu'elle était en général.

Spencer connaissait la raison de ce silence. Un mois et demi plus tôt, le petit ami de Melissa, Ian Thomas, avait été arrêté pour le meurtre d'Alison DiLaurentis. D'habitude, Melissa ne sortait qu'avec des fils à papa destinés à devenir sénateurs ou à reprendre le cabinet d'avocats familial. Ian faisait donc un peu tache sur son tableau de chasse – même si elle était persuadée de son innocence. Tout le reste de la ville le croyait coupable ; c'était la seule chose qui importait.

Pour compliquer encore la situation, c'était Spencer qui avait dénoncé Ian après s'être souvenue qu'elle l'avait vu le soir de la disparition d'Ali. Depuis que le jeune homme avait été mis en prison, Melissa était encore plus glaciale que d'habitude avec sa cadette – ce qui n'était pas peu dire, car leur relation n'avait jamais été cordiale. Mais au fil des derniers mois, elle n'avait fait que se détériorer.

Melissa et Spencer s'étaient battues avec acharnement pour un garçon ; elles avaient lavé leur linge sale devant un thérapeute et fini par se disputer si fort que Spencer avait poussé Melissa dans l'escalier. Elle lui avait également volé un ancien devoir d'économie qu'elle avait fait passer pour sien, et qui lui avait permis de remporter le prestigieux prix de l'Orchidée d'or.

Gina ouvrit la porte, et les Hastings descendirent l'escalier branlant jusqu'au tarmac. La chaleur humide de Floride enveloppa immédiatement Spencer, qui se dépêcha d'ôter sa veste North Face. Ses parents, sa sœur et elle se dirigèrent vers le terminal d'un pas cadencé et en silence. Sans leur pas synchronisé, on aurait même pu douter qu'ils soient ensemble.

À l'intérieur, un homme en uniforme tenait une petite pancarte sur laquelle était écrit leur nom. Il les conduisit au SUV d'une compagnie de location qui les attendait à la sortie. M. Hastings signa quelques papiers et chargea leurs bagages dans le coffre. Ils montèrent en voiture, faisant claquer bruyamment leurs portières. Le père de Spencer démarra brutalement au point que la jeune fille fut plaquée contre la banquette arrière.

— Pouah, ça empeste la cigarette, se plaignit Mme Hastings en agitant sa main devant son visage. Tu aurais au moins pu leur dire de la nettoyer avant de nous la donner.

M. Hastings poussa un gros soupir.

— Je ne sens rien du tout.

— Moi non plus, intervint Spencer.

Elle voulait soutenir son père, que sa mère n'arrêtait pas d'asticoter depuis plusieurs jours. Mais elle ne réussit qu'à s'attirer un regard glacial de cette dernière.

En dépit du souhait de ses parents, Spencer avait renoncé à l'Orchidée d'or le mois précédent et avoué son plagiat aux membres du jury. M. et Mme Hastings auraient voulu qu'elle accepte le prix sans rien dire. Mais après la découverte du corps d'Ali et de l'identité de son meurtrier, après avoir été harcelée par Mona Vanderwaal *alias* « A » qui avait failli la pousser du haut d'une falaise, Spencer voyait les choses sous un angle différent.

Avachie sur la banquette arrière, elle regarda par la fenêtre pendant que son père tournait sur l'avenue principale. Elle était venue si souvent chez Nana qu'elle aurait pu faire le trajet les yeux bandés. D'abord la marina, avec ses énormes yachts privés, puis le yacht-club et sa pancarte de bon goût qui annonçait une soirée hawaïenne pour le 28 décembre à vingt et une heures, puis le pont qu'on relevait quand il fallait laisser passer un bateau de très haute taille, puis des tas de boutiques hors de prix et de restaurants chic.

Partout, des femmes en capeline de paille avec d'immenses lunettes de soleil déambulaient sur les trottoirs ou se faisaient bronzer dans les patios, tandis que des hommes en tenue de golf impeccable garaient leur décapotable en arborant un sourire aux dents artificiellement blanchies.

M. Hastings s'arrêta devant le portail de la résidence fermée où vivait sa mère. Un vigile ultrabronzé, portant un uniforme en matière synthétique, cocha une case sur son porte-bloc et leur fit signe de passer.

Après avoir longé un terrain de golf au gazon vert fluo, une piscine à débordement dans laquelle Spencer avait passé de nombreuses heures à nager, un centre commercial privé et un spa de réputation mondiale, ils tournèrent dans Sand Dune Drive et s'approchèrent de l'énorme bâtisse qui ressemblait à un croisement entre la Maison Blanche et le château de Cendrillon à Disney World. Des colonnes doriques flanquaient l'entrée. Une terrasse courait sur les côtés et l'arrière. Une tour s'élançait vers le ciel. Le jardin paysager était soigneusement entretenu ; toutes ses fleurs semblaient disposées comme dans un bouquet de mariée.

Lorsque M. Hastings ouvrit sa portière, Spencer entendit le rugissement de l'océan auquel la maison était adossée. Un ponton privé s'avançait sur la plage.

— C'est déjà beaucoup mieux, approuva M. Hastings, les mains sur ses hanches et la tête levée vers le ciel d'un bleu azur.

Ils déverrouillèrent la porte d'entrée et portèrent leurs bagages dans le vestibule, créant une petite montagne de valises et de sacs de luxe. Une odeur de cire, de sable et d'adoucissant à la lavande planait dans la maison. Tout était silencieux, et Spencer allait demander où était sa grand-mère quand elle se souvint que celle-ci était partie à Gstaad, en Suisse, avec son nouveau petit ami Lawrence, la veille au matin.

Nana Hastings n'était pas très famille. Quand ses enfants lui rendaient visite, elle trouvait en général un moyen de s'absenter. Spencer semblait lui être particulièrement antipathique. Ce devait être dans les gènes.

Spencer empoigna ses bagages et monta l'énorme escalier en courbe comme ceux qu'on trouvait dans les plantations sudistes. La chambre où elle dormait toujours était inondée de soleil. Elle avait un papier peint rayé blanc et jaune, une épaisse moquette blanche et un lit ancien en cuivre. Elle sentait le renfermé, comme si personne n'y avait séjourné depuis longtemps.

Spencer déposa son sac de voyage sur le lit, l'ouvrit et commença à déballer sa garde-robe pour la Floride : des robes à bretelles aux couleurs vives, des pantalons de marin à taille haute et des polos moulants qu'elle replia soigneusement avant de les ranger dans les tiroirs vides de la commode.

Puis, debout face à la coiffeuse d'une blancheur immaculée, elle exhuma son coffret à bijoux de voyage pour en transférer le contenu dans l'antique coffret en bois dont sa grand-mère ne se servait plus depuis longtemps. En l'ouvrant, elle découvrit une paire de boucles d'oreilles scintillantes dans le compartiment du dessus.

Elle poussa un hoquet de surprise en les reconnaissant. Elle les avait laissées ici lors de sa visite précédente, durant le week-end de Memorial Day pendant son année de 5e. Ces boucles d'oreilles ne lui appartenaient pas : elles étaient à Ali.

Les DiLaurentis avaient également une résidence secondaire à Longboat Key, de l'autre côté du lac artificiel. Autrefois, Ali et Spencer partageaient leur temps entre les deux maisons, à se faire bronzer sur la plage, à échanger leurs vêtements, à boire en cachette le Dewar's whisky des Hastings et à flirter avec les garçons du coin.

Ali avait prêté ces boucles d'oreilles à Spencer le jour où elles avaient été invitées à une soirée, quelques rues plus loin. Spencer avait engagé la conversation avec un dénommé Chad qui était sorti avec Melissa pendant les vacances précédentes. Au bout d'un moment, elle avait senti qu'Ali l'observait.

— Tu fais vraiment ta pute, lui avait chuchoté méchamment son amie lorsque Chad s'était détourné. Ça ne t'a pas suffi de sortir avec le petit ami de ta sœur; il t'en faut un second?

Ali faisait allusion au baiser que Spencer avait échangé avec Ian Thomas dans le dos de Melissa, quelques semaines auparavant. Mais Spencer n'avait aucune intention de sortir avec Chad : elle lui parlait, c'est tout!

Ali et elle s'étaient disputées si fort qu'elles ne s'étaient plus adressé la parole de toute les vacances. Ali avait traîné avec des filles du coin; chaque fois que Spencer passait près d'elles, elle faisait exprès de rire à gorge déployée. Quant à Spencer, trop fière pour s'excuser, elle était restée seule dans son coin.

Elle se laissa tomber sur le lit en tenant les boucles d'oreilles dans sa main. Elle aurait dû s'excuser. Si elle avait su qu'Ali sortait avec Ian en cachette, que c'était pour ça qu'elle avait aussi mal réagi en découvrant que son amie l'avait embrassé... peut-être aurait-elle pu éloigner Ali de ce garçon. Peut-être aurait-elle pu empêcher qu'il l'assassine.

Posant les boucles d'oreilles sur sa table de chevet, Spencer se leva et se changea. Elle enfila un short, un débardeur American Apparel tout mou et des tongs Havaianas. Puis elle descendit.

Une bonne odeur de sucre s'échappait de la cuisine au carrelage blanc.

— Coucou? appela Spencer en regardant autour d'elle.

Sa voix résonna dans le rez-de-chaussée désert.

Entendant des éclats de voix sur le patio, elle jeta un coup d'œil par la baie vitrée. Ses parents et sa sœur étaient assis autour de la table en tek qui surplombait la piscine et l'océan. Des bols de chips et de fruits secs étaient posés devant eux, ainsi qu'un assortiment de fromages sur une planche à découper en marbre et une bouteille de vin blanc débouchée. Spencer en eut l'eau à la bouche.

Le rugissement de l'océan s'amplifia quand elle fit coulisser la porte-fenêtre. Sa mère était en train de gesticuler. Melissa semblait avoir avalé un citron vert – comme d'habitude. Spencer jeta un coup d'œil à son père. Il était penché sur l'iPad que sa famille lui avait offert à Noël, sans doute en train de jouer à Angry Birds. Il ne l'avait que depuis vingt-quatre heures, et il était déjà accro.

Spencer traîna une quatrième chaise jusqu'à la table alors que Melissa glissait une tranche de vieux cheddar dans sa bouche.

— Tu veux du fromage, maman? demanda l'aînée des Hastings. Il est vraiment bon.

— Ce que je voudrais, Melissa, répondit sa mère avec raideur, c'est que ton père pose son joujou et nous parle, ça changerait un peu.

Spencer se figea. Melissa eut un mouvement de recul comme si on l'avait giflée. En principe, Mme Hastings ne parlait sur ce ton qu'à sa cadette. Mais M. Hastings se contenta de soupirer sans même lever les yeux de son écran.

— Et si on louait un film pour ce soir? lança Spencer pour détendre l'atmosphère.

— Oh oui, bonne idée! s'écria Melissa.

Spencer dévisagea sa sœur, les yeux écarquillés. C'était sans doute la première fois que Melissa l'approuvait au lieu de la critiquer ou de se moquer d'elle.

Mais leur mère ricana comme si c'était une idée ridicule, et qu'il fallait vraiment être idiote pour l'avoir suggérée. Le silence retomba sur la terrasse tandis que M. et Mme Hastings se barricadaient chacun dans la forteresse de leur colère.

Spencer réprima un soupir. Après tout ce qui s'était passé cet automne – avec Ali, avec Ian et même avec « A » –, elle espérait passer les vacances de Noël à bronzer, à se faire chouchouter au spa et à se réconcilier avec sa famille. Ainsi, quand elle rentrerait à Rosewood pour entamer le second trimestre, elle serait parfaitement reposée et en pleine forme.

Mais si la Troisième Guerre mondiale couvait dans la maison en bord de l'eau de Nana Hastings, elle pouvait dire adieu à ses espoirs de paix.

2

TOUT PASSE TOUJOURS MIEUX AVEC UN BEAU GOSSE

Le lendemain matin, Spencer émergea de l'océan, se traîna jusqu'à sa serviette et essora ses cheveux trempés. Elle s'allongea et, fermant les yeux, se demanda ce qu'elle pourrait bien faire ensuite.

Le soleil lui chauffait agréablement les épaules. Bien entendu, elle pouvait toujours s'avancer dans sa lecture de *Le soleil se lève aussi*, sur lequel elle devait écrire un essai pour son cours d'anglais. Elle pouvait aussi aller faire un jogging : rien de tel que courir dans le sable pour affiner les mollets.

Une ombre s'étendit sur elle. Spencer ouvrit les yeux.

— Salut.

Melissa se tenait près d'elle, une main en visière pour se protéger les yeux du soleil.

— Salut, répondit Spencer, méfiante.

Certes, elles avaient eu un bref instant de connivence la veille à table, mais Spencer ne se souvenait pas de la dernière fois où sa sœur lui avait adressé la parole volontairement.

— C'est pas la joie entre les parents, hein ? lâcha Melissa en se laissant tomber près d'elle.

Elle saisit une poignée de sable qu'elle fit couler sur ses orteils.

— Comme d'habitude, non ? répliqua Spencer en buvant au goulot de sa bouteille de Nalgene.

Il n'était que dix heures du matin, mais il faisait déjà vingt-six degrés, et l'air était chargé d'humidité.

— D'habitude, ils ne me crient pas dessus, fit remarquer Melissa.

Spencer leva les yeux au ciel, mais dut admettre que sa sœur avait raison. Leurs parents croyaient que Melissa était absolument parfaite. Quand ils engueulaient quelqu'un, c'était toujours la cadette.

— Je me disais, poursuivit Melissa en jouant avec un coquillage rose nacré, que si on veut s'amuser pendant ces vacances, il faudra que ce soit ensemble.

Spencer sursauta.

— Tu veux qu'on fasse des trucs toutes les deux? demanda-t-elle, sceptique.

— N'aie pas l'air si surprise. Avec qui d'autre veux-tu que je traîne ? répliqua Melissa.

Une vague remonta si haut sur la plage que l'eau vint lécher le bord de la serviette de Spencer. Celle-ci releva ses lunettes de soleil sur son front et dévisagea sa sœur.

— Je croyais que tu me détestais parce que j'avais dénoncé Ian.

— Écoute, je suis persuadée que tu te trompes… (Melissa ouvrit la bouche comme pour continuer, puis se ravisa et secoua la tête.) Peu importe. J'ai besoin de distractions pour ne pas y penser, et je n'ai personne d'autre sous la main.

— Je suis flattée, railla Spencer.

Melissa lui donna un coup de coude.

— Ne sois pas si susceptible. Avoue que tu t'ennuies, toi aussi. (Elle se leva et épousseta le sable sur ses jambes.) Tu veux m'accompagner au club ? On pourrait se faire une journée spa.

Spencer hésita. Un homme qui faisait son jogging accompagné d'un labrador passa près d'elles. Plus loin sur la plage, deux fillettes s'affairaient à bâtir un château de sable. Melissa avait raison. Spencer se sentait seule. Et si sa sœur était prête à enterrer la hache de guerre, au moins pour quelques heures, elle devait peut-être lui laisser une chance.

— Hum. D'accord.

Spencer remit son paréo et fourra sa serviette dans son cabas en toile. Melissa et elle remontèrent vers la route et se mirent à la longer en direction du club.

Des gens vaquaient à leurs occupations ou se promenaient. Tous les magasins étaient ouverts et avaient la climatisation à fond. Chacun d'eux rappelait des souvenirs à Spencer. Chez Samantha, elle avait acheté une robe pour sa fête d'anniversaire quand elle était en CM2. Dans la boutique de bonbons que Melissa lui désignait, elles avaient fait un concours de la plus grosse mangeuse de caramels quand Spencer avait huit ans – bien entendu, c'était l'aînée qui avait gagné. Et ce surf shop était celui où M. Hastings avait acheté une planche pour tenter d'apprendre à surfer, quelques années plus tôt. Il avait passé toute la semaine à pagayer en vain, trop effrayé pour tenter d'attraper la moindre vague.

Spencer regardait les T-shirts Quiksilver et les casquettes Billabong dans la vitrine quand une ombre remua derrière elle. La jeune fille fit volte-face et eut juste le temps de voir quelqu'un disparaître à l'angle de la rue. Son estomac se noua.

— Tout va bien ? s'inquiéta Melissa.

— Ouais, répondit Spencer en s'efforçant de garder une voix calme.

Mais elle avait du mal à lutter contre l'impression que quelqu'un la suivait. Elle prit une profonde inspiration comme au yoga. Mona était morte, se remémora-t-elle. « A » n'existait plus.

Après avoir accepté un des caramels salés que Ye Olde Saltwater Taffy Emporium proposait en dégustation et acheté des cafés au lait glacés au Blue Dog Pancake House, Spencer et Melissa atteignirent le club-house de Longboat Key, une magnifique bâtisse blanche située à la lisière de la baie.

Une vingtaine de voiturettes de golf étaient garées sur le devant. Des hommes en polo et bermuda chargeaient leur sac sur leur épaule tandis que des femmes coiffées de visières bavardaient en petits groupes.

Les deux sœurs suivirent le bruit mat des raquettes frappant les balles sur un des courts de tennis. Des affiches annonçant un tournoi qui aurait lieu le jour du réveillon étaient placardées sur la clôture, et deux joueurs se livraient un match acharné.

Ils semblaient avoir une vingtaine d'années. L'un comme l'autre portaient un T-shirt et un short blanc – sur ce point, le club était aussi strict que Wimbledon et interdisait les tenues colorées.

Le premier, un brun au visage anguleux, aux jambes musclées et au fessier bien ferme, dominait visiblement la partie. Il enchaînait les volées amorties et les balles croisées. Une petite foule de filles massées sur le bord du court tournait la tête à gauche et à droite pour suivre la trajectoire de la balle jaune fluo.

— Tu savais que Colin était quatre-vingt-douzième au classement mondial? demanda une fille en robe de tissu éponge Lacoste et chaussée de tongs à sa copine, tout aussi court vêtue et perchée sur d'immenses sandales à semelle compensée. Il me l'a dit l'autre jour.

— Et moi, il m'a dit qu'il participerait au tournoi du nouvel an, répliqua l'autre.

— Évidemment ! Il va faire manger leur raquette à tous les autres ! s'enthousiasma la première.

Spencer s'adossa à la clôture près de Melissa en résistant à une forte envie de lever les yeux au ciel. Les groupies étaient vraiment pathétiques.

Mais Colin, le garçon avec le joli petit cul, restait très agréable à regarder. Il était en train de mettre une volée à son adversaire. Son service d'une rapidité foudroyante ne laissait pas à l'autre le temps de réagir. Chaque fois qu'il marquait un point, il faisait tourner sa raquette dans sa main et tentait de ne pas avoir l'air trop content de lui, mais Spencer le surprit à sourire, la tête baissée.

— Je vais jeter un coup d'œil à la carte des soins, annonça Melissa en s'éventant. Je te réserve une manucure et une pédicure avec moi ?

— Volontiers, répondit distraitement Spencer sans quitter le match des yeux. Je te retrouve au spa dans cinq minutes.

Lorsque la partie s'acheva sur une débâcle complète de son adversaire, le dénommé Colin lui serra la main. Tous deux se dirigèrent vers la ligne de touche, engloutirent deux bouteilles d'eau vitaminée AminoSpa et ôtèrent leur T-shirt trempé de sueur.

Spencer fit mine d'être passionnée par ses cuticules. Elle ne voulait pas loucher trop ouvertement sur les parfaites tablettes de chocolat de Colin. Il était vraiment canon – encore plus que Wren, le garçon qu'elle avait piqué à Melissa au début de l'automne. S'il n'avait pas déjà eu tant de fans, il aurait pu faire un parfait flirt de vacances. Ça faisait une éternité que Spencer n'avait pas eu de béguin.

— Hé, Colin, appela la fille en robe Lacoste, entortillant

coquettement une mèche de cheveux blonds autour de son doigt. C'était une super-partie.

— Tu es trooooop doué, roucoula sa copine aux sandales compensées. Tu dois passer tes journées à t'entraîner, non?

— Plus ou moins. (Colin essuya son visage en sueur et ouvrit une nouvelle bouteille d'AminoSpa.) Mon entraîneur passe l'hiver ici. Parfois, on joue contre les pros. L'autre jour, j'ai croisé Andy Roddick sur le court.

Les deux filles se donnèrent des coups de coude.

— C'est génial, s'enthousiasma l'une d'elles. Nike devrait te sponsoriser.

Pour toute réponse, Colin se contenta de sourire.

Il finit de ranger ses affaires dans un énorme sac de sport Adidas vert vif et se dirigea vers le club-house. Soudain, il s'arrêta face à Spencer. La jeune fille eut l'impression de sentir son regard la transpercer tandis qu'elle faisait semblant de lisser un pli de son paréo.

— Salut.

Toutes les filles tournèrent la tête vers Spencer.

— Salut, répondit cette dernière sur un ton aussi nonchalant que possible.

Colin fit quelques pas vers elle.

— Tu es une de mes nouvelles groupies?

Spencer pencha la tête sur le côté.

— D'habitude, je ne fais pas partie des groupies – c'est plutôt moi qui en ai. Mais je pourrais peut-être faire une exception.

Les autres filles chuchotèrent entre elles.

— Qui est-ce? demanda l'une d'elles, mécontente.

— Je te parie qu'elle n'est même pas membre du club, dit Sandales Compensées sans se donner la peine de baisser la voix.

Spencer les foudroya du regard, et elles détournèrent

très vite les yeux. Elles lui rappelaient ses parents, songea la jeune fille, avec cette façon de l'exclure d'entrée de jeu, de se comporter comme si sa place n'était pas parmi elles – comme si elle n'était pas digne de se trouver là.

Elle reporta son attention sur Colin.

— Je suis du genre à pratiquer plutôt qu'à encourager ceux qui pratiquent. Mais si tu veux, on pourrait échanger quelques balles, à l'occasion.

Colin haussa un sourcil.

— Tu joues au tennis ?

Spencer rejeta ses cheveux derrière son épaule.

— Bien entendu.

Ses parents avaient commencé à lui faire prendre des leçons à l'âge de quatre ans.

Colin recula pour mieux la détailler. Au bout de cinq longues secondes, il sortit un BlackBerry de son sac.

— Alors, c'est d'accord. Comment tu t'appelles ?

Spencer le lui dit, et les autres filles recommencèrent à chuchoter de plus belle.

— On joue ce soir, décida Colin en tapant quelque chose sur le clavier de son téléphone.

Il ne prit même pas la peine de donner son nom à Spencer, supposant sans doute qu'elle le connaissait déjà. Il avait raison, et son assurance plut à la jeune fille. Celle-ci fit mine de passer mentalement son emploi du temps en revue.

— Je devrais pouvoir me libérer.

— Super. (Colin lança sa bouteille d'AminoSpa vide, qui décrivit un arc de cercle parfait avant de retomber dans la poubelle la plus proche.) Cinq heures et demie. Même court. Le gagnant offre un coup à boire au perdant.

Réprimant un sourire, Spencer baissa ses lunettes de soleil sur son nez. Elle avait décroché un rencard sans le moindre effort, et Colin supposait qu'elle était assez vieille pour boire de l'alcool. *Un point pour moi.*

Le jeune homme lui adressa un clin d'œil et s'éloigna. Spencer mourait d'envie de le regarder monter l'escalier et se diriger vers les vestiaires, mais elle se retint, ne voulant pas avoir l'air trop intéressée.

Lorsqu'elle se tourna vers le portail, elle se retrouva face à face avec les groupies de Colin qui l'observaient toujours, mécontentes. Elle les fixa sans ciller.

— Il y a un problème ?

Les filles frémirent, et leur bouche s'arrondit en un petit O de surprise.

— C'est bien ce qu'il me semblait, lança Spencer d'un ton désinvolte.

Rajustant la bandoulière de son cabas sur son épaule, elle sortit du court pour rejoindre Melissa.

Elle sentit les autres filles la suivre du regard tandis qu'elle se dirigeait vers le spa. Tout à coup, le soleil lui semblait plus vif, l'air plus parfumé. En levant les yeux vers le ciel d'un bleu éblouissant, elle aperçut un nuage en forme de cœur. Elle avait rendez-vous pour jouer au tennis avec un beau gosse, et quel que soit le score final, il lui semblait avoir déjà remporté la partie.

3

Heureuse au jeu...

Smack.

Spencer ne put s'empêcher de suivre des yeux sa balle de service qui, telle une étoile filante, fendait la fraîcheur nocturne en traçant un arc parfait au-dessus du filet.

Mais lorsque Colin leva sa raquette pour la lui renvoyer, la jeune fille tourna son attention vers des choses plus intéressantes. Notamment la façon dont le T-shirt de son adversaire se souleva, laissant entrevoir quelques centimètres de peau lisse et bronzée alors qu'il lui retournait son service. Et lorsque sa volée, qui lui avait semblé si puissante et si précise pendant le match du matin, frappa la balle selon un angle incorrect, lui faisant perdre toute sa force et sortir du terrain, Spencer réprima un sourire. Visiblement, Colin la laissait gagner.

— Bien joué, Spencer, haleta le jeune homme en rangeant sa raquette dans son étui et en tirant la fermeture Éclair.

Il la détailla de la tête aux pieds tandis qu'elle s'approchait du filet pour lui serrer la main. Spencer se réjouit d'avoir mis sa jupe de tennis la plus courte et sa brassière la plus moulante.

— Toi aussi, dit-elle en calant sa paume contre celle du jeune homme.

Colin garda sa main une seconde de plus que nécessaire, comme pour lui faire passer un message.

— Tu ne plaisantais pas. Tu es vraiment douée, ajouta-t-il, le souffle court.

Spencer baissa modestement la tête pour dissimuler un rictus de triomphe.

— Mes parents ont insisté pour que je prenne des cours quand j'étais petite. Ma sœur et moi avons commencé à jouer en tournoi dès l'école primaire.

Elle ôta son élastique et laissa ses cheveux blonds se répandre sur ses épaules, espérant que la lumière des projecteurs les ferait briller.

— Et toi ? Comment tu as chopé le virus ?

— Ouah.

Colin se mit à rire. Vu de près, il avait des pommettes ciselées, et une légère fossette se creusait dans sa joue gauche quand il souriait.

— C'est un sujet beaucoup trop sérieux pour qu'on en parle debout sur une ligne de touche. Tu as faim ?

— Je crève la dalle, admit Spencer.

— C'est ton jour de chance, parce que j'ai pensé à apporter un pique-nique.

Les yeux pétillants de bonne humeur, Colin entraîna Spencer vers une petite butte au sud du court. Il étendit une serviette dans l'herbe.

Spencer respira profondément et capta un léger effluve du parfum épicé de Colin, mélangé à l'air iodé et à l'odeur de poisson et de viande grillés en provenance du restaurant. De son sac, le jeune homme sortit deux salades de fruits toutes prêtes, une assiette de fromages emballée et deux bouteilles d'AminoSpa. Il planta un cure-dents au centre de chaque cube de fromage et disposa les bouteilles côte à côte, l'étiquette tournée vers lui.

Spencer éclata de rire.

— Tu es aussi maniaque que moi, dit-elle en désignant sa présentation impeccable.

— J'avoue. Je classe même mes polos de tennis par couleur, dévoila Colin avec une grimace penaude. Je suppose que c'est un truc de sportif. Comme Nadal qui observe tout un rituel avant de servir, ou Sharapova qui ne marche jamais sur les lignes de court quand la balle n'est pas en jeu.

— C'est une façon de garder le contrôle, en situation de stress, je suppose, avança Spencer, songeant combien le fait de ranger ou d'organiser les choses avait un effet apaisant sur elle.

Elle déboucha la bouteille d'AminoSpa, but une longue gorgée et manqua de s'étrangler.

— C'est quoi, ce truc?

Ça avait un goût de pamplemousse pourri.

— C'est plein de vitamines, expliqua Colin en désignant les informations nutritionnelles sur l'étiquette. Je te jure que ça m'aide à mieux jouer. Un type a même tenté de me convaincre d'en vendre – il disait que je pourrais facilement en refiler à mes copains du tennis et à mon entraîneur. Je lui ai répondu que j'étais trop occupé pour accepter des contrats de sponsoring.

— Alors, c'est vrai ce que racontent tes groupies? demanda Spencer. Tu t'entraînes vraiment pour devenir pro?

Colin acquiesça.

— Mon entraîneur pense que j'ai une bonne chance d'obtenir une *wild card* pour l'US Open cette année. J'ai un tournoi plus tard dans la semaine, et je suis inscrit à des tas d'autres. Il faut que je progresse au classement. Je veux être dans les cinquante premiers.

Spencer était impressionnée.

— Et tu vis ici, à Longboat Key, ou tu es juste venu pour t'entraîner ?

Colin fit sauter un grain de raisin dans sa bouche et eut un sourire taquin.

— Si on n'arrête pas de parler de moi, je n'en saurai jamais davantage sur toi, fit-il remarquer. D'où sort donc cette mystérieuse joueuse de tennis qui vient de me faire courir dans tous les sens ?

De ses ongles fraîchement manucurés (Melissa et elle avaient passé un bon après-midi au spa, malgré leur relation conflictuelle), Spencer repoussa une mèche de cheveux derrière son oreille. Elle était ravie que Colin s'intéresse à elle autant qu'elle à lui.

— Oh, je n'ai rien d'une future sportive professionnelle. Ma vie est beaucoup moins excitante que ça. J'habite une petite ville de la banlieue de Philadelphie. Je ne suis ici que pour les vacances. Je loge dans la grande maison blanche au bout de Sand Dune Drive.

Colin écarquilla les yeux.

— Chez Edith Hastings ?

— Oui. C'est ma grand-mère.

Il gloussa.

— J'ai entendu dire qu'elle était chaude comme la braise.

Spencer grimaça.

— Chaude comme la braise, Nana ?

Quand elle pensait à sa grand-mère, elle ne voyait qu'une femme à la mine perpétuellement contrariée, qui lui criait dessus parce qu'elle mouillait son parquet après s'être baignée dans la piscine.

Colin haussa les épaules.

— Je suis allé au country club deux ou trois fois depuis mon arrivée. C'est une légende du cours de danses de salon. Toutes les semaines, elle se pointe avec un nouveau petit ami. Ces messieurs l'adorent.

Dis plutôt qu'ils adorent son argent, songea aigrement Spencer.

— Alors comme ça, ma grand-mère papillonne? se contenta-t-elle de dire. C'est vrai qu'elle est bien conservée pour son âge.

— C'est une très belle femme, approuva Colin en lui faisant un clin d'œil. Et visiblement, elle t'a transmis ses gènes.

Spencer se retint de sourire bêtement et espéra que Colin ne remarquerait pas que son compliment lui donnait chaud partout.

— Alors, combien de garçons t'ont déjà demandé d'être leur cavalière pour le luau? enchaîna Colin.

Tous les ans, le yacht-club organisait une soirée à thème avant le réveillon. Cette année, c'était un luau hawaïen. Quand elles étaient petites, Spencer et Melissa aimaient se cacher sous les tables richement décorées pour regarder les sculptures de glace et les feux d'artifice.

— Euh, aucun, admit la jeune fille les yeux baissés.

Colin pencha la tête sur le côté.

— J'ai du mal à y croire.

Spencer ne put s'empêcher de rougir.

— Pourquoi?

— Parce que tu es quelqu'un de très spécial, Spencer Hastings. (Colin lui donna une petite tape amicale sur le bras.) Et je ne parle pas seulement de ton service foudroyant au tennis!

— Et c'est bien, d'être spéciale? demanda-t-elle sur un

ton séducteur, sa peau la picotant à l'endroit où le jeune homme l'avait touchée.

— Forcément. (Colin devint tout à coup sérieux.) Sauf dans ma famille.

— Comment ça ? s'étonna Spencer.

Un hibou hulula dans un arbre voisin, et des rires lointains leur parvinrent depuis la terrasse du restaurant.

— Eh bien… Je suis un peu le mouton noir de ma famille, admit Colin.

— Moi aussi, confessa Spencer qui comprenait très bien sa situation. J'ai l'impression de vivre dans ce jeu pour enfants – tu sais, celui où il faut désigner la chose qui ne va pas avec les autres. Quoi que je fasse, ce n'est jamais assez bien pour mes parents.

Colin lui prit la main et la pressa.

— C'est pareil pour moi. Mon père est très exigeant, surtout en matière de tennis. C'est pour ça que je m'entraîne si dur, je suppose.

— Mais tu es déjà tellement doué, protesta Spencer. Que veut-il de plus ?

Colin secoua la tête.

— Quand j'étais plus jeune, il me forçait à rester sur le court chaque fois que je venais de perdre un match. Je devais faire une centaine de services avant de pouvoir rentrer à la maison pour le dîner.

— C'est affreux ! s'écria Spencer.

Soudain, Colin parut embarrassé.

— Désolé. Je n'arrive pas à croire que je t'aie raconté ça. Je n'en avais jamais parlé à personne, c'est juste que… (Il hésita un instant.) Je me sens bien avec toi.

Spencer sourit.

— C'est réciproque.

En fait, Colin était le premier garçon avec qui elle

accrochait autant depuis des semaines. Ça pourrait peut-être même devenir sérieux entre eux. Spencer s'imagina prenant l'avion tous les vendredis après-midi pour venir passer le week-end avec lui.

Avec un peu de chance, Colin décrocherait une *wild card* pour l'US Open ou un autre grand tournoi. Spencer se voyait déjà assise dans les gradins avec d'énormes lunettes de soleil et une capeline très chic. Quand les caméras se braqueraient sur elle, les présentateurs commenteraient qu'elle était toujours aussi jolie et aussi classe. « *Et elle a l'air intelligente et ambitieuse*, ajouteraient-ils. *Le genre de fille qui ira loin. Colin et elle forment un couple parfait.* »

Deux Vespa passèrent sur la route voisine, et la lumière de leurs phares éclaira brièvement le visage de Colin – juste assez pour que Spencer voie combien ses yeux étaient bleus.

Soudain, le jeune homme tourna son regard vers la gauche, du côté des courts de tennis. Il se leva d'un bond, manquant de renverser ce qui restait d'AminoSpa dans la bouteille de Spencer. Celle-ci poussa un petit cri de surprise avant de lever les yeux.

Les projecteurs du court étaient toujours allumés. Une fille brune se tenait là-bas, une main en visière. Elle portait un fourreau noir qui ne laissait rien ignorer de ses courbes.

— Hé, Colin ! appela-t-elle en gravissant la butte pour les rejoindre.

Spencer serra les dents. Encore une groupie ? Cette fille avait des yeux allongés comme ceux d'un chat, et le corps mince et anguleux d'un mannequin.

Colin alla à sa rencontre. Spencer crut qu'il voulait la chasser ; au lieu de quoi, il l'accueillit d'un long baiser sur la bouche. Spencer cligna des yeux. Elle avait l'impression qu'une pierre venait de lui tomber dans le fond de l'estomac. *Que… ?*

La fille s'écarta de Colin.

— Je suis venue te dire que j'avais pu obtenir une réservation chez Culpeper ce soir. J'ai connu le chef à New York; il nous a gardé la meilleure table du restaurant. Il faut vite que tu ailles te doucher et te changer!

Spencer se leva en hissant la bandoulière de son sac de tennis sur son épaule et en s'efforçant de conserver un minimum de dignité.

— Euh, Colin?

Le jeune homme la regarda par-dessus son épaule comme s'il venait juste de se souvenir de sa présence.

— Oh, Spencer, je te présente Ramona. Ma petite amie.

4

ESPRIT D'ÉQUIPE

Une heure plus tard, assise dans la cuisine de la maison de Nana Hastings, Spencer ravalait des larmes de honte et d'humiliation en se repassant la scène dans la tête. Après que Colin l'eut présentée à sa petite amie – sa petite amie ! –, celle-ci l'avait ostensiblement jaugée avant de lâcher :

— Colin m'a dit que tu l'avais défié au tennis. C'est mignon.

Spencer avait baissé les yeux sur ses baskets et sa jupette de tennis. Tout à coup, elle s'était sentie ruisselante de sueur, beaucoup trop jeune et pas du tout à sa place.

— Exact, avait acquiescé Colin en souriant. Spencer est une excellente joueuse. On était en train de récupérer en bavardant.

Il s'était exprimé sur le même ton condescendant que M. Hastings quand il s'adressait aux jeunes enfants des voisins, comme si Spencer n'était qu'une gamine agaçante qui l'avait harcelé pour qu'il lui donne des trucs de quasi-professionnel.

Spencer laissa tomber sa tête dans ses mains. Cinq

minutes plus tôt, elle était tellement sûre qu'il flirtait avec elle et qu'il y avait eu une étincelle entre eux. Comment avait-elle pu se tromper à ce point ?

Mme Hastings entra dans la cuisine et vint se percher sur le tabouret voisin. Elle consulta la montre Cartier à son poignet et poussa un soupir de frustration.

— Tu as réservé pour quelle heure ? s'enquit Spencer.

Sa mère avait pris ses dispositions pour qu'ils mangent chez Culpeper, le restaurant où Colin et Ramona devaient eux aussi dîner ce soir-là. Spencer espérait juste qu'ils seraient assis loin les uns des autres.

— Vingt heures trente, répondit sèchement Mme Hastings. Il faudrait vraiment y aller si on ne veut pas perdre notre table. Je vais tuer ton père.

D'un index rageur, elle composa une nouvelle fois le numéro de M. Hastings sur son portable, mais quand elle raccrocha quelques secondes plus tard, Spencer comprit qu'elle était tombée sur le répondeur.

— Il ne répond pas depuis ce matin.

— Il est peut-être au golf.

— Il n'a pas joué aujourd'hui. J'ai appelé le club-house.

Mme Hastings sortit un verre à vin du placard et se servit du pinot *grigio*. Elle faisait sa tête des mauvais jours, ceux où il valait mieux ne pas lui adresser la parole et la laisser fulminer dans son coin.

Spencer battit hâtivement en retraite et monta à l'étage. Arrivée en haut de l'escalier, elle remarqua que la porte de la chambre de Nana, située au fond du couloir, était entrebâillée. Quand elle était petite, Spencer adorait fouiller dans la chambre de sa grand-mère, et en particulier dans le coffret serti de cristaux où Nana rangeait son étonnante collection de bijoux. D'ailleurs, à bien y réfléchir… sa robe bleu marine un peu trop simple avait besoin d'un petit quelque chose pour l'accessoiriser.

Spencer poussa la porte. Des tonnes de coussins à volants s'empilaient sur l'énorme lit à baldaquin *king size*. Un fauteuil recouvert de soie occupait un coin de la pièce. La coiffeuse, qui contenait plus de crèmes, de lotions, de poudres et de fards qu'un magasin Sephora, se dressait devant la fenêtre drapée de lourds rideaux. Mais Spencer fut déçue de constater que le coffret à bijoux, le plus souvent posé sur la commode, avait disparu. Sur la pointe des pieds, elle passa dans la salle de bains adjacente pour voir si Nana l'avait rangé là.

La pièce aurait pu rivaliser avec un spa : ses consoles en marbre, son sauna et son plancher chauffant. La baignoire, ovale et profonde, n'était pas munie d'une barre métallique, d'un siège en plastique ou autre équipement destiné à prévenir les chutes des personnes âgées. Nana était beaucoup trop fière et trop attachée aux apparences pour ce genre d'installation. Ses serviettes étaient les plus moelleuses du monde, et elle possédait même une table de massage – elle faisait venir quelqu'un tous les quinze jours.

Spencer s'examina dans l'énorme miroir au cadre doré, écarquillant ses yeux bleus. Sa peau était impeccable. Ses cheveux blonds, qu'elle avait lavés en prenant un bain moussant après le match de tennis, brillaient, et elle avait l'air plus âgée dans la robe Tibi très chic qu'elle avait choisie pour le dîner. Mais elle se rendait compte qu'elle n'était pas aussi glamour que Ramona.

Ses yeux s'emplirent de larmes.

Puis la porte de la chambre voisine grinça. Spencer fit volte-face. Melissa passa la tête dans la salle de bains.

— Qu'est-ce que tu fais là-dedans ?

Spencer s'essuya rapidement les yeux.

— Rien du tout. Je jetais juste un œil.

Melissa remarqua que sa sœur avait le nez et les joues rouges.

— Ça va?

— Hmm.

Spencer fit mine d'être fascinée par les parfums de Nana – essentiellement des fragrances classiques comme celles que portaient les dames de la haute société : Joy, Fracas, Chanel N° 19, et un mélange personnalisé fabriqué à Paris. Puis, tout au bout de la rangée, Spencer aperçut un flacon de Fantasy de Britney Spears. Elle n'arrivait pas à imaginer sa grand-mère rentrant dans un drugstore pour l'acheter.

— Pourquoi y a-t-il autant de brosses à dents? demanda Melissa derrière elle en désignant un tiroir ouvert.

Celui-ci contenait effectivement une quinzaine de brosses à dents toutes utilisées. Quelqu'un avait tracé des initiales sur le manche avec un feutre indélébile noir : JL, AW, PO... Spencer ne vit pas les mêmes deux fois.

— Oh, mon Dieu, s'écria Melissa en prenant autre chose dans le tiroir.

C'était un petit flacon plein de pilules bleues, dont l'étiquette indiquait qu'il avait été prescrit à Edith Hastings et qu'il s'agissait de Viagra.

— Remets ça à sa place! siffla Spencer en arrachant le flacon des mains de sa sœur.

Elle le laissa retomber dans le tiroir comme si Nana risquait de surgir d'une seconde à l'autre et de les surprendre en train de fouiller dans ses affaires. Puis elle referma violemment le tiroir et frissonna.

— Tu crois que c'est pour Lawrence ou que c'est Nana elle-même qui en prend?

— Va savoir. (Melissa eut un sourire en coin.) Nana est plus dévergondée qu'on ne l'imaginait, en fin de compte.

Ce qui collait tout à fait avec le commentaire fait par Colin un peu plus tôt. Spencer repensa aux brosses à dents. Était-il possible que chacune d'elles appartienne à un type différent avec lequel sa grand-mère avait passé la nuit ? *Beuuurk.*

Melissa s'assit sur la console.

— C'est à cause du mec de tout à l'heure que tu es de si mauvaise humeur ?

Spencer releva vivement la tête.

— Comment es-tu au courant ?

Elle n'avait pas parlé de Colin à Melissa pendant leur après-midi au spa. Pour une fois, elle s'entendait bien avec sa sœur, et depuis qu'elle lui avait piqué Wren, les garçons étaient un sujet sensible entre elles.

— J'avais laissé mon sweat au club, expliqua Melissa. Quand je suis retournée le chercher, je t'ai vue jouer au tennis avec le type qu'on avait regardé le matin. J'ai entendu dire qu'il était vraiment bon.

Saisissant une brosse à cheveux en argent, elle fit courir ses doigts sur les poils de sanglier.

Gênée, Spencer piqua du nez.

— Oh, rien de grave. Je ne le connais pas vraiment. Et il a une petite amie.

— Une petite amie ? répéta Melissa, sceptique. Ça ne doit pas être très sérieux s'il t'a donné un rencard.

— Ce n'était pas un rencard, contra sans conviction Spencer.

— Ah ouais ? (Melissa lui poussa doucement l'épaule.) D'après ce que j'ai vu, il flirtait avec toi, Spence. C'est évident. Pourquoi un garçon ferait-il ça s'il est déjà en couple ?

Parce que c'est un charmeur ? voulut répondre Spencer. Mais malgré tout, Melissa venait de planter une graine d'espoir dans son esprit. Elle repensa aux événements de la journée.

— C'est un peu bizarre qu'il ne m'ait pas parlé d'elle avant qu'elle débarque.

— Exactement, acquiesça Melissa. Tu lui plais.

— Tu sais quoi ? Il va dîner avec elle ce soir au Culpeper, révéla Spencer.

Les yeux de Melissa se mirent à briller.

— Parfait. On va voir comment ils se comportent l'un envers l'autre.

Spencer finit par trouver ça suspect.

— Melissa, pourquoi es-tu si gentille avec moi ?

Sa sœur haussa un sourcil.

— Je ne suis pas gentille. Je souligne un fait, c'est tout. Il te plaît, tu lui plais… La vie est courte. Il faut en profiter le plus possible. Parce que tu ne sais jamais quand l'amour de ta vie va être jeté en prison – par exemple.

Spencer ouvrit la bouche pour s'excuser une fois de plus d'avoir dénoncé Ian. Elle ne l'avait pas fait pour blesser sa sœur, mais seulement pour que justice soit rendue à son amie assassinée.

— Mais… commença-t-elle.

Melissa agita la main.

— Il n'y a pas de « mais » qui tienne. Écoute-moi, pour une fois.

Spencer dévisagea sa sœur, incrédule. Elle s'attendait à ce que Melissa éclate de rire et lui dise que c'était une blague – qu'une fille comme elle ne pourrait jamais avoir un garçon comme Colin et qu'elle la détestait toujours autant. Mais Melissa la regardait, l'air excitée. Elle repoussa les cheveux de sa cadette derrière ses oreilles, lui lissa les sourcils et pulvérisa une bouffée de Joy dans son cou.

— C'est mieux, se félicita-t-elle. Maintenant, allons-y. Nous avons un couple à briser.

5

Si Cosmo le dit, ça doit être vrai

Le Culpeper sentait très fort la viande grillée, servait le vin rouge dans des verres gros comme des bocaux à poissons et avait des murs couverts de portraits de célébrités qui étaient venues manger là. La plupart d'entre elles étaient des golfeurs, des chanteurs comme Jennifer Lopez et Marc Anthony, ou de riches patrons qui fumaient tous d'énormes barreaux de chaise.

M. Hastings était finalement rentré. Sa femme et lui s'étaient disputés à voix basse dans le parking au sujet de ce qu'il avait fait pendant toute la journée ; depuis, ils ne s'étaient pas adressé la parole, sauf pour se mettre d'accord sur le vin à commander. Ils étaient guindés, chacun sur une banquette, tandis que Spencer et Melissa faisaient de leur mieux pour les ignorer. De toute façon, elles étaient très occupées à scruter la salle en quête de Colin et de Ramona.

Soudain, Spencer agrippa le bras de sa sœur.

— Ils sont là !

Melissa se retourna à l'instant où la grande silhouette musclée de Colin franchissait le seuil du restaurant. Le jeune homme s'était changé; il portait une chemise de soirée noire, un pantalon noir à fines rayures et des mocassins qui devaient être des Prada – Spencer en aurait mis sa main à couper. Ramona l'accompagnait, toujours vêtue de son fourreau noir sexy.

Colin dit quelques mots au maître d'hôtel, mais sa petite amie le coupa. Il fronça les sourcils, l'air agacé. Elle leva les yeux au ciel.

— Mmmm, murmura Melissa. On dirait qu'il y a de l'eau dans le gaz entre nos tourtereaux!

— Peut-être, acquiesça Spencer sans conviction tandis que le maître d'hôtel entraînait le jeune couple à travers la salle et l'installait à une table près de la fenêtre – et, par chance, loin de celle des Hastings.

Melissa sirota une gorgée du vin rouge qui venait juste de lui être servi.

— Lève-toi et passe devant lui en tortillant du cul. Tu es super canon.

— Maintenant? demanda Spencer, paniqué.

Ils étaient en public. L'un de ses parents, qui faisaient exprès de regarder dans deux directions opposées pour ne pas avoir à se parler, la verrait forcément.

— Garde la tête haute. Dis bonsoir à Colin, bombe la poitrine, mais ne t'arrête pas, ordonna Melissa. Laisse-lui un goût de trop peu.

« Passe devant lui en tortillant du cul »? « Bombe la poitrine »? Melissa était horriblement coincée. Quand un garçon lui avait touché les fesses pendant un slow, alors qu'ils étaient en 3e, elle l'avait giflé et dénoncé au proviseur.

— Mais d'où tu sors tout ça? s'étonna Spencer.

— De *Cosmo*.

— Sérieusement? Je croyais que tu ne lisais que *Vogue* et *W*.

Melissa haussa les épaules.

— C'est assez utile pour tout ce qui concerne les mecs. (Elle enfonça son doigt dans la cuisse de Spencer.) Allez, vas-y!

D'aaa-ccord. Spencer s'extirpa de la banquette. Elle sentait le regard de sa sœur posé dans son dos comme pour l'encourager et la pousser en avant. C'était une sensation vaguement familière. Si elles n'étaient pas en train de tenter de briser un couple, Spencer aurait presque pu se croire revenue en enfance, à l'époque où elles étaient de vraies sœurs et où elles essayaient d'organiser des goûters ou de chercher un moyen de convaincre leurs parents de les laisser porter leurs couronnes de princesses à l'école.

Elle se dirigea vers Colin et Ramona en essayant de s'habituer à ses chaussures.

— On devrait prendre une leçon de voile demain, disait Colin sur un ton pressant.

Ramona avança ses lèvres enduites de gloss en une moue boudeuse.

— J'ai juste envie de bronzer et de me détendre.

— Tu n'as jamais envie de rien faire à part bronzer et te détendre. Tant pis, j'irai sans toi, décida Colin.

— Tant pis, j'irai sans toi, le singea Ramona avec un rictus peu seyant.

Spencer prit une grande inspiration et allongea le pas. Elle n'était plus qu'à deux mètres de la table de Colin quand celui-ci leva les yeux vers elle. Spencer feignit de ne pas l'avoir remarqué et bomba le torse en ondulant des hanches. Ses cheveux flottaient derrière elle, et elle se sentait fabuleuse.

— Hé, Spencer, appela Colin.

La jeune fille ralentit et simula la surprise.

— Oh, salut! C'est cool de te voir ici.

Colin prit une inspiration pour dire quelque chose, comme s'il s'attendait à ce que Spencer s'arrête pour bavarder un peu. Mais la jeune fille continua à marcher, la tête haute. Elle ne put s'empêcher de jeter un coup d'œil pardessus son épaule. Colin la suivait des yeux.

Ce fut alors que sa jambe heurta quelque chose de dur et que quelqu'un poussa un petit cri. Spencer pivota juste à temps pour voir une serveuse tenter de rattraper un chariot d'assiettes fumantes. Trop tard. L'une après l'autre, les assiettes glissèrent et s'écrasèrent sur le sol.

Au même moment, les talons aiguilles de Spencer se prirent dans la moquette, et la jeune fille sentit ses jambes se dérober sous elle. Elle tenta de se rattraper, mais en vain. L'instant d'après, elle était à terre, la robe relevée jusqu'à la taille et le coude dans une flaque chaude de ce qui, d'après l'odeur, devait être des épinards à la crème.

Le silence s'abattit sur la salle. Tout le monde se tourna vers Spencer. À genoux près d'elle, la serveuse s'efforçait de ramasser les assiettes qu'elle avait fait tomber.

— Génial. À cause de vous, je vais sans doute être virée, siffla-t-elle.

Spencer se releva très vite et fonça aux toilettes. Mais au moment où elle poussait la porte, elle entendit des gloussements derrière elle. Elle tourna la tête. Colin et Ramona la regardaient avec un sourire amusé en se tenant la main sur la table. *Ma chute leur a sans doute permis de briser la glace*, songea Spencer. *Magnifique.*

Merci, Cosmo.

6

ET SI ON METTAIT LES VOILES ?

Le lendemain matin, après une nuit remplie de cauchemars dans lesquels des foules entières se moquaient d'elle et des Manolo géantes lui piétinaient le corps, Spencer commanda un double espresso à emporter au café. Puis elle rejoignit Melissa sur le ponton de Longboat Key, sous l'auvent qui annonçait les leçons de voile. Elle aurait préféré rester au lit ce matin-là – voire jusqu'à la fin des vacances –, mais sa sœur avait insisté.

Plusieurs Hobie Cat aux voiles multicolores oscillaient gaiement à la surface de l'eau. Des mouettes décrivaient des cercles au-dessus d'eux en poussant des cris stridents. Un groupe de jeunes gens d'une vingtaine d'années, qui avaient tous un T-shirt d'Harvard et les cheveux en bataille, passa dans un superbe yacht Beneteau profilé. Spencer crut voir l'un d'eux tendre un doigt vers elle et tous les autres éclater de rire.

Les sourcils froncés, elle finit son café. C'était déjà assez pénible d'avoir découvert une énorme ecchymose violacée sur sa cuisse à l'endroit où elle avait heurté le chariot, la veille. À présent, elle devait supporter que tout Longboat Key se moque d'elle.

— Colin est déjà là, dit Melissa en s'enduisant les bras d'écran total. Il y a deux autres personnes inscrites au cours aujourd'hui : un certain Colin DeSoto, et Merv Quelquechose. Ramona n'est pas sur la liste.

Spencer mordilla nerveusement l'ongle de son pouce. Elle ne s'inquiétait pas pour la leçon de voile – elle avait appris à naviguer à huit ans, et avait même son permis bateau – mais jamais encore elle ne s'était jetée ainsi à la tête d'un garçon. Et si Colin tournait les talons en la voyant ? Désormais, il devait penser à elle comme à celle qui avait fichu par terre cinq côtes de bœuf, plutôt qu'à la fille capable de lui tenir tête sur un court.

Melissa pressa son tube d'écran total pour faire gicler une nouvelle dose dans sa paume.

— Tu veux que je te fasse le dos ?

Touchée, Spencer se retourna. Sa sœur n'avait pas proposé de lui mettre de la crème depuis des lustres.

Puis Melissa eut un petit hoquet et, du menton, désigna une silhouette qui approchait au bout du ponton. C'était Colin. Il portait un bermuda en toile imprimée, un T-shirt blanc moulant qui dessinait tous ses abdos et des tongs noires. Même ses orteils étaient canon, songea Spencer.

Colin l'aperçut et s'arrêta net.

— Spencer ? (Il eut un sourire étonné mais ravi.) Tu es là pour le cours de voile ?

— Oui. Je te présente ma sœur, Melissa, dit Spencer en touchant le bras de son aînée.

— Enchantée.

Melissa tendit la main à Colin, qui la serra en souriant. L'espoir gonfla le cœur de Spencer. S'il voulait faire comme si l'incident de la veille n'avait jamais eu lieu, ça lui convenait parfaitement.

Le dernier élève, un gros type à moitié chauve du nom de Merv, les rejoignit, et l'instructeur ne tarda pas à faire son apparition.

— Je m'appelle Richard, dit-il avec un accent australien très craquant. Bienvenue au cours de voile pour débutants.

Spencer vit que Melissa le dévisageait. Elle sourit. Sa sœur pouvait peut-être se trouver un copain pour les vacances, elle aussi.

Richard demanda aux élèves de se présenter et de dire d'où ils venaient. Spencer fut très surprise de découvrir que Colin était originaire du Connecticut – c'était tout près de Rosewood !

Puis le professeur récita les règles de sécurité en matière de navigation. Il expliqua le fonctionnement d'un Hobie Cat et annonça à ses élèves qu'ils devaient former des binômes. Spencer se tourna automatiquement vers Melissa, mais celle-ci la foudroya du regard avant de toucher le bras de Merv.

— On se met ensemble ?

Merv détailla la silhouette fine et athlétique de la jeune fille, son bikini à volants et son joli visage. Ses lèves épaisses s'entrouvrirent.

— Volontiers.

C'était le sacrifice le plus noble que Melissa ait jamais fait pour Spencer. Elle pivota vers Colin.

— Bon, ben je suppose qu'on n'a pas le choix, grimaça-t-elle. Ça ne t'ennuie pas d'être avec moi ?

— Tu plaisantes ? sourit Colin. Mon petit doigt me dit que tu as déjà fait de la voile. Tu as le look d'une habituée des yacht-clubs.

— Ça se voit tant que ça? demanda Spencer d'un ton léger. Et toi, tu t'y connais?

Colin secoua la tête.

— Non, pas du tout. Ce qui est presque un crime, vu le temps que je passe ici. (Il mit un gilet de sauvetage autour du cou de Spencer et fourra le sien sous son bras.) La sécurité avant tout, dit-il avec un sourire en coin.

Spencer et lui grimpèrent à bord d'un Hobie Cat et défirent le bout qui l'amarrait au ponton. Suivant les instructions de Richard, Spencer manœuvra le gouvernail pour tourner le bateau vers le large, tandis que Colin hissait la voile.

Après avoir passé vingt minutes à apprendre comment se placer par rapport au vent, ils se retrouvèrent à tanguer paisiblement au milieu de la baie. Spencer se laissa aller en arrière, appuyée sur les coudes, et leva son visage vers le soleil en maudissant d'avance les taches de rousseur qui constelleraient son nez d'ici la fin de la journée.

— Je crois que je pourrais m'y faire, dit Colin en s'allongeant au fond de la coque, les mains croisées derrière la tête. (Spencer rouvrit les yeux et mit sa main en visière.) J'aurais bien voulu que Ramona m'accompagne, mais ça ne lui disait rien. Elle ne sait pas ce qu'elle rate.

— Elle n'est pas du genre sportif? lança nonchalamment Spencer.

Colin haussa les épaules.

— Non, pas trop.

Spencer voulait lui soutirer d'autres informations, mais elle repensa aux conseils de Melissa et attendit que Colin parle de lui-même.

Le jeune homme déboucha une bouteille d'AminoSpa et but au goulot pendant que Spencer balayait la baie du regard. Un peu plus loin, Melissa semblait en grande conversation avec Merv.

Puis Spencer entendit un gloussement en provenance du rivage. Elle tourna très vite la tête vers le ponton et crut voir quelqu'un plonger derrière un bateau. Mais son imagination lui jouait peut-être des tours.

Enfin, Colin soupira et brisa le silence.

— Pour être honnête, Ramona n'a jamais envie de rien depuis quelque temps. Je ne comprends pas quel est son problème.

Bingo. Spencer lui jeta un regard faussement compatissant.

— Vous êtes ensemble depuis longtemps ?

Colin secoua la tête.

— Ramona et moi, c'est… compliqué.

Spencer acquiesça, l'air grave.

— Je comprends, dit-elle en repensant à Wren.

Elle actionna le gouvernail pour éviter une collision avec un jet-ski. La baume pivota vers elle, et la jeune fille se baissa pour l'esquiver.

— Avec mon ex, on se disputait tout le temps, révéla-t-elle.

Colin fixait l'océan sans rien dire. Spencer remarqua que ses yeux étaient de la même couleur que l'eau. Il avait l'air tellement triste ! Spencer était presque sûre qu'il songeait à rompre avec Ramona pour elle.

— Je n'arrive pas à imaginer que quelqu'un veuille se disputer avec toi, lâcha-t-il au bout d'un moment. Tu sembles plutôt facile à vivre, et si pleine d'énergie ! J'aimerais que Ramona soit aussi aventureuse que toi.

Spencer eut brusquement l'impression que le soleil lui tapait très fort sur le crâne. Colin se rapprocha d'elle, mine de rien. Il avait quelques grains de sable collés sur la joue.

Spencer les essuya sans réfléchir. Au même moment, Colin se pencha en avant, peut-être pour l'embrasser. Spencer ferma les yeux et attendit.

Soudain, quelqu'un donna un coup de sifflet sur le ponton.

— Rentrez ! cria Richard. Le vent forcit !

L'atmosphère romantique s'en trouva aussitôt gâchée. Colin se rassit, et Spencer tourna son attention vers le gouvernail en réprimant un grognement dépité.

Ils amarrèrent leur Hobie Cat et remontèrent sur le ponton. Melissa et Merv les rejoignirent peu de temps après. Pendant que Richard les aidait à débarquer, Spencer se tourna vers Colin pour reprendre là où ils s'étaient arrêtés.

— Bon... commença le jeune homme.

— Bon, répéta Spencer en se mordant la lèvre inférieure.

Une Mercedes décapotable se gara sur le parking et klaxonna. Ramona était au volant. Colin jeta un bref coup d'œil à Spencer et soupira.

— Il faut que j'y aille, dit-il à contrecœur. On se voit tout à l'heure au luau ?

Spencer se força à sourire.

— Oui. À plus !

Elle regarda Colin s'éloigner le long du ponton et monter en voiture. Elle se faisait peut-être des idées, mais il lui semblait que le jeune homme affichait une expression pleine de déception. Et Melissa devait l'avoir remarqué aussi, parce qu'elle leva le pouce en direction de sa sœur.

7

UNE RENCONTRE EMBARRASSANTE

Il faisait frais dans la maison de Nana, et une odeur d'oranges fraîchement cueillies planait dans l'air quand Spencer entra par la porte latérale un peu plus tard ce matin-là.

— Oh, s'exclama-t-elle, surprise, en s'arrêtant sur le seuil.

Assise à un tabouret devant l'îlot central de la cuisine, sa mère regardait la télé. Spencer allait s'éclipser quand un gros titre attira son attention. « *Des panthères argentées terrorisent Atlantic City.* » L'image montrait deux fauves arpentant la chaussée sur fond de casinos illuminés.

— C'est une blague ? s'étonna Spencer.

Sa mère secoua la tête.

— Ce sont des animaux de cirque. Quelqu'un les a laissés sortir de leur cage. L'un d'eux a presque arraché le bras d'une femme.

C'était plus de mots qu'elle n'en avait adressé à Spencer depuis des jours ; aussi la jeune fille s'assit-elle sur le tabouret voisin pour regarder la fin du bulletin d'informations. Les services vétérinaires s'efforçaient de capturer les panthères, mais celles-ci étaient extrêmement furtives et rusées.

Pendant la coupure publicitaire, Spencer sentit que sa mère l'observait. Elle se laissa glisser de son tabouret, prête à monter dans sa chambre pour ne pas lui infliger sa présence. Mais Mme Hastings poussa un soupir plein de regrets.

— Je suis désolée de m'être montrée si cassante envers toi ces derniers jours, lança-t-elle.

Spencer s'arrêta net.

— Ce n'est pas grave, dit-elle très vite.

Mme Hastings se toucha le front.

— C'est un peu tendu en ce moment, avoua-t-elle. Ton père et moi avons eu une grosse dispute qui n'est toujours pas résolue. Mais je n'aurais pas dû passer mes nerfs sur toi.

— Sérieusement, ce n'est pas grave.

Décontenancée par ce brusque changement d'attitude, Spencer fit mine de s'intéresser au dernier *Miami Herald* qui traînait sur l'îlot. Elle était incapable de regarder sa mère en face.

Mme Hastings descendit de son tabouret et alla éteindre la télévision.

— Je voudrais me racheter. Une nouvelle boutique vient d'ouvrir en ville ; ça s'appelle Astrid. Tu veux qu'on aille y faire un tour ?

— J'adorerais ça.

Le cœur de Spencer se gonfla de joie. Sa mère et elle n'avaient pas fait de shopping ensemble depuis une éternité. Elles n'avaient *rien* fait ensemble depuis une éternité.

— Super. On part dans dix minutes.

Mme Hastings saisit son sac à main et adressa un sourire à sa fille. Un sourire encore un peu pincé, tendu et pas vraiment chaleureux, mais au moins ce n'était pas un rictus.

Astrid mélangeait le chic de Miami avec un style « plage » plus décontracté. On y trouvait des paréos, des robes-bain de soleil, des jeans blancs et des tongs à plus de cent dollars la paire. Quand Spencer et sa mère poussèrent la porte d'entrée, la stéréo diffusait une chanson des Rolling Stones et les vendeuses étaient occupées à plier des vêtements.

Spencer fonça droit vers la table des jeans, et Mme Hastings la suivit. La jeune fille fouillait déjà parmi les piles depuis une bonne minute quand sa mère s'éclaircit la gorge.

— On dirait que tu t'entends bien avec Melissa en ce moment.

— On dirait, oui, acquiesça Spencer, surprise que sa mère l'ait remarqué.

— Comment va-t-elle ? Toute cette histoire avec Ian, c'est si affreux...

La jeune fille frémit.

— Honnêtement, je n'en sais rien. On n'en a pas vraiment parlé.

Melissa et elle s'en tenaient à des sujets de conversation légers. En gros, elles complotaient pour séparer Colin et Ramona ou se moquaient des groupies du jeune homme.

— Tu as bien fait de dénoncer Ian, tu sais, déclara Mme Hastings. Personne ne sait de quoi ce garçon est capable. Quand je pense que nous l'avons accueilli chez nous à bras ouverts... (Elle secoua la tête.) À vrai dire, j'envisage de l'attaquer en justice pour préjudice moral. Mais ton père pense que je suis folle.

— C'est pour ça que vous vous êtes disputés ? demanda Spencer.

Mme Hastings sursauta. Puis elle baissa les yeux et, d'un doigt, suivit les surpiqûres sur la poche arrière d'un jegging bleu délavé.

— Non, répondit-elle tout bas. C'était pour autre chose.

Se redressant, elle saisit un combishort sur un portant voisin et le tint devant sa fille.

— Tu serais mignonne avec ça.

Spencer jeta un coup d'œil soupçonneux au vêtement.

— Ça ne va pas me donner l'air d'une gamine ?

— Il n'y a pas de mal à faire plus jeune que son âge. (Mme Hastings plia le combishort sur son bras.) Essaie-le. C'est vraiment adorable.

— Seulement si tu essaies quelque chose, toi aussi. (Spencer prit une maxi-robe longue imprimée bleu et blanc suspendue à un cintre.) Tu plairais beaucoup à papa avec ça.

Mme Hastings pinça les lèvres.

— Je ne suis pas assez bien roulée pour porter ce genre de chose.

Spencer lui agita un index sous le nez.

— Arrête de te dénigrer. Essaie-la, c'est tout.

Elles trouvèrent deux cabines libres. Spencer ôta son short et ses sandales, puis enfila le combishort. Étonnamment, ça ne la rajeunissait pas tant que ça. La petite fente sur le côté faisait paraître ses jambes bronzées encore plus longues, et la taille était joliment cintrée.

Le carillon de la porte d'entrée tinta. Les vendeuses murmurèrent entre elles, et des pas se dirigèrent vers le fond de la boutique. En jetant un coup d'œil sous le rideau de sa cabine, Spencer aperçut deux chevilles fines et une paire de spartiates argentées. Leur propriétaire restait plantée dans le couloir sans bouger.

Un frisson parcourut l'échine de Spencer. Elle avait l'impression que l'inconnue pouvait la voir à travers le rideau. Elle était sur le point d'appeler quand les sandales argentées pivotèrent et s'éloignèrent.

— Spence ? lança Mme Hastings depuis la cabine voisine. Je crois que tu avais raison à propos de cette robe.

— Fais-moi voir, fais-moi voir ! réclama la jeune fille.

Elle sortit dans le couloir, où sa mère se trouvait déjà. La maxi-robe effleurait ses hanches étroites et donnait de l'éclat à sa peau.

— C'est parfait, souffla Spencer. Tu devrais la prendre.

Pieds nus, Mme Hastings se dirigea vers le miroir et pivota à droite et à gauche avant de se retourner pour s'examiner sous toutes les coutures.

— C'est vrai que ça me va bien, admit-elle. (Levant les yeux vers Spencer, elle lui sourit.) Tu as l'œil.

Sa remarque lui fit chaud au cœur. Depuis quand sa mère ne lui avait-elle pas fait de compliment ?

Puis Mme Hastings aperçut quelque chose dans le miroir, et son expression changea du tout au tout.

Une grande femme blonde, mince et élégante, passait rapidement les portants en revue derrière elle. Un sac Chanel matelassé kaki pendait à son épaule ; son bronzage était impeccable ; elle n'avait pas un seul gramme de cellulite sur tout le corps, et son visage en forme de cœur était reconnaissable entre tous. *Était-ce… ? Non, impossible.*

La femme leva les yeux et aperçut Spencer et sa mère. Une expression de surprise se peignit sur ses traits. Elle jeta un coup d'œil par-dessus son épaule, en direction du trottoir, avant de reporter son attention sur elles.

— Veronica ? lança-t-elle d'une voix bien trop familière.

— Jessica, croassa Mme Hastings.

Spencer réprima un hoquet de stupéfaction. C'était Jessica DiLaurentis, la mère d'Ali.

— Mais quelle bonne surprise ! s'écria cette dernière en s'approchant de Spencer et de sa mère pour les embrasser à deux centimètres de leurs joues. Je suis ravie de vous voir !

Mme Hastings se ressaisit très vite et, toute trace de gêne envolée, réendossa son rôle de parfaite hôtesse.

— Et moi donc ! s'exclama-t-elle de la voix haut perchée qu'elle réservait aux voisins, aux organisatrices d'œuvres caritatives et aux nouveaux venus qu'elle jugeait indignes d'appartenir à l'association des parents d'élèves de l'Externat de Rosewood. Que fais-tu ici ?

— Nous avons une résidence secondaire à Longboat Key, tu te souviens ? répliqua Mme DiLaurentis avec un demi-sourire moqueur, identique à celui d'Ali autrefois. Nous avons décidé d'y passer le nouvel an, histoire de décompresser avant le procès de Ian.

Elle tripota les énormes lunettes de soleil Gucci qu'elle portait sur la tête.

— Bien sûr, acquiesça Mme Hastings.

Sa voix ne trahissait rien, mais en baissant les yeux, Spencer vit qu'elle avait replié un bras dans son dos et que, de l'index, elle triturait furieusement la cuticule de son pouce.

— Je suis désolée qu'on n'ait pas eu le temps de parler plus longuement le jour de la lecture de l'acte d'accusation. Tout s'est passé si vite !

Mme DiLaurentis eut un geste désinvolte.

— On aura tout loisir de se rattraper plus tard. Nous avons acheté une maison près de Rosewood – à Yarmouth, plus exactement. Nous voulions être sur place pour le procès. (Son téléphone bipa, et elle regarda à l'intérieur de son sac Chanel.) Oh, il faut que j'y aille. Mais j'ai été ravie de vous voir toutes les deux. Faites mes amitiés à Peter et à Melissa !

— Et embrasse ta famille pour nous, répondit Mme Hastings avec un grand sourire.

Mme DiLaurentis sortit de la boutique en regardant toujours l'écran de son téléphone. Quand Spencer se tourna vers sa mère, celle-ci s'était décomposée. Elle se frotta les hanches. La peau autour de l'ongle de son pouce était à moitié arrachée.

— Maman ? s'inquiéta Spencer en lui touchant le bras. Ça va ?

Mme Hastings cligna des yeux.

— Oui, oui. Mais il vaut mieux qu'on rentre. Je crois que je fais une insolation.

Elle fit un pas vers la porte. Spencer lui saisit le bras.

— Maman, tu es encore…

Sans finir sa phrase, elle désigna la robe imprimée que portait Mme Hastings, et dont l'étiquette pendait sous son aisselle.

Mme Hastings baissa les yeux et vacilla légèrement.

— Seigneur. C'est vrai.

Elle rebroussa chemin vers la cabine d'essayage sans rien ajouter.

Spencer resta plantée là, l'estomac noué. C'était normal que la jeune fille se sente mal à l'aise en présence de Mme DiLaurentis, puisqu'elle était l'une des dernières personnes à avoir vu Ali vivante. Mais pourquoi diable sa mère avait-elle réagi ainsi face à leur ancienne voisine ?

8

SOIRÉE TROPICALE, OU JUSTE ASSEZ?

Quand Spencer entra dans le parking du yacht-club où la soirée précédant le nouvel an avait lieu ce jour-là, elle sentit l'odeur du poi et de l'ananas grillé, de la noix de coco et de la fumée des torches tiki.

Les invités ayant été priés de choisir une tenue en accord avec le thème du luau, la jeune fille portait une courte robe à fleurs et avait piqué derrière son oreille une orchidée qui libérait un parfum très romantique à chaque mouvement de sa tête. Melissa avait opté pour une longue robe imprimée et un lei autour du cou. Mme Hastings avait obstinément refusé de porter autre chose qu'un fourreau blanc Calvin Klein, mais ses filles avaient fini par la convaincre d'enfiler des tongs pailletées à talons hauts et un énorme collier à fleurs. M. Hastings arborait une chemise hawaïenne orange et rose criarde sous son veston de sport Armani – comme tous les autres hommes de plus de quarante ans présents à la soirée.

Tandis qu'ils se dirigeaient vers l'entrée de la salle, saluant au passage d'autres membres du yacht-club rencontrés au fil des ans, M. Hastings continua à pianoter sur le petit clavier de son téléphone. Sa femme lui donna un coup de coude.

— Tu n'étais pas censé le laisser dans la voiture ?

— J'envoie juste un texto, répondit M. Hastings distraitement.

— À qui ? Et depuis quand sais-tu envoyer des textos ?

— Depuis toujours.

Le téléphone sonna. Le père de Spencer décrocha avec un grognement, puis chuchota quelque chose qui ressemblait à : « Tu es sûr qu'elle... ? », puis : « D'accord, super. »

Il raccrocha sous le regard inquisiteur de sa femme.

— Qui était-ce ? demanda Mme Hastings.

— Juste un truc pour le boulot, répondit très vite son mari.

Elle fit la moue en tripotant son collier. Melissa se pencha vers Spencer.

— Pourquoi papa fait-il autant de mystères tout d'un coup ? murmura-t-elle.

Spencer haussa les épaules. Elle n'en avait pas la moindre idée, mais ça ne lui plaisait pas du tout.

Les Hastings franchirent le seuil du restaurant. La salle à la décoration d'ordinaire vieux jeu avait été transformée en fantasme tropical de première classe. Des explosions de fleurs aux couleurs vives se mélangeaient avec des palmiers en pot. Une fille vêtue d'un soutien-gorge en noix de coco et d'une jupe en herbe tendit une piña colada à tous les membres de la famille, Spencer incluse.

— *Aloha !* lança-t-elle joyeusement sans remarquer que les parents de Spencer semblaient prêts à s'entre-tuer. Le numéro de votre table est indiqué sur votre carton. Passez une excellente soirée !

Mme Hastings chercha leur carton sur la longue table où ils étaient tous posés.

— Nous sommes à la 3, dit-elle d'un ton pincé.

Elle traversa la salle, le reste de sa famille sur les talons. Mais à mi-chemin, elle s'arrêta net. Jessica DiLaurentis et son mari étaient assis à la table 6. Ils portaient des colliers de coquillages puka identiques.

La mère d'Ali leva les yeux et aperçut les Hastings. Au lieu de les saluer, elle fronça les sourcils et détourna les yeux.

Le temps qu'ils s'installent à la table 3, Mme Hastings avait déjà fini sa piña colada et faisait signe à un serveur de lui en apporter une autre. M. Hastings continuait à pianoter sur son téléphone avec une drôle de tête.

Spencer regarda autour d'elle, cherchant Colin des yeux. Un sapin de plus de trois mètres de haut, décoré avec des fleurs fraîches et des ananas, se dressait dans un coin du restaurant. Des musiciens en tenue hawaïenne jouaient sur une petite scène. Des serveurs apportaient des salades et des hors-d'œuvre. Des gens bavardaient autour de la piste de danse. Mais, parmi eux, Spencer n'aperçut ni Colin ni Ramona.

Elle se souvint de la soirée de pré-nouvel an organisée par le yacht-club quand elle était en 5e. Les DiLaurentis étaient là, eux aussi ; Ali portait une robe taille basse avec un ourlet à franges – cette fois-là, le thème choisi était les années 20. À l'époque, elle traînait avec un groupe de quatre filles qui allaient dans une école préparatoire de New York. Elles avaient dansé comme des folles sur chaque morceau. Spencer était restée un peu en retrait, pensant qu'Ali l'inviterait dans leur cercle. Mais bien entendu, elle ne l'avait pas fait.

Spencer avait fini par quitter la piste de danse complètement déprimée. Dans le couloir, elle était tombée sur son père et Mme DiLaurentis, qui avaient l'air de se disputer. Elle n'était même pas sûre de les avoir déjà vus se parler.

Une aiguille s'était plantée dans son ventre. Elle avait reculé sans se faire voir, et s'était dépêchée d'oublier toute la scène.

Quelqu'un se racla la gorge près d'elle, l'arrachant à ses ruminations. Spencer leva les yeux.

— Salut.

Le regard de Colin faisait la navette entre Spencer et Melissa. Le jeune homme portait une chemise hawaïenne, un jean moulant et des chaussures de soirée noires.

— Finalement, vous êtes venues !

— On n'allait pas rater ça, répondit Spencer, le cœur battant.

Elle redressa le dos et ajusta l'orchidée dans ses cheveux. Melissa adressa un sourire poli à Colin ; puis elle reporta son attention sur la scène en sirotant sa piña colada et en se passant sensuellement les doigts dans les cheveux.

— Colin, tu viens ? (Ramona, qui portait une élégante robe courte argentée et des sandales à lanières dorées – visiblement, elle avait décidé que les consignes ne s'appliquaient pas à elle – tira sur le bras de Colin.) Il faut qu'on trouve notre table.

Colin adressa un sourire d'excuse à Spencer tandis que sa petite amie l'entraînait vers le fond de la salle.

Découragée, Spencer s'avachit sur sa chaise, envoyant une excuse mentale à son prof de yoga pour sa mauvaise posture. Quoi que Colin ait pu éprouver à bord du bateau le matin, de toute évidence, ça lui avait passé.

Melissa toucha le bras de sa sœur.

— Invite-le à danser.

— Pour quoi faire ? geignit Spencer, levant les mains en signe de capitulation. Il est toujours avec elle. Je n'ai aucune chance.

Melissa mordit dans une tomate cerise piquée dans la salade qui venait juste d'être déposée devant elle.

— Je te croyais plus coriace que ça, Spence. Si tu le veux, tu dois aller le chercher. D'après *Cosmo*, les mecs adorent que les filles prennent l'initiative.

Pour toute réponse, Spencer poussa un grognement.

Pendant la demi-heure qui suivit, elle picora son repas sans sentir le goût des aliments. Quand les serveurs débarrassèrent les tables, M. et Mme Hastings avaient depuis belle lurette changé de siège pour s'installer chacun à un bout de la table, et ils parlaient avec n'importe qui pourvu que ça ne soit pas ensemble. Melissa était partie saluer une fille qui étudiait à l'université de Pennsylvanie avec elle, et Colin et Ramona dansaient un slow.

Spencer les observa avec attention. Ils eurent l'air heureux pendant la moitié d'une chanson, mais, soudain, Ramona lâcha la taille de Colin et s'écarta de lui.

— Je ne comprends pas, dit-elle d'une voix pâteuse. Pourquoi tu ne m'invites jamais dans le Connecticut ?

Spencer se leva et fit mine d'examiner la table des fromages, idéalement placée près de la piste de danse, et donc de Colin et Ramona. Le manchego la tentait, mais moins que d'écouter la conversation qui allait suivre.

— Tu veux vraiment parler de ça ici ? siffla Colin en jetant un coup d'œil gêné à la ronde.

Spencer baissa très vite la tête.

Malgré la lumière tamisée, elle vit Ramona froncer les sourcils.

— On sort ensemble depuis plus d'un an, et je n'ai pas encore vu ton appartement de Darien. (Elle tapa du pied.) Et maintenant, tu annules la visite que tu devais me faire à New York. Qu'est-ce que je dois en déduire ? Tu es intéressé par quelqu'un d'autre, c'est ça ?

— Seigneur, Ramona ! (Colin leva les bras d'un air

découragé.) Je croyais qu'on allait passer une bonne soirée ensemble.

Il tourna le dos à la jeune femme et sortit en trombe du club. Il poussa les portes vitrées avec une telle violence qu'elles claquèrent contre le mur. Ramona resta plantée sur la piste de danse, bouche bée. Puis ses épaules s'affaissèrent, et elle se dirigea vers le bar à grands pas.

Spencer chercha Melissa du regard, mais sa sœur n'était nulle part en vue. Néanmoins, elle était capable de reconnaître une opportunité quand celle-ci se présentait. Melissa lui avait conseillé de prendre ce qu'elle voulait, et elle voulait Colin.

Vidant le verre de vin que son père avait abandonné sur la table désormais déserte, Spencer se fraya un chemin parmi les femmes d'âge mûr en jupe hula et les hommes bronzés qui sirotaient des cocktails. À son tour, elle poussa les portes et sortit dans la fraîcheur nocturne.

Des cigales chantaient dans les branches. Des voitures klaxonnaient dans les rues. Spencer entendit des pas derrière elle, puis un rire étouffé. Elle fit volte-face, mais il n'y avait personne.

Elle contourna le yacht-club en quête de Colin et finit par trouver le jeune homme accoudé à la rambarde du ponton. Il contemplait l'océan d'un air pensif. Spencer se redressa, bien droite, se rapprocha de lui et toussota.

Colin se tourna vers elle.

— Oh. Salut.

— Salut, Colin, dit d'un ton enjoué Spencer. Tu prends l'air?

Le jeune homme haussa les épaules.

— On va dire ça. Et toi?

— Moi aussi.

Spencer le rejoignit. Pendant quelques secondes, ils gardèrent le silence. Les lumières du restaurant se reflétaient à la surface de l'eau. Les bateaux oscillaient majestueusement. Puis Colin poussa un gros soupir.

— Tu vas bien? demanda Spencer de son air le plus innocent.

Colin donna un petit coup de pied dans la rambarde.

— Je crois que j'ai des décisions importantes à prendre, ce soir. Des... résolutions, presque.

— C'est le moment idéal, fit remarquer Spencer.

— Ouais, acquiesça le jeune homme, lugubre.

Spencer lui enfonça un doigt entre les côtes.

— Ne fais pas cette tête! C'est presque la nouvelle année. Il fait chaud dehors, et on assiste à un faux luau. Tout le monde doit être heureux pendant les fêtes!

Colin eut un demi-sourire.

— C'est la loi?

— Ouais. Une loi que je viens juste d'inventer. (Spencer regarda un bateau de fêtards longer la marina.) Moi aussi, j'ai l'intention de prendre quelques résolutions pour le nouvel an.

— Tu veux te fixer des objectifs? J'avoue que ça ne me surprend pas du tout. (Colin eut une grimace de conspirateur, et Spencer sentit les muscles crispés de ses épaules se détendre enfin.) Raconte.

— Pas question, protesta la jeune fille. Si je te dis ce que je souhaite, ça ne se réalisera pas.

Colin ouvrit la bouche comme pour protester. Les vagues venaient lécher le ponton; une odeur d'iode et un parfum d'orchidée flottaient dans l'air. Le vent balaya la surface de l'eau, faisant voler les cheveux de Spencer.

Un instant, les deux jeunes gens se regardèrent en silence. Puis Colin leva une main pour écarter une mèche du visage de Spencer et la coincer avec douceur derrière son oreille.

Vas-y, l'implora en lui-même Spencer. *Par pitié, embrasse-moi.*

Soudain, Colin laissa retomber son bras et rebroussa chemin vers le yacht-club.

— Où vas-tu ? couina Spencer.

Le jeune homme s'arrêta sous un lampadaire, la lumière dorée formant un halo autour de sa tête.

— J'ai quelque chose à faire, Spencer, répondit-il à voix basse. Je viens juste de le comprendre.

Sur ce, il se retourna et entra dans le restaurant – sûrement pour rompre avec Ramona, songea Spencer, tout excitée.

Elle passa les mains sur son visage en s'efforçant de calmer les battements de son cœur.

À cet instant, un feu d'artifice explosa dans le ciel au-dessus de l'océan. Les lumières colorées se succédèrent sur le visage de la jeune fille comme si ce spectacle était destiné à elle seule. Spencer se réjouit du vacarme que faisaient les fusées. Il fallait au moins ça pour couvrir le tonnerre de son cœur.

9

ELLE N'A VRAIMENT RIEN VU VENIR

Une heure après son départ, Spencer réalisa que Colin ne la rejoindrait pas sur le ponton. Il était sans doute en train de consoler Ramona – ce serait tout à fait son genre. Melissa n'était toujours pas réapparue, aussi Spencer prit-elle le chemin du retour, un petit sourire aux lèvres. Elle avait hâte d'être au lendemain et de voir comment sa relation avec Colin se présenterait.

Aucune lumière ne brillait aux fenêtres de la maison de Nana, et la Mercedes de location était garée dans l'allée. Spencer ouvrit la porte sans faire de bruit… et sursauta lorsque Melissa, sortant du salon plongé dans le noir, appuya sur l'interrupteur de l'entrée. La lumière électrique inonda le sol de marbre.

— Coucou, dit Spencer.

Elle posa sa pochette de soirée sur la dernière marche de l'escalier et ôta ses chaussures pour se masser les talons.

Melissa lui fit un grand sourire.

— Alors, comment ça s'est passé ?

— Super bien, répondit Spencer en se laissant tomber

sur un banc ancien. (Sa sœur s'assit près d'elle.) Merci de m'avoir encouragée à aller lui parler.

Melissa écarquilla les yeux.

— Vous vous êtes embrassés?

Spencer secoua la tête.

— Non, mais ça ne devrait plus tarder. Il m'a dit qu'il venait de prendre une décision. Il va rompre avec elle, Melissa, je le sais

Elle serra sa sœur très fort dans ses bras et, à sa grande surprise, ses yeux s'emplirent de larmes. S'écartant de Melissa, elle lui prit les mains.

— Promets-moi que ça continuera ainsi.

— Quoi donc?

— Nous deux. Promets-moi que... (Spencer s'interrompit pour chercher ses mots.) Qu'on ne se disputera plus. Qu'on s'aidera mutuellement et qu'on se soutiendra. Tu m'as tellement manqué!

Soudain, quelqu'un sonna à la porte. Spencer frissonna d'excitation. Se pouvait-il que ce soit...?

— Joue-la cool, lui rappela Melissa.

Spencer ouvrit la porte et se fendit d'un grand sourire. C'était bien Colin, dont la mâchoire carrée et le nez droit projetaient des ombres sur sa poitrine dans la lumière du porche.

— Salut, lui dit-il avec un regard pénétrant.

Hypnotisée, Spencer lui fit signe d'entrer.

— J'ai rompu avec Ramona, annonça-t-il.

Spencer aurait dû s'évanouir de joie. Mais Colin l'avait dépassée sans lui accorder plus d'attention pour se planter face à Melissa, l'air ensorcelé.

Spencer se figea. Pourquoi racontait-il ça à sa sœur? Melissa s'en fichait. C'était elle que ça intéressait!

— Vraiment? souffla Melissa.

— Je n'arrêtais pas de penser à toi, dit Colin d'une voix rauque en lui prenant la main.

Spencer recula comme si elle avait reçu une claque. Sur la cheminée du salon, l'horloge sonna deux fois. Que se passait-il ? Était-ce une mauvaise blague ?

— On peut aller se promener ? suggéra Colin. La nuit est si belle...

— Je vais chercher mon sac, acquiesça Melissa. Attends-moi ici.

Elle se détourna et se précipita vers l'escalier.

Spencer jeta un coup d'œil à Colin, qui l'avait suivie du regard avec une expression béate. Elle poussa un couinement indigné avant de s'élancer sur les traces de sa sœur, montant les marches deux par deux et se réjouissant d'être aussi sportive.

Elle fit irruption dans la chambre de Melissa qui se mettait du gloss, son sac sur l'épaule.

— Qu'est-ce que tu fabriques ? s'écria Spencer sans se soucier de parler plus bas pour ne pas réveiller leurs parents.

Dans le miroir, elle vit un sourire mauvais fleurir sur les lèvres de Melissa.

— À ton avis, Spence ?

— Mais... (Les mots s'étranglèrent dans la gorge de Spencer.) Tu m'as donné plein de conseils pour arriver à sortir avec lui, parvint-elle enfin à articuler.

Melissa haussa les épaules.

— Tout le monde sait que le meilleur moyen d'attirer l'attention d'un garçon, c'est de faire comme s'il n'existait pas.

L'estomac de Spencer se tordit si violemment que la jeune fille craignit de vomir le peu de choses qu'elle avait mangé pendant le festin hawaïen.

— Mais je croyais qu'on était amies, geignit-elle, les yeux pleins de larmes.

— On n'a jamais été amies, aboya Melissa en posant son gloss sur la commode.

Le petit tube roula jusqu'au bord du meuble et tomba sur la moquette tandis que la jeune fille foudroyait sa cadette du regard.

— Je ne t'ai rien pardonné de ce que tu m'as fait. Et je ne te pardonnerai jamais.

Elle adressa un dernier sourire cruel à Spencer, puis sortit de sa chambre, descendit l'escalier et sortit de la maison avec Colin, laissant sa sœur loin derrière elle.

10

NOUVELLE ANNÉE, NOUVELLE ATTITUDE

Le lendemain matin, lorsque Spencer ouvrit les yeux, une douce lumière dorée inondait sa chambre depuis la fenêtre. Des oiseaux pépiaient dans les arbres. Quelqu'un fit tinter la sonnette de son vélo dans la rue. Le ressac rugissait de manière étonnamment apaisante, et une bonne odeur de café moulu planait dans l'air. Encore une matinée glorieuse à Longboat Key, songea Spencer.

Puis elle se souvint. *Melissa.*

Elle se redressa d'un coup tandis que les détails de la nuit précédente lui revenaient tel un torrent de boue noire craché par un robinet. L'arrivée de Colin, plus séduisant que jamais. Sa déclaration à Melissa. Le petit rictus de cette dernière dans le miroir ; sa révélation dévastatrice : « Je ne t'ai rien pardonné de ce que tu m'as fait. Et je ne te pardonnerai jamais. »

Spencer avait entendu les deux jeunes gens parler très tard dans le patio derrière la maison. Elle avait fini par monter sa machine à bruit blanc au volume maximum pour couvrir leurs voix.

Il lui semblait avoir reçu un coup de poing dans la poitrine. Melissa n'avait jamais voulu se réconcilier avec elle. Elle la détestait toujours. Le pire, c'était que Spencer commençait juste à espérer que les choses puissent changer entre elles – voire qu'elles aient déjà changé.

La jeune fille glissa ses pieds dans ses pantoufles et descendit l'escalier en priant pour que sa sœur ne soit pas à la cuisine. Par chance, seule Mme Hastings était assise à la table, en train de feuilleter le journal.

— Bonjour, ma chérie, lui lança-t-elle. Tu t'es bien amusée hier soir ?

Spencer la foudroya du regard. Mme Hastings était toujours en robe de chambre et en pyjama. Sans maquillage, elle avait l'air presque vulnérable. Spencer sentit son menton trembler.

— Pas vraiment, bredouilla-t-elle avant de se ressaisir.

— Que s'est-il passé ?

Spencer aurait voulu ne rien raconter, mais elle avait besoin de vider son sac. Elle expliqua toute l'histoire à sa mère : qu'elle avait rencontré un garçon super, qu'elle avait eu l'impression de lui plaire mais qu'au dernier moment une fille le lui avait piqué. Elle se garda seulement de préciser que cette fille n'était autre que Melissa.

— Et ils sont partis tous les deux ensemble, conclut-elle, l'air misérable.

Mme Hastings croisa les mains sur la table.

— Alors, comment comptes-tu le récupérer ?

Spencer cligna des yeux.

— Je ne vois vraiment pas ce que je pourrais faire. (Elle s'était déjà résignée : une fois de plus, Melissa avait gagné.) J'ai perdu. Je vais panser mes blessures et tourner la page.

Mme Hastings fronça les sourcils.

— Depuis quand abandonnes-tu aussi facilement ? Où est passée la fille combative, prête à tout pour remporter une victoire ?

Spencer haussa les épaules.

— Ça ne m'a pas porté chance jusqu'ici.

Sa mère eut un claquement de langue désapprobateur.

— Si ce garçon te plaît vraiment, tu dois te battre pour lui.

Elle avait une expression de défi et serrait le poing gauche sur la table comme si elle s'apprêtait à frapper quelqu'un.

— Tu crois ? demanda Spencer.

Sa voix se brisa.

— Absolument. (Les cheveux blonds de Mme Hastings, coupés au carré, effleurèrent ses épaules quand elle hocha la tête.) Tu dois faire tout ce qui est en ton pouvoir pour te débarrasser de cette autre fille. Tu dois te battre pour obtenir ce que tu veux.

Sa voix vibrait d'émotion, comme si elle parlait d'expérience.

— Est-ce que… ça a un rapport avec papa et toi ? demanda Spencer, hésitante.

Mme Hastings se détourna et parut absorbée par la contemplation de la mangeoire à oiseaux sur la terrasse. Au bout d'un moment, elle prit une grande inspiration, sembla sur le point de dire quelque chose mais se ravisa et pinça les lèvres.

— Vous avez… des problèmes de couple ? hasarda Spencer.

— Rien qui doive te préoccuper, ma chérie. (Sa mère se leva et lui adressa un sourire forcé.) Tu veux un croissant ? Ou une tartine grillée ? Papa est allé acheter un de ces délicieux pains challah chez Tommy's…

Spencer murmura qu'elle n'avait pas faim et regarda sa

mère sortir de la pièce. Difficile de dire si ses parents ne s'entendaient plus du tout ou s'il ne s'agissait que de tensions passagères à cause de tout ce qui s'était passé pendant l'automne.

Elle regarda la tasse de café vide que sa mère avait abandonnée sur la table, puis le cardigan en cachemire drapé sur le dossier d'une des chaises. C'était celui que Melissa portait pour aller chez Culpeper, la veille. Spencer le roula en boule entre ses mains.

Les paroles de sa mère tourbillonnaient dans son esprit. « Tu dois te battre pour obtenir ce que tu veux. » Elle n'avait peut-être pas tort. Avant que Melissa fasse son apparition, Colin s'intéressait à Spencer ; celle-ci en était sûre.

Elle se leva, motivée par les encouragements de sa mère. Que *Cosmo* et ses conseils débiles aillent se faire voir : elle allait récupérer Colin à sa façon. Par tous les moyens nécessaires, et sans se soucier des dégâts qu'elle causerait au passage.

Spencer sortit de la cuisine et monta l'escalier d'un pas joyeux. Melissa ne le savait pas encore, mais la nouvelle année allait voir naître une nouvelle Spencer. Une Spencer qui jouerait pour gagner.

11

Bataille sur la plage

Quand Spencer sortit un peu plus tard dans la matinée, le thermomètre affichait presque trente-deux degrés. Même si la maison de Nana se dressait tout près de l'océan, le meilleur endroit pour bronzer ou nager restait la plage publique située cinq cents mètres plus loin. Si Colin et Melissa avaient décidé de profiter du sable et de l'eau turquoise, ils seraient sans doute là.

Lorsque Spencer descendit les marches en bois et balaya la plage des yeux, elle ne tarda pas à apercevoir les deux jeunes gens à gauche de la tour des sauveteurs, collés l'un contre l'autre sur le même drap de bain rayé. *Bingo.*

Spencer se dissimula derrière la tour pour qu'ils ne la voient pas. Melissa portait un bikini à pois et étalait de la crème solaire dans le dos de Colin. Elle lui dit quelque chose à l'oreille, et tous deux gloussèrent.

Spencer se demanda s'ils parlaient d'elle. Melissa racontait peut-être à Colin comment elle l'avait abreuvée de conseils piqués dans *Cosmo* pour lui faire rater son coup. Ou bien elle lui expliquait comment elle avait repris Wren à sa cadette ou que Spencer était trop bête pour rédiger ses devoirs d'économie sans la pomper.

Si elle voulait jouer à ce petit jeu, Spencer ne serait pas en reste.

La jeune fille étala sa serviette sur le sable brûlant. La plage était bondée ; des tas de gens pataugeaient dans l'eau, s'amusaient avec des cerfs-volants ou jouaient au beach-volley de part et d'autre du filet installé près des dunes.

Une grosse vague s'écrasa sur le rivage. Soudain, Spencer entendit quelqu'un ricaner derrière elle. Inquiète, elle tourna la tête. Ce rire moqueur lui était familier, comme un rêve récurrent. Mais ça ne pouvait pas être « A »...

Spencer sortit son téléphone portable de son sac. Elle connaissait la personne qu'il fallait pour lui rappeler que tous les coups étaient permis en amour comme à la guerre. Elle envoya un texto à Hanna, lui demandant son avis. Mais plusieurs minutes s'écoulèrent sans qu'elle ne reçoive de réponse. Elle allait devoir se débrouiller seule cette fois. *Comme d'habitude, en fait*, songea-t-elle amèrement.

Elle se dirigea vers le couple installé sur le drap de bain rayé. Son ombre les couvrit, mais Melissa ne leva pas les yeux de son numéro de *Vanity Fair*, pas même quand Spencer se racla la gorge. Finalement, Colin mit une main en visière et aperçut la jeune fille.

— Oh. Salut, Spencer.

Il se frotta la tête d'un air embarrassé.

— Salut, répondit Spencer d'un ton sec. (Elle brandit son téléphone sous le nez de Melissa.) Encore un article sur Ian. Ton petit ami.

Sa sœur tourna une page et remonta ses lunettes sur son nez sans frémir.

— Tu sais, le meurtrier qui est en prison, ajouta Spencer. (L'écran de son téléphone montrait une page du site

Internet du *Philadelphia Inquirer*.) Ses avocats viennent juste de faire une déclaration à la presse.

Colin regarda le téléphone en plissant les yeux, puis jeta un coup d'œil interrogateur à Melissa. Celle-ci roula sur le flanc et but une gorgée de son Coca light. Au bout d'un moment, Colin haussa les épaules et se rallongea près d'elle en ignorant Spencer.

La jeune fille resta plantée là quelques secondes, son portable tendu à bout de bras. Melissa avait probablement prévenu Colin que sa petite sœur jalouse tenterait de se venger. Elle avait dû lui dire : « Surtout, ne crois pas un mot de ce qu'elle te racontera. »

Furieuse, Spencer laissa retomber son téléphone dans son sac, ôta ses lunettes de soleil et descendit jusqu'au bord de l'eau. Elle contourna un groupe de gamins qui jouaient dans les vagues, dépassa les types qui se lançaient un ballon Nerf gorgé d'eau et plongea, tête la première.

L'eau était délicieusement fraîche et salée. Spencer refit surface et se retourna vers le rivage. Melissa et Colin s'étaient avancés vers l'océan pour se mouiller les pieds. Melissa fixait sa sœur qui nageait plus loin. Dès qu'elle se rendit compte que Spencer l'avait vue, elle détourna la tête.

— Coucou. (Un gamin joufflu, d'environ douze ans, qui portait un T-shirt trempé et un masque de plongée, observait Spencer à deux mètres.) Tu es drôlement belle.

— Merci.

Spencer se laissa soulever par une vague. Évidemment, le seul garçon qui faisait attention à elle était un pré-ado ringard. Aria, Emily et Hanna riraient beaucoup quand elle leur raconterait ça.

Le gamin brandit une masse translucide et gélatineuse.

— Tu veux caresser ma méduse ?

Spencer poussa un cri et se dépêcha de s'éloigner. Le garnement éclata de rire.

— C'est une fausse, regarde !

Il se rapprocha d'elle à la nage et, avant que Spencer ne puisse l'en empêcher, brandit la forme caoutchouteuse sous son nez.

Des années auparavant, une méduse identique avait piqué Melissa à la jambe. La sœur de Spencer avait hurlé tant et plus, jusqu'à ce que leur père déclare que le meilleur remède contre la sensation de brûlure était d'uriner sur la zone douloureuse. Melissa avait crié de plus belle et passé le reste de la journée à bouder sur le canapé. Spencer lui avait tenu compagnie ; elle avait même dessiné des affiches d'avis de recherche de la créature maléfique, et elle les avait collées partout dans la maison de Nana.

— Euh, tu me la prêterais une minute ? demanda-t-elle au gamin qui faisait du sur-place à côté d'elle.

Son visage joufflu s'éclaira.

— Seulement si tu m'embrasses.

Spencer poussa un grognement. Mais la fin justifie les moyens, se dit-elle.

— D'accord, capitula-t-elle avant de se pencher pour presser ses lèvres sur la joue du garnement.

À la dernière seconde, celui-ci tourna la tête, et le baiser de Spencer atterrit sur sa bouche. La jeune fille recula, prise d'un haut-le-cœur et s'essuya très vite.

— Je reviens tout de suite, marmonna-t-elle en saisissant la fausse méduse et en se laissant porter par une vague vers le rivage.

Melissa et Colin se tenaient toujours au bord de l'eau qui leur arrivait à mi-mollets. Ils inspectaient un trou formé dans le sable par la marée. Il y avait tellement de baigneurs que Melissa ne vit pas Spencer approcher. D'un geste discret, celle-ci poussa la fausse méduse en direction de sa sœur, puis plongea dans une vague.

Lorsqu'elle refit surface, Melissa avait les yeux rivés sur son mollet auquel la créature venait de se plaquer. Elle se mit à secouer vigoureusement sa jambe en hurlant :

— Enlève-la, enlève-la !

Mais la fausse méduse resta collée sur sa peau, et la jeune fille redoubla de hurlements. Colin fronça les sourcils, l'air agacé.

Spencer se dirigea vers eux, prête à récupérer la méduse et à révéler que ce n'était qu'un jouet. Mais Colin la prit de vitesse. Il s'agenouilla dans l'eau, saisit la créature à pleine main et la lança dans les vagues, au loin. Puis il prit dans ses bras Melissa en larmes et la porta hors de l'eau, vers les dunes.

— Tout va bien, lui dit-il d'un ton apaisant. Je vais m'occuper de toi, ne t'en fais pas.

Melissa posa sa tête sur l'épaule du jeune homme.

Quelque chose toucha le pied de Spencer. Baissant les yeux, la jeune fille vit que la fausse méduse était revenue vers elle. Elle l'attrapa par un filament en plastique et alla la rendre au gamin qui l'observait.

— Moi aussi, j'aime bien faire des blagues à ma sœur, lui dit-il d'un air réjoui.

Génial, songea Spencer en sortant de l'eau et en regagnant sa serviette d'un pas furieux. Sa stratégie pour récupérer Colin était digne des meilleurs plans d'un gamin de primaire.

12

QUELQUE CHOSE DE BLEU

Il bruinait le lendemain matin quand Spencer sortit dans le patio avec une tasse de café, un bol de Kashi GoLean et un pamplemousse rose de Floride. Sa mère était assise à la table en tek, entourée par tout un tas de pinceaux, un verre d'eau trouble et un mug en terracotta qu'elle avait dû acheter à la boutique de poterie en ville. C'était une tradition : Mme Hastings peignait une pièce de vaisselle à chacun de ses séjours à Longboat Key. Quand elle avait terminé, elle rangeait son œuvre dans le placard de Nana, mais Spencer doutait fort que sa grand-mère les utilise.

— Coucou, Spence, la salua sa mère en traçant une ligne bleue sur le bord du mug. Tu veux faire de la peinture avec moi ? J'ai acheté quelques bols en plus.

— Pourquoi pas ? Euh, attends une seconde.

Spencer dressa soudain l'oreille en entendant sa sœur se déplacer à l'étage. Melissa observait toujours un rituel matinal très strict. Quand elle était prête pour se doucher, elle portait à la salle de bains un panier en fil de fer rempli de ses cosmétiques et de ses produits capillaires, qu'elle gardait dans sa chambre le reste du temps – sans doute par crainte que Spencer ne lui en pique une noisette par-ci par-là. Spencer avait mis au point un nouveau stratagème de sabotage, et elle ne disposait que d'un court laps de temps pour mettre la main sur le fameux panier.

Posant son café et ses céréales, elle remonta l'escalier sur la pointe des pieds. On entendait couler la douche dans la salle de bains des invités, mais, comme chaque matin, Melissa était retournée dans sa chambre pour y prendre ses vêtements pendant que l'eau chauffait.

Spencer se faufila dans la salle de bains et saisit la bouteille de shampoing Pureology de sa sœur. Dévissant le bouchon, elle y versa une bonne rasade de la teinture bleue trouvée dans le placard de Nana. Ce n'était pas le bleu pâle qu'arboraient certaines vieilles dames, mais un bleu vif à la Katy Perry de la marque Manic Panic, celle dont Aria s'était servie pour se colorer une mèche en 5e. Pourquoi Nana avait-elle une horreur pareille dans sa salle de bains ? Spencer préférait ne pas le savoir.

Elle venait juste de reboucher la bouteille et de sortir dans le couloir quand la porte de la chambre de Melissa s'ouvrit à la volée. Apercevant sa cadette, l'aînée des Hastings plissa les yeux et la dévisagea d'un air soupçonneux.

— Qu'est-ce que tu fais là ?

Spencer renifla.

— Ma chambre aussi est à l'étage.

Elle allait se détourner quand Melissa lui adressa un sourire doucereux.

— Écoute, Spence, je sais que tu m'en veux à cause de Colin. Mais lui et moi, on va bien ensemble. On est au même stade de notre vie. Tu n'as aucune raison de t'énerver comme ça. Le coup de l'article sur Ian, hier, ce n'était pas cool du tout.

Spencer dut mobiliser toute sa volonté pour ne pas étouffer sa sœur avec l'un des oreillers brodés aux initiales de Nana. *Pas cool du tout?* Melissa se rendait-elle compte que ça n'était « pas cool du tout » de piquer le garçon que convoitait Spencer? Ou de faire semblant d'être son amie pour mieux la poignarder dans le dos?

Mais avant que Spencer ne puisse répondre, Melissa entra dans la salle de bains tout embuée et claqua la porte derrière elle. Quelques secondes plus tard, Spencer l'entendit tirer le rideau de douche. Faisant volte-face, elle redescendit dans le patio.

Sa mère avait interrompu son atelier peinture et regardait une photo sur son iPad – une photo de Mme DiLaurentis et d'Ali, debout dans le jardin des Hastings pendant un barbecue. Dans un coin de l'image, le père de Spencer tendait un hamburger à la mère d'Ali.

— Pourquoi tu regardes ça? l'interrogea Spencer.

Sa mère sursauta et réduisit la fenêtre sur l'écran.

— Je, euh, je passais juste en revue notre vieux compte Kodak. Il y a beaucoup de choses à effacer là-dedans.

— Maman… (Spencer tripota un pinceau propre.) On dirait que tu as un problème avec les DiLaurentis.

Sa mère ouvrit et referma la bouche au moment où un cri perçant retentissait à l'étage.

Une minute plus tard, Melissa fit irruption dans le patio, vêtue d'un peignoir en éponge « WALDORF-ASTORIA, NEW YORK » sur la poitrine. Elle avait les yeux écarquillés, la peau encore mouillée, et des cheveux dégoulinants couleur saphir – un bleu encore plus intense que Spencer ne l'espérait.

— Melissa! s'écria Mme Hastings, si surprise qu'elle se leva d'un bond. Qu'est-ce qui t'a pris?

La jeune fille tendit son doigt vers sa sœur.

— C'est toi qui as fait ça ! Tu as mis quelque chose dans mon shampoing !

Spencer secoua la tête d'un air innocent.

— Je ne sais pas de quoi tu parles. Tu as dû te tromper et utiliser l'un des produits de Nana.

— Menteuse ! (Tremblante de rage, Melissa serra les poings.) Tu n'es qu'une menteuse et une jalouse. C'est pathétique.

— Mais ça te va si bien, ricana Spencer en triturant toujours son pinceau. Et puis, si ça se trouve, Colin adore les Schtroumpfs !

Melissa poussa un hurlement de rage. Pivotant sur sa droite, elle saisit un bol vierge sur la table et le lança à la tête de Spencer. Celle-ci esquiva, et le bol s'écrasa contre le mur de brique.

— Espèce de garce ! glapit Spencer.

Empoignant le verre dont sa mère se servait pour nettoyer ses pinceaux, elle en jeta le contenu à la figure de Melissa. De l'eau verdâtre lui coula sur les joues.

Melissa s'essuya les yeux, les dents serrées. Puis elle plongea sur Spencer comme pour la saisir à la gorge.

— Je vais te tuer, gronda-t-elle.

— Les filles ! (M. Hastings apparut soudain près d'elles, vêtu d'une chemise de golf et d'un bermuda à carreaux.) Mais enfin, qu'est-ce qui vous prend ?

— Elle a mis de la teinture bleue dans mon shampoing ! pleurnicha Melissa.

— Elle m'a piqué le garçon qui me plaisait ! répliqua Spencer.

Une lueur de compréhension passa dans le regard de Mme Hastings.

— Attends. L'autre fille dont tu parlais, c'était Melissa ?

L'intéressée ricana.

— Je ne t'ai rien piqué du tout, cracha-t-elle à l'attention de Spencer. C'est moi qu'il a choisie.

— Tu mens ! hurla Spencer en tapant du pied.

Sa Havaianas claqua sur le sol.

— Vous êtes ridicules ! gronda M. Hastings. On dirait deux gamines !

— Votre père a raison, acquiesça Mme Hastings. (Elle vint se planter près de son mari, les mains sur les hanches.) Melissa, tu as vingt-deux ans. Tu devrais avoir honte de toi.

Spencer jeta un coup d'œil triomphant à sa sœur. Ça faisait des années que leurs parents n'avaient pas réprimandé Melissa.

Comme s'il avait lu dans ses pensées, M. Hastings se tourna vers Spencer.

— Et tu ne vaux pas mieux qu'elle. Vous auriez dû retenir la leçon toutes les deux : quand vous vous intéressez au même garçon, ça se termine toujours mal. Ce qui n'est pas une excuse pour avoir mis de la teinture dans le shampoing de ta sœur.

Les parents de Spencer échangèrent un regard las et soupirèrent en chœur.

Melissa resserra la ceinture de son peignoir et ouvrit la porte du patio avec rage.

— Je dois appeler le salon de coiffure pour voir s'ils peuvent rattraper ce désastre, déclara-t-elle avant de disparaître à l'intérieur de la maison.

Spencer entendit ses pas furieux se diriger vers l'escalier et monter à l'étage. Pendant ce temps, M. Hastings entreprit de balayer les morceaux de poterie brisée et de les ramasser avec une pelle. Mme Hastings, elle, se tourna vers sa cadette en secouant la tête.

— Quand je t'ai dit de faire le nécessaire pour conquérir

ce garçon, je ne t'autorisais pas pour autant à massacrer les cheveux de ta sœur.

— Maman, je…

Mais Mme Hastings interrompit Spencer d'un geste autoritaire.

— Je ne veux plus t'entendre.

Puis son mari et elle allèrent se planter au bord de la piscine en marmonnant tout bas. Spencer vit sa mère se pencher vers son père, qui lui passa un bras autour des épaules. Elle ne put s'empêcher de sourire. Ses parents n'avaient pas été aussi proches depuis bien longtemps.

Rien de tel que des enfants qui se disputent pour resserrer les liens conjugaux.

13

UN SAUT DANS L'INCONNU

Quelques heures plus tard, Spencer se tenait sur le ponton près du glacier Finger Lickin' et de la bijouterie dans la vitrine de laquelle scintillaient des Rolex et des pendants d'oreilles Cartier en diamants. Une énorme grue étendait son bras sur la baie ; une bannière « SAUT À L'ÉLASTIQUE » avait été tendue entre deux lampadaires et entourée de fanions rouges, bleus et blancs.

Tout comme la soirée de pré-nouvel an, le saut à l'élastique était une tradition annuelle. Les Hastings venaient toujours regarder les gens assez fous pour se jeter dans le vide sans rien d'autre qu'un bout de corde pour les empêcher de se tuer, et ils secouaient la tête d'un air désapprobateur.

Mais cette année, Spencer était assez vieille pour sauter sans la permission de ses parents, et elle avait bien l'intention de le faire. C'était le genre de chose que Colin devait adorer, et puisque Melissa allait passer toute la journée au salon de coiffure pour retrouver son blond naturel, Spencer pourrait accaparer le jeune homme – du moins, espérait.

Elle balaya la foule du regard : des étudiants, des jeunes d'une vingtaine d'années, accros à l'adrénaline, et des hommes en pleine crise de la quarantaine... Quand Spencer était en 5e, la dernière fois que les Hastings et les DiLaurentis s'étaient trouvés en même temps à Longboat Key pendant les vacances de Noël, le frère aîné d'Ali, Jason, avait fait la queue en serrant l'autorisation signée par ses parents. Ali et son groupe de copines étaient restées près de lui pour le taquiner. Elles lui avaient demandé s'il avait la frousse, s'il ne craignait pas de se faire le coup du lapin ou s'il avait entendu dire que le saut à l'élastique faisait parfois exploser les testicules des garçons. Cette affirmation ridicule avait fait glousser Spencer; alors, Ali s'était vivement tournée vers elle pour la fusiller du regard.

Spencer continuait à scruter la foule. *Ah ah, j'en étais sûre!* Colin était dans les premiers. Quand elle le vit, Spencer sentit des papillons voleter dans son estomac. Le jeune homme pianotait sur son téléphone, l'air contrarié. Elle prit une grande inspiration et s'approcha de lui.

— Tout va bien?

Colin leva les yeux.

— Oh, salut. J'étais justement en train d'envoyer un message à ta sœur. Elle devait me rejoindre ici, mais elle n'est pas là, et elle ne m'a pas prévenu qu'elle avait un empêchement. Tu sais où elle est?

— Elle a dit qu'elle te rejoindrait ici? (Spencer grimaça.) Le saut à l'élastique, ce n'est pas du tout son truc. Là, elle est au salon de coiffure, en train de faire une décoloration. Elle va probablement y passer la journée.

Colin glissa son téléphone dans la poche arrière de son bermuda.

— Une journée entière chez le coiffeur? s'exclama-t-il, interloqué. Bizarre. Je ne pensais pas que c'était son genre.

— Vraiment? (Adossée à un piquet de bois, Spencer regarda quelqu'un se jeter du haut de la grue sous les applaudissements de la foule.) Elle passe beaucoup de temps à se faire pomponner. Tout y passe : l'épilation des bras, les mèches plus claires, le soin visage mensuel... Sans compter les manucures, les séances de reiki et le banc solaire. Elle ne néglige aucun détail.

— Oh...

Colin se passa la main sur le menton en dévisageant Spencer.

Un moment s'écoula. Il ne détourna les yeux que lorsque la cabine élévatrice grinça, emmenant un nouveau courageux vers la plateforme de saut. Il consulta de nouveau son téléphone.

— C'est vrai, ce que tu disais hier à la plage? Melissa a un petit ami qui est en prison?

Spencer ouvrit la bouche afin de lui raconter depuis le début l'histoire de Ian et du meurtre d'Ali, mais quelque chose l'arrêta. Tout déballer sans que Melissa soit là pour se défendre, c'était un peu bas, même pour elle. Après tout, sa sœur ignorait que Ian avait tué Ali. Elle ne savait même pas qu'ils sortaient ensemble en cachette.

— Colin?

Melissa venait vers eux en longeant le ponton, ses cheveux blond miel flottant derrière elle. Quand elle vit Spencer, ses yeux lancèrent des éclairs. Mais elle passa devant sa sœur, jeta ses bras autour du cou de Colin et lui donna un gros baiser.

— Désolée d'être en retard.

Colin prit une mèche de ses cheveux entre le pouce et l'index et la laissa retomber.

— Spencer m'a dit que tu étais chez le coiffeur.

— Oh, j'avais juste une petite retouche à faire, pépia

Melissa en pressant la main du jeune homme. Je n'aurais raté ton grand saut pour rien au monde !

— Mon grand saut ? répéta Colin d'un ton interrogateur. Tu ne m'accompagnes pas ?

Melissa déglutit. Son regard passa de la grue à la personne suspendue par un élastique au-dessus de la baie.

— Euh…

— Allez, tu es arrivée juste à temps. (D'un geste, Colin lui indiqua qu'ils étaient les suivants dans la file.) Tu n'as qu'à passer devant moi. Je te promets que tu adoreras.

Un employé du site, un type maigrichon avec plein de petites tresses, se tourna vers eux.

— À qui le tour ?

Melissa avait blêmi.

— Colin, je n'y arriverai jamais. J'ai trop peur, dit-elle en prenant la même voix de damoiselle en détresse que la veille, pendant l'incident de la méduse en plastique.

Colin s'esclaffa.

— Mais non, enfin. C'est génial, et totalement sûr. Tu devrais te lancer.

— Alors, à qui le tour ? s'impatienta le maigrichon qui secouait la chaîne de la cabine.

Melissa semblait paralysée. Elle pinça les lèvres si fort qu'elles devinrent blanches.

— Sérieusement, Colin, geignit-elle d'une voix tremblante. J'ai le vertige.

Le jeune homme se passa la langue sur les dents. Il dévisagea Melissa pendant presque tout un refrain du morceau de heavy metal que diffusaient les haut-parleurs de l'attraction.

Spencer retint son souffle tandis que le portrait que Melissa avait peint d'elle-même s'écaillait peu à peu sous les yeux de Colin, révélant une réalité bien plus terne. Cela rappela à Spencer la fois où leur père avait failli acheter une

Ferrari vintage avant de s'apercevoir, en rendant visite au propriétaire, que le bas de caisse était rouillé et que la voiture ne démarrait pas.

Elle écarta Colin et Melissa.

— Moi, j'y vais.

— Toi ? s'exclama Melissa, choquée.

— C'est parti.

Le maigrichon se poussa pour que Spencer puisse monter dans la cabine qui l'emmènerait tout en haut de la grue. La jeune fille fit de son mieux pour garder son calme pendant qu'il refermait la porte et que la cabine minuscule commençait à s'élever dans les airs.

Melissa foudroya sa cadette du regard. Colin, par contre, semblait impressionné.

— Bonne chance, articula-t-il.

La montée prit environ une minute. Spencer regarda les gens rapetisser sur le ponton tandis que sa vue sur la baie s'élargissait. Lorsqu'elle atteignit la plateforme de saut, un instructeur la harnacha et lui fit un topo rapide : elle devait rester détendue, écarter les bras et plonger tête la première pour ne pas se faire mal au dos.

Puis ce fut le moment de se jeter dans le vide.

Spencer s'approcha du bord de la plateforme, le cœur battant. Les vagues clapotaient paisiblement une année-lumière plus bas. Vu d'ici, l'océan paraissait sombre et infini.

Soudain, Spencer se rappela comment elle avait failli tomber du haut d'une falaise à la carrière de l'Homme Flottant, avec Mona Vanderwaal. L'abîme était si noir… Sur le coup, elle avait vraiment cru qu'elle allait mourir. Elle entendait encore le cri aigu que Mona avait poussé en dégringolant dans le vide, mesurait encore les secondes interminables qui s'étaient écoulées avant que l'autre fille s'écrase au sol.

Un petit rire transperça le silence. Spencer se retourna brusquement. Sur le ponton, les gens avaient tous la tête en l'air pour la regarder sauter. Une mouette se posa sur une bouée rouge et blanc. Spencer secoua la tête. Il était impossible que quelqu'un soit en train de se moquer d'elle à cette altitude.

— Prête ? demanda l'instructeur en donnant une nouvelle secousse à la corde pour s'assurer qu'elle était solidement fixée.

Spencer avait l'impression d'avoir du coton dans la bouche. Ses paumes étaient moites, et elle transpirait abondamment sous les aisselles. Mais elle ne pouvait plus faire marche arrière.

— Prête, répondit-elle d'une voix tremblante.

L'instructeur compta à rebours.

— Trois... Deux... Un...

À « zéro », Spencer déglutit, leva crânement le menton et sauta.

Au début, elle eut l'impression d'être en apesanteur. Puis son cœur lui remonta dans la gorge. Elle entendit quelqu'un hurler et mit une fraction de seconde à réaliser que c'était elle. L'océan venait à sa rencontre de plus en plus vite ; son corps lui semblait de plus en plus lourd, et soudain... *Schlack !* L'élastique se tendit, et Spencer repartit vers le haut.

Elle rebondit encore deux ou trois fois avant de s'immobiliser au-dessus de l'eau. Elle avait réussi. Elle était vivante. Elle poussa un gros soupir de soulagement en écoutant le tonnerre des battements de son cœur.

Des vivats montèrent depuis le ponton.

— Wouhou !

Spencer écarta les bras. Elle se sentait incroyablement excitée et vivante, comme si elle avait laissé tous les bagages qui l'encombraient en haut de la grue. Elle commença à se balancer vers le ponton, cherchant Colin et Melissa du regard, mais elle ne les vit nulle part. Curieusement, ça n'avait plus d'importance.

Peu à peu, la grue la remonta jusqu'à la plateforme. L'instructeur se pencha pour défaire son harnais.

— C'était génial, souffla Spencer.

— Je te l'avais bien dit! lança une voix derrière elle.

Spencer regarda par-dessus l'épaule de l'instructeur. Colin se tenait sur la plateforme, déjà harnaché. Il n'y avait qu'eux deux.

— Tu n'as pas réussi à convaincre Melissa, hein? devina Spencer.

Colin se tordit les mains.

— En fait, elle est partie. (Il eut un petit rire gêné.) Je ne m'attendais pas à ce qu'elle reste après ce que je lui ai dit.

Le cœur de Spencer manqua un battement.

— Qu'est-ce que tu lui as dit?

Colin planta son regard si bleu dans celui de la jeune fille.

— Que je m'étais trompé. Que je n'avais pas choisi la bonne sœur.

L'adrénaline que Spencer avait ressentie pendant son saut envahit de nouveau ses veines. Elle tenta de conserver une expression neutre, mais sentit le coin de ses lèvres se relever malgré elle.

Colin se rapprocha et lui prit la main. Une odeur de crème solaire et de sable chatouilla les narines de Spencer, qui manqua de tourner de l'œil. Puis, devant l'instructeur, à plusieurs dizaines de mètres d'altitude, Colin se pencha vers elle et l'embrassa.

Spencer ferma les yeux. Son cœur battait à tout rompre dans sa poitrine. Elle sentit l'instructeur s'agiter d'impatience derrière eux, mais ne lui prêta aucune attention.

Bien trop vite à son goût, Colin s'écarta d'elle.

— Tu veux sauter en tandem avec moi ?

— On peut faire ça ?

Spencer regarda l'instructeur, qui acquiesça d'un air blasé. Elle passa les doigts sur son harnais et haussa les épaules.

— Si tu veux. Pourquoi pas ?

L'homme vérifia que Colin était bien harnaché, attacha Spencer à la même corde, et les deux jeunes gens s'approchèrent ensemble du bord de la plateforme. Pendant le compte à rebours, Colin se tourna vers Spencer et lui toucha la joue.

— Je ne comprends pas pourquoi j'ai mis si longtemps à comprendre, Spencer. Tu me pardonnes ?

Ce fut comme si un grand soleil illuminait l'intérieur de la poitrine de Spencer. Au lieu de répondre, la jeune fille prit la main de Colin et la serra très fort.

Ensemble, ils sautèrent dans le vide.

14

UNE TABLE POUR DEUX

— Par ici.

Contournant un bosquet de palmiers, une serveuse latino qui ne devait pas mesurer plus d'un mètre cinquante entraîna Spencer et Colin dans le jardin méditerranéen situé à l'arrière du Mia Vista, un des restaurants les plus cotés de Longboat Key.

De sublimes fleurs pourpres, bleues et jaunes s'enroulaient autour de treilles blanches et d'une pergola en bois. Un feu flambait dans une cheminée en forme de ruche, diffusant juste assez de chaleur pour lutter contre la fraîcheur nocturne ; dans un coin, un orchestre jouait en sourdine.

Ils s'arrêtèrent devant une table d'angle. Sur la nappe blanche se dressaient une bougie blanche, deux flûtes de champagne et une bouteille d'AminoSpa bien fraîche pour Colin. Dans tous ses fantasmes, jamais Spencer n'avait imaginé d'endroit plus paradisiaque pour un premier rendez-vous.

Elle s'assit sur sa chaise en lissant sur ses genoux la robe neuve achetée l'après-midi. Colin prit place face à elle, dans son polo Lacoste blanc qui le faisait paraître encore plus bronzé.

— C'est vraiment parfait, s'extasia Spencer.

— On n'aurait pas pu trouver mieux, dit Colin au même moment.

Ils s'interrompirent tous deux et éclatèrent de rire.

La serveuse leur apporta les menus. Colin sirota son AminoSpa avec de la glace et se mit à glousser.

— Tu te souviens combien tu as détesté ça le jour de notre rencontre ?

Tendant un bras au-dessus de la table, il prit la main de Spencer, qui se sentit rougir. Donc, il considérait bien leur partie de tennis comme un rencard. Toute cette situation lui semblait surréaliste. Pour une fois, apparemment, elle avait gagné.

Melissa n'était pas à la maison quand Spencer était rentrée de son saut à l'élastique, et la jeune fille n'avait pas non plus aperçu sa sœur aînée en ville. Elle ne savait pas trop comment elle aurait réagi si elle était tombée sur Melissa. Elle aurait dû jubiler d'avoir réussi à lui piquer Colin, mais une partie d'elle se sentait plutôt... merdeuse. Un peu comme quand elle avait embrassé Ian dans l'allée du garage. D'un côté, elle était ravie d'être sortie avec le plus canon des mecs de terminale de l'Externat ; de l'autre, elle se sentait coupable, même si Melissa passait sa vie à la torturer.

Mais ça ne changeait pas ses sentiments pour Colin, qui la regardait avec des yeux pleins de désir et l'ombre d'un sourire sur les lèvres.

— À quoi penses-tu ? lui demanda Spencer.

Le jeune homme eut un léger haussement d'épaules et caressa sa main.

— Je me disais juste que tu étais très belle.

Un frisson de plaisir parcourut l'échine de Spencer.

— Tu n'es pas trop vilain non plus, répondit-elle en baissant les cils.

La serveuse revint prendre leur commande. Lorsqu'elle se fut éloignée, Colin soupira.

— C'est tellement dommage que tu doives rentrer en Pennsylvanie à la fin des vacances !

— Je sais. (Spencer fit la moue.) Mais je pourrais peut-être revenir te rendre visite. Tu comptes rester ici jusqu'à quand ?

Déjà, elle se voyait faire de la plongée, de la voile et boire de la limonade sur la plage après les entraînements de Colin.

— Jusqu'en février. Mais je ne vais pas avoir beaucoup de temps libre, répondit le jeune homme en se dandinant sur son siège. Je voudrais me qualifier pour des compétitions internationales cette année, tu te souviens ?

— Bien sûr. (Spencer se redressa.) Jamais je ne te pousserai à négliger ton entraînement. Je pourrais échanger des balles avec toi si tu veux… mais j'imagine que tu préfères jouer contre quelqu'un de ton niveau.

— Non, ce serait génial. (Colin utilisa sa paille pour écraser un glaçon au fond de son verre.) Qui sait ? Si tout se passe bien, tu pourrais peut-être m'accompagner aux matchs. (Il se radossa à sa chaise et croisa les bras sur sa poitrine.) On pourrait aller en Australie ensemble. À Roland-Garros en France. On se baladerait dans New York pendant l'US Open.

— Je m'assiérais dans les tribunes réservées aux proches des joueurs, et je ferais coucou aux caméras d'ESPN, s'enthousiasma Spencer.

— Tu serais parfaite à la télé.

— Et toi, tu serais parfait sur le court.

Les deux jeunes gens se penchèrent l'un vers l'autre et se donnèrent un léger baiser. Une décharge électrique parcourut tout le corps de Spencer.

La jeune fille se rassit normalement.

— Et ne parlons pas de malheur, mais si tu ne te qualifiais pas cette année, tu rentrerais dans le Connecticut, non? Je pourrais toujours venir te voir en voiture. Rosewood n'est pas si loin de la frontière.

Un muscle de la mâchoire de Colin tressaillit.

— Euh, ce n'est pas une bonne idée.

— Pourquoi? s'étonna Spencer.

Le jeune homme haussa les épaules.

— Mon appartement est un peu…

Il n'acheva pas sa phrase.

— Un peu quoi?

Un peu petit? Un peu sale? se demanda Spencer. Colin vivait peut-être avec un oncle bizarre. Ou il avait beaucoup trop de chats.

— Peu importe. On verra ça plus tard. (Colin prit le menton de la jeune fille dans sa main.) Parlons plutôt de toi. Quand t'es-tu rendu compte que je te plaisais?

— Sans doute quand j'ai découvert que tu étais un maniaque du rangement, comme moi, plaisanta Spencer.

Colin agita son index sous son nez.

— Tu ferais mieux de ne pas toucher à mon placard. Toutes mes fringues sont rangées exactement comme j'aime.

Spencer fit mine de bouder.

— Mais réorganiser les placards des autres, c'est ce que je préfère!

Quand leurs plats arrivèrent, Colin se lança dans le récit d'un match de tennis pendant lequel il avait dû jouer sept balles de break. Cela dura jusqu'à ce que Spencer ait avalé ses toutes dernières miettes de crabe. La jeune fille rit et se désola à tous les moments appropriés, puis tenta de raconter à son tour un match de hockey sur gazon qui s'était terminé aux prolongations par une mort subite. Mais Colin était tellement dans son trip qu'il continua à parler en même temps qu'elle. *Il doit être nerveux*, songea Spencer en lui souriant. C'était mignon.

La serveuse réapparut.

— Un dessert pour les tourtereaux?

Spencer ouvrit la bouche pour demander un menu et un café, mais Colin la prit de vitesse.

— Je crains que non, dit-il très vite après avoir jeté un coup d'œil à son téléphone. (Il reporta son attention sur Spencer en haussant les épaules.) Tu connais la chanson. Je dois me coucher tôt pour être en forme demain.

Spencer se força à sourire.

— Je comprends. Mais je voudrais juste un...

— L'addition, s'il vous plaît, réclama Colin.

La serveuse articula un « Désolée » en regardant Spencer, puis s'en alla. Colin froissa sa serviette, la jeta sur la table et se leva.

— Je vais vite faire un tour aux toilettes.

— D'accord, acquiesça Spencer en s'efforçant de cacher sa déception.

Elle consulta son téléphone. Elle avait reçu un message d'Emily lui demandant quand elle rentrait à Rosewood. Puis elle examina sa manucure, qui était toujours impeccable. Elle croisa et décroisa les jambes, pianota sur la nappe...

La serveuse apporta l'addition, et Spencer la laissa au milieu de la table, légèrement tournée vers la chaise vide de Colin.

Le jeune homme mettait beaucoup de temps à revenir. *Il doit y avoir la queue*, songea Spencer. Elle consulta de nouveau son téléphone et lut plusieurs articles du blog Go Fug Yourself consacré aux célébrités. Elle se remit du gloss. La serveuse revint et voulut prendre l'addition. Spencer posa très vite sa main sur l'enveloppe de cuir.

— Euh, nous n'avons pas encore payé, dit-elle, les joues en feu.

Un quart d'heure s'écoula. Le couple assis à la table voisine s'en alla, main dans la main, et fut remplacé par un autre. Colin n'était toujours pas revenu. Spencer se demanda si elle avait mal compris. Pensait-il qu'ils se retrouveraient à la sortie du restaurant, devant les toilettes ? Oui, ce devait être ça.

Spencer fit signe à la serveuse de revenir et lui glissa sa carte de crédit avec toute l'assurance dont elle put faire preuve. La jeune femme lui jeta un regard compatissant, tandis que Spencer souriait comme si tout allait bien.

Il n'y avait personne dans l'entrée du restaurant. L'estomac noué, Spencer hésita près de la porte des toilettes des hommes. Lorsqu'un homme aux cheveux argentés sortit, elle lui demanda s'il y avait quelqu'un d'autre à l'intérieur.

— Je m'excuse, mais c'est urgent, dit-elle d'une voix tendue.

Le vieux monsieur la regarda bizarrement.

— Je n'ai vu personne, répondit-il enfin.

Spencer s'élança vers la porte du restaurant. Un mauvais pressentiment lui tordait le ventre, comme l'aurait fait une intoxication alimentaire.

Dehors, elle fit rapidement le tour du Mia Vista. En atteignant le parking, elle s'arrêta net. Un homme qui avait la même carrure que Colin, les mêmes cheveux noirs et le même petit cul pommelé enlaçait une femme d'une trentaine d'années en robe de lin très chic. Ses cheveux blonds lisses étaient relevés en queue-de-cheval et, d'une main, elle tenait une poussette dernier cri.

— Dis bonjour à papa, Brady ! s'exclama-t-elle assez fort pour que sa voix résonne à travers le parking.

Spencer hoqueta. *Papa ?*

Le couple se tourna vers elle. Colin parut surpris et choqué de la voir là, mais il se ressaisit très vite et lui adressa son sourire le plus éblouissant.

— Spencer ! (Il lui fit coucou.) Viens voir une minute.

Sans savoir comment, la jeune fille réussit à mettre un pied devant l'autre pour se diriger vers eux. Elle dévisagea Colin et la blonde, puis l'enfant dans la poussette. Avait-elle bien entendu ? Colin était-il bien le père de ce gamin ?

Lorsque Spencer ne se trouva plus qu'à trois mètres d'eux, les yeux de Colin papillotèrent nerveusement.

— Yvette, je te présente Spencer. C'est la fille dont je t'ai parlé, celle à qui je donne des leçons de tennis.

— Yvette DeSoto, se présenta la femme d'une voix mielleuse. (Elle tendit sa main gauche, à l'annulaire de laquelle brillait une alliance ornée d'un énorme diamant et d'une multitude de petits saphirs.) J'espère que mon mari ne vous fait pas travailler trop dur.

Les mots résonnèrent dans la tête de Spencer. La jeune fille serra la main d'Yvette tandis que le champagne du dîner lui remontait dans la gorge. *Mon mari.* Colin avait une femme. Mais alors, qui était Ramona pour lui ? Et Melissa ? Et Spencer elle-même ?

La jeune fille baissa les yeux vers le bébé, qui gazouillait en agitant ses petites jambes dodues. Colin n'avait pas seulement une femme : il avait aussi un enfant.

L'espace d'une fraction de seconde, Spencer leva les yeux vers Colin. Elle supposait depuis le début qu'il sortait juste de la fac, mais dans la lumière crue des lampadaires, il lui paraissait différent. Plus vieux. Les petites rides autour de ses yeux se creusaient davantage, et quelques poils gris se mêlaient à son début de barbe. Soudain, elle ne le reconnaissait plus.

Spencer mit quelques instants à recouvrer l'usage de sa voix.

— Bon, finit-elle par articuler. Je suis ravie d'avoir fait votre connaissance, mais il faut que j'y aille.

Elle se détourna et s'enfuit en courant entre les Range Rover et les BMW.

Lorsqu'elle atteignit enfin le trottoir désert derrière le club, Spencer avait le souffle court et envie de vomir. Un léger gloussement résonna entre les arbres. Elle était trop abattue pour tourner la tête et tenter de voir si quelqu'un se tenait là. De toute façon, elle méritait qu'on se moque d'elle. Au final, elle n'avait rien gagné du tout. Comme d'habitude, Spencer Hastings avait tout perdu.

15

SÈCHE TES LARMES

Le matin du 30 décembre, allongée dans un hamac sous le porche derrière la maison de Nana, Spencer tournait les pages de *Moby Dick* sans vraiment comprendre ce qu'elle lisait. Lorsqu'elle tomba sur le mot « vil », elle ôta le bouchon d'un Bic bleu et l'entoura. Puis elle fit de même avec les mots « traître », « fourbe » et « sournois ». Pendant les vingt pages qui suivirent, elle entoura ainsi chaque adjectif qui lui rappelait Colin. Cela la rasséréna un tout petit peu.

Spencer avait la gueule de bois des amoureux. Sa tête lui faisait mal, et ses yeux étaient si rouges qu'elle avait gardé ses lunettes de soleil dans la cuisine, s'attirant un regard interloqué de la part de son père. La veille, elle avait pleuré jusqu'à l'épuisement – et elle avait recommencé le matin sous la douche, puis au petit déjeuner quand elle avait fait brûler ses tartines dans le grille-pain.

Laissant tomber le livre ouvert sur sa poitrine, elle jeta un coup d'œil à son téléphone, posé sur la petite table près du hamac. *Pas de nouveaux messages*. Bien sûr que non. Colin ne risquait pas de lui avoir envoyé un texto. C'était un séducteur professionnel, voilà tout. Et infidèle, de surcroît. Il se fichait bien de Spencer. Il n'avait jamais vraiment tenu à elle.

Pourtant, ses mensonges blessaient la jeune fille. Elle avait l'impression que personne ne disait jamais la vérité. Ali lui avait fait la morale au sujet du baiser qu'elle avait échangé avec Ian. Il lui avait reproché de ne pas avoir tout avoué à sa sœur, mais elle lui avait caché qu'elle-même sortait en secret avec le jeune homme. Les autres amies de Spencer lui avaient, elles aussi, dissimulé des tas de choses – des secrets que seule Ali connaissait. Sans parler de Melissa...

— Hum-hum.

Spencer leva les yeux. Sa sœur aînée se tenait devant elle, une tasse de café dans une main et le journal sous le bras. Spencer frémit. Elle n'était vraiment pas d'humeur à se disputer avec elle. Mais Melissa affichait une expression étonnamment neutre.

— Salut, dit-elle d'une voix lasse.

— Salut, répondit Spencer, méfiante.

Melissa s'assit sur la chaise en tek la plus proche du hamac et posa son café sur la petite table à côté du téléphone de Spencer. Elle dévisagea sa cadette.

— Tu as découvert que Colin était marié, pas vrai?

Spencer frémit.

— Tu étais au courant?

Melissa secoua la tête.

— J'étais au club ce matin. Quand je suis passée près des courts, elle était sur la ligne de touche, en train de se présenter à ses groupies. Chaque fois qu'il faisait une pause, elle se précipitait sur lui pour rajuster le col de son polo ou lui masser la nuque.

— Je l'ai découvert hier soir, après qu'il m'a plantée au resto avec l'addition, avoua Spencer.

— Il nous a menti sur toute la ligne. (Melissa se pencha.)

Tu sais ce que j'ai appris d'autre? Il n'est pas quatre-vingt-douzième au classement mondial – il est dans les huit centièmes. Il n'a aucun espoir de participer à un tournoi du Grand Chelem. (Prenant sa tasse, elle but une gorgée de café et secoua la tête d'un air dégoûté.) Il m'avait dit qu'il m'emmènerait en Australie et en France, que je serais la plus jolie fille dans les tribunes de l'US Open. Et je suis tombée dans le panneau.

— Il m'a dit la même chose! s'exclama Spencer.

Melissa fit claquer sa langue.

— Il a dû le dire à des millions de filles. Il s'est drôlement bien organisé : une femme riche planquée dans le Connecticut, et des tas de filles naïves ici, à Longboat Key. C'est répugnant. Mais il y a encore pire. (Melissa se couvrit la bouche. Elle était presque verdâtre.) Il s'est inscrit dans la catégorie Masters du tournoi.

Spencer plissa les yeux.

— Qu'est-ce que ça veut dire?

— Les Masters sont réservés aux joueurs d'un certain âge. Spencer, il a trente-trois ans, révéla Melissa.

— Quoi? (Spencer se redressa si brusquement que *Moby Dick* tomba par terre et que le hamac tangua.) Tu en es sûre?

— Certaine, grimaça Melissa.

Spencer se leva en se passant les mains sur le visage.

— Je n'arrive pas à croire que j'aie embrassé un vieux, se lamenta-t-elle.

Melissa tapa du poing sur l'accoudoir de sa chaise de jardin.

— Il nous a bien roulées, toutes les deux. Et maintenant, il va nous le payer.

« Nous »? Spencer ouvrit la bouche pour protester qu'elle ne se ferait plus jamais avoir.

— Ne te fatigue pas, coupa Melissa avant qu'elle n'ait pu prononcer le moindre mot. Je sais comment sont les choses entre nous. Mais on doit pouvoir mettre nos différends de côté pour faire deux choses. Premièrement : ne jamais raconter à personne ce qui s'est passé avec Colin. Tu n'es jamais sortie avec un trentenaire marié et père de famille – et moi non plus.

Spencer acquiesça.

— D'accord.

Dieu merci, personne de Rosewood n'avait assisté à son humiliation.

— Deuxièmement, avant de partir demain, on va se venger.

Spencer quitta le hamac et alla s'adosser à la balustrade de la terrasse.

— Comment ?

— Il faut trouver une idée géniale. (Melissa leva la tête vers le ciel comme pour y chercher de l'inspiration.) Peut-être un moyen de l'empêcher de gagner le tournoi de demain. Et de lui faire regretter toutes les filles qu'il a embobinées à Longboat Key.

Spencer détacha une écharde de la balustrade en pensant aux nombreuses groupies qui se massaient sur la ligne de touche pour regarder jouer Colin. Avec combien d'entre elles était-il sorti ? Et avec combien d'autres sortirait-il une fois qu'Yvette serait rentrée à la maison ?

Elle se demanda comment il faisait pour s'y retrouver entre toutes ses petites amies. Elle imagina sa salle de bains pleine de brosses à dents usagées – une par maîtresse, comme Nana en avait une par amant. Colin ne devait être impressionné par les exploits d'Edith Hastings que parce qu'il était encore plus coureur qu'elle. Spencer se demanda s'il prenait du Viagra, lui aussi.

Soudain, elle leva la tête.
— Oh, mon Dieu, Melissa. J'ai une idée.
— Quoi donc ? demanda sa sœur, tout excitée.
Spencer lui tendit la main pour l'aider à se relever.
— Viens. Je vais te montrer.

16

La meilleure des vengeances

Le matin du réveillon, le soleil brillait dans un ciel sans nuages. C'était le temps idéal pour un tournoi de tennis, songeait Spencer, et, à en juger le nombre et la mise des spectateurs venus exprès au club, tout le monde était du même avis qu'elle.

La jeune fille, qui portait toujours ses lunettes noires, sirotait un soda light en faisant semblant d'observer les juniors. En réalité, elle attendait le signal de Melissa. Celle-ci faisait le tour du club pour vérifier où se trouvaient Colin, son entraîneur, sa femme et même son bébé.

— C'est bon, murmura-t-elle à l'oreille de Spencer en passant d'un pas vif devant elle.

La jeune fille pivota sur les talons de ses espadrilles Tom et la suivit, tête baissée, en se réjouissant d'avoir trouvé dans la penderie de Nana une capeline en paille assez large pour dissimuler son identité à la douzaine de groupies de Colin qui s'étaient postées près du kiosque à friandises.

Les vestiaires n'étaient pas loin. Spencer et Melissa s'y

rendirent dans un silence à peine troublé par les vivats de la foule dans le lointain quand un joueur marquait un point.

Soudain, un groupe de filles en tenue de tennis blanche traversa le couloir. Melissa se mit à rire.

— Chut! protesta Spencer en agrippant le bras de sa sœur. Tu veux qu'on se fasse choper?

— Mais c'est tellement drôle, se défendit Melissa à voix basse en s'essuyant les yeux.

La porte des vestiaires s'ouvrit dans un grincement. Un grand jeune homme de dix-huit ans environ sortit dans le couloir. Melissa jeta un coup d'œil par l'entrebâillement.

— Tu es sûre que les affaires de Colin sont là?

Spencer acquiesça. À leur arrivée, elles avaient fait le tour des courts utilisés pour le tournoi. Un match féminin avait lieu sur le court central en ce moment même, tandis que Colin s'échauffait sur un court secondaire.

— Il n'a pas son sac avec lui, et Yvette non plus. Je ne vois pas d'autre endroit où il aurait pu le mettre.

— D'accord. (Melissa poussa Spencer vers la porte.) C'est maintenant ou jamais.

Prenant une grande inspiration, les deux sœurs se faufilèrent dans le vestiaire des hommes. Par chance, il était désert.

Spencer longea les allées à la recherche du sac Adidas vert vif de Colin. Elle crut l'apercevoir et s'accroupit, prête à bondir. Puis une porte de casier claqua bruyamment. Spencer se figea. Des pas s'éloignèrent, suivis par un bruit de porte qui s'ouvre et se referme. La jeune fille retint son souffle encore quelques secondes avant de bondir sur le sac repéré.

C'était le bon : les initiales de Colin y étaient brodées. D'une main tremblante, Spencer fit glisser la fermeture Éclair et fouilla parmi les T-shirts, les chaussettes, les raquettes de rechange, les tubes de balles et le pot d'onguent pour les muscles. Enfin, elle trouva ce qu'elle cherchait dans le fond : une bouteille d'AminoSpa.

— Je l'ai, dit-elle à Melissa.

Celle-ci sortit le flacon de Viagra dérobé dans le tiroir de Nana et versa une pilule dans sa paume.

— On devrait en mettre plus que ça, chuchota Spencer. Disons plutôt deux. Ou trois.

Melissa acquiesça et fit tomber deux autres comprimés dans sa main. Elles les écrasèrent avec le fond de la bouteille d'AminoSpa pour les réduire en une poudre très fine qu'elles versèrent dans le liquide citronné.

— Le prochain match de Colin commence quand? demanda Melissa.

— Dans une heure, je crois, répondit Spencer à voix basse.

— Parfait.

Leur mission achevée, elles allèrent s'asseoir dans les gradins du court où Colin devait jouer et attendirent le début du spectacle.

Le match féminin se termina peu de temps après. Les spectateurs libérèrent leurs sièges et furent remplacés par une nouvelle fournée de gens venus encourager les joueurs. Les groupies de Colin monopolisèrent le premier rang. Yvette était là aussi; elle tenait son bébé, et elle avait l'air très contrariée. L'arbitre de chaise et les juges de ligne se mirent en place. Enfin, la porte des vestiaires s'ouvrit, et deux hommes s'avancèrent sur le court.

Melissa agrippa la main de Spencer tandis que Colin se dirigeait fièrement vers sa chaise, son sac de sport vert vif en bandoulière et sa bouteille d'AminoSpa à la main. De l'AminoSpa au citron vert, plus exactement. Spencer dut se plaquer une main sur la bouche pour ne pas exploser de rire.

Colin déposa son sac par terre et balaya les gradins du regard. Il fit docilement coucou à sa femme et adressa à ses groupies un sourire « Ultra brite ». Puis il se détourna et but une longue gorgée d'AminoSpa. Spencer enfonça ses ongles dans la paume de Melissa.

Colin et son adversaire échangèrent quelques balles d'échauffement. Lorsqu'ils furent prêts à jouer, le match commença.

Colin remporta les premiers jeux sans effort. Ses services étaient précis, ses revers imparables, ses déplacements rapides et ses ripostes foudroyantes. Les groupies étaient déchaînées. Yvette sourit fièrement et leva les bras du petit Brady pour le faire applaudir. Spencer se demanda si elle savait que son mari était un coureur.

Elle jeta un coup d'œil inquiet à Melissa.

— Pourquoi il ne se passe rien ?

— Sois patiente, murmura sa sœur.

Quatre jeux se succédèrent encore. Colin remporta facilement le premier set, et ses supporters poussèrent des hourras. Spencer commença à perdre espoir. Le Viagra ne fonctionnait peut-être pas quand il était dissous. À moins que Colin n'ait bu à une autre bouteille que celle que les deux sœurs avaient trafiquée.

Mais soudain, pendant le premier jeu du deuxième set, Colin se mit à baisser les yeux vers son entrejambe avec une expression inquiète. Ses mouvements se firent raides, comme gênés. Il rata plusieurs balles faciles, pivotant pour être dos à la foule. Lorsque vint son tour de servir et qu'il lança la balle en l'air, son short se tendit de telle façon qu'il devint évident que le Viagra faisait effet.

Melissa donna un coup de coude à Spencer. Un murmure parcourut les gradins. Quelques filles échangèrent des sourires incrédules. Colin fit son deuxième service, mais, cette fois, son short ne dissimulait plus rien du tout. Deux ou trois spectateurs éclatèrent de rire. Les juges de ligne en restèrent bouche bée. L'arbitre de chaise s'agita, mal à l'aise.

Après avoir commis une double faute, Colin s'empara d'une serviette pour se couvrir l'entrejambe.

— Vous avez besoin de faire une pause, M. DeSoto ? lança l'arbitre dans son porte-voix.

— Mmm, grogna Colin avant de regagner sa chaise à moitié plié en deux.

Les rires s'intensifièrent. Yvette se couvrit les yeux. Rouge de honte, Colin fixait son entrejambe sans comprendre.

— Viens, dit Melissa qui enfila la bandoulière de son sac et se leva. On n'a pas besoin de voir la suite.

— Je suppose que non, concéda Spencer.

Elles descendirent des gradins, contournant les spectateurs qui s'esclaffaient et les groupies horrifiées. À cet instant, Colin leva les yeux et les vit.

Les deux sœurs éclatèrent de rire, et Spencer agita la main avec un petit sourire en coin. Melissa l'imita. Colin ne devinerait sans doute jamais que c'étaient elles qui avaient trafiqué sa bouteille, mais elles, elles le savaient – et c'était tout ce qui comptait.

17

FAIRE DES SALES COUPS ENSEMBLE, ÇA RAPPROCHE

Spencer et Melissa gloussèrent comme deux hystériques pendant tout le trajet du retour jusque chez Nana. Melissa imitait la démarche raide de Colin, et Spencer baissait les yeux vers son entrejambe en prenant un air ahuri.

— C'était la meilleure vengeance de tous les temps, se réjouit Melissa en donnant un coup de coude à sa cadette. On peut toujours compter sur toi pour trouver les idées les plus diaboliques.

Spencer frémit.

— Ce n'était pas si affreux, protesta-t-elle.

— Ce n'est pas ce que je voulais dire. (Melissa hésita et grimaça.) Ou peut-être que si. Je ne sais pas.

Les deux filles se turent. Un capiteux parfum de fleurs vint chatouiller les narines de Spencer, lui donnant la nausée.

— Je suis désolée pour tout, lâcha-t-elle à voix basse lorsque Melissa et elle tournaient dans l'allée de la maison de Nana.

— Je sais. Moi aussi.

Elle s'arrêta près d'un hortensia en fleur.

— C'est toujours pareil. On ne peut pas s'empêcher de se faire concurrence, de chercher à se damer mutuellement le pion. C'est idiot.

Melissa haussa les épaules.

— Ce n'est pas moi qui ai commencé.

Spencer la fixa.

— Bien sûr que si. Je me suis intéressée à Colin la première. Tu as dit que tu voulais m'aider, mais en fait..

— Tu as dénoncé Ian, lui rappela Melissa.

Spencer leva les mains au ciel.

— Je ne l'ai pas fait pour te blesser, je te le jure!

— Mais tu m'as blessée quand même. (Melissa pinça les lèvres et détourna la tête. Son regard se fit vague.) Comme tu m'avais déjà blessée des tas de fois depuis le début de l'année. Je suis désolée, Spencer, mais c'est la vérité. Tu m'as poussée dans l'escalier! Tu as déjà oublié?

— Combien de fois devrai-je m'excuser pour ça?

Melissa soupira et fourra les mains dans ses poches.

Une brise fraîche souffla dans le cou de Spencer, faisant sécher la sueur sur sa nuque. La jeune fille découragée pressa les doigts sur ses paupières. Quelques minutes plus tôt, Melissa et elle riaient ensemble. Tout allait bien. Et voilà qu'elles semblaient revenues à la case départ. Les épaules de Spencer s'affaissèrent.

— Je voudrais avoir une baguette magique pour faire en sorte que tout redevienne comme autrefois, se lamenta-t-elle.

Melissa lui jeta un coup d'œil.

— Autrefois?

— Quand on était petites, on s'entendait bien. Quand on jouait au château et qu'on espionnait les parents.

Melissa grimaça.

— Spence, tu avais... quoi? cinq ou six ans, à cette

époque ? La vie est un peu plus compliquée aujourd'hui. Les choses ont changé.

Les yeux de Spencer s'emplirent de larmes. Melissa avait raison. Elles ne pouvaient pas revenir en arrière. Pour autant, étaient-elles obligées de se mettre constamment des bâtons dans les roues ? Melissa était-elle en train de dire que leur vengeance partagée était l'exception qui confirmait la règle et non la preuve qu'elles pouvaient encore avoir une relation saine ?

Comme si Melissa avait lu dans les pensées de sa cadette, son expression s'adoucit.

— Écoute, Spence. Moi non plus, je n'ai pas envie de me disputer avec toi. Et un jour, peut-être, on trouvera le moyen de bien s'entendre. Mais je ne pense pas qu'il existe de solution facile ou instantanée. Désolée.

Elle tapota l'épaule de Spencer, puis se détourna et rentra dans la maison.

Toutes sortes de sentiments assaillirent Spencer : du regret, de la tristesse, de la déception – mais aussi de l'espoir. Les choses finiraient peut-être par s'arranger entre Melissa et elle. Il fallait juste qu'elles apprennent à travailler ensemble plutôt que l'une contre l'autre. Quand elles y parvenaient, elles formaient une équipe redoutable. Ne venaient-elles pas de mettre une star du tennis à genoux ?

Un léger gloussement s'éleva depuis les buissons. Spencer fit volte-face. Elle avait entendu ce rire si souvent qu'il en devenait presque banal ; pourtant, sa peau la picotait, et un mauvais pressentiment lui tordait l'estomac. Et si quelqu'un l'observait pour de bon ? Et si le cauchemar n'était pas terminé ?

Non, impossible, se dit Spencer. Elle rejeta ses cheveux dans son dos et se dirigea elle aussi vers la maison, laissant « A » et l'horreur du premier trimestre derrière elle une bonne fois pour toutes.

OH, LA NOUVELLE ANNÉE SERA BONNE, CROYEZ-MOI !

Maintenant que j'ai fait le tour de tout ce qu'il y avait à voir, mon bonheur est total. Vacances ou pas, Dieu sait que nos petites menteuses n'ont pas chômé. Hanna s'est fait virer d'un stage de fitness ; Emily a fait chanter un flic ; Aria s'est mariée avec un éco-terroriste, et Spencer... disons juste qu'elle sait mener les hommes à la b(r)aguette.

Pauvre Spence. Son souhait le plus cher, c'est une famille qui ne la déteste pas. Une sœur qui l'aide à emballer un garçon sans la poignarder dans le dos. Des parents à qui elle puisse se confier et qui la soutiennent. Ce qu'elle ne sait pas, c'est qu'ils ont une bonne raison de la traiter comme une étrangère. Sa famille soi-disant parfaite ne l'est pas du tout, en réalité. Les Hastings dissimulent d'énooormes secrets. Et qui est mieux placé que moi pour les révéler à Spencer?

Mais si excitantes qu'aient été ces vacances, la véritable marrade ne fait que commencer. À côté de mes plans grandioses, Mona la petite espionne aura l'air encore plus minable que les brassières en tricot d'Aria. Grâce à moi, Hanna est sur le point de dégringoler si bas dans la hiérarchie sociale qu'elle ne s'en remettra jamais. Emily va briser le cœur de sa mère en mille morceaux. La vie amoureuse d'Aria va devenir un vrai bordel. Et Spencer détruira sa famille pour de bon.

Très bientôt, Ali ne sera pas la seule fille de Rosewood à avoir connu une mort aussi tragique que prématurée. Vous trouvez le châtiment un peu radical ? C'est parce que vous ignorez de quelle façon ces salopes ont bousillé ma vie. Et je suis adepte de la loi du talion. Œil pour œil, dent pour dent – et, dans le cas présent, vie pour vie.

Alors, qui suis-je ? Vous le découvrirez assez tôt. En attendant, considérez-moi comme l'ombre à la fenêtre, le chuchotement dans le vent, l'impression tenace que quelqu'un vous observe. Spencer et ses amies peuvent bien prendre la résolution d'être sages cette année ; je serai là pour m'assurer qu'elles restent les pécheresses qu'elles ont toujours été.

Attachez votre ceinture, mesdemoiselles. Si j'ai mon mot à dire, cette nouvelle année sera aussi votre dernière.

« A »

REMERCIEMENTS

Étant donné que je considère *Les Menteuses* comme des extensions de moi-même et que je ne rate jamais une occasion de fouiller plus profondément dans leurs secrets, j'ai pris beaucoup de plaisir à écrire ce livre. Tout d'abord, je voudrais remercier les personnes qui ont rendu cela possible : Josh Bank, qui a tout de suite pigé l'idée; Sara Shandler, pour sa fabuleuse clairvoyance; et Lanie Davis, qui a largement surpassé ses devoirs d'éditrice pour polir le résultat final. Merci infiniment à vous trois.

Merci aussi à Farrin Jacobs, à Kari Sutherland et à tous les gens de chez HarperCollins pour avoir laissé sa chance à ce livre, ainsi qu'à Andy McNicol et à Jennifer Rudolph Walsh pour m'avoir aidée à le mettre au monde. J'ai toujours eu envie d'écrire un roman qui se passerait pendant la période des fêtes de fin d'année, en particulier parce que mes vacances de Noël ont toujours été fantastiques – grâce à ma merveilleuse famille. Merci également à mon mari, Joel, qui est resté à mes côtés pendant que j'écrivais ce livre. Je suis encore stupéfaite de l'avoir terminé avant la naissance du bébé ; surtout, ne me demandez pas comment j'ai fait !

Enfin, et par-dessus tout, merci à Kristian, ce petit chou, qui a retardé son arrivée miraculeuse jusqu'à ce que j'aie écrit le mot « Fin ». Nous t'aimons tous à la folie !

Imprimé en France par

CPI
FIRMIN-DIDOT

à Mesnil-sur-l'Estrée en octobre 2012
N° d'impression : 114196

FLEUVE NOIR
12, avenue d'Italie
75627 Paris Cedex 13

Dépôt légal : novembre 2012
R09696/01